Das Buch der sieben Gerechten

Bernhard Setzwein

Das Buch der sieben Gerechten

Roman

Haymon

Umschlag: Benno Peter

Die Deutsche Bibliothek - CIP-Einheitsaufnahme

Setzwein, Bernhard:
Das Buch der sieben Gerechten : Roman / Bernhard Setzwein. - Innsbruck : Haymon 1999
ISBN 3-85218-286-7

© Haymon-Verlag, Innsbruck 1999
Alle Rechte vorbehalten / Prited in Austria

Satz: Haymon-Verlag
Umschlaglitho: Laserpoint, Innsbruck
Druck und Bindung: Wiener Verlag, Himberg b. Wien

»... jeder Schwur hängt am siebten.«

*Josef ben Abraham Josef Gikatilla,
Kabbalist des 13. Jh.s*

VORSPIEL IN PRAG

»Ein Gott, der auf die Erde käme,
dürfte gar nichts andres tun, als Unrecht.«
FRIEDRICH NIETZSCHE

1.

Das Notwendige mit dem Angenehmen zu verbinden, diesen unausgesprochenen Hintergedanken hegten die meisten Mitglieder der Jahweischen Kongregation, als sie sich darauf einigten, die nächste der vierteljährlich einzuberufenden Sitzungen in Prag abzuhalten. Auch wollte man dem alten Herrn eine Freude machen, denn in Prag würde er sich ganz jenen nostalgischen Stimmungen und leicht weinerlichen Reminiszenzen hingeben können, zu denen er in letzter Zeit des öfteren, von den Tagesaktualitäten und anstehenden Entscheidungen mehr und mehr überfordert, Zuflucht nahm. Kloster Strahov, die Sankt-Veits-Kathedrale, Peter und Paul, all die Zeugen jener guten alten Zeit, als seine Aktien noch besser standen, wie würden sie ihm gefallen! Allein schon die Namen der zu seinen Ehren erbauten Hallen in dieser Stadt, die zu inspizieren er jedoch noch nie die Gelegenheit gefunden hatte, würden ihn in eine aufgeräumtere Stimmung versetzen: »Kirche der siegreichen Muttergottes«... klang das nicht wie ein Schlachtruf aus glücklicheren Kreuzfahrerzeiten!

In einem Rückgebäude des Waldsteinpalais am Valdštejnské náměstí, einen Stock über den bescheidenen Büroräumen des tschechischen PEN-Clubs, würde man ohne größere Probleme, soviel hatte der Planungsstab schon eruiert, einen Tagungsraum zur Verfügung gestellt bekommen. Der Alte war von der Idee geradezu entzückt:

»In Prag, da waren wir ja noch nie«, hatte er in Ulan-Ude, dem vorherigen Tagungsort, ausgerufen, als man, wie immer, unter dem Tagesordnungspunkt »Allfälliges« am Ende der Konferenz festlegte, wo die nächste Zusammenkunft stattfinden solle. »Bloß kein Ulan-Ude mehr«, war sein zorniger Einwurf, »wer ist nur auf dieses gottverlassene Ulan-Ude gekommen. Imbecils! Das ist ja noch schlimmer als letztes Jahr im Kongo! Allein dieser Gestank hier. Man sollte es ausradieren, dieses Ulan-Ude. Kann man hier nicht etwas in die Luft gehen lassen, Fulizer, irgendeine Fabrik, ein Kraftwerk?«

Der Koordinator sämtlicher Jahweischen Dienste zuckte zusammen, schließlich war es seine Idee gewesen, den schwerfälligen Konferenztroß an den Baikalsee zu scheuchen. Er wußte, er würde diese Scharte wieder auswetzen müssen. Da fiel ihm als rettende Idee Prag ein.

Es hob die von einigen Konferenzteilnehmern an dieser heiklen Stelle regelmäßig angezettelte Diskussion darüber an, ob ein solcher Tagungstourismus nicht höchst entbehrlich, ja angesichts der dramatischen Weltlage gar verwerflich sei, doch der Chef fegte Argumente gegen die turnusmäßigen Konsultationen, die man möglichst gleichmäßig über alle Kontinente verteilte, mit der Bemerkung hinweg:

»Eine Jahweische Kongregation, meine Herren, hat überall zu sein und nirgends. Heute Kapstadt, morgen Wladiwostok. Früher hieß es einmal, Sie scheinen das vergessen zu haben: Der Geist des Herrn weht überall. Wie stellen Sie sich das eigentlich vor, meine Herren! Uns nimmt ja sowieso schon niemand mehr ernst. Und jetzt wollen Sie sich völlig von der Bildfläche verabschieden, oder wie? Wir müssen in die Offensive gehen. Das Gebot der Stunde heißt: Omnipräsenz demonstrieren.«

Als der alte Herr dann Anfang Oktober mit seinem Mitarbeiterstab in Prag eintraf, hatten die für das Besuchsprotokoll Verantwortlichen den alten Nepper- und Schleppertrick vorbereitet, mit dem man jeden Neuling einfängt, um ihm Staunen und Begeisterung restlos abzuknöpfen. Man muß ihn zur Talstation der Kabinenbahn bringen, die hinauf zur Volkssternwarte und Sankt-Laurenz-Kirche führt.

Während der Auffahrt sollte man darauf achten, daß der Pragneuling jetzt, da es noch zu früh wäre, nicht der Versuchung erliegt, sich umzuwenden und den Blick auf die am rechten Moldauufer gelegene Altstadt zu richten, man schaue nur immer den bewaldeten Hügel hinauf, auf den die Kabinenbahn von einem am Boden über Kurbeln laufenden Stahlseil hinaufgezogen wird. An der oberen Station angekommen, wird man den Fußweg durch Streuobstwiesen wählen und durch mit Äpfeln und Birnen behängte Zweige hindurch den Hradschin auftauchen sehen. Am Kloster Strahov sind es nur noch wenige Schritte bis zu einer Art Terrasse. Tritt man auf die hinaus, liegt mit einem Mal ganz Prag vor einem ausgebreitet da: die Karlsbrücke mit ihren spitz zulaufenden Pfeilern im Vordergrund, dahinter, blattgoldbeschlagen vom Abendlicht, Teynkirche und Pulverturm.

Auch bei dem alten Herrn verfehlte diese Ent- und Verführungstaktik ihre Wirkung nicht. Minutenlang stand er wort- und regungslos vor diesem Panorama, das nur für ihn aufgebaut schien, und zum ersten Mal beschlichen ihn so etwas wie leise Wehmut, düstere Ahnung. Ihm wurde plötzlich klar, was da eigentlich geopfert würde, falls der von der Jahweischen Kongregation auf den letzten Krisensitzungen beschlossene Aktionsplan mit dem Arbeitstitel »Die Heimsuchung Mitteleuropas« tatsächlich in die Wirklichkeit umgesetzt würde.

Die Mitarbeiter und Berater des Chefs bemerkten, wie sich dessen Gesicht verdüsterte, ohne daß sie ahnten, warum. Um ihn bei Laune zu halten und ihn für die anstehende Sitzung, auf der gravierende Entscheidungen würden fallen müssen, positiv zu stimmen, absolvierte man mit ihm in den Vormittagsstunden ein gerafftes Sightseeing-Programm. Am Altstädter Ring wollte er angesichts des monumentalen Jan-Hus-Denkmals wissen, wer diese ausgemergelte Gestalt sei – man hatte es ihm schon vor 400 Jahren erklärt, aber sein Kurzzeitgedächtnis ließ in letzter Zeit merklich nach. Außerdem mochte er Nörgler und Besserwisser wie diesen Jan Hus nicht sonderlich, die ständig an dem herumzumäkeln hatten, was schließlich gemäß seinen Direktiven von wenn auch manchmal unfähigen Statthaltern ausgeführt wurde.

Besser gefiel ihm da schon die Geschichte, die ihm seine Berater auf der Karlsbrücke erzählten.

»Braver Mann, dieser Wenzel«, bemerkte er sichtlich bewegt. Übrigens war wie immer Abschirmung und Geheimhaltung dieser Mission des alten Herrn vom Jahweischen Sicherheitsstab aufs beste vorbereitet worden, selbst auf der Karlsbrücke im dichtesten Gedränge, wo sich der Chef besonders für die drolligen Franz-Kafka- und Rabbi-Löw-Marionetten der fliegenden Händler interessierte, schöpfte niemand den geringsten Verdacht, wer sich da unter die Menschenmassen gemischt hatte. Ja einer der spendier-launisch gestimmten Touristen warf ihm sogar einen 200-Kronen-Schein in den Hut, den der Alte, der ungewohnt warmen Oktobersonne wegen, abgenommen hatte und, zu Mißverständnissen einladend, vor der Brust hielt. Die runden, schwarzen Gläser seiner Sonnenbrille taten ein übriges dazu, den falschen Eindruck überhaupt erst aufkommen zu lassen.

Nach Hradschin und Sankt-Nikolaus-Kirche führte man den alten Herrn zum Mittagessen. Am Maltézské náměstí saß man im Freien, der Chef zeigte sogar, seit langem einmal wieder, einen gesegneten Appetit. Von hier aus war es auch nicht mehr weit bis zum Ort der Konferenz am Valdštejnské náměstí. Den Nachgeschmack der unvergleichlichen Palatschinken mit den süßen Sahnehäubchen noch auf der Zunge, eröffnete er die Sitzung und kam, ohne viel Umschweife, zu der Frage, die den Krisenstab diesmal zu beschäftigen hatte.

»Wer ist als nächstes dran? Etwa die in Grosny?«

»Schon erledigt, Chef. Dort sieht es aus wie in Dresden fünfundvierzig.«

Der Alte brummte mürrisch. In letzter Zeit kam es immer öfter vor, daß er sich solche Blößen gab. Was sollten die untergeordneten Abteilungsleiter der Jahweischen Dienste von ihm denken? Daß er schon nicht mehr wußte, was man vor einem Vierteljahr auf der letzten Konferenz besprochen und ausgemacht hatte? Unwirsch fuhr er fort:

»Na gut! Und Sarajewo? Was ist mit Sarajewo? Sind die schon dran gewesen«, er massierte mit Daumen und Zeigefinger seine Geheimratsecken, »hatten wir nicht beschlossen: Als nächstes knöpfen wir uns Sarajewo vor?«

»Wir sind dran, Chef! Nicht mehr lange und wir haben es soweit wie seinerzeit Coventry.«

»Vukovar ist schon erledigt. Nicht mehr wiederzuerkennen«, mischte sich der diensteifrige Ducee ein. Damit hatte er wohl recht, nur vergaß er, daß innerhalb der Jahweschen Kongregation längst kein Mensch mehr von Vukovar redete. Daß Ducee der Neuling in der Runde war, erkannte man neben einem solchen Lapsus schon daran, daß er seine Unsicherheit hinter einer Wehrmauer aus Aktenordnern zu verschanzen versuchte.

»Und? Zeigt das irgendeine Wirkung? Ich meine, sind wenigstens die halb zerstörten Kirchen wieder voll? Sie waren es doch«, zum Glück für Ducee lenkte der Alte seine Attacke nun auf Fulizer um, der sein kariertes Sakko ausgezogen und demonstrativ die Ärmel seines weißen Nylonhemdes nach oben gekrempelt hatte, »der diesen famosen Plan ausgeheckt hat. Ein paar mittlere Katastrophen, und die Leute laufen uns scharenweise in die Arme zurück. Das war doch Ihre Prognose?!«

»Sicher, Chef, wir müssen nur noch etwas Geduld haben. Die Leute werden nervös. In fünf Jahren kommt sowieso der große Amoklauf. Es wird sein wie bei der ersten Jahrtausendwende. Sie werden ihre Vermögen verschenken und wieder barfuß nach Santiago de Compostela pilgern. Wir müssen die Panik noch etwas anschüren. Tausende Erdbebenopfer in Japan, das war schon nicht schlecht!«

Ein kurzes Lächeln huschte über Ducees neunmalkluges Erstsemestergesicht: Das Erdbeben war seine Idee gewesen, die er mit einem musterschülerhaften »Chef!-Chef!-Ich-weißwas«-Gehabe auf der letzten Sitzung eingebracht hatte. Fulizer rapportierte weiter:

»Die in Südamerika haben wir schon weichgeklopft, sitzen vor ihren Hausaltären und bibbern den Rosenkranz rauf und runter. Unser ganzes Augenmerk sollte nun der Europa-Mission gelten: Selbst dort, wo sie sich immer in Sicherheit wähnten, in ihrer properen, satten, schönen, alten Welt, kommt langsam Endzeitstimmung auf. Wir dürfen jetzt nicht lockerlassen. Im Gegenteil. Wir müssen noch eins drauflegen.«

»Also gut!« lenkte der Chef ein, »wer ist als nächstes dran? Wie wär's mit Lissabon? Oder Budapest? Wir müssen etwas Symbolträchtiges finden, diesmal. Eine alte Kulturhauptstadt. Eine Insel der Seligen, eine Oase, wo sie glauben, von allem verschont zu bleiben. Sie sollen spüren, diese Würmer, daß wir sie überall erwischen können.«

»Wie wär's mit Venedig«, wagte sich Ducee schon wieder keß hinter seiner Verschanzung hervor. »Venedig sehen und sterben, davon träumen sie doch alle, diese Lemminge, warum sollen wir ihnen den Spaß nicht gönnen.«

Fulizer mußte immer mehr über den Jungen staunen: Sogar schon den für diese Runde unerläßlichen Zynismus hatte er sich zugelegt, ein wirklich lernfähiger Bursche. Mit einem Grinsen im Gesicht schlug Ducee vor:

»Wir könnten ein kleines Hochwässerchen schicken, mitten in der Hochsaison. Oder eine nette Epidemie ausbrechen lassen, sollte kein Problem sein, bei der Kloake, die da herumschwimmt.«

»Unsere Abteilung«, meldete sich nun auch Schrett, Leiter der Sektion Süd- und Mittelamerika, erstmals zu Wort, »hat die Option Mexiko City einmal in der Computersimulation durchgespielt. Ich kann Ihnen sagen, Chef: maximale Schockwirkung bei vergleichsweise minimalem Einsatz. Jeder Schlag ein Treffer. Da ist praktisch gar kein Platz mehr zum Danebentreffen, so wie die da hausen.«

»Aber das ist doch genau das, womit die halbe Welt rechnet. Da können wir gleich Kalkutta nehmen. Nein, es muß ganz unerwartet einmal die treffen, die nicht im geringsten damit rechnen!«

»Wie wär's mit Frankreich«, platzte Ducee dazwischen.

Auf die Gelegenheit hatte Fulizer nur gewartet. Mal schauen, wie unser vorlauter Einserschüler mit kleinen, gezielten Nackenschlägen fertig werden würde.

»Sie sollten die Berichte lesen, die ich Ihnen hingelegt habe, Ducee: In Frankreich leistet unsere Destabilisierungseinheit bereits seit Monaten ganze Arbeit. In Paris traut sich bald kein Mensch mehr in die Metro, wegen der algerischen Terrorbomben, was wollen Sie da noch mehr!«

Ducee suchte hektisch in seinen Akten nach Berichten, die er übersehen haben könnte. Mappe um Mappe wuchs die Ringmauer noch höher, hinter der sich Ducee auf einmal wie belagert vorkam.

»Wir brauchen eine nette, freundliche, saubere Stadt. Eine, wo jeder gerne leben würde. Keine Slums, keine Kriminalität, keine radikalen Gruppen, die sich gegenseitig die Köpfe einhauen. Berge womöglich in der Nähe, ein paar Badeseen, die perfekte Freizeit-City, wo die Leute mit dem Gefühl leben: Ist doch eine einzige Party, das Leben!«

»Lausanne!« Der Vorschlag kam von einem der Sachbearbeiter, die in der zweiten Reihe saßen; in der ersten, direkt am zum ovalen Konferenztisch mutierten Lagerfeuer, durften nur die Häuptlinge Platz nehmen. Für gewöhnlich kamen die Zuträger der rhetorischen Brillanz in der ersten Reihe nur dann zu Wort, wenn ihren Chefs nach den prinzipiellen markigen Worten die Lust zu detailgenauen, faktenunterfütterten Kurzreferaten fehlte. Fulizer nahm den eingeworfenen Vorschlag dennoch auf:

»Lausanne, ja, erfüllt zwar die meisten der eben genannten Kriterien, hat aber ein entscheidendes Manko: Wen würde es wirklich jucken, wenn Lausanne plötzlich nicht mehr auf der Landkarte stünde? Nein, unser Zielobjekt muß das gewisse Etwas haben, Kunst und Kultur, Lebensstil, so etwas wie italienisches Flair, das bestimmte *savoir vivre*, Sie verstehen mich. Nachdem wir zugeschlagen haben, muß alle Welt jammern: Warum mußte es ausgerechnet diese Stadt treffen, die doch eine der liebenswertesten war, eine der wohnlichsten. Nur so bekommen wir jenes bis auf die Knochen gehende Erschrecken, das wir doch mit der ganzen Aktion erreichen wollen.«

Schrett meldete sich zu Wort: »Auch wenn es nicht in meinen direkten Zuständigkeitsbereich gehört: Ich habe da über unsere Leute beim argentinischen Geheimdienst etwas erfahren, was Sie interessieren dürfte. Die bosnischen Serben planen Racheakte für den Fall, daß die NATO sich weiterhin in den Krieg einmischt und noch in Montenegro und in den Kosovo einmarschiert. Wir wissen, die Serben haben da etwas vor, was sich bestens mit unseren Plänen verbinden ließe.«

Alles horchte auf, selbst der Chef, in der letzten Viertelstunde immer tiefer in seinen Sessel gesunken, stemmte sich an den Armlehnen zu neuer Aufmerksamkeit empor.

»Dank ihrer Connections haben die Serben in einigen der ehemals sowjetischen Splitterstaaten eine ansehnliche Menge von mittel bis stark radioaktivem Müll zusammengesammelt. Das alles wollen sie in einen Sprengkopf packen und mit einer Mittelstreckenrakete über einer Großstadt zum Explodieren bringen, die in einem der führenden NATO-Staaten liegt. Das Zeug würde, schön fein verteilt, auf eine Millionenbevölkerung herunterrieseln. Wir müßten nur, durch von uns eingeschleuste Mitarbeiter, dafür sorgen, daß das Ding auch wirklich dorthin gelenkt wird, wo wir es hinhaben wollen.«

»Fulizer, können Sie das in die Hand nehmen?«

Der Chef war auf einmal wieder hellwach. Der Koordinator sämtlicher Jahweischer Dienste nickte mit zusammengepreßten Lippen.

»Okay, dann lassen Sie uns das Zielobjekt festlegen. Ducee, eine Europakarte! Subito!«

Die Mitglieder der Kongregation beugten sich über die von Ducee auf dem Konferenztisch ausgerollte Landkarte.

»Von Bosien aus gut erreichbar...«

»Vor allem zielgenau erreichbar. Nicht daß uns die strahlendenen Sterntaler in irgendeinen frisch geodelten Acker fallen!«

Alle sahen dasselbe, daß es nämlich das Nächstliegende wäre, Rom ins Visier zu nehmen, die Rakete der Serben bräuchte nur über die Adria geschickt zu werden, vielleicht läppische 500 Kilometer Distanz. Andererseits: Rom war die letzte Zuflucht des alten Herrn, wenn sein Weltverdruß wieder das Sintflutstadium erreicht hatte und er nur mehr herumbrüllte: »Ich lass' sie ersaufen, alle!« Nach Rom gebracht, beruhigte der Chef sich meist wieder.

Fulizer versuchte abzulenken. »Es muß einen der größeren Staaten in der NATO treffen, wegen der Glaubwürdigkeit. Auf Italien würden die Serben nie schießen, höchstens nach Frankreich...«

»... oder nach Deutschland!« war Ducee vorlaut.

Der alte Herr beugte sich nun näher über die Karte. Sein Finger wanderte Richtung Norden, fuhr in kleinen Kreisen um den mit »Wien« gekennzeichneten Punkt herum, wischte immer wieder über diese Stelle, als ob dadurch der Schleier verschwände, der es dem alten Herrn unmöglich machte, den Namen zu lesen. Fulizer sprang bei:

»Wien... das ist Wien, Chef. Liegt aber in Österreich, was sich weitgehend neutral verhält. Uninteressant für die Serben, vollkommen uninteressant.« Der Chef sah von der Karte auf, musterte Fulizer. Der stach mit dem Zeigefinger, ohne lange suchen zu müssen, auf einen Punkt etwas weiter westlich:

»All unsere Kriterien erfüllen und nicht allzu weit vom Schuß der Serben entfernt liegen würde eigentlich nur ein Zielobjekt: München!«

Der Alte schaute gar nicht mehr auf die Karte. Diese von blauen Flußkrampfvenen und roten Landesgrenzenarterien durchzogene schrumpelige Vettel Alteuropa verschwamm ihm sowieso vor den Augen. Er blickte durch die Runde, jeden seiner Hauptabteilungsleiter fest entschlossen fixierend:

»Also, meine Herren, Sie haben's gehört: München!«

2.

> »Vielleicht sind fünfzig Fromme in der Stadt;
> willst du sie wirklich vertilgen?
> Willst du dem Ort nicht lieber verzeihen
> um der fünfzig Frommen willen, die in der Stadt sind.«
> *GENESIS, Kapitel 18, Vers 24*

Am Abend ließ der alte Herr ein Gewitter, das sich in den Herbst verirrt hatte, niedergehen über Prag – ihm stand zu vorgerückter Stunde der Sinn noch nach etwas Theaterdonner. Vom Kloster Strahov aus, wo die Jahwesche Kongregation Quartier bezogen hatte, konnte er über die ganze Stadt schauen und dabei zusehen, wie die Blitze über den Dächern und Türmen Prags züngelten. Schließlich verkroch sich das Unwetter hinter die östlich gelegenen Hügel, nur mehr fern grollten die Donner, als es auch im Leib des alten Herrn leise rumorte. Die Nachmittagssitzung hatte sich bis in den späten Abend hingezogen, und seit den unvergleichlichen Palatschinken am Maltézské náměstí hatte der Chef nichts mehr zu essen bekommen: Ihm knurrte der Magen. Erst ein leises, anschwellendes Grollen von unten herauf, dann ein Donnern in der Nähe des Solarplexus. Wenn man genauer hinhorchte, bemerkte man den Gleichklang: draußen das Wettergrollen, im Inneren das Magendonnern. Der alte Herr freute sich: Einmal mehr fiel ihm auf, wie sinnreich und wohlgeordnet er alles eingerichtet hatte. Omnia ubique! Das wäre doch eigentlich eine Erkenntnis vom Kaliber »später Goethe«, dachte sich der Alte, aber dem konnte man einen solchen Sinnspruch ja nun nicht mehr in die Feder diktieren. Manchmal kam er sich richtig einsam und verlassen vor: All seine Lieblinge schon von den Würmern aufgefressen, und die Lebenden waren's nicht mehr wert, daß man sich zu ihnen hinabneigte. Ja, vielleicht diesem Reichsdeutschen, den er vor etlichen Wochen hatte hundert werden lassen, dem könnte man so eine feine Beobachtung allen Weltzusammenhanges in den Füllfederhalter fließen lassen. Wie hieß er doch gleich wieder ...?

Fulizer trat ins Zimmer. Wie jeden Abend kam er, um dem alten Herrn bei seinem Kampf mit Hosenträgern und Sockenhaltern, mit Bruchband und Rheumawäsche zu sekundieren. Keinen anderen als Fulizer, die treue Seele, duldete der Chef bei dieser allabendlichen Zeremonie in seiner Nähe. Die beiden nutzten diese letzte gemeinsame Stunde des Tages, während alles Überflüssige abgelegt wurde und die nackten Tatsachen zum Vorschein kamen, zu einem bilanzierenden Gespräch, zu einer Bewertung dessen, was der Tag gebracht hatte. Im Zwielicht der Dämmerung, während der »blauen Stunde«, verloren die Probleme ihre scharfen Ecken und Kanten, Skrupel und Gewissensbisse zogen das Nachthemd an und legten sich zur Ruhe.

Fulizer kam gerade aus dem Badezimmer zurück mit einem Glas Wasser, in das er die Tablette für die Reinigung der Zahnprothese geworfen hatte, als der Chef, auf der Bettkante sitzend, fragte: »Dieses München, Fulizer, war ich schon jemals dort? Ich kann mich gar nicht mehr erinnern!«

»Wir hatten schon alles vorbereitet, damals, Chef. Sie wollten sich unters Volk mischen, bei der Einweihung der Michaelskirche.«

»Wann war das?«

»Im selben Jahr, in dem Sixtus V. gestorben ist. Ich weiß es noch, weil dann wieder nichts wurde aus der München-Visite. Wir mußten in Rom bleiben. Schade. Ist immerhin nach

St. Peter die Kirche mit dem zweitgrößten Tonnengewölbe der Welt.«

»Was?«

»St. Michael.«

»Und ich war noch nie dort?«

»Leider nicht. Lediglich Schrett, damals noch Mitteleuropa-Leiter, und ich hatten da in den Zwanzigern ein paar Missionen zu erledigen. Wir mußten diesen Wehrmachtsgefreiten aus Braunau aufs richtige Gleis bugsieren, die ›ersten 7 wackeren Kämpen‹ im Sterneckerbräu und was noch alles folgte. Achtunddreißig dann, Arcisstraße, Führerbau, das haben wir gut hingekriegt, damit ging alles los.«

»Warum bin ich nie nach München gekommen? Sogar schon Ulan-Ude, aber nie München!« Der Alte stellte das Glas wieder zurück. »Und jetzt wird es bald zu spät sein!« Er blickte Fulizer direkt ins Gesicht. »Meinen Sie wirklich, wir sollen München...?«

»Sorry, Chef, aber die Kwitl...« Dieses babylonische Kauderwelsch, das der Alte, wo er ging und stand, ausspuckte, klebte einem, wenn man nicht aufpaßte, an wie ein alter Kaugummi. »Sie haben es selbst aufschreiben lassen, und was geschrieben steht...«

»Ich weiß, ich weiß! Aber wir hatten doch noch so einen... Trick, einen Ausweg, eine Ultima ratio, wie sich selbst das auf die Kwitl Geschriebene noch einmal revidieren läßt. Erinnern Sie sich, Fulizer?«

»›Solange die Gerechten in der Stadt vorhanden sind, wird an den Frevlern nicht strenges Gericht vollzogen; sind von ihr die Gerechten fortgenommen, wird an den Frevlern strenges Gericht vollzogen.‹«

»Die Lamedwownik, richtig...«, murmelte der Chef.

»Lamed-waw... sechsunddreißig. Ja, das ist eine der Varianten, daß es sechsunddreißig sein müssen. Dann wieder hieß es fünfzig...«

»Wer räumt da endlich einmal auf, in diesem Durcheinander«, brauste der Chef auf. Jedesmal, wenn die Rede auf die diversen Überlieferungsfehler und Fassungsvarianten seiner Worte kam, packte ihn der nicht ganz unberechtigte Zorn über die ewige Schlamperei bei den für die Editionsfragen Zuständigen. Fulizer konnte darauf jetzt keine Rücksicht nehmen.

»Die mit der Aktion ›Sodom‹ Beauftragten ließen sich damals sogar auf zehn herunterhandeln! – Ich meine, wir hätten uns schließlich auf sieben geeinigt. War es nicht so?«

»Ja, ja«, unterbrach der Chef erneut Fulizer. »O. k., das war mal so eine Phase, so ein Spleen von mir, alles in dieser Siebenzahl zu verstecken. Aber das hört ja nicht mehr auf. – Wie war das gerade mit den Sieben im Sterneckerbräu? Selbst die müssen uns alles nachmachen!«

»Aber es war nun mal Beschlußsache, daß wenn sieben Gerechte in einer Stadt gelebt oder sich aufgehalten haben, wir die Finger davon lassen.«

»Und wie sieht's aus?«

»Mit München?«

»Durak«, murmelte der Chef, »von was reden wir denn?!«

Warum war er nur so gereizt? Fast schien es, als ob er den Beschluß von heute nachmittag schon bereute. Manchmal konnte man den Eindruck haben, der Chef war nicht mehr der alte…, irgendwie unsicher, zu viele Skrupel, womöglich gar Mitleid mit diesen Erdenwürmern. War aber auch verdammt viel schiefgegangen die letzten Jahrhunderte.

»Müßte man eruieren. Kann ich so aus dem Stand nicht sagen.«

»Na, dann machen Sie mal, Fulizer. Nächste Woche will ich einen ersten Bericht sehen!«

ERSTES KAPITEL

Die Katakomben unterm Königsplatz / Wohnt hier
Niegehört Versager? / Dieser Schriftsteller-Nachmittag
glückt, oh ja, doch!

„Nun schaut aber dort nach rechts und versucht,
auf einem Dachboden einen Mann zu entdecken,
der beim Schein einer schwachen Lampe im Nachthemd
auf und ab geht. […] Der Mensch, der da oben haust,
ist ein Dichter."
ALAIN RENÉ LESAGE

»… mit nichts, was einen drückt – außer dem
Bewußtsein, ein Versager zu sein.«
T. S. ELIOT

BERTHOLD, DAS SCHWEIN! Das hatte er ihm eingebrockt. Unter Garantie! Koschik starrte in das gleißende Scheinwerferlicht einer Taschenlampe, war geblendet. Was sich langsam abzuzeichnen begann im Dunkel hinter der geradezu schmerzenden Lichtquelle, war das fluoreszierende Weiß zweier Schirmmützen, wie sie die Bullen tragen. Koschik war geradewegs einer Polizeistreife in die Arme gelaufen, als er versucht hatte, durch den verborgenen Eingang am zugewucherten Sockel des ehemaligen Ehrentempels in die Nazikatakomben unter dem Königsplatz einzusteigen. Koschik konnte sich nicht vorstellen, daß das illegal war; obdachlose Stadtstreicher konnten doch auch mehr oder minder unbehelligt dort unten ihr Quartier aufschlagen. Was ihm allerdings Schwierigkeiten einbringen würde, das war Koschik klar, noch während er in das Scheinwerferlicht der Bullen blinzelte, waren die Trophäen, die er in seinem Rucksack dabei hatte. Trophäen, die er Berthold hatte zeigen wollen. So wie es abgemacht gewesen war. An ihrem Schwurtag, dem siebzehnten August. Im »Führerbunker«, wie sie ihn nannten. Wer jedoch nicht da war zur vereinbarten Zeit, das war Berthold!

Die Trophäen, indiziertes Propagandamaterial aus Kanada und den USA, ein original Koppelschloß mit Reichsadler, ein stockfleckiges Exemplar von »Mein Kampf« sowie eine noch unentschärfte Handgranate aus Bundeswehrbeständen, brachten Koschik als Strafe wegen unerlaubtem Waffenbesitz und Verbreitung von NS-Material zehn mal fünf Stunden ein, die er in einer sozialen Einrichtung ableisten mußte. Das wäre noch auszuhalten gewesen, wenn er nicht ausgerechnet in ein Freizeitheim im Westend geschickt worden wäre, das vorwiegend von Türken besucht wurde. Das alles hatte er Berthold zu verdanken, seinem besten Freund, wie er früher gedacht hatte, daß er jetzt hier, mitten unter den beschnittenen Knoblauchfressern, Küchendienst schieben mußte. Ja, einmal verlangte der Heimleiter, der sicher wußte, warum Koschik zu diesem Sozialdienst verdonnert worden war, sogar, er solle die Toiletten saubermachen, was er aber rundheraus verweigerte.

Warum war Berthold nicht gekommen? Warum hatte er ihn allein in diese Scheiße tappen lassen? Und vor allem, warum hatte er sich nicht gemeldet, die Tage, die Wochen danach? Es konnte keinen Zweifel geben: Berthold war desertiert. Klammheimlich desertiert aus jener Eliteeinheit, die nur aus ihnen beiden bestanden hatte und die den Kampf ganz alleine hätte aufnehmen müssen gegen jenes Gesindel, unter das Koschik nun geraten war als ein Galeerensklave, als ein Stück Dreck. Für dieses feige Entfernen von der verschworenen Truppe, die sie doch einmal gewesen waren, gebührte Berthold ein Denkzettel. Koschik setzte verschiedene Entwürfe dazu auf. Mal waren diese Denkzettel spitz, kurz und scharf wie die Klingenspitze eines Stiletts, dann wieder ellenlang wie ein verkrampfter, umständlicher Brief, der alles erklären will und die Erinnerungen wachruft.

Koschik sah es als seine Lebensaufgabe an, ein rigoroser Einzelner zu werden, nichts zog ihn so sehr an wie die magischen Orte der Absonderung. Das Seltsame und Widersprüchliche allerdings war, daß er, einzelgängerisch wie er lebte, seinen Hausaltar ausgerechnet für jene Bewegung errichtete, die nichts mehr bekämpft hatte als den Einzelnen, die immer nur als ein gesichtsloses, roboterhaftes Ganzes aufgetreten war. Genau das aber faszinierte Koschik. Mit der Zeit kannte er alle die heimlichen und verbotenen Kultplätze der Stadt, wo diese Bewegung aufmarschiert war, wo sich Entscheidendes zusammengebraut hatte. Es gab, stellte er fest, regelrecht eine zweite, eine vergessene Stadt, versiegelt unter Gehwegplatten und Straßenasphalt, verborgen hinter neuem Mauerverputz und Wandfarbe. Manches war abgerissen worden, manches von Efeu und Vergessen überrankt (die Fundamente der Ehrentempel am Königsplatz zum Beispiel). Koschik hatte diese versunkene Stadt nach und nach rekonstruiert, nur für sich selbst, aus Büchern und alten Zeitschriften, die er auf der Auer Dult, auf Trödelmärkten und in obskuren Läden voller Varia und Kuriosa zusammengesammelt hatte.

Mit der Zeit kannte er sich aus wie nur wenige. Koschik wußte, in welcher Straße der »Wurzenhof« seinerzeit war, das Stammlokal der SA. Er hätte jedem sagen können, wo genau am Gärtnerplatz im »Amberger Hof« sich die Sturmtruppen versammelt hatten. In seinem Zimmer hing ein auf Sperrholz aufgezogener Stadtplan, in den er die Route des Marsches vom 9. November 1923 eingezeichnet hatte. Vom Bürgerbräukeller in der Rosenheimer Straße waren sie losgezogen, über die Ludwigsbrücke und durchs Tal, am Marienplatz in die Weinstraße eingebogen, vor bis zur Theatiner. Von hier aus sahen sie bereits am Odeonsplatz postiert: die Landespolizei. Dann eben durch die Perusa zum Max-Josephs-Platz! Als der Zug dort links in die Residenzstraße umschwenkte, säumte eine unüberschaubare Menge von Sympathisanten und Schaulustigen die Gehsteige. Es muß gewesen sein wie beim Einzug der Wies'nfestwirte! Statt Blasmusik die »Wacht am Rhein«. Bei diesem Marsch im November 1923 hätte Koschik um alles in der Welt dabeisein wollen, in erster Reihe, gleichviel ob dort der Tod wartete (so wie auf den Neubauer, dem es, direkt neben Ludendorff marschierend, den Schädel zerriß) oder nicht. Es mußte doch noch etwas Wichtigeres geben als immer nur dieses scheiß kriecherische Am-Leben-bleiben-Wollen. So dachte Koschik mit seinen knapp 18 Jahren.

Schon in der Schule wußte er, was die Geschichte dieser heimlichen, verschütteten Stadt betraf, in der ja schließlich alles begonnen hatte, mehr als jeder seiner Lehrer. Wenn er ihnen genüßlich unter die Nase rieb, daß Hitler, der als Kunstmaler und Schriftsteller nach München gekommen war, immerhin Opern komponiert und Theaterstücke verfaßt hatte, machten sie ein Gesicht, als würde er behaupten, ein solcher Mensch könne doch niemals auf die Idee der Judenvernichtung kommen – was er damit natürlich keineswegs gesagt hatte, sie waren nur immer gleich so furchtbar empfindlich. Mit nichts konnte man diese sonst so kumpelhaften, ihre Antiautoritätsmonstranz vor sich hertragenden Brüder der 68er-Kongregation leichter aus der Fassung bringen, stellte Koschik amüsiert fest, als mit kleinen, naiv vorgebrachten Zwischenfragen wie: Ob es richtig sei, daß in den angeblichen Gaskammern von Auschwitz nirgendwo Heizungsanlagen gefunden worden seien und, falls man dies zugeben müsse, wie denn dann eigentlich das kristalline Zyklon B in einen gasförmigen Zustand gebracht worden sei, wo doch jedermann wisse, daß es dazu einer Raumtemperatur von über 25 Grad bedarf?

Daß Koschik das Gymnasium nach der Mittleren Reife verlassen mußte, war also keineswegs eine Folge mangelnder Intelligenz gewesen. Man wollte nur immer das Verkehrte von ihm wissen, nie das, was ihn wirklich interessierte und worin er sich auskannte. Daß er mit siebzehn schon Nietzsche gelesen hatte, »Wille zur Macht«, wem hätte er das erzählen sollen, mit wem sich darüber unterhalten können? Verlangten nicht Sätze wie »Ihr habt alle nicht den Mut, einen Menschen zu töten« nach jemandem, der dagegenhielt? Doch da war keiner. Selbst die Klassenkameraden hielten ihn für meschugge, abgeben wollte sich mit ihm keiner.

Einen, ja doch, einen hatte es gegeben, den Berthold, dem imponierte das, wie einzeln und unabhängig, ohne Rücksicht auf irgend jemand, dieser Koschik war. Vom Dagegenhalten, vom Verteidigen einer eigenen Meinung konnte zwar auch bei Berthold keine Rede sein, aber immerhin war er ein leicht zu begeisterndes Publikum. Dankbar hing er Koschik an den Lippen, wenn der – in Charlie-Chaplin-Manier – seine Hitlerparodien aufführte und mit schnarrender Stimme Sätze losließ wie: »Der Abgesonderte war immer und ständig von Gewalten des Blödsinns umgeben!« Ja, Gewalten des Blödsinns, für nichts anderes hielt Berthold letztlich Koschiks Kasperltheater vorm Spiegel, sein Einüben des »Koschikgrußes«, ein ruckartiges Hochschnellen des Unterarms bei gleichzeitig ausgestreckter Hand, während der Oberarm starr an den Oberkörper gepreßt blieb. Diese Blödsinnsgewalten schüttelten ihn ... vor Lachen. Koschik allerdings nahm dies alles ernster, als es für Berthold ganz offensichtlich war.

Den Monologen über Nietzsche und den Führer hörte er schon

eher gelangweilt zu. Wenn Koschik allerdings vom Königsplatz anfing zu erzählen, was er da alles in Erfahrung gebracht habe von dem unterirdischen Labyrinth, das die Nazis dort gebaut hätten, dann war auch Berthold wieder ganz Ohr. Von der eher technischen Seite her betrachtete er Koschiks Computerspielereien: Versteckte und unerlaubte Mailboxes von irgendwelchen Neonazis im Internet aufzuspüren, war eine geile Beschäftigung für langweilige Samstagnachmittage. Dort wurde man regelrecht aufgefordert, die Tastatur seines PCs zu einem Schnellfeuergewehr zu machen und sich an den e-Mail-Schlachten diverser »Newsgroups« zu beteiligen, von denen es hieß, »they are unmoderated and have a very high noise level«. Anfänglich zappten sich Koschik und Berthold durch die diversen »web sites«, nahmen gute Ratschläge mit wie »Your skin is your uniform«, erfuhren das Neueste vom Burenkampf in Südafrika (»The Boers Strike Back!«) und wunderten sich, daß man selbst in Kanada wußte, wer oder was Yggdrasil ist. Sie fühlten sich hinter ihrem PC-Monitor nicht mehr alleine. Anscheinend war man schon in jedem Winkel der Welt bereit und saß in den Startlöchern: »The fireworks begin!«

Schließlich steuerten sie auch eigene Diskussionsbeiträge ins Internet bei und setzten darunter, quasi als Absender, »Bajuwarische Helden, gez. Graf Arco«. Auf den Namen war Koschik gekommen. Was es mit Graf Arco auf sich hatte, darüber mußte er Berthold erst aufklären, der wußte auch rein gar nichts! Ein mutiger Einzelner sei der gewesen, der einfach hingegangen sei und diesen Berliner Juden Kurt Eisner über den Haufen geblasen habe. Ein echter bajuwarischer Held!

»Bomben legen, is doch geil. Tschuschen oder noch besser Türken in die Luft jagen, wie die in Oberwart, das is der Schocker, oder?!«

Sie feixten und kicherten wie Dreizehnjährige, die von ihrer ersten nächtlichen Sprayer-Tour heimkamen: Da prangte doch tatsächlich eine herausgestreckte Rolling-Stones-Zunge und der Schriftzug »Ätsch« in der U-Bahn-Unterführung an der Wand!

Ihre erste Nachricht ins Internet war noch ganz kurz gewesen, hatten sie doch Schiß, daß ihnen vielleicht doch jemand auf die Schliche käme, würden sie die Onlineverbindung allzu lange Zeit aufrechterhalten. Ein nichtssagender Jux im Grunde, den sie da losschickten: »Wir haben dich, Kurt Eisner! Gez. Graf Arco.« Eines absolut lausigen Freitagabends surften sie auf einer Welle Langeweile in eine irgendwo in Kanada installierte Webside, und dort wurde relativ unverblümt ausgeplaudert, wie man eine Briefbombe zusammenbastelt. »It will be a really nice event, if your FRIEND opens the letter!« Berthold und Koschik feixten und malten sich aus, wem sie einen solchen Brief gerne schicken würden. Dann marodierten sie weiter durch die immer kruder und brutaler werdenden Websides diverser anonymer Internet-Anbieter.

Doch mit der Zeit saß Koschik, ohne daß er es anfänglich bemerkte, immer öfter alleine vorm PC. Berthold ließ sich kaum mehr sehen. Schob das begonnene Studium der Betriebswirtschaft als Ausrede vor, aber Koschik wußte genau, Berthold hatte die Lust verloren, für ihn waren das alles nur Kindereien gewesen. Der schien gar nicht zu bemerken, wie bitterernst es dagegen Koschik war, wenn er sagte, daß ihn das ganze Ausländergesindel in und um den Hauptbahnhof herum ankotze. Berthold wohnte ja auch nicht in der Blumenau und war noch nie plötzlich in der Nacht von drei Halbstarken gestellt worden, hatte noch nie auf die im Laternenlicht aufblitzende Klinge eines Stiletts gestarrt.

Berthold, der das Gymnasium fertig gemacht hatte, war im Grunde ein Klugscheißer geworden. In Diskussionen hielt er Koschik jetzt sogar schon entgegen:

»Was willst du eigentlich: Normal müßte man an alle Hauswände sprühen: Ausländer rein! Wir haben jetzt erst in 'ner Vorlesung gehört, daß die Türken mittlerweile dieselbe Rücklagen- und Sparquote haben wie die Deutschen. Die wenn alle ihre Notgroschen plötzlich abheben und wieder nach Anatolien abhauen, gibt's hier 'nen Bankencrash, der sich gewaschen hat!«

Als Koschik wieder einmal anfing, auf billige Art und Weise gegen Ausländer zu hetzen, hielt ihm Berthold entgegen: »Mensch, schau dir doch mal deinen eigenen Namen an! Hast du da schon mal nachgeforscht? Tippe auf Wasserpolacke in der dritten Degeneration!«

Zu Zeiten der Thule-Gesellschaft wäre Berthold für so eine Äußerung vor ein Feme-Gericht gezerrt und wahrscheinlich eines grauen Morgens an einem der Isarwehre bei der Praterinsel gefunden worden.

Berthold hatte, und wahrscheinlich wußte er das ganz genau, bei Koschik an einen wunden Punkt gerührt. Wenn der ehrlich gewesen wäre, hätte er zugeben müssen, daß er wirklich so gut wie nichts wußte über sein Herkommen. Seinen Vater hatte er nie kennengelernt, die Mutter nach ihm zu fragen, wäre sinnlos gewesen. Die erzählte nicht einmal etwas über ihre eigene Vergangenheit, geschweige denn über die eines Mannes, der nicht einmal einen Namen zu haben schien. Koschik hatte längst aufgehört, seine Mutter irgend etwas zu fragen. Es war ihm ganz recht, daß man sich die meiste Zeit sowieso nicht sah: Nachts, wenn er am Computer saß oder sich durchs nächtliche Schlachthaus der diversen Privatsender zappte, bediente sie im Wienerwald in Pasing, tagsüber, wenn sie zu Hause war, arbeitete er im Lager vom Grosso-Markt als regalauffüllende Aushilfe.

Die Wohnung war leer, wenn er am frühen Abend nach Hause kam, Koschik stand dann oft am Fenster seines Zimmers. Vom achten Stock aus sah er auf die Landsberger Autobahn hinunter, sah die fauligen Autoäpfel dort unten vorbeirollen und wünschte sich ein Gewehr, um all die Würmer und Maden herausschießen zu können, die sich darin breitmachten. Wie sähen all diese Protzköpfe aus, dachte er oft, wenn sie jäher Schmerz oder plötzliche Austilgung träfe? – Wie ein Apfelbutzen, den man an eine Wand wirft, würde ihr Hirn am Autobahnbrückenpfeiler kleben.

Nicht einmal mehr an ihrem Schwurtag ließ sich Berthold blicken. Nicht der zwanzigste April, das wäre öde und einfallslos gewesen, sondern den siebzehnten August hatten sie gewählt. Die letzten zwei-, dreimal hatten sie sich am Königsplatz getroffen, Koschik hatte Berthold den Einstieg in die unterirdischen Bunker und Verbindungsgänge zwischen ehemaligem Führerbau und Verwaltungsbau der NSDAP gezeigt – für einen Doppler »Bauerntrunk« hatte ein Penner Koschik den Tip gegeben. Wie Ratten waren sie durch das Gängelabyrinth gerannt, und bei jedem in altdeutscher Frakturschrift geschriebenen Hinweisschild auf irgendwelchen Stahltüren – »Rotweinkeller« lasen sie einmal, waren wohl in die ehemaligen Versorgungsbunker geraten – hatte Koschik spitze Piepslaute ausgestoßen ... der Modergestank jener für ihn so aufregenden Zeit wehte ihn an, und er konnte und wollte gar nicht unterscheiden, was davon den Hinterlassenschaften der Penner zuzurechnen war, die hier ihren Unterschlupf fanden. Absoluter Höhepunkt war, wie sie vergangenes Jahr in jenen Raum vordrangen, in dem sich ein Gewirr von Kabeln und Meßinstrumenten befand, an einer Art Schaltplan an der Wand entdeckten sie die Aufschrift »Mithörleitung«. Sie waren in der Kommandozentrale dieser unterirdischen Hadeswelt angelangt, im Abhörraum! ER selbst mußte hier gewesen sein, denn das hat er sich bestimmt vorführen lassen, wie man aus diesem geheimen Unterstand heraus alles mit anhören konnte, was im Braunen Haus in der Brienner oder in der Stellvertreterkanzlei in der Arcisstraße gesprochen wurde.

Hatte Berthold das schon alles vergessen? Wie sie mit den Fingerkuppen über den Putz der Mauern gefahren waren, in den die Amis ihre Siegerparolen, aber auch Bildchen mit Schweinereien geritzt hatten? Hatte es ihm nicht genauso einen leisen Schauer über den Rücken gejagt? Selbst die Vorstellung von Niederlage und Untergang, die hier in diesen Gängen stattgefunden hatten, erregte Koschik noch. Verlierer sein war keine Schande, wenn man nur etwas hinterließ, was nicht mehr auszutilgen war. Damals, dort unten in den Katakomben des Königsplatzes, hatten sie sich geschworen, wenigstens einmal gemeinsam ein großes Ding zu drehen, etwas hochgehen lassen, irgendein Fanal setzen. Scheißegal, ob es aufkäme! Hauptsache, einmal angeschaut und wahrgenommen werden, und wenn's nur vom Auge einer Fernsehkamera war.

Berthold hatte eingeschlagen in die hingestreckte Hand, aber an der Art, wie er so komisch lachte, hatte Koschik gleich gemerkt, daß er es wieder nicht wirklich ernst meinte, daß er wieder alles nur für einen Jux hielt. Und dieser Jux wurde immer fader für Berthold, verlor jeglichen Nervenkitzel. Für ihn war das alles nur eine Art intellektuelles Bungee-Springen gewesen. Längst war Berthold auf der Suche nach neuen Kicks.

Koschik hatte das anfänglich nicht bemerkt. Wie ein Hund seinem Herrn dackelte er Berthold hinterher. Dem war diese Anhänglichkeit längst lästig geworden. Immer seltener ließ er von sich hören. Ließ abgemachte Treffen einfach platzen, kam nicht, bemühte sich nicht einmal um eine Ausrede. Als Koschik wieder einmal von ihm sitzengelassen worden war, rief er bei Berthold an.

»Weißt du, was für vorgestern abgemacht war?«

»Du..., letzte Woche, die Woche davor, die letzten drei Monate, du, ich hab Prüfungen, bei mir ist nur noch Pauken angesagt.«

»Aber an unsere Abmachung hättest du denken können!«

»Ach so, klar..., unser Treffen. Aber wir holen's nach! Vielleicht könnten wir eine richtige Party draus machen, was meinst du? Ich könnte ein paar Typen mitbringen.«

»Is' o.k., is' o.k.!«

»Ej, warum so aggressiv?«

»Liest du eigentlich noch die Mailboxes? Ich mein', was sich so tut?«

»Ich hab's dir doch gesagt: Keine Zeit!«

»Und was ist mit unserer Aktion ›Graf Arco‹? – ›Kurt Eisner, wir wissen wo du steckst!‹«

Wieder dieses Lachen, dieses alles ins Lächerliche und Unbedeutende ziehende Grienen. (Koschik sah ihn genau vor sich.) Bei Berthold im Hintergrund hörte er eine Frauenstimme, eine von der lästigen Art, die immer fragen, was denn jetzt los sei und ob man nicht bald komme. Berthold wimmelte ab:

»Du bist immer noch der alte, wie? – Also, sei mir nicht bös, aber ich muß jetzt ... Laß wieder was hören!«

Worauf du dich verlassen kannst, hatte Koschik beim Auflegen gedacht.

Es sollte nur eine kleine Erinnerung sein, an einen guten, alten Freund. Eine Art Knallfrosch, den man dem Spezi unter den Stuhl legt. Eine aufgeblasene Papiertüte, die man mit einem Schlag zwischen den Händen zerplatzen läßt, und alle zucken zusammen. Koschik erinnerte sich jener Internet-Adresse, die so interessante Tips angeboten hatte. »It will be a really nice event, if your FRIEND opens the letter!« Koschik lud die Anleitung auf seine Festplatte.

Er hoffte, die Schlampe, die er neulich am Telefon im Hintergrund gehört hatte, stünde daneben, wenn Berthold den Brief öffnete. Noch besser wäre ja, sie machte ihn selber auf, aber wie er das anstellen sollte, wußte er nicht. Er war schon froh, wenn überhaupt alles klappte.

Draußen bei Allach zwischen den Feldern machte er ein, zwei Probesprengungen. Er legte das präparierte Briefkuvert mit dem Strohhalmröhrchen, das die Explosion auslösen sollte, zwischen zwei Steine und warf aus drei, vier Metern Entfernung einen Ziegel auf die Vorrichtung: Wie ein Karateschlag knickte der Ziegel das Kuvert, und Koschik flogen beim ersten Mal ordentlich Erdklumpen um die Ohren. Er halbierte die Menge des Sprengstoffes. Den dritten, bereits scharf gemachten Umschlag legte er in seinem Schreibtisch in eine Schublade und genoß den Nervenkitzel, neben einer explosionsbereiten Bombe zu leben ... Was war das Anzapfen verfolgungs- und strafwürdiger Internet-Nachrichten, die etwas von Auschwitzlüge faselten, für ein Kinderkram dagegen. Koschik zögerte noch, den Brief wirklich aufzugeben, im Grunde genügte ihm schon dieses Vorspiel. Das Kuvert lag tagelang dort im Schreibtisch.

Auch Koschiks Mutter war es schon aufgefallen, daß der einzige Freund ihres Sohnes, jener ihr eigentlich ganz sympathische Berthold, sich lange nicht mehr hatte sehen lassen. Um so erstaunter war sie, als sie beim Aufräumen im Schreibtisch des Sohnes ein Kuvert fand, das die Anschrift Bertholds trug. Es war ein auffällig dicker DIN-A-5-Umschlag, das Sonderbarste aber war, daß es als Absender den Namen »Graf Arco« und als Adresse die seltsamerweise im Münchner Osten gelegene Kurt-Eisner-Straße trug. Sie nahm den Brief in die Hand, überlegte, was es damit auf sich haben könnte. Warum nur schrieb ihr Sohn seinem besten ... oder mußte es schon heißen: ehemals besten Freund einen Brief unter falscher Absenderangabe? Sie drehte und wendete das Kuvert, schlenkerte den Brief in der rechten Hand und klopfte damit auf den Handballen ihrer linken ...

Als Koschik am Abend die Tür zu seinem Zimmer öffnete, sah er als erstes die Blutspritzer auf der Fensterscheibe. Warum nur nahm er nicht die Mutter wahr, die vor seinem Schreibtisch auf dem Boden lag, in einer dunklen Lache, sondern nur den Feierabendverkehr draußen auf der Landsberger Autobahn, der sich stadtauswärts Richtung der im Westen gelegenen Schlafstädte wälzte?

Mit der Geschichte würde er sie alle aus dem Rennen hauen, die war »Poetry-slam-Sieg«-verdächtig! Kreutner sah zu, wie sein Laserdrucker Seite für Seite erbrach, zehn waren's, er zählte mit, respektable Leistung für einen Schreibtag, dessen Nachmittag gerade erst angebrochen war.

Und das nach den letzten Wochen, die absolut nicht gut gelaufen waren für Kreutner. Nicht nur das, sie waren hundsmiserabel gelaufen, sie waren so gelaufen, daß Kreutner nahe daran gewesen war, endgültig aufzugeben und das Schild an seiner Wohnungstür abzuschrauben, »Niegehört Versager« müßte da stehen, wenn er ehrlich war, und nicht »Hermann Kreutner«. Ja, es war schon eine Niederlage in Form einer 0:12-Packung, die er da hatte einstecken müssen, beinahe täglich trudelten die Manuskriptsendungen wieder bei ihm ein, die Kreutner vor Wochen – siegessicher und daher gleich im Dutzend! – an diverse Verlage gestreufeuert hatte. Mit niederschmetternder Regelmäßigkeit fand er nun Vormittag für Vormittag in seinem Briefkasten eines der gut fünf Zentimeter dicken Päckchen wieder, sie steckten nur halb im Briefschlitz, Kreutner sah es schon, wenn er die Stiege im Treppenhaus herunterkam, wie ihm der Briefkasten wieder seine Kartonzunge herausstreckte.

Die Päckchen enthielten Kreutners Romanmanuskript. Genaugenommen ein stark gekürztes Exposé desselben, 400 Seiten von geplanten 1000, die es einmal werden sollten. Exposé konnte man also eigentlich nicht sagen, es war mehr so ein Treatment, doch auch das traf es nicht richtig ... Kreutner hatte das dumpfe Gefühl, die Tatsache, nicht genau ausdrücken zu können, um was es sich bei diesen 400 Seiten überhaupt handelte, hing ursächlich mit der erstaunlichen Anhänglichkeit dieser Päckchen zusammen: Sie kamen alle wieder zu ihm zurück. Die beigelegten Lektoratsschreiben hatten alle irgendwie den gleichen Wortlaut, ein Geseire von wegen »... senden wir Ihnen daher Ihr interessantes Romanfragment zurück ... sehen Sie in unserer Ablehnung bitte kein Werturteil« ... »was denn sonst, ihr Wichser!« war Kreutners einziger Kommentar dazu, während er sie zusammenknüllte und in die Zimmerecke warf.

Auch seinem Freund Rohrbacher konnte Kreutner nicht recht schlüssig klarmachen, um was es sich bei seinem Opus magnum handelte, an dem er nun schon vier Jahre herumbosselte. »Es ist der Roman des Jahrhunderts!«

»Wie bitte!?«

»Ich meine, unser Jahrhundert, polyphon dargestellt, am Beispiel dieser Stadt, und sag selber, ist sie nicht beispielhaft: Räterepublik, Hitlerputsch, Hauptstadt der Bewegung?«

Diese Frage galt dem Mitarbeiter des Stadtarchivs, Rohrbacher hatte in dieser Funktion Kreutner schon manchen Dienst erwiesen. Er kannte sich aus wie nur wenige in der Stadtgeschichte.

»Und, wie soll das Ding mal heißen?«

»›Schwimmende Felsen‹... verstehst du, die Polyphonie, der ständige Perspektivenwechsel, das Erzählerkollektiv, Stadt- und Weltgeschichte, gespiegelt im Prisma der Erzählinstanzen ...«

»Sag mal: Felsen können doch gar nicht schwimmen?«

Rohrbacher, Kreutner hatte es schon immer gewußt, war ein Aktenwurm, dafür war er zu gebrauchen, irgend etwas aus den Tiefen seines Archivs herauszurecherchieren, in Fragen der literarischen Technik aber war er ignorant bis zum Geht-nicht-mehr. Es war sinnlos.

»Ach, vergiß es.«

»Du, ich will dir da nicht zu nahe treten, ich meine, du bist der Literat, das soll keine Wertung sein, nur ›schwimmende Felsen‹, das klingt irgendwie so wie ›emigrierende Käseschachteln‹ oder ›abtauchende Wolpertinger‹ ...«

Das hatte er mit Absicht gemacht! Jedesmal wenn sich Kreutner seitdem morgens an den Schreibtisch setzte und den Faden wieder aufnehmen wollte, spukten ihm die ›abtauchenden Käseschachteln‹ durchs Gehirn. Er saß dann vor seinem Computer-Monitor, der ihm sein höhnisches Weiß entgegenhielt und auf dem sich partout nichts abzeichnen wollte, keine einzige Zeile, nur der Bildschirmschoner schaltete sich in regelmäßigen Abständen automatisch ein, fliegende Fenster, die mit ihrem Flattern Kreutner an Taschentücher erinnerten, Taschentücher, mit denen jemand wie zum Abschied winkte, wahrscheinlich wollte ihm der Blockwart von Nachbar hinter dem schwarzen Bildschirmfenster, von dem sich Kreutner nun ständig beobachtet fühlte, damit lediglich sagen, er solle sich doch endlich von der lächerlichen Vorstellung verabschieden, er sei ein Schriftsteller. Kreutner ließ nun immer öfter den Computer ausgeschaltet.

»Probier's doch mal mit einer kleinen Geschichte«, hatte ihm Rohrbacher Tage später geraten, »ich meine, diese Tausendseitenschinken liest doch sowieso kein Aas, warum muß es immer gleich die Bibel sein. Ich hätt' da unter Umständen was für dich.«

Er hatte dann Kreutner von den Bauzeichnungen erzählt, auf die er durch Zufall gestoßen war, und die die unterirdischen Anlagen unter dem Königsplatz in allen Einzelheiten zeigten. Gab wirklich einen skurrilen Hintergrund ab, vor dem Kreutner seinen kleinen Krimi spielen lassen konnte. Endlich einmal wieder seit Wochen hatte der Bildschirmschoner keine Chance: Kreutner hackte ohne größere Unterbrechungen seine kleine, schmutzige Geschichte in den PC, es lief wirklich phänomenal gut oder, wie Kreutner eben schmunzelnd einfiel, um es mit den unvergleichlichen Worten Handkes zu sagen: »Der Schriftsteller stand von seinem Tisch auf in dem Gefühl, es könne ruhig Abend werden.«

Der Laserdrucker hatte sich, übel von diesem Stoff, ausgekotzt. Kreutner nahm den kleinen Stapel Blätter, ließ sie über den Daumen springen. Er hatte sich einen Freigang aus seiner Schreibzelle redlich verdient. War an der Zeit, jener Warnung nachzukommen, die Doktor Krestjan Iwanowitsch Rutenspitz dem Titularrat Goljädkin gegeben hatte. Nämlich das Haus auch einmal wieder zu verlassen und sich dem Genuß alkoholischer Getränke zuzuwenden. Goljädkin hatte ihn nicht befolgt, den Ratschlag. Und? Was war die Folge? Nahm ein schlimmes Ende mit ihm!

Kreutner würde das nicht passieren. Er würde sich gemütlich beim Café Annast ins Freie unter die Hofgartenbäume setzen, den Samstagnachmittag bei ein, zwei Weißbier genießen, und er würde die Wochenendzeitung in Ruhe durchlesen können, die er heute morgen nur überflogen hatte (war im Lokalteil nicht etwas gestanden von einer Bombendrohung am Hauptbahnhof?). Vor allem auf jenen »großen Sommerroman« war er gespannt, der von 35 Autoren gleichzeitig geschrieben worden war und eine ganze Seite des Feuilletons einnahm. »Verdammt! Ranke zerquetschte mit dem Feuerzeug eine lahme Wespe auf der Schreibtischplatte...«, so hatte er begonnen, und Kreutner mußte neidlos anerkennen: War ein pfiffiger Anfang. Er hatte dann noch die übrigen Spalten überflogen... »Kruzifixe«, »Käseschachteln«, »Kodewort«, mehr war nicht hängengeblieben. (Doch!, ein Satz noch: »In Rankes gequältem Gehirn durchrasten die Gedanken endlose Galaxien.« – Was für ein Stuß!) Kreutner nahm die Zeitung zusammen mit dem Manuskript unter den Arm. Unten in der Toreinfahrt würde er noch den Briefkasten ausräumen: sicherlich genug Lesestoff für den Rest des Nachmittags, der ein durch und durch geglückter zu werden versprach. (Sah man von Herrn Fink ab, dem Vermieter der Dachwohnung, dessen Schreiben an Kreutner ebenfalls bereits unten im Briefkasten wartete und das eine ziemlich ungehaltene Forderung nach den ausstehenden fünf Monatsmieten enthielt, deren bereits dreimal angemahnter Überweisung Kreutner immer noch nicht nachgekommen war. Letzte Aufforderung, schrieb Herr Fink, sonst werde er sich anderer Methoden bedienen, um zu seinem Recht – er meinte natürlich: Geld – zu kommen!)

ZWEITES KAPITEL

Zusammenstoß am Hofgarten / Kreutner wird bei
seinem Namen genannt /
Die sieben Gerechten

»Da bin ich – faßt den Satz in seiner Tiefe!«
MEPHISTO in »FAUST III«
von Deutobold Symbolizetti
Allegoriowitsch Mystifizinsky

»Ich weiß nicht, was das ist, ein Gebet. Doch als ich ihn sah,
legte ich mir rasch eines zurecht. Ein inbrünstiges.«
RICHARD WEINER

ES WAR WIRKLICH ein ungewöhnlich milder vierzehnter Oktober, und Kreutner malte sich seinen wohlverdienten Feierabend schon aus, wie er noch im Freien würde sitzen können, bei angenehm wärmender Herbstsonne und einem kupferfarbenen hefetrüben Weißbier. Aus der Toreinfahrt der Schellingstraße heraustretend, hatte Kreutner den Weg Richtung Ludwigstraße eingeschlagen. Als er die Amalienstraße beim »Atzinger« querte, taumelte ihm ein ganzer Schwarm von duftenden Schmetterlingen entgegen, die sich kichernd und schwatzend in diesen Altweibersommer verirrt hatten, er sah ihnen nach und war nun doch geneigt zu glauben, daß es sich eher um Studentinnen in für Oktober sensationell kurzen Röcken handeln mußte.

Kreutner schlenderte an der englischsprachigen Universitätsbuchhandlung vorbei, pfiff vor sich hin, »hang down your head for sorrow« von Tom Waits, ging ihm einfach nicht mehr aus dem Kopf, die Scheibe lief schon die ganzen letzten Wochen, Waits' Reibeisenstimme war das einzige, was ihn wieder etwas aufgekratzter sein ließ. Kreutner schaute durch die Schaufenster des Buchladens, der schon geschlossen hatte, ein Chaos wie in der Bibliothek Don Quichottes aus übereinandergestapelten Zeitschriften und Büchern breitete sich dort aus. Erst vor kurzem hatte er im Fernsehen ein paar schnell vorbeiflimmernde Bilder aus der Wohnung des irischen Lyrikers Seamus Heaney gesehen (endlich hatte der Nobelpreis einmal einen getroffen, der's verdient hatte), da sah es ähnlich bücherüberschwemmt aus, und diese Ähnlichkeit einer Buchhandlung mit der Dichterstube eines Nobelpreisträgers machte Kreutner den Laden nur noch sympathischer.

Vor dem Eingang zum Germanistischen Institut mußte Kreutner seinen beschwingten Flaneursschritt plötzlich abbremsen – mitten auf dem Gehsteig stand eine alte Frau, in jeder Hand zwei, drei prall gefüllte Plastiktüten. Aus der Entfernung einiger Meter versuchte sie jene Aufschrift zu entziffern, die über der breiten Treppe zum Seminargebäude hing. Kreutner war auf die Alte zugesteuert, hatte sie erst gar nicht bemerkt, und kam nun direkt vor ihr zu stehen, hörte, wie sie, die auf einer roten Blechblende angebrachten Buchstaben entziffernd, vor sich hinmurmelte: »Gei-STER-wis-sen-schaften!« Kopfschüttelnd schlurfte sie weiter. Kreutner blieb für einen Augenblick stehen, was er nicht hätte tun sollen, nicht auf diesem Gehsteig, prompt wurde er angerempelt, von einem der flotten Pärchen, die hier vorbeistreberten, Kreutner hörte nur noch wie er zu ihr wichtig tat: »... sie schreibt irgendwas über Johann Peter Hebel! Ich denk' mir: Mein Gott ...«

Was Kreutner nicht bemerkte, weil seine ganze Aufmerksamkeit solch frei Straße gebotenen Capriccios galt, die er literarisch für höchst reizvoll hielt und daher mit einem Bleistiftstummel in einem kleinen Notizbuch botanisierte, war die Tatsache, daß er seit dem Verlassen seines Wohnhauses in der Schellingstraße 20 beobachtet, ja verfolgt wurde. Ein Herr in Cheviotmantel und Pepitahut hatte ziemlich genau gegen 12 Uhr seinen Observierungsposten auf der Kreutners Wohnhaus gegenüberliegenden Straßenseite bezogen. Er ging zwischen Amalien- und Türkenstraße auf und ab, zeigte auffälliges und gleich mehrmaliges Interesse für die Auslagen des Antiquariats Kitzinger sowie für den Weinladen, der direkt gegenüber der Toreinfahrt lag, aus der Kreutner herauskommen mußte. Fulizer wußte das. Er hatte durch seinen Aufklärungsdienst die Lebensgewohnheiten Kreutners bis in die kleinsten Kleinigkeiten auskundschaften lassen (zum Beispiel, wo er täglich Zigaretten und Zeitungen zu holen pflegte), also wußte er auch, daß sein Zielobjekt am frühen Nachmittag aller Wahrscheinlichkeit nach die Wohnung verlassen würde zum obligaten Spaziergang, entweder Richtung Odeonsplatz oder Richtung Englischer Garten. Fulizer konnte darauf warten. In der Zwischenzeit nahm er jenes Päckchen etwas genauer in Augenschein, das aus Kreutners Briefkasten herausschaute.

Fulizer hielt sich schon seit einigen Tagen in der Stadt auf. Abgestiegen war er im Hotel Admiral gleich neben dem Europäischen Patentamt, alles andere als eine Nobeladresse (der Chef geizte in letzter Zeit aber auch gehörig bei den Spesenabrechnungen). Immerhin war es relativ zentral und in Hörweite der Isar gelegen. Das brauchte Fulizer einfach: Nachts, um zwei, drei, noch einmal raus zu können, ein paar Schritte nur gehen und schon wäre er, mitten in der Großstadt, an einem Ort, wo es ruhig wäre, wo man den Fluß rauschen hörte, wo man, auf einer Parkbank sitzend, dem Mond zuschauen könnte ... vorausgesetzt, die Penner, die unter der Reichenbachbrücke hausten, versuchten einen nicht anzuschnoren.

Natürlich taten sie's! Dem erstbesten von ihnen war es allerdings schlecht bekommen, den Leiter sämtlicher Jahweischen Dienste bei seiner stillen Betrachtung des Nachthimmel-Monitors, der ganz eigenartige Bildschirmschoner zu bieten hatte, gestört zu haben. Zugegeben, Fulizer war nicht gerade in bester Laune gewesen, gestern nacht. Jedenfalls war seine Antwort auf die Frage, »haßdema 'ne Kippe, Meister«, daß er beinahe den halben Kerl abgefackelt hatte, entzündete Fulizer doch mit einem sengenden Blick das Vollbartgekrätz des Penners, woraufhin der mit Kreischen und Johlen zum Wasser rannte und sich aus Panik in die Isar stürzte, so daß ihn seine Kumpels, die sich erst langsam und schwerfällig aus ihrer Rotweinlethargie hochrappelten, nur mühsam und der Strömung wegen einige hundert Meter weiter unten herausziehen konnten. Fulizer hatte genügend Zeit, sich unbemerkt zu entfernen.

Der Grund für seine schlechte Laune, die sich immer gleich in so spektakulären Bestrafungsaktionen völlig Unbeteiligter und Unschuldiger Bahn brechen mußte, war einmal mehr ... der Chef! Der hatte leicht reden. »Machen Sie mal, Fulizer. Retten Sie mal eben schnell diese Millionenstadt vorm Ausradiertwerden.« Dabei war das *seine* Direktive gewesen. Er hatte doch entschieden: München ist dran! Plötzlich dämmerte es ihm, »hach, das schöne München, und wo ich's doch noch nie gesehen habe«; wurde halt doch schon senil und sentimental, der Alte, plötzlich waren ihm seine eigenen Ratschlüsse vom Tag zuvor unergründlich, wollte sie nicht mehr wahrhaben.

Dumm nur für Fulizer, daß meist er ganz allein die Kompanie der Jahweschen Kongregation darstellte und es an ihm war, den Schlamassel wieder auszubügeln! Gleich nach Beendigung der Prager Konferenz war er mit dem Zug nach München gereist und im Hotel Admiral als »Mister Gear« abgestiegen. Auf das kaum unterdrückte Grinsen des jungen Mannes an der Rezeption hin hatte Fulizer sein bewährtes Sprüchlein aufgesagt:

»Nicht was Sie denken, englisch Gear«, Fulizer buchstabierte, »G-E-A-R, aus Liverpool.«

»'tschuldigung, wie dumm von mir, darf ich Ihnen helfen und mich vorstellen: Gear, mein Name.«

Mißmutig ergriff Kreutner die ihm hingestreckte Hand. Warum eigentlich? Erst rannte einen dieser Blödmann über den Haufen, schmiß den ganzen für den Biergarten bestimmten Lesestoff – Zeitung, die heutige Post, eins der Manuskriptexemplare, die Kreutner aus seinem Briefkasten gefischt und aus der Versandtasche genommen hatte – in den Dreck, belästigte einen dann auch noch mit einer aufgenötigten förmlichen Vorstellung, und all diese Frechheiten erlaubte sich ausgerechnet einer, der Gier hieß! Kaum hatte Kreutner die Hand dieses seltsamen Menschen kurz und widerwillig gedrückt, bückte der sich auch schon und begann, die herumliegenden Papiere zusammenzusuchen. Aufreizend lange blieb sein Blick auf die Manuskriptblätter Kreutners gerichtet, ganz ohne Zweifel las er einzelne Sätze, schichtete dann die Seiten aufeinander, händigte sie aber keineswegs aus, sondern richtete sich auf, hakte sich mit der freien Hand an Kreutners Arm unter und zog ihn weiter zu den unter Linden gruppierten Stühlen und Tischen des Hofgartencafés.

Absolut stümperhaft, durch und durch dilettantisch, Ducee hätte das vielleicht so gemacht, aber doch nicht der Koordinator sämtlicher Jahweischer Dienste! Fulizer war schon wieder so weit, daß er irgendeinem zufällig vorbei und ihm dumm Kommenden den Bart in Brand hätte setzen wollen mit seinem Flammenwerferblick, so sehr fuchste er sich über sein tölpelhaftes Vorgehen. Aber er hatte keine andere Möglichkeit gesehen, zumindest nicht auf die Schnelle, um an Kreutner heranzukommen, ihn in ein Gespräch zu verwickeln. Er wußte ja, wie dessen Weg für gewöhnlich aussah: Er würde zum U-Bahn-Eingang Odeonsplatz gehen, einen der dort regungslos apportierenden Zeitungshunde mit ein paar Groschen füttern, um dafür aus dessen Maul eine brav hingehaltene »AZ« herausnehmen zu dürfen, würde weiter an den Schaufenstern der Nobelfriseure und Pelzläden entlang bis zum Café Annast schlendern, um dann durch das Hofgartentor in den Park zu treten. Dort würde Fulizer, der in der Zwischenzeit die kleine Passage an der Galeriestraße genutzt hatte und im Innern des Hofgartens die Arkaden entlanggeschlichen war, Kreutner abpassen. Genau in dem Moment, in dem dieser durch das Tor treten würde, würde Fulizer, der so täte, als sei er ganz ins Betrachten der Arkadenfresken versunken, ihn im Rückwärtsgehen anrempeln. Pah, ein genialer Plan, verhöhnte Fulizer sich selbst.

»Was wollen Sie eigentlich von mir?« Kreutner kam sich vor wie ein auf den Rücken geworfener Maikäfer. Langsam fing er an, seine Verdutztheit abschüttelnd, zu zappeln und sich zu wehren. Fulizer zog den untergehakten Arm zurück.

»Ich würde Sie gerne für meine Tolpatschigkeit ein wenig entschädigen, und nachdem ich weiß, daß Sie hier sowieso einen kleinen Drink eingenommen hätten, würde ich Sie gerne dazu einladen.«

Fulizer setzte auf die uralte Taktik: durch entwaffnende Offenheit überrumpeln! Und möglichst gleich durchblicken lassen, daß man da einiges weiß, was man gar nicht wissen sollte. Warum also nicht noch dreister werden?

»Setzen Sie sich doch, Herr Kreutner!«

»Sie kennen meinen Namen?«

»Aber ich bitt' Sie, wer wird den nicht kennen?«

Einer wie Kreutner lechzte dermaßen danach, endlich erkannt und bei seiner wahren Bedeutung angesprochen zu werden, bei dem konnte man gar nicht dick genug auftragen. Gib dem eitlen Affen Zucker, dachte sich Fulizer. »Ich habe alles von Ihnen gelesen!«

Über, hätte Fulizer sagen sollen, ich habe alles *über* sie gelesen, das hätte es eher getroffen, denn natürlich hatte er nur die Personalakte durchgearbeitet, die ihm fleißige Zuarbeiter über Kreutner zusammengestellt hatten. Und dann das Päckchen mit der Manuskript-Rücksendung, das Fulizer in der Toreinfahrt kurz einmal geöffnet hatte, ein paar Details aus dem Begleitschreiben und der Titel, den Fulizer beim raschen Durchblättern aufgeschnappt hatte, genügten ihm bereits.

»Wir alle warten doch schon voller Spannung auf Ihr überaus ehrgeiziges Romanprojekt. ›Schwimmende Felsen‹ soll es ja wohl heißen.«

Kreutner war platt. Außer Rohrbacher und den Wichsern in den Verlagslektoraten – die ›ohne jegliche Wertung‹! – konnte überhaupt niemand etwas von seinem Manuskript wissen. Daß Kreutner mit dieser Annahme falsch lag, bewies ihm Fulizer jedoch schon mit seiner nächsten Bemerkung:

»Wenn ich Sie allerdings auf eine Kleinigkeit aufmerksam machen dürfte. Sie schreiben doch da, in einem der ersten Kapitel der ›Schwimmenden Felsen‹, daß Beckett während seiner München-Reise eine Aufführung Karl Valentins besucht habe, sehr richtig, sehr richtig, Sie lassen ihn anschließend in einem Taxi nach Schwabing fahren – mögen Sie sich erinnern? – und dabei kommen sie am Stachus an einer Ampel zu stehen, Sie lassen da Beckett einen Satz sagen über das umgetaufte Hotel ›Belle Vue‹, war ihnen, den Münchnern, auf einmal nicht patriotisch genug, der Name. Da ist Ihnen ein kleiner Fehler unterlaufen, Herr Kreutner, das nur nebenbei, soll keine Wertung Ihres literarischen Könnens sein, die Beschreibung dieses Zusammentreffens zwischen Beckett und Valentin... großartig, allerdings haben Sie übersehen, daß dieser Halt am Stachus so nicht möglich gewesen sein kann, die erste Ampelanlage Münchens wurde erst 1927 in Betrieb genommen, ich erinnere mich genau...«

Kreutner fiel es gar nicht ein, sein Gegenüber zu fragen, woher er das alles wußte, verlegen spielte er mit einem der Bierdeckel auf dem Tisch: Er fühlte sich ertappt.

»Ich mach das ja..., ich bin ja nur ein Hobbyhistoriker. Keinesfalls vom Fach. Rein aus persönlicher Passion... Auch ist ja meine Herangehensweise eher eine literarische.«

»Se non è vero, è ben trovato, ich weiß, ich weiß, lieber Herr Kreutner, aber wollen wir nicht erst einmal bestellen?«

Kreutner hatte gar nicht bemerkt, daß die Bedienung schon eine Weile an ihrem Tisch stand. Schnell bestellte er einen Kaffee und nicht etwa wie gewöhnlich sein Feierabendweißbier, irgendwie schwante ihm, er müsse heute noch eine Zeitlang einen klaren Kopf behalten. Nachdem die Bedienung zum Pavillon zurückgegangen war, um dort die Bestellung weiterzugeben, stockte das Gespräch für einen Augenblick. Kreutner sah auf dem Stuhl neben sich einen abgebrochenen Zweig liegen, griff unbewußt nach ihm und peitschte damit leicht die Metallgestänge der Biergartenstühle. Ein hysterisch kreischender Bengel schlurfte an ihrem Tisch vorbei, absichtlich pflügte er tiefe Furchen in den Kies, bockte so seiner Mutter hinterher, die sich noch einmal umdrehte, um ihren trotzigen Sohnemann über irgendein ihm im Moment gerade nicht einsichtiges Erziehungsprogramm aufzuklären, Kreutner hörte nicht hin, vielmehr schaute er auf die dicken Turnschuhsohlen des Kindes, die an den Fersen gelbe Blinklichter hatten, es war ein groteskes Bild: Wie ein Gefahrentransport oder überlanger Sattelschlepper warnblinkte der ungerührt weiterkreiselnde Knabe den Fußweg zum Hofgartentempel entlang...

»Jemanden wie Sie, Herr Kreutner, Sie werden lachen, suche ich eigentlich schon die ganze Zeit!«

Kreutner war alles andere als zum Lachen zumute. Dieser Mensch hatte wirklich eine seltsame Art, jemanden in ein Gespräch zu verwickeln, es war diese Mischung aus Vertraulichkeit, unglaublicher Chuzpe und tolldreister Direktheit, die Kreutner zu einem stammelnden Primaner machte.

»Ich, wieso ich?«

»Sehen Sie, Herr Kreutner, ich brauche jemanden, der mir alles über diese Stadt erzählen kann. Ich glaube, Sie sind da der Richtige.« Fulizer rückte näher an den Tisch heran. »Ich brauche jemanden, der mir hilft, eine Handvoll... nein, genauer: sieben Gerechte dieser Stadt zu finden, die imstande sind, sie vor etwas Furchtbarem zu bewahren.«

Was Kreutner da eben gehört hatte, war so abstrus, daß er die Frage nach dem Warum völlig vergaß. Vielmehr begann er sofort abzuwehren, allerdings mit dem ziemlich sicheren Gefühl, daß dies völlig nutzlos sei.

»Nein, nein, dazu bin ich überhaupt nicht in der Lage, ich versteh' gar nicht, wie Sie da auf mich kommen. Wissen Sie überhaupt, was das heißt? ›Alles über diese Stadt erzählen‹, Sie sind gut. Die Chronik der Stadt München umfaßt 700 Bände, und das lediglich bis zum Jahr 1818. Kilometerlang sind die Aktenregale im Stadtarchiv...«

»...eben darum brauche ich Sie ja! Sie haben doch bewiesen, daß Sie aus all diesem Aktenstaub Menschen, Schicksale, Geschichten erstehen lassen können. Sie hauchen dem Ganzen Leben ein! Genau das brauchen wir.«

Fulizer warf die fettesten Lobwürmer als Köder aus, Kreutner gründelte zwar noch in seiner Verwirrtheit, aber er würde anbeißen, da bestand gar kein Zweifel.

»Wozu eigentlich das Ganze?« Kreutner wollte immer noch nicht einsehen, daß diesem Mister Gear mit Gegenargumenten nicht zu kommen war. »Gehen Sie doch in die Archive hier, in die Bibliotheken, Millionen von Bänden, da werden Sie doch finden, was Sie brauchen.«

»Sie verstehen mich nicht, Herr Kreutner! Genausogut könnte ich anfangen, eine Nadel in einem Heuhaufen zu suchen. Und – ich sage Ihnen das jetzt ganz im Vertrauen – dazu reicht die Zeit nicht mehr. Sie müssen mir helfen herauszufinden, ob in dieser Stadt wenigstens sieben Menschen gelebt oder sich vorübergehend aufgehalten haben, die versucht haben, das Ruder herumzureißen, die etwas ändern, die den Lauf der Geschichte korrigieren wollten. Auflehner, die revoltiert haben gegen ... nennen Sie es meinetwegen Kismet, Schicksal, wie Sie wollen. Vielleicht sogar, ohne es bewußt gewollt zu haben. Ich suche die Helden des Alltags, verstehen Sie, die Heiligen wider Willen!«

Wenn er ehrlich gewesen wäre, hätte Kreutner sagen müssen, er verstehe kein Wort von dem, was dieser Mensch da raunte. Ob der von einer Sekte war? Irgendein Templerorden? Was er da von den auserwählten Sieben faselte, klang wenigstens danach.

»Ich weiß, das klingt alles reichlich verrückt, und Sie halten das Ganze vielleicht für einen Spleen, eine verrückte Wette oder was weiß ich«, Fulizer machte eine bedeutsame Pause, »aber ich sag' Ihnen: Es ist Ernst, tödlicher Ernst!«

»Warum eigentlich? Warum soll das alles so furchtbar wichtig sein? Sie tun ja so, als stünde der Weltuntergang bevor!«

Fulizer hatte schon längst auf diese Frage gewartet. Sie traf ihn nicht ganz unvorbereitet. Er hatte sich schon vorher zurechtgelegt, daß es das beste sein würde, ohne große Tricksereien die Karten auf den Tisch zu legen.

»Ist Ihnen in letzter Zeit eigentlich nichts aufgefallen, Kreutner? Ich meine, was die politische Lage betrifft... die weltweite Krisensituation. Giftgasanschläge in Tokio, Bomben in der Pariser Metro, die Zerstörung von Vukovar und Grosny... ich meine, halten Sie das alles für Zufälle?«

Also doch einer von diesen Sonnentemplern! Von diesen Weltuntergangspropheten. Kreutner hatte sich in letzter Zeit eh schon gewundert, wo die geblieben waren. Früher konnte man jeden Tag einen wie den da sehen, in der Fußgängerzone, mit der Bibel in der Hand, wollüstig von Armageddon delirierend.

»Kreutner, Sie sind doch ein Mensch mit Phantasie! Können Sie sich vorstellen, daß solche Dinge einfach planlos passieren? Daß der alte Herr sinnlos tausende Unschuldige hinmetzelt?«

»Ich hätt' ihn auch für feiner gehalten!«

Kreutner hatte sich soeben entschlossen, dieses Spiel, dessen Regeln er noch nicht ganz durchschaute, einfach einmal mitzuspielen. Was war schon dabei, das Ganze als eine Art theologisches Streitgespräch anzusehen, als eine Unterhaltung zweier ausgefuchster Kabbalisten. Kreutner gefiel die Vorstellung. Vielleicht war ihm auch gerade deshalb plötzlich der Satz durch den Kopf geschossen, den Franz Kafka gesagt haben soll, als er erfuhr, daß er an Lungentuberkulose erkrankt war. Auch Kafka fand es unter dem Niveau des ›alten Herrn‹, ihn ausgerechnet auf diese Art und Weise zu bestrafen.

»Er ist auch feiner, feiner als viele von Ihnen hier denken.«

Fulizer wirkte fast etwas aufgebracht, so als wenn er auf seinen alten Herrn nichts kommen ließe. Bei diesem letzten Satz, den er mit einem Unterton der Empörung Kreutner hingeworfen hatte, war sein Finger im Halbkreis über die um sie Herumsitzenden gefahren, so als ob alle hier im Biergarten ähnlich über den Chef dächten.

»Er ist ganz anders, als ihr glaubt! In letzter Zeit wird er sogar richtig sentimental und mitleidig mit euch!«

Sollte Kreutner noch letzte Zweifel gehabt haben, so war

ihm spätestens jetzt völlig klar: Der Kerl war verrückt, komplett meschugge. So was gibt's doch gar nicht! Den haben sie wohl im Max-Planck-Institut zusammengeklont! Der redete ja gerade so, als ob er neulich mit ihm höchstpersönlich gesprochen hätte.

»Ich sag' Ihnen jetzt was: Es ist längst schon beschlossen, daß Sie hier und Ihre ganze schöne Weltstadt mit Herz in die Luft fliegen sollen.«

Kreutners Gegenüber geriet immer mehr in Rage. Jetzt fing er schon an, wild um sich zu fuchteln.

»Da, Theatinerkirche ... hier, Residenz und Ihr 500 Jahre alter Hofgarten ... ffffft, und weggeblasen ist das alles!«

Noch ein Endzeitvisionär, na klar doch! Komm mir vor wie im Weltenschlußverkauf, an jeder Ecke ein billiger Jakob! – Eigentlich schon komisch, daß von denen nie einer prophezeit: Alles wird besser, das Ozonloch wächst wieder zu, ihr bekommt alle mal Renten in Höhe von 200 Prozent vom letzten Bruttolohn, und Mutti kriegt 'nen Knackerpopo ganz ohne Schönheitsoperation! Kreutner war irgendwie amüsiert.

»Wenn der Chef nicht noch in letzter Minute Zweifel bekommen hätte, dann wären hier schon die Lichter aus, mein Lieber! Tat ihm plötzlich leid um Ihre Stadt hier! Doch es gibt eine Möglichkeit, wie sie zu schonen wäre.«

Wie der sich in Rage redete, dieser Mister Gear! Kreutner sah ein, das es besser wäre, jetzt nicht zu widersprechen. »Und Sie meinen, mit den sieben Gerechten gelingt das?«

»Genau! – Sie helfen mir doch?«

Kreutner überlegte. Nur kurz. »Aber klar doch ... Mister Gier!«

DRITTES KAPITEL

Kafka meets Hitler / Der Hungerkünstler /
Kreutner flieht in den Untergrund

»Wissen Sie, was Sie sind, komisch sind Sie.«
FRANZ KAFKA

KREUTNER BEGANN das zufällige Zusammentreffen mit Mister Gear mittlerweile als einen recht amüsanten Zeitvertreib anzusehen. Außerdem war der, wie sich herausstellte, ein dankbarer Zuhörer. Saß da in seinem Cheviotmantel, rotblonde Haarwellen fluteten unter seinem Pepitahut, den er stur aufbehielt, hervor, und lauschte. Kreutner war mehr und mehr geneigt, ihn für einen Iren, vielleicht Dubliner, zu halten, der hellen Haut und der vielen Sommersprossen wegen: sogar auf den Augendeckeln und Handrücken hatte er welche. Aussprachemäßig allerdings war er völlig indifferent, schien mindestens sechs Akzente gleichzeitig zu haben. Eben war ihm sogar ein türkisches »Burada bira yok mu?« herausgerutscht..., sehr zur Freude Kreutners, der entschieden für einen Getränkewechsel war. Endlich vor seinem Weißbier sitzend, beschloß er zu testen, ob Mister Gear Sinn haben würde für eine Geschichte wie diese:

»Übrigens ist hier im Hofgarten schon der Adolf Hitler gern gesessen!«

»Was Sie nicht sagen.«

»Doch, doch, er war ja ein regelrechter Fan des Hofgartens, Stammgast könnte man sagen, nicht hier, sondern drüben im Café Heck. Er war ein starker Kuchenesser, ich weiß nicht, ob Sie das wissen. Ein regelrechter Tortenvertilger. Als Literat und Maler, als der er nach München gekommen war, war er eigentlich ein Caféhaushocker. Und das eben auch hier im Hofgarten. Es gibt Fotos, die zeigen ihn, wie er vorm Café Heck seine Zeitung liest, Zigarre raucht und Kaffee trinkt. Ich nehme an, er mochte an diesem Ort besonders die Nähe zur Feldherrnhalle. Vor der Feldherrnhalle hatte er sein Initiationserlebnis. Sie kennen doch sicherlich dieses Foto: Massenauflauf auf dem Odeonsplatz, 2. August '14, am Tag der Mobilmachung. Man hat auf diesem Foto später den jungen Adolf Hitler entdeckt, ziemlich weit vorne in einer der ersten Reihen, wie er an der Feldherrnhalle der aufmarschierenden Ehrenwache zujubelt.«

Fulizer mußte schmunzeln. Da hatten sie mal wieder erstklassig Arbeit geleistet. Bis heute also glaubte man ihnen den Schwindel! Dabei konnte er sich noch genau erinnern, wie man seinerzeit einen jungen, 25jährigen Schauspieler namens Charlie Spencer aus Übersee hergeholt hatte, um ihn in der Maske des jungen Hitlers unter das kriegsbegeisterte Volk auf dem Odeonsplatz zu schmuggeln. Man hatte sich zwar schon den Braunauer ausgeguckt, um ihm eine bedeutende Rolle im Plan des alten Herrn zukommen zu lassen, am Zusammenbasteln seiner Vita arbeitete Fulizers damalige Abteilung allerdings noch fieberhaft. Und das politische Erweckungserlebnis, das der echte Hitler leider verpaßt hatte, gehörte eben auch dazu. Man behalf sich mit dem Schauspieler.

»Übrigens haben sich hier im Hofgarten auch Hitler und Kafka getroffen!«

»Wie bitte?« staunte Fulizer.

»Daß Kafka in München war, das können Sie in jeder halbwegs brauchbaren Literaturgeschichte nachlesen. Unbekannt geblieben ist hingegen, daß sich Hitler genau zur selben Zeit einige Tage in München aufhielt.«

»Wie das? Ich dachte, er war die ganze Zeit über, von 1914 bis 1918, an der Front? Ist doch sofort, gewissermaßen vom Odeonsplatz weg, zur Freiwilligenmeldestelle gerannt, wie Sie ganz richtig sagten, und hat sich als Österreicher in die deutsche Armee rekrutieren lassen.«

»Schon, schon! Einmal aber wurde Hitler verwundet, während der Schlacht an der Somme, Granatsplitter im Oberschenkel, und wissen Sie auch, wann das war? – Im Oktober 1916. Genauer: Am fünften Oktober. Was Sie übrigens besonders interessieren dürfte, ich meine, wegen Ihrem Faible für die Sieben: Hitler hat aus diesem fünften einen siebten gemacht. Auch in ›Mein Kampf‹ steht, er sei am siebten verwundet worden. Stimmt aber alles nicht!«

Fulizer konnte sich gar nicht mehr erinnern. Aber sicher

hatte er recht, der Kreutner, warum sollte ausgerechnet in diesem Fall nicht mehr gelten, was doch schon im »Sefer Jezira« festgeschrieben stand, daß nämlich der Alte »lieb hat das Siebente in allem Vornehmen unter dem Himmel«. Nein, sicher hatte er auch hier seine Anweisungen zu einer Korrektur gegeben, genau wie damals, als man die Nummer auf der NSDAP-Mitgliedskarte retuschierte und aus der »555« eine »7« machte. Pfusch auf der ganzen Linie! Selbst den Namen hatten sie falsch geschrieben: »Hittler« mit zwei »t«.

»Er ist dann ins Rot-Kreuz-Lazarett in Berlin-Beelitz gekommen«, fuhr Kreutner fort, »gibt sogar ein Foto, wenn Sie's nicht glauben! Allzu schlimm kann die Verletzung nicht gewesen sein, weil er schon Anfang November die Erlaubnis für einen Freigang nach Berlin erhielt, wo er die Nationalgalerie besuchte. Hat eine Postkarte von dort geschickt. Aber jetzt kommt's: Bisher hieß es immer, Hitler sei erst Anfang Dezember endgültig aus dem Lazarett entlassen worden und danach sofort nach München gereist, um sich beim Ersatzregiment seiner Königlich-Bayerischen Reserve-Infanterie zu melden. Er war aber schon gut zwei Wochen früher in München, wollte ja so schnell wie möglich wieder an die Front zurück, wurde aber noch in der Ersatzkaserne in der Elisabethenschule dabehalten, sollte sich erst ganz auskurieren. So hatte er ein paar Tage Heimaturlaub in München.«

»Und während dieser Tage traf er Kafka, sagen Sie? Hier im Hofgarten?«

»Ja. Allerdings nicht im Freien. War ja mitten im November. Aber drinnen, im Café Heck, wo Hitler wie fast jeden Tag saß und seine ›Münchner Neuesten Nachrichten‹ las. Er sonderte sich immer ab, saß am liebsten alleine in einem Eck, haßte nichts so sehr wie das übliche Caféhausgeschwätz. Als jedoch Kafka am 11. November, es war ein Samstag, am frühen Nachmittag das Café betrat, herrschte schon ziemlicher Betrieb. Es blieb ihm also gar nichts anderes übrig, als zu dem alleinsitzenden Herrn in der Ecke zu gehen und ihn anzusprechen, ob hier noch ein Platz frei sei.«

Fulizer schaute auf Kreutner wie auf einen Musterschüler. Sein skeptisches Hoffen wurde mehr und mehr zur Gewißheit: Das war sein Mann, genau der Helfer, den er gesucht hatte. Jovial bot er Kreutner an: »Wie wär's mit einem kleinen Cognac? Also ich könnt' jetzt einen vertragen! Aber, bitte, erzählen Sie ruhig weiter!«

Fulizer winkte die Bedienung an den Tisch. Ohne daß Kreutner auf die Einladung reagiert hätte, bestellte er zwei Cognac.

»Hitler schreckte auf hinter seiner Zeitung, normalerweise sprach ihn ja nie jemand an. Er muß Kafka ziemlich kalbsäugig angestiert haben, der nämlich begriff sofort, daß er hier jemanden ernstlich gestört haben mußte, und wie es seine scheue Art war, sagte er: ›Oh, entschuldigen Sie, ich wollte Sie nicht stören, betrachten Sie mich bitte als einen Traum‹ und war schon wieder im Begriff zu gehen. ›Nun setzen Sie sich schon‹, Sie wissen ja, wie Hitlers Stimme geschnarrt hat, ›nun säätzän Sie sich schooon!‹ hat er zu Kafka im Befehlston gesagt. Und sofort angefangen, auf ihn einzureden, ›Sie sind wohl nicht von hier, kommen mir wie ein Handlungsreisender vor, die ganze Welt ist ja voller Handlungsreisender, eine einzige Schnürsenkel- und Hosenträgerverschwörung, gehören Sie etwa auch zur internationalen Sippe der Kurzwarenvertreter, jedenfalls haben Sie die typische Akquisiteursnase, wenn ich's mir recht betrachte, gehören wohl zur Handlungsreisendenrasse, nun sagen Sie schon, wo kommen Sie eigentlich her?‹ ›Prag‹, konnte Kafka da gerade noch herausstottern, und weil ihm diese Angabe viel zu ungenau erschien, so als hätte ein anderer auf dieselbe Frage geantwortet, ›vom nordamerikanischen Kontinent‹, präzisierte er gleich noch, ›aus der Langen Gasse, im Haus Zum goldenen Hecht, gleich um die Ecke vom Altstädter Ring.‹«

Kreutner, der von sich selbst erstaunt war, welch schauspielerisches Talent er da plötzlich entwickelte, sprang sofort wieder in die Rolle des Kriegsgefreiten auf Heimaturlaub. Gear, das sah er, gab ein dankbares Publikum ab.

»»Ah ha, hab ich mir ja gleich gedacht: Nie und nimmer Rassedeutscher, schon dieser südeuropäisch-, um nicht zu sagen neapolitanisch-marokkanisch-jiddisch-zigeunerische Mittelhaarscheitel, verräterisch, verräterisch, mein Guter, einer von der böhmischen Mischpoche, was? wie? na, jetzt setzen Sie sich halt endlich hin, aber dieser Mittelscheitel, das wird sich ändern, mein Lieber, das wird in Zukunft vom Reichsfrisörleiter geregelt, Prag sagen Sie also, das wirft die böhmische Frage auf, schon in Linz immer wieder die böhmische Frage, in der Realschule, die Kameraden aus Brünn und aus Prachatitz, wie haben die darum gebettelt, als Rassedeutsche angesehen zu werden, aber sie bleiben halt doch der slawischen Rasse verhaftet, selbst mein Freund Gustl, mein guter, alter Linzer Freund Gustl, er war halt doch ein Kubizek, es war letzten Endes der Háček-Graben, der uns trennte, da hilft auch kein eingedeutschtes Kubizek mit ›z‹, er war ein Kubitschek, meine Mutter dagegen, wenn auch in Grenznähe zu Böhmen geboren und aufgewachsen, trug den Namen Schicklgruber, durch und durch waldviertlerisch-bajuwarisch-nordisch Schicklgruber, mein Vater unehelich ebenfalls als Schicklgruber geboren, nahm später den Onkelsnamen an, Hitler, was von Klein-Hüttler kommt, alles eine Namensfrage, das wird demnächst alles von einem Reichsnamenswart geregelt, der Taufpate meines Vaters war ein gewisser Johann Trummelschlager in Strones, diese Namen aus dem Kerngebiet der bajuwarischen Befreiungsaktion, Walstatt weltgeschichtlicher Schlachten, Strones bei Döllersheim, ich sage nur Herzog Tassilo, Kurfürst Max Emanuel, die ewigen Türken- und die Awarenschlachten, wenn wir uns die Frage vorlegen, was heute in der Welt vorgeht, so müssen wir unsere Gedanken zurückwenden in die

Zeit um 610 und 772, die Schmach bei Aguntum und die Revanche von Lorch, aber wir Waldviertler Schicklgrubers und Trummelschlagers haben ihnen getrotzt, wie wir ja auch den Kolonisatoren im Pfaffenrock getrotzt haben, in uns fließt noch das waldviertlerisch-bajuwarisch-heidnische Schicklgruberblut, hab' dies übrigens in einem Schaustück dargestellt, spielt in den bayerischen Voralpen zur Zeit der Christianisierung, ›Grimoald von Reichersberg‹, ein Gipfelstück deutscher Reichstheaterkunst, leider Fragment geblieben, diese Reitervölker wie die Awaren, um das noch zu sagen, sind natürlich innerasiatische Horden, Schädelmessungen haben eindeutig deren mongolische Rassemerkmale ans Licht gebracht, trugen ja auch alle einen Haarzopf, ich sage ja, die Haarfrage ist eine Frage von nationaler Bedeutung... Prag also sagten Sie, und was verschlägt Sie dann nach München?‹«

Fast war Fulizer versucht, »bravissimo« und »da capo« zu rufen angesichts des furiosen Extempores, in das sich Kreutner hineinsteigerte. Längst hatte er die umsitzenden Biergartengäste als verstohlen herüberlinsendes Publikum gewonnen. Nach diesem Crescendo jedoch dämpfte Kreutner seine Stimme.

»Wie Sie sich denken können, war Kafka dieser Auftritt höchst peinlich. Erst tags zuvor, am Freitagabend, hatte er einen veritablen Skandal verursacht, und nun war er schon wieder Mittelpunkt eines öffentlich erregten Aufsehens. Man starrte schon auf das seltsame Paar in der Ecke des Caféhauses, auf den wild gestikulierenden kleinen Mann im Wehrmachtsmantel mit dem auffälligen Magyarenschnauzer und auf seinen so ungleichen Partner, den verschüchtert dreinschauenden Herrn mit der Melone.«

»Veritabler Skandal?« fragte Fulizer interessiert nach. »Wieso, was war denn vorgefallen?«

»Ach, Sie wissen gar nicht, warum Kafka seinerzeit in München war?«

»Tut mir leid...«

»Er hatte eine Lesung, in der Galerie Goltz, übrigens gleich hier um die Ecke. ›Abende für Neue Literatur‹ hieß die Veranstaltungsreihe. Es war eine der zwei, drei öffentlichen Lesungen, die Kafka überhaupt je gemacht hat. Freitag früh fuhr er mit dem Zug in Prag ab, um halb sieben war er in München. Seine Verlobte Felice Bauer kam übrigens extra aus Berlin angereist, man wollte wenigstens ein, zwei Tage miteinander verbringen.«

»Weiß man denn, was Kafka an jenem Abend gelesen hat?«

»Klar doch, stand ja am nächsten Tag in der Zeitung, wahrscheinlich hat's auch Hitler gelesen, wie er da im Café Heck saß. ›Eine wenig günstige Probe eigenen Schaffens‹... Gemeint war die ›Strafkolonie‹. – Die aber kennen Sie doch wenigstens?«

»Ja doch, ja, der Titel kommt mir bekannt vor«, log Fulizer, denn natürlich war Kafkas Erzählung geradezu Pflichtlektüre für alle Mitarbeiter des Jahweschen Dienstes.

»Is' schon starker Tobak, zugegeben, er beschreibt da minuziös, wie ein Delinquent auf die Foltermaschine geschnallt wird, wie ihm ein nach der Kotze seiner Vorgänger stinkender Knebel in den Mund geschoben wird und dann diese kleinen Stacheln anfangen, ihm sein Urteil auf die nackte Haut zu ritzen... drei Zuhörerinnen hat's umgehauen, in der Galerie Goltz, sind ohnmächtig vom Stuhl gerutscht. – Das hat Hitler gefallen!«

»Kafka hat ihm das alles erzählt?!«

»Ja. Man war ins Gespräch gekommen, nach und nach, und soweit man überhaupt von einem Gespräch reden kann bei Hitlers unablässiger Logorrhöe. Man unterhielt sich gewissermaßen von Kollege zu Kollege, auch von Leidensgenosse zu Leidensgenosse. Kaum hatte ihm Kafka nämlich sein Mißgeschick erzählt – einen ›tatsächlich großartigen Mißerfolg‹ nannte er den Abend bei Goltz –, fing der Hitler auch gleich wieder an: ›Großartig, mein Guter, großartig, man muß es ihnen geben, diesen Philistern, diesem ignoranten spießbürgerlichen Pack, niederstrecken, jawohl, mit den Waffen der Kunst niederstrecken, bin ja selbst Künstler, ein seinem kleinbürgerlichen Elternhaus und seiner ignoranten Umwelt entflohener Geistesmensch, ich bin ja der Schinkel Braunaus, nur hat man dies dort niemals erkannt, mußte fliehen, nach Wien, mit meiner Mal- und Zeichenmappe unter dem Arm, man hat mich in die Gosse gestoßen, zu den Niedrigsten, monatelang habe ich nur bei Milch und Brot gelebt, allein die Milch hat mich gerettet, Milch sollte das Volksnahrungsmittel Nummer eins werden, werde einen Volksmilchwart mit dieser Aufgabe beauftragen, Hunger war mein ständiger Begleiter, ich war ja ein regelrechter Hungerkünstler...‹«

Kreutner hielt inne in seiner Rolle als Hitler, beugte sich zu Gear und sagte:

»Sie werden verstehen, daß Kafka bei diesem Wort besonders hellhörig wurde. ›Wie sagten Sie eben, Hungerkünstler?‹ Er fragte extra nach. Das Wort muß ihn angesprungen haben wie ein bösartiger Kater. Vielleicht hat er es sich sogar aufnotiert, auf ein Zettelchen. Sie wissen doch und werden dies nun sicher in einem ganz anderen Licht betrachten: Kafka schrieb seine Erzählung ›Ein Hungerkünstler‹ wahrscheinlich im Frühjahr 1922, also mit einigem Abstand zu den Münchner Ereignissen, aber das ist ja nichts Besonderes bei ihm. Manchmal hatte er ja fast ein ganzes Jahr lang eine Schreibblockade, einschneidende Erlebnisse floßen oft erst lange Zeit später in sein Schreiben ein. Was ihm Hitler über seine Hungerjahre in Wien erzählte, muß ihn schwer beeindruckt haben. ›Ich habe meinem eigenen Hungern zugesehen wie jemandem, der ein großes Kunstwerk schafft‹, hat Hitler damals zu Kafka gesagt, dort im Café Heck, vor ihm ein Berg von Kuchenstücken aus Dotschenmehl, es war ja der Kriegswinter 1916/17, unvorstellbarer Hunger herrschte in der Stadt, Katzen, Raben und die Eichhörnchen aus dem Südfriedhof wanderten bereits in die Kochtöpfe der Münchner, aber Hitler verschlang auch diesen eigentlich ekelerregenden Dotschenkuchen, ›der Hunger machte mich ganz leicht‹, hat er zu Kafka gesagt, ›für meine Fähigkeit zu hungern fühlte ich nicht die geringsten Grenzen, ein Bröckerl Nuß- oder Mohnstrudel, ein paar Schluck Milch nur, mehr konnte ich mir nicht leisten, ich war der größte Hungerkünstler aller Zeiten, und trotzdem waren das die entscheidenden Jahre, die Hungerjahre in Wien, in dieser Phäakenstadt, für mich ist Wien immer die Phäakenstadt gewesen, nicht die Fiakerstadt, die Phäakenstadt!‹«

»Mein Lieber, Sie machen mich wirklich staunen!«

Fulizer nutzte eine kleine Verschnaufpause Kreutners, der sich selbst nicht mehr kannte, so verwandelt war er auf einmal. In einem Zug kippte er den Cognac hinunter. Das war schon keine Stimmenimitation mehr, das war schon die reinste Exorzismussitzung. Es redete, ja brodelte aus Kreutner heraus. Fulizer feuerte ihn an.

»Wirklich exorbitant! Woher wissen Sie das alles?«

Kreutner überhörte die Frage, konterte vielmehr mit einer Gegenfrage:

»Hitler hat in Wien eine Oper komponiert, wissen Sie das? Natürlich konnte er keine einzige Note lesen, er hatte weder eine Ahnung, was moll- und Dur-Tonarten sind, noch wußte er etwas von Takteinteilung. Das mußte alles sein Freund Gustl machen. Mit dem wohnte er seit 1908 in einem Hinterhaus in der Stumpergasse. Gustl war Student des Konservatoriums, und Hitler hat ihm nächtelang seine Komposition diktiert, eine Oper über ›Wieland, den Schmied‹.«

»Klingt verdächtig nach Wagner?«

»Klar doch, was anderes kannte Hitler wahrscheinlich gar nicht. Daß Wagner eine Wieland-Oper angefangen, dann aber liegengelassen hatte, wußte er sicherlich. Nahm er halt kurzerhand die Sache selbst in Angriff. ›Das wird die größte Notenschlacht der Menschheitsgeschichte: Wieland, der Rächer, das Gipfelstück auf dem Gebiet des Reichsmusikschaffens!‹ Als er dann einsehen mußte, daß er von den herkömmlichen kompositorischen Mitteln nicht die blasseste Ahnung hatte, verfiel er auf die Idee, das ganze Stück in jener Art von a-tonalen Musik zu schreiben, wie sie die Germanen selbst gemacht haben. Also ein einziges Gekreische, Geheule und Gejaule auf ausgehöhlten Knochenflöten und auf diesen zwei Meter langen Luren.«

Kreutner konnte nicht mehr an sich halten: Prustend lachte er los.

»Hitler als Neutöner, können Sie sich das vorstellen!? ›Wölund, der Schmid‹ als Freiluftspektakel auf dem Königsplatz!«

»Und Kafka?«

Fulizer wollte bloß einmal testen, ob Kreutner mittlerweile den Faden schon völlig verloren hatte.

»Kafka hörte Hitler interessiert zu, als der, wild fuchtelnd und den jaulenden Bocksgesang der Luren nachahmend, von seiner Oper schwadronierte. Ihn faszinierte die Figur des Wieland, allerdings aus ganz anderen Gründen als Hitler. Er sah in ihm den Prototypen des grausamen, rachsüchtigen Patriarchen. Wieland – Hitler erzählte das genüßlich – hat ja nicht nur seine eigene Tochter vergewaltigt, sondern auch die Söhne erschlagen. Aus ihren Köpfen ließ er sich Trinkbecher machen! – Erinnern Sie sich übrigens an die Stelle im ›Brief an den Vater‹, wo Kafka beschreibt, wie es an der Mittagstafel in seinem Elternhaus zuging. Ständig Ermahnungen von seiten des Vaters, ja nicht zu schlürfen, Hühnerknochen nicht zu zerbeißen und das Brot sauber abzuschneiden. Er selbst aber spuckte und rotzte durch die Gegend, unter seinem Stuhl konnte man den Speiseplan der ganzen Woche vom Teppich ablesen, und während des Essens schnitt sich der Vater die Fingernägel oder bohrte sich mit den Zahnstochern das Ohrenschmalz aus den Gehörgängen. Wenn das nicht Wieland, der Schmied, ist, der da bei Kafkas am Mittagstisch saß, also ich weiß nicht! Fehlen ja nur noch die Schädelbecher!«

Es hatte begonnen zu dämmern. Die grünen Lampen, die zwischen den Tischen des Biergartens standen, leuchteten auf. Fulizer drängte es nach etwas Bewegung. Er schlug vor, doch noch einen kleinen Spaziergang durch den Hofgarten zu machen. Selbstverständlich ging die Zeche, auf der mittlerweile neben dem Kaffee auch die zwei Cognacs und drei Weißbier standen, auf Fulizers Rechnung. Die beiden schlenderten den Arkadengang Richtung Galeriestraße entlang.

»Und Sie glauben also, Kafka hat sich tatsächlich mit Hitler auf so anregende Art und Weise hier im Hofgarten unterhalten, im November 1916?«

In Gears Frage schwang, so jedenfalls hörte es Kreutner heraus, ein gewisses Mißtrauen mit. Jetzt einen Rückzieher zu machen, empfand er als Feigheit vor dem Feind. Da mußte er durch!

»Ich bitt' Sie, was heißt glauben? Wissen! Fakten! Sie wollten doch Fakten von mir. Oder habe ich mich da verhört, vorhin?«

»Ja, schon. Aber warum weiß außer Ihnen anscheinend sonst niemand von dieser Begegnung? Ich meine, irgendwo müßte es doch einen Hinweis darauf geben?«

»Gibt es auch, aber Sie werden doch jetzt nicht allen Ernstes erwarten, daß ich Ihnen meine kleinen Berufsgeheimnisse ausplaudere. Man hat so seine Quellen.«

Kreutner spürte, daß er sich beeilen mußte, noch einmal in das alte Fahrwasser zu kommen, wenn er mit seiner Geschichte nicht bald auf Grund laufen wollte.

»Natürlich haben sich Hitler und Kafka gut verstanden und anregend unterhalten, mit der Einschränkung, die ich vorhin schon machte. Jedenfalls fand Kafka diesen verkrachten Kunstmaler und völlig erfolglosen Dramen- und Operndichter, der da in einem zerschlissenen Soldatenmantel im Café

Heck saß, zumindest einer näheren Betrachtung wert. Dieser Mensch war so durch und durch ernsthaft, ja geradezu tragisch, und dabei nicht recht viel älter als fünfundzwanzig. So etwas kannte Kafka nicht, nicht von seinen Jugendfreunden in Prag. Da war immer auch Gaudi und Fez dabei, jugendlicher Übermut, wie man so sagt, aber bei diesem Menschen im Soldatenmantel war es irgendwie anders. Kafka, der ja an allem Außergewöhnlichen und Bizarren stets brennend interessiert war, entschloß sich, noch etwas länger zu bleiben. Er verspätete sich deswegen übrigens erheblich bei der Verabredung mit seiner Verlobten Felice Bauer, die er im Café Größenwahn, das ihm der Dichter Gottfried Kölwel empfohlen hatte, treffen wollte. Es kam dann zu einem häßlichen Streit zwischen den beiden, die alten Vorwürfe, er denke immer nur an sich, sei unfähig zu einer Entscheidung für ein Zusammenleben mit ihr... Sie können das nachlesen in den Briefen an Felice.«

»Entschuldigen, wenn ich noch einmal nachhake«, Fulizer hatte ganz offensichtlich die Absicht, seinen neuen Mitarbeiter, als den er Kreutner fast schon ansah, wirklich auf Nieren und Leber durchzutesten, ehe er ihn endgültig in seinen Plan einweihen würde, »aber irgendwie geht mir das nicht in den Kopf. Ausgerechnet Hitler und Kafka, der eine ein Militärschädel, wie er im Buch steht, der andere...«

»Moment, Moment! Man hat hier oft ein falsches Bild von Kafka. Sie vergessen... oder wissen es vielleicht gar nicht: Kafka hatte nur wenige Tage, bevor er nach München fuhr, sich entschlossen, Kriegsanleihen zu kaufen. Er fühlte sich dadurch, fast müßte man sagen, *endlich auch* am Krieg beteiligt.«

»Kafka als Kriegsgewinnler, also das kann ich mir nun wirklich nicht vorstellen!«

»Weiß ich nicht, was letzten Endes seine Beweggründe waren. Weiß man ja bei Kafka nie genau. Jedenfalls können Sie in seinen Tagebüchern nachlesen, daß er schreibt: ›Die nächste

Aufgabe ist unbedingt: Soldat werden.‹ Und daß er seinen Chef in der Arbeiter-Unfall-Versicherungs-Anstalt beinahe darum angegangen wäre, ihn zu beurlauben oder noch besser: gleich ganz für den Kriegsdienst freizustellen, das ist auch alles belegt! Also bitte: Konnte es einen idealeren Gesprächspartner für ihn geben als diesen frisch von der Front kommenden Meldegänger, dem eben noch die Granatensplitter um die Ohren geflogen waren? Hitler jedenfalls konnte ihm ein Soldatenlied davon singen, was es bedeutet, Kriegsfreiwilliger in vorderster Front zu sein.«

»Was hätte einen Menschen wie Kafka daran interessieren können, Soldat zu werden?«

»Dieselben Gründe, die ihn ja auch überlegen ließen, ob er nicht auswandern soll, nach Amerika oder auf eine Südseeinsel. Er wollte einfach weg aus diesem Prag, weg von dem ihn erdrückenden Elternhaus, raus aus diesem Job, der ihm sämtliche Zeit zum Schreiben raubte und der ihn letzten Endes nur krank machte. Sie wundern sich immer noch, was Kafka an Hitler wenn nicht bewunderns-, so doch erstrebenswert finden konnte? Na, hören Sie mal: Der hatte doch alles, was Kafka sich wünschte. Keine Eltern mehr, die ihm nur Vorwürfe machten, er sei ein Nichtsnutz und ohne jegliche Stellung im Leben – Hitler ahnte und verstand sofort, worunter Kafka, der ihm dies in wenigen Andeutungen erzählte, zu leiden hatte, ›manchmal würde ich mich am liebsten in ein Insekt verwandeln‹, sagte er zum Beispiel, Hitler hatte ja ähnliche Vorwürfe selbst jahrelang zu hören bekommen. Kafka sah einen Menschen vor sich, der völlig einsam und ungebunden in der Welt stand, ohne Familie und Beruf, der ohne irgendwelche Hindernisse und Rücksichtnahmen das sein konnte, was er sein wollte: Künstler, und wenn's um den Preis des Hungerkünstlertums war. Kafka konnte das erst gar nicht glauben. Er fragte Hitler, natürlich mit einem bestimmten Hintergedanken, ob es denn überhaupt niemand gebe, der daheim auf ihn warte, den es in Verzweiflung stürzen würde, wenn er eines Tages einmal nicht mehr heimkomme von der Front.«

»Und, gab es so jemanden?«

»Es war da hinten«, Kreutner zeigte auf den Teil des Hofgartens, der Richtung neue Staatskanzlei lag, »da, auf dem Weg unter den Linden, da erzählte Hitler auf diese Frage hin etwas, was außer seinem damaligen Freund Gustl niemand wußte, daß er nämlich in Linz eine heimliche Liebe gehabt hatte, die Stefanie, die er sich allerdings nie anzusprechen getraut hatte. Über Jahre hinweg nicht. Er schrieb ihr Briefe, die er nie abschickte, er malte sich ein Leben mit ihr als seiner Frau aus, ohne je ein Wort mit ihr gesprochen zu haben. Es genügte ihm, wenn er ihr auflauerte, in Linz, am Schmiedtoreck, und ihr zusah, wie sie am Arm der Mutter vorbeipromenierte. – Wegen Stefanie wollte sich Hitler von der Donaubrücke stürzen.«

»Hätt' er's nur getan«, rutschte Fulizer heraus, der zugeben mußte, daß das Ganze mittlerweile in eine ziemlich schale Schmonzette abrutschte. Aber er wußte ja: Es stimmte, was Kreutner da erzählte, Wort für Wort. Woher er das alles nur hatte!

»Auch in diesem Punkt verstanden sich die beiden, denn auch Kafka hatte ähnliches erlebt, mit jener Weinstubenkellnerin Hansi, die aus ihm einen todunglücklich dreinschauenden Dackel gemacht hatte.«

Kreutner grinste. Hatte er diesen Mister Gear nun endlich so weit, daß er nichts mehr zu entgegnen wußte? Kreutner begann, sich nervös nach einem Notausgang aus dieser Situation umzuschauen.

»Eins müssen Sie mir aber doch noch erklären!« Fulizer ließ einfach nicht locker. »Sie halten es wirklich für plausibel, daß es Hitler keinen Augenblick lang dämmerte, er könne sich da... ich nehme mal an seit Stunden mit einem Israeliten, einem Anhänger des mosaischen Glaubens abgeben? Hitler war in dieser Hinsicht seit seiner Wiener Zeit höchst allergisch. Normalerweise bildete er sich ein, jemandem auf den ersten Blick anzusehen, ob er Jude ist oder nicht. – Nur in diesem Falle, glauben Sie das allen Ernstes, ist ihm das Judentum Kafkas verborgen geblieben?«

»Man sieht nur, was man sehen will! Außerdem hatte es Hitler noch nie so genau genommen mit der arischen Reinrassigkeit seines Umgangs. Während der Zeit im Wiener Männerheim war er mit dem aus Ungarn stammenden jüdischen Händler Josef Neumann eng befreundet. Die beiden haben sich gegenseitig finanziell ausgeholfen, und einmal sogar, als Hitler durch den Verkauf eines Bildes zu einer größeren Geldsumme gekommen war, eine Woche lang zusammen in einem Hotel gewohnt.

Hitler war extrem menschenscheu. Wenn er aber einmal jemanden ins Vertrauen gezogen hatte, dann hielt er ihn fest wie eine Krake, verlangte, daß sich der andere ihm total verpflichtet fühlte. Auch dürfen Sie nicht vergessen, Kafka war ein ruhiger, schweigsamer Mensch. Hitler hat bei diesem Zusammentreffen stundenlang an ihn hingeredet, und der hörte immer noch geduldig zu. Genau wie sein Freund Gustl Kubizek!«

Kreutner hatte mittlerweile mit Fulizer den gesamten Hofgarten umrundet. Sie standen wieder am Ausgangspunkt, dort wo sie am Nachmittag zusammengeprallt waren, am Hofgartentor, das zum Odeonsplatz hinführte.

»›Sie müssen mein neuer Gustl werden‹, redete Hitler zum Abschied auf Kafka ein, ›das ist eine Frage von allergrößter Bedeutung, wir überspringen den Graben, verehrter Kafka, wir werden böhmisch-waldviertlerische Brüder, wir gehören doch zweifelsohne beide der Geistesmenschenrasse an, wir haben doch beide gegen die Indolenz und Ignoranz zu kämpfen, ich mache Sie zum Reichsschriftwart, wir werden einen Sturm der Revolution entfesseln, kommen Sie mit mir, ich bring' Sie zum Ersatzregiment, ich mach' Sie zum Soldaten, wir werden gemeinsam wieder ausrücken, in wenigen Wochen schon, werden gemeinsam bestehen im Stahlgewitter, machen Sie sich bitte keine Gedanken über die Namensfrage, nur keine Sorge wegen der Nationalitätenfrage, wir machen aus Ihnen einfach einen Kapfka, auch ich als Wald- und Innviertler habe mich einfach freiwillig in die Bayerisch-königliche Armee rekrutieren lassen, später wandeln wir den Kapfka in einen Kapfinger um, alles keine Schwierigkeit für den Reichsnamenwart, wann sehen wir uns wieder, lieber, lieber Kapfka?‹«

»Kafka hätte es in der Hand gehabt, daß alles anders gekommen wäre.«

Es klang wie eine Frage Fulizers, konnte aber auch eine Feststellung sein. Kreutner schien beides überhören zu wollen.

»Kafka mußte Hitler leider gestehen, daß er schon am nächsten Tag abreisen würde, ›Sie wissen ja, die Arbeiter-Unfall-Versicherungs-Anstalt, mein Grab, ich muß wieder in meine Gruft steigen‹.«

»Möglich wäre es gewesen, ich meine, es hätte auch anders kommen können ...«

Fulizer schien irgendeiner fixen Idee nachzuhängen, jedenfalls war das der geeignete Zeitpunkt, ohne größere Widerstände sich von dieser anhänglichen Zufallsbekanntschaft loszureißen. Kreutner ergriff die sich bietende Gelegenheit.

»Also ... es wird jetzt Zeit für mich! War nett, Sie kennenzulernen ..., Mister Gier!«

Kreutner hielt sogar die Hand hin.

»Ja, ja ... gleichfalls ... angenehm ...«

»Ich darf mich empfehlen!«

Und schon war Kreutner durch das Hofgartentor und die Treppen hinunter in die U-Bahn-Station verschwunden. Fulizer war gar nicht dazugekommen, die hingestreckte Hand zu ergreifen. Hatte ja auch noch immer das Päckchen Post, Zeitungen und Manuskriptblätter in der Rechten, das er nach dem

Zusammenstoß mit Kreutner vom Boden aufgelesen hatte. Erst hatte er es unbemerkt neben sich auf den Biergartenstuhl gelegt, dann, während des Spaziergangs, unter dem Cheviotmantel verschwinden lassen, den er überm Arm trug. Kreutner hatte von all dem gar nichts mitbekommen, war zuletzt, so schien es Fulizer jedenfalls, richtiggehend geflüchtet, vor ihm davongelaufen. Würde ihm aber nichts nützen. Da war sich der Koordinator sämtlicher Jahweischen Dienste ziemlich sicher.

VIERTES KAPITEL

Die Somnambule und das Biest / Lederjacken machen
und bekommen Ärger / Fulizers Nachtreise

»Ihre Grazie war Bußschemel, sie war Kreuzdornranke
und Cavaletto, sie bebte wie auf einem Sprungbrett,
das hinausragt, fatal, hoch über Traumgewässer.«
SAMUEL BECKETT

NACHDEM KREUTNER so plötzlich in den Untergrund der Münchner Verkehrsbetriebe verschwunden war und Fulizer alleine am Odeonsplatz hatte stehen lassen, war der, durchaus zufrieden über den Ausgang der ersten Etappe seiner Mission, Richtung Englischer Garten aufgebrochen, etwas Bewegung und Auslauf würde ihm jetzt sicher nicht schaden. Die Stadt war mittlerweile in ihr kleines Schwarzes geschlüpft, die Bremslichter und Blinker der Autos funkelten wie Straß auf dem dunklen Abendsamt.

Fulizer war die Galeriestraße hinuntergegangen, querte den Mittleren Ring, indem er den Fußgängertunnel nahm, und bog dann, als er aus der hallenden Röhre wieder hochstieg, in die Königinstraße ein. Vor ihm auf dem Gehsteig trottete ein riesiger Fetzen von Bettvorleger, man konnte beim besten Willen nicht entscheiden, wo bei dem Hundsvieh Schnauze, wo das Hinterteil sein sollte, ein Fell hatte das Kalb, struppig, verfilzt und dreckig, als ob es frisch aus einem Schafspferch gekrochen käme. Blätter und kleine Holzstückchen hingen ihm, eingedreht und verknotet, in den Zotteln. Neben dem Hund schwebte mehr, als daß sie ging, die somnambule Gestalt eines Mädchens in einem sackartigen Pullover und einer Jeans, die, als wär's Absicht, genau unterhalb der einen Pobacke einen breiten Riß hatte. Der Vorhang ihrer glatten, langen Ponyhaare war nur halb zugezogen, von der Seite konnte Fulizer einen Blick auf ihr Gesicht werfen.

Ecke Königin-/Veterinärstraße, wo sich die Uni-Gebäude der tierärztlichen Fakultät befinden, bogen die beiden in den Fußweg ein, der nach wenigen Metern in den Englischen Garten führt. Vor dem dortigen öffentlichen Pissoir lungerten drei Typen herum, jeder eine Flasche Bier in der Hand.

Der Hund wich ein paar Meter von der Seite seiner Herrin, trottete zu drei Motorrädern hin, die am Randstein abgestellt waren, schnüffelte und hob das Bein.

»Ui, schauts den Bettvorleger an!«

»Aufschneiden, aufschneiden!« grölte gleich einer von ihnen.

»Hat das gute Hundi überhaupt noch Beißerchen oder gibt man ihm besser gleich den Gnadenschuß?«

»Sag deinem Köter, er soll sich schleunigst verpissen, Kleine, sonst hast du augenblicklich statt einem Hund 'nen Fußabstreifer fürs Badezimmer!«

»Aufschneiden, aufschneiden!« Mehr als diese zwei Wörter brachte der Laller nicht hervor.

Das Mädchen wandelte auf ihrer Mondstraße völlig ungerührt weiter. Daß da jemand nicht sofort vor ihnen zusammenzuckte, schien die drei Typen am meisten zu provozieren. Mit einem Kopfnicken signalisierte der Rudelführer den beiden anderen mitzukommen, sich an die Fersen des Mädchens zu heften. Der Laller stürzte noch schnell den Rest Bier hinunter und warf dann, wie die beiden anderen auch, die leere Flasche einfach ins nächstbeste Gebüsch. Ohne daß sie es bemerkten, folgte Fulizer ihnen.

Im Park schlug das Mädchen den Weg Richtung Monopteros ein. Es war kaum noch jemand unterwegs. Der Hund, der der einzige leicht fluoreszierende helle Punkt im Park war, blieb alle paar Meter stehen, drehte sich um. Schien die Verfolger zu bemerken, ganz im Gegensatz zu seiner Herrin.

Der Hund fing leise zu winseln an. Einer der drei näherte sich ihm, warf sich vor dem Hund auf die Knie und schlang seinen Arm um den Hals des Tieres, das augenblicklich flach auf dem Boden dalag, im Schwitzkasten des Typen.

»Aufschneiden, aufschneiden!«

Es war der Laller, wie Fulizer jetzt erst erkennen konnte, der sich so ganz ohne jegliche Angst an den immerhin riesigen Köter herangemacht hatte, vielleicht war es der Suff, der ihn völlig arglos die Bestie umarmen ließ, vielleicht spürte aber auch der Hund, daß er es im Grunde mit einem Riesenbaby zu tun hatte, und verhielt sich deshalb so gutmütig. Ganz anders der Lange, der, wie es schien, das Sagen hatte bei den dreien. Er rief das Mädchen, das sich schon etliche Meter entfernt hatte, von hinten an:

»He, was is' los, läßt du deinen guten, alten Freund etwa einfach so im Stich?«

Das Mädchen schien immer noch nicht zu reagieren, erst als es ein metallisches Klicken hörte, blieb es abrupt stehen, drehte sich um. Der Lange hielt ein Klappmesser in der Hand, dessen Klinge er eben aus dem Griff hatte schnalzen lassen.

»Das ist ein gaaanz ungezogenes Hündchen, ist das, Kleine!« Nun schaltete sich auch noch der dritte der Kerle ein. »Der hat nämlich bei unseren Motorrädern das Bein gehoben.«

»Sind das vielleicht Manieren?!«

»Abschneiden, abschneiden!« Den Schwitzkasten lockerte der Laller kein bißchen, mit der freien Hand jedoch hob er eines der Schlappohren hoch. »Fangen wir doch damit an!«

Das Mädchen kam näher. Es ging direkt auf den mit dem Messer los, stieß ihn mit beiden Händen vor den Brustkasten, der wich nur einen Schritt zurück, lachte.

»Na, na, na, gleich so heftig!«

Mit einem kurzen Kopfnicken befahl er dem dritten einzugreifen. Von hinten trat der an das Mädchen heran, legte die Arme um sie, verhakte die Hände vor ihrer Brust, so daß sie in die Eiserne Jungfrau seiner Umklammerung eingezwängt war – seine Alkoholfahne stach sie ins Gesicht.

Fulizer, der dies alles aus wenigen Metern Entfernung beobachtet hatte, ohne daß einer der drei ihn bemerkt, geschweige denn sich um ihn geschert hätte, kam näher.

»Die Herrn mögen Hunde wohl recht eigentlich nicht!«

Die drei prusteten vor Lachen über einen, der sie auf so antiquierte Art ›recht eigentlich‹ anmachte. So etwas war ihnen bisher noch nicht untergekommen. Doch so überraschend, wie ihr Heiterkeitsausbruch eruptiert war, genauso schnell erstarrte er wieder.

»Halt du dich da bloß raus«, blaffte einer von ihnen.

»Obschon es Ihnen schwerfallen dürfte: Wie wäre es, wenn Sie sich vielleicht einmal in so ein armes Tier hineinversetzen würden.« Fulizer wartete eine Antwort gar nicht ab. »Ich kann Ihnen dabei gerne behilflich sein.«

Und mit einem Schlag fingen alle drei an, in epileptische Zuckungen zu verfallen. Der Laller am Boden begann auf einmal zu knurren, was den Hund des Mädchens noch ängstlicher winseln ließ, lockerte seinen Würgegriff, stellte sich auf alle viere und blaffte seinen Chef an. Dem war das Messer aus der Hand gefallen, auch ihn zwang irgend etwas aus der aufrechten Haltung auf den Boden, seine Backenmuskeln begannen zu zucken, bedrohlich fletschte er die Zähne. Unvermittelt sprang er den Laller an, schnappte nach dessen Hals, balgte sich mit ihm auf dem Boden. Der dritte sprang unter lautem Gebell um die zwei Kämpfenden im Kreis herum, blieb immer wieder einmal kurz stehen, hechelte bei herausgestreckter Zunge.

Fulizer ging zu dem völlig verdatterten Zottel, zog ihn am Halsband vom Boden hoch, ging zu dem Mädchen, faßte sie unter dem Arm.

»Geh'n wir lieber. Die sind jetzt beschäftigt, zumindest für eine Zeitlang.«

Vom Monopteros-Hügel aus sahen sie die drei Rüden, wie sie sich immer noch über ein weites Areal hinweg jagten und verbellten, dann wieder lag einer von ihnen im Gras, hechelnd und mit pumpenden Flanken.

»Danke.«

Es war das erste Wort, das das Mädchen sagte, seit ihr Fulizer am Mittleren Ring über den Weg gelaufen war. Während der Rangelei mit den drei Typen hatte sie keinen einzigen Muckser von sich gegeben. Sie nahm anscheinend wie selbstverständlich an, daß es Fulizer gewesen war, der für die sonderbare Verwandlung der drei Motorrad-Lederjacken gesorgt hatte.

Fulizer setzte sich neben das Mädchen auf die Stufen.

»Ich bin Ihnen jetzt wohl was schuldig?« sagte sie.

»Nicht im geringsten!«

Das Mädchen schaute ihn an, als ob er einer jener perversen Onkels sei, die hier im Englischen Garten unter den Büschen wuchsen wie ungenießbare Pilze. Stinkmorcheln ...

Erst jetzt bemerkte er den silbern glänzenden Knopf in ihrem rechten Nasenflügel. Er funkelte wie eine gefrorene Träne.

»Wohin wollten Sie eigentlich? Vorhin?«

»Weiß nicht.«

»Sind Sie hier öfters unterwegs?«

»Ja, wegen Sheitan.«

»Ah, er heißt Sheitan?«

»Mhm.«

Ob sie wußte, was dieser Name bedeutete? Fulizer sah sich den Hund genauer an. Er hatte sich eingerollt neben das Mädchen gelegt. Nun war noch weniger zu entscheiden, wo der Hund anfing und wo er aufhörte. Er lag da wie ein Haufen dreckiger Wäsche.

»Wohnen Sie hier in der Nähe?«

»Geht's dich was an?«

Nicht daß bei dieser Abfuhr und dem plötzlichen Wechsel zum »Du« irgendwie Gereiztheit oder Genervtsein mitschwangen. Sie sagte das alles ohne eine Spur von Emotion. Nichts schien sie aufregen zu können. Nicht einmal, daß hier jemand versuchte, sie anzumachen, denn als wenig originelle Anmache kam ihr Fulizers Herumgefrage vor. Warum so alte Knacker nie still sein, einfach nur dasitzen konnten. Alles wäre viel einfacher.

Fulizer sagte eine Weile nichts. Stand dann auf.

»Es war mir ein Vergnügen, Fräulein. Es ist nämlich an dem, daß ich jetzt ...«

»Reden Sie immer so geschwollen?«

Daß sie wieder zum »Sie« zurückgekehrt war, deutete Fulizer als gutes Zeichen.

»Nur in Gegenwart von so reizenden Damen.«

Sie mußte lachen, schüttelte dabei den Kopf. »Dame« hatte nun wirklich noch niemand zu ihr gesagt. Und die Liste der Anreden und Rufnamen, die man ihr gegeben hatte, war lang. Angefangen von »Augapfel« über »Miststück« bis »Zwangsvorzuführende«.

»Ich heiße Bat!«

»Wie?«

»Wie englisch ›aber‹: Bat eben!«

»But not really?«

»Doch! ... Recht eigentlich!«

Sie hatte also doch jedes Wort mitbekommen, vorhin! Ihre Teilnahmslosigkeit, ihr Nicht-vorhanden-Sein, es war alles nur gespielt gewesen. Jetzt aber lachte sie. Sie lachte mit Fulizer um die Wette.

*

Sie waren ohne konkretes Ziel Richtung Schwabing aufgebrochen. Die drei Rüden hatten sie vergessen. Würden nun für den Rest ihrer Tage beim Pinkeln das Bein heben müssen. Auch hatte man es als herrenloser, herumstreunender Hund in dieser aufgeräumten Stadt bestimmt nicht leicht. Sie würden verdammt auf der Hut sein müssen vor Hundefängern der Stadtverwaltung. Vielleicht hatten irgendwelche Penner unter einer der Isarbrücken Mitleid mit ihnen. Als Fulizer seinen Lapsus erst Stunden später bemerkte, mußte er schmunzeln. So etwas wäre ihm früher nie passiert: Eine seiner Bosheiten einfach so zu vergessen.

Er hatte ihr gesagt, sie könne ihn »Fritz« nennen. Er wollte schon immer einmal von irgend jemandem »Fritz« gerufen werden. Fritz gefiel ihm. »Fritz Fulizer«... da könnte er in Zukunft Aktenvermerke kurz mit »ff« abzeichnen! Für die anderen natürlich »Fritz Gear«, was zugegebenermaßen etwas lächerlich klang. Aber erstens war Fulizer nach Lächerlichem zumute, und zweitens hatte er »Gear« – sowohl den Namen als auch die Mission – gegenüber Bat völlig aus dem Spiel gelassen.

»Wenn so eine reizende junge Dame einem alten... sagt man: Knacki...«

»Ich kenn ja dein Vorleben nicht, aber wahrscheinlich meinst du: Knacker!«

»... also, einem Knacker wie mir etwas von der Stadt zeigen müßte, wo würde sie mit ihm hingehen?«

»Fritz, du spinnst!« sagte sie lachend.

»Darf man erfahren, warum?«

»Weil du 'ne unmögliche Art hast!«

»Wie unmöglich?«

»Na ja, in allem! Wie du die Leute anmachst und so.«

Wirklich: Diese Jugend war erstaunlich! Selbst dahinter war sie also schon gekommen, daß es das Geschäft von einem wie Fulizer war, Leute an- und gelegentlich auch auszumachen. Er dachte an den Penner von der Reichenbachbrücke, vorgestern abend...

»Also, wollen Sie nun oder nicht?« blieb Fulizer hartnäckig.

»Was?«

»Mir ein bißchen was von der Stadt zeigen.«

Bat sah Fulizer von der Seite her an, musterte ihn dahingehend, ob bei einem wie ihm die Kraft auch wirklich hinreiche für eine Nachtfahrt, wie sie Bat vorhatte.

»Aber nicht, daß es nachher Beschwerden gibt!«

»Und womit fangen wir an?«

»Erst müssen wir Sheitan abgeben. Ich hab da einen Freund, der müßte um diese Zeit beim Schelling-Salon zu finden sein.«

Diese Art von Freund kannte Fulizer. Als sie sich dem Schelling-Salon näherten, konnte er schon von weitem eine Gestalt in bodenlangem Mantel erkennen, die alle Abfallkörbe an den Ampelmasten mit einer Akribie durchwühlte, als ließe sich in ihnen die Lösung des Welträtsels finden. Bat sprach nur zwei, drei Worte mit dem Mann, der nicht im geringsten erstaunt oder überrascht schien.

»Is schon gut«, war alles, was er sagte.

»Sokrates hat mal Philosophie studiert«, erklärte Bat, nachdem sie weitergegangen waren, obwohl Fulizer keinerlei Aufklärung gewünscht hatte. »Jetzt lebt er auf der Straße.«

»Und du? Du lebst nicht auf der Straße?«

Zum ersten Mal hatte Fulizer ganz auf das »Sie« vergessen.

»Nein«, antwortete Bat, so als ob das Gegenteil auch nicht weiter bemerkenswert wäre. »Bei meinem Urgroßopa. Vielleicht laufen wir später noch ein bei ihm. Aber jetzt komm erst mal mit.«

*

Zuerst führte ihn Bat in einen der Techno-Tempel der Stadt. Fulizer hielt es nicht einmal zehn Minuten lang in dem wummernden Raumschiff aus, in dessen Schwerelosigkeit einsame Tänzer spielend jeder für sich eine Galaxie spiralnebelten. Wenn zwei solche um die eigene Achse rotierenden Antimaterien versehentlich doch einmal aneinander gerieten, passierte nicht mehr als ein sekundenschnell verpuffender Austausch abschätziger Begutachtung. Fulizer fand dieses Schauspiel eigentlich recht amüsant, betrachtete es wie ein Mikrobiologe einen unters Mikroskop gelegten Tümpeltropfen, in dem ein paar Tausend Schwanztiere herumspermatisierten, brach diese Beobachtung dann aber doch relativ bald aus Rücksicht auf seine Trommelfelle ab.

Draußen auf dem Gehsteig vor der Disco fragte Bat:

»Na, zufrieden?«

»Ja ... schon. Nur wenn es eine Idee leiser auch ginge ...«

»Klaro! Ist wohl doch nicht mehr ganz das Richtige für dich.« Bat lächelte mitleidig. »Ich zeig dir noch was anderes.«

Sie zog ihn mit, erst in die U-, dann in die S-Bahn und schließlich in das gerade Gegenteil des Techno-Tempels, in ein Café, so schien es, für Taubstumme. Eigentlich war es ganz gut besucht, Gespräche hörte man in dem Raum aber trotzdem keine. Vielleicht einmal ein Gläserklirren vom Tablett des Kellners, und vor allem: ein monoton-leises Klappern diverser Computertastaturen, vermischt mit den Klickgeräuschen hektisch bedienter Mouse track balls. Zusammen mit den Ventilatorengeräuschen der Rechner verschmolz das Ganze zu einem virtuellen Bienenstockgesumme, das auf eine Betriebsamkeit hindeutete, von der man allerdings beim ersten Umherschauen nicht das geringste sah.

»Da ist noch ein Tisch«, sagte Bat.

Sie zwängten sich zu dem noch freien Monitor durch und kamen neben einem Typen zu sitzen, der Fulizer breit angrinste, ohne sein schmatzendes Kaugummikauen auch nur eine Sekunde einzustellen. Das mußte als Begrüßung im Club der Late Night Hacker genügen, der Typ wandte sich wieder seinem Monitor zu, hackte ein paar Zeilen Text ein, den er ganz offensichtlich aus einem Haufen vor ihm aufgeschlagener Bücher und Heftchen zusammensuchte. Manche dieser Vorlagen waren mit dem Umschlagbild nach oben auf den Tisch geworfen, Titel und Aufmachung ließen unschwer erraten, wessen Inhalts die Heftchen waren.

»Du kannst hier mit allen möglichen Leuten in Kontakt kommen, völlig easy. Du mußt gar nicht mehr in eine Kneipe gehen, um jemand kennenzulernen. Verstehst du?«

Fulizer verstand nicht. Wo waren sie denn gerade? Doch wohl in einer Kneipe. In die anscheinend alle herkamen, um nicht in eine Kneipe gehen zu müssen.

»Es ist wie ein riesiger Marktplatz, wo sich alle treffen. Nur daß du hier auch Jungs aus Kanada, aus Australien, einfach von überall her kennenlernst. Wenn dir einer nicht paßt, klickst du ihn weg.«

Bat geriet mächtig in Fahrt. Sie machte die typische Bewegung der Italiener, wenn sie jemandem etwas einbleuen wollen: die Spitzen von Daumen, Zeige- und Ringfinger aneinandergelegt, schüttelte sie ihre Hand, als hielte sie einen Cocktailmixer darin. Fulizers Hirn war bereits eine Bloody Mary.

»Es ist alles so einfach. Spielt keine Rolle mehr, wie du aussiehst, ob du gerade fettige Haare hast oder aus dem Mund stinkst.«

»Ah ja«, heuchelte Fulizer Verständnis.

»Hier geht's wirklich um geistige Dinge. Den anderen Scheiß kannst du vergessen. Ich meine, man kommuniziert hier nur auf einer Ebene, wo's ausschließlich um das geht, was du im Kopf hast, verstehst du? Mein Hintern interessiert hier nicht. Ich denk mir oft, hier redest du mit Leuten, vor denen würdest du im wirklichen Leben schon nach fünf Sekunden davonlaufen, weil dich irgendeine blöde Kleinigkeit stört. Daß ihm Haare aus der Nase wachsen oder so was. Manche können zum Beispiel nicht mit dir reden, bloß weil du ein paar Ringe durch die Augenbrauen gezogen hast. Sie können's einfach nicht. So wie andere kein Blut sehen können. Und dann drehen sie sich weg und gehen. Is' doch idiotisch.«

Bat konzentrierte sich jetzt wieder auf den Bildschirm. Tippte irgend etwas ein. Zunächst passierte gar nichts. Außer daß die Bedienung an den Tisch trat. Bat bestellte:

»Eine Cola-Whiskey. Und du?«

»Ja..., das wäre angenehm ... ja, dasselbe bitte«, stotterte Fulizer heraus.

»Da ist übrigens Daniel!«

Bat zeigte auf den Bildschirm und hämmerte gleich los.

> Hey, Daniel!
> .....
> gruezi

Fulizer rückte näher an den Bildschirm heran.

»Daniel ist Schweizer. Lebt im Appenzell. Willst du auch mal probieren?«

Fulizer sah Bat an. Wie ein Vierjähriger, dem man zum ersten Mal die Stützräder von seinem Kinderfahrrad abgeschraubt hat.

»Tipp einfach ›Hey Daniel‹ ein. Und deinen Namen.«

Eine kolossal fortschrittliche Art der Kommunikation, dachte Fulizer. Da er keine Anstalten machte, die Tastatur zu benutzen, übernahm Bat das für ihn.

> Ich hab jemand mitgebracht: Fritz. Er ist noch ein bißchen schüchtern. Hab ihn vorhin im Englischen Garten kennengelernt. Sonst ist er in Ordnung.
> .....
> gruezi, fritz! wie geht's immer?

Fulizer kam kaum mit, so schnell trippelten die Zeilen über den Monitor. Daß die zuletzt gestellte Frage an ihn gerichtet war, realisierte er erst, nachdem ihn Bat mit einem Kopfnicken Richtung Bildschirm darauf aufmerksam machte.

»Gu... ja, gut, Daniel..., danke gut«, stotterte er. Bat lächelte milde und schüttelte den Kopf.

*

Sie hatten dann noch eine Weile mit Appenzell geplaudert. Daniel, so hatte Fulizer bald erfahren, gehörte jener neuen Generation von Internet-Autoren an, die die Metaphysik des Schreibens, nämlich aus buchstäblich nichts Welten zu erschaffen, auf die Spitzen trieben.

die alten adler- oder olivetti-hacker, die brauchten ja noch farbband und papier, waren de facto der materie ausgeliefert, oder. und wem noch alles, ueberleg doch einmal, fritz, ignoranten, schwachsinnigen lektoren, verlegern, diesen analphabeten, die nur noch zahlenkolonnen lesen koennen. heut ist das anders! unsere literatur, fritz, ist entmaterialisiert. du kannst tausende von lesern haben, ohne daß auch nur ein blatt papier bedruckt werden muß!

Daniel erzählte dann noch von seinem neuesten Projekt, einem Endlos-Roman. Worum es darin ging, konnte nicht einmal mehr sein Autor sagen. Er hatte ja nur, infoid-gerecht, einen kleinen Text als Anfangskapitel ins Internet eingespeist mit der Aufforderung, an wen auch immer, daran weiterzuschreiben. Ab und zu griff Daniel auch wieder in seine eigene Schöpfung ein, in eine bestimmte Richtung lenken konnte er sie längst nicht mehr. Fulizer hatte für diese Art von Demiurgen-Ohnmacht vollstes Verständnis.

Ob er nicht noch eine Nachricht hinterlassen wolle, fragte Bat, nachdem sie sich von Daniel verabschiedet hatten.

»Wie Nachricht?«

»Na, hier im chat room.«

Fulizer sah Bat einmal mehr voller Unverständnis an.

»Ist wie eine Art schwarzes Brett. Das heißt, man kann gleich lesen, was der andere hinhängt, und darauf antworten. Oder eben selber eine Nachricht hinterlassen. Eine Nachricht an die Welt! Das ist doch das Geile, daß immer alles gleich eine Nachricht an die Welt ist. Jeder kann es lesen. Überall. Es gibt keine Grenzen mehr.«

»Und die andern wissen nicht, wer du bist?«

»Das ist doch der Clou an dem Ganzen. Die anderen wissen immer nur das, was du bereit bist herauszurücken. Oder was du ihnen aufschwatzt. Du kannst hier viele sein. Heute die scharfe Tussi, morgen der vertrottelte Professor. Im chat room trifft man sich, tauscht sich aus, geht wieder. Da, schau hin, da ist zum Beispiel ein irrer Vogel, den kenn' ich schon, der verzapft immer so wirres Zeug und nennt sich Graf Arco ... Also, was ist nun, willst du vielleicht noch jemand grüßen?« spielte Bat die »Hörer-rufen-an-wir-verarschen-sie«-Moderatorin.

Fulizer fühlte sich müde. Eine Nachricht an die Welt ..., hatte er keine mehr. Zumindest heute nicht. Oder doch?

»Was ist nun?« Bat wartete, welche Nachricht sie eintippen sollte.

»Ich weiß nicht ...«, zweifelte Fulizer, »das heißt, schreib Folgendes: ›Die vollendet Gerechten werden eingeschrieben und auf der Stelle zum Leben besiegelt; die vollendet Frevelhaften werden eingeschrieben und auf der Stelle zum Tode besiegelt; die Dazwischenstehenden bleiben schweben von Neujahr bis zum Versöhnungstag.‹«

»Was is' los?«

»Ja, komm, schreib schon.«

»Aber Neujahr ist doch erst in zwei Monaten?«

»Nein, war schon. Vor drei Wochen. Die Frist läuft bereits.«

»Welche Frist?«

»Nun mach schon. Du wolltest doch eine Nachricht.«

Bat folgte Fulizers Anweisung, wie man dem Befehl eines Verrückten folgt. Sie warf die Nachricht in den chat room. Unter ihrem Namen. Prompt kam Antwort von »Pit«, den man hier auch immer wieder traf, wie Bat erklärte.

He, Bat, was ist denn mit dir los? Bist du unter die Esoteriker gegangen? Das mußt du mir jetzt schon erklären, wie du so rumfrevelst. Ich jedenfalls ... na ja, vergiß es. Und was ist bitte ein Dazwischenstehender?

Bat schaute Fritz an. »Es war deine Idee. Jetzt erklär's ihnen.«

»Oh nein!« stöhnte Fulizer auf. »Heute nicht mehr. Ein andermal.«

In der Zwischenzeit hatte sich aber schon jemand anders in die Unterhaltung eingemischt.

Ich weiß einen. Nur falls es jemanden interessiert. Ich geh mal rüber in den anderen room. Wer kommt mit?

Das wiederum verstand Fulizer nicht. Er bat Bat, ihm's zu erklären. Doch die hatte auch keine Lust mehr.
»Ein andermal. Ich glaub, wir gehen jetzt besser?«
Teuflisch, diese Dinger, dachte sich der Koordinator sämtlicher Jahweischer Dienste und folgte ihr. Kopfschüttelnd.

FÜNFTES KAPITEL

Auf einer Streuobstlerwiese spät nachts / Er muß
ja nicht, ihm bleibt ja die Parabellum / Am »Elysium«
zur Hölle geschickt

» ›Oh. Geschichten weiß der Herr Rat: der könnte die Vögel
von den Bäumen locken!‹ und sah mich von unten
aus glitzernden Altersaugen an. ›Jaja, gewiß‹ sagte ich
diplomatisch, ›aber ob sie auch alle wahr sind?‹ «

ARNO SCHMIDT

»UND JETZT ZEIG' ich dir noch den letzten Saurier dieser Stadt.«

Bat schien sichtlich Vergnügen daran zu haben, Fritz einem Wechselbad der Eindrücke auszusetzen. Sie saßen in der U-Bahn Richtung »Am Hart«.

»Wieso Saurier?«

»Er hätt's immerhin fast geschafft, im letzten Jahrhundert geboren zu werden. Das ist doch noch Kreidezeit, oder so was ähnliches, hab' ich recht? Er ist Jahrgang 1900.«

»Wer?«

»Na, mein Opa. Genaugenommen: Urgroßopa.«

»Und du lebst bei ihm?«

»Seit ich von der Schule runter bin. Daheim gab's deswegen immer nur Zoff. Der Sepp dagegen ist o. k. Den regt nichts mehr auf. Der ist jenseits von Gut und Böse.«

»Meinst du nicht, es könnte deinem Großvater ungelegen kommen, so spät in der Nacht noch gestört zu werden. Ich meine, er schläft doch bestimmt schon?«

Bat bemerkte durchaus, daß ihre neue Bekanntschaft, was sie sehr bedenklich fand, bereits damit anfing, sich um Angelegenheiten zu kümmern, die sie partout nichts angingen. Wenn sie etwas nicht vertrug, dann jede Art von Fürsorglichkeit. Richtig böse konnte sie Fritz aber auch nicht sein: Er war für einen Endfünfziger, für den sie ihn einschätzte, erstaunlich locker und unkompliziert. War mit ihr in die Disco und ins Internet-Café gegangen. Und er hatte sie vor den Lederjacken beschützt. So richtig altmodisch. Würde sie ihm nie vergessen.

»Der Sepp, der schläft fast gar nicht mehr. Und was das Stören betrifft: Den kann man gar nicht stören. – Du kommst jetzt mit, verstanden, und trinkst bei mir noch eine Tasse Tee!«

»Tee? So spät noch. Muß das sein?«

Bat lachte.

»Halt dich an den Sepp. Der hat einen erstklassigen Obstler!«

*

»Paß auf, was ich dir jetzt sage: Alles, was in dieser Stadt auch nur den geringsten Wert hat, kommt von außerhalb, ist zugezogen. – Wo kommst jetzt du gleich wieder her, was hast du gesagt?«

Fulizer hatte noch gar nichts gesagt. Aber dafür schon notgedrungenerweise den dritten Obstler hinter die Binde gekippt. Sein Gegenüber schenkte ständig nach, auch wenn das Schnapsglas gerade erst halb leer war.

Bat hatte natürlich vollkommen recht! Ihr Urgroßvater schien auf den Besuch geradezu gewartet zu haben. Auch irritierte es ihn in keinster Weise, daß seine Urenkelin um halb zwölf Uhr nachts in Begleitung eines Herrn deutlich fortgeschrittenen Alters auftauchte. All das hatte keine Bedeutung mehr für einen wie Joseph Schulz. Hauptsache, das Leben spülte überhaupt noch irgend etwas an den Strand seines Greisenalters. Solches Nachtgut zum Beispiel, das seine Urenkelin des öfteren irgendwo aufklaubte und mit hierherbrachte.

Schulz war dankbar für jede Ansprache. Er eröffnete sie übrigens, genau wie seine Urenkelin, sofort mit einem »Du«. Scheint so Sitte zu sein in der Familie, dachte Fulizer. Schulz bat die beiden in die Wohnküche, holte aus einem kleinen Wandschränkchen die Obstlerflasche und zwei Schnapsgläser. Bat legte in den Wamsler-Herd zwei, drei Holzscheite nach und setzte Teewasser auf.

»Der Eisner Kurt zum Beispiel, weißt schon, wen ich meine, es stimmt, daß er ein Berliner Jude ist, aber was die Schwarzen von ihm sagen, daß er sich in Wahrheit Kosmanowsky schreibt, das ist doch alles erstunken und erlogen, eine Gemeinheit, eine hinterfotzige, ich kenn' ihn doch, ist ein feiner Kerl, der Eisner, ich hab' alles miterlebt, den Marsch von der Theresienwiese, den Sturm auf die Kasernen, und später dann, wie sie die armen Kerle erschossen haben, in der Kidlerstraße, vorm ›Elysium‹, warum setzt sich eigentlich die Mamma nicht zu uns her, geh Betti, hol sie herüber, heut', wo es so nett ist mit dem Herrn...«

Schulz hob einladend die Schnapsflasche, doch Fulizer hielt die flache Hand über sein Glas.

»Aber Sepp! Die Martha liegt doch am Friedhof draußen, in der Thalkirchner Straße«, Bat lächelte zu Fulizer hinüber, schlürfte an ihrer Schale Tee, »seit zwanzig Jahren.«

»Ah, geh!?«

»Der Sepp hat nämlich mal in Sendling gewohnt«, klärte Bat.

»Ich bin ein Implerstraßler«, fand Schulz schnell wieder in sein altes Fahrwasser zurück, nachdem er gerade mit seiner Frage nach Martha auf Grund gelaufen war, »gebürtiger Implerstraßler, meine Eltern sind '98... oder nein, warte... '96 sind sie von der Reichenbachstraße hinübergezogen in die Impler, da war ja eine richtige Kolonie, da um den Gärtnerplatz herum, Klein-Tarnapol haben wir gesagt, uns hat das nicht gestört, meine Mutter war eine Giesingerin, sie haben sich auf der Auer Dult kennengelernt.«

Bat stand von dem alten weinroten Diwan auf, in das sie sich hineingeschnurrt hatte wie eine Katze.

»Ich geh jetzt rauf in die Koje! Gut' Nacht, Fritz!«

Sprach's und verschwand. Ließ Fulizer allein mit Schulz, der – ganz im Gegensatz zu Bat – nicht die geringsten Anzeichen von Müdigkeit zeigte. Geradezu vernagelt schien er in sein Thema.

»Was Ludwig I. genaugenommen war, weißt du aber schon, oder, ein Straßburger natürlich!, der konnte doch besser Französisch als Deutsch, ohne ihn keine Ludwigstraße, kein Königsplatz, nix, München wär immer noch ein Dorf, da kannst du jetzt hernehmen, wen du willst, alles, was was taugt, kommt von außerhalb, jedenfalls nicht aus München.«

Der Alte schob beim Erzählen sein Gesicht zwischen hochgezogenen Schultern nach vorne, so daß er aussah wie eine Schildkröte, die vorsichtig ihren Kopf aus dem Panzer hervorstreckt. Diesen Eindruck verstärkte noch sein runzeliges Gesicht mit den auffallend hochstehenden Backenknochen. Man war versucht, ihm Salatblätter hinzuhalten, wie im Zoo, um sein zeitlupenmäßiges Kauen zu beobachten.

Fulizer versuchte, Schulz' Monolog so weit wie möglich zu folgen, doch der viele Schnaps machte aus seinem Gehirn eine Streuobstlerwiese voll angefault herumliegender Halbsätze und Halbgedanken. Fulizer dachte zum Beispiel, wie er hier wieder... und ins Hotel... vielleicht, daß irgendwo ein Taxi...

»Jetzt paß auf und laß dir noch schnell erzählen: Der Freumbichler zum Beispiel, der ist aus Salzburg gekommen, oder aus Wien, ich weiß nicht mehr genau, ich war ja noch ein Bub, er hat in der Implerstraße gewohnt, erst in der Lindenschmitstraße, dann in der Implerstraße, zwei Stock über uns, voilà...«, Schulz sagte tatsächlich voilà, dieses kleine Wörtchen riß Fulizer aus seinen Grübeleien hoch, »voilà, schon wieder kein geborener Sendlinger, aber doch einer, der hierher gehört, ein Wahlsendlinger, wo sonst auch hätte so ein armes Schwein Unterschlupf finden sollen als gleich neben dem Schlachthof, um vier Uhr früh, zusammen mit den Arbeitern drüben in der Großmarkthalle, ist er aufgestanden, jeden Tag um vier Uhr in der Früh, er hat mir das alles erzählt, ich hab' mich manchmal etwas zu ihm setzen dürfen, am Nachmittag, wenn er schon zu müde war zum Schreiben, ich hab' ihm immer den Kaffee gebracht, Zichoriekaffee natürlich, den meine Mutter für den Herrn Schriftsteller gekocht hat für ein paar Pfennige Strumpfgeld.«

Fulizer horchte auf. Dieser Freudenbichler könnte vielleicht, wer weiß, von Interesse werden.

»Jetzt paß auf, horch zu, tagtäglich, um vier Uhr früh, hat sich der Freumbichler an den Schreibtisch gesetzt, sich in eine dicke Pferdedecke eingewickelt und das Schreiben angefangen, er war ja schon ein armer, geschundener Schreibgaul, der hat seine Manuskripte umgeackert, sag' ich dir, jahrelang!, jahrelang!, Hunderte von Seiten hin- und hergeworfen.«

Schulz streckte den Kopf noch weiter nach vorne, tippte mit dem hakenförmig gebogenen Finger an die Stirn.

»Täglich um vier Uhr früh hat der seine Großmarkthalle aufgemacht, denn sein Hirnkastl war wirklich eine Großmarkthalle, sag' ich dir. Der hat ein Dachstüberl gehabt, das war die reinste Großideenhalle, mei, da hat es nur so gewurlt vor Sätzen aus Übersee, einmal hat er nämlich einen Abenteuerroman geschrieben, in Südamerika sollte der spielen, er hat mir davon erzählt, mir fällt jetzt der Titel nicht mehr ein, er war ein wirklich außerordentlicher Schriftsteller, ein geschlagener Geist, er hat immer nur einen Panamastrohhut aufgehabt, weil er in seiner Panamalandschaft gelebt hat mit den Panamamenschen im Kopf, aus den Stauden seiner Romanpläne sind manchmal schwarze, faustgroße Spinnen herausgekrochen gekommen, genau wie drüben in der Thalkirchner Straße, es gibt ja unter den Lageristen und Arbeitern keine größere Angst als die vor Schlangen und Insekten, die kommen manchmal als blinde Passagiere plötzlich zwischen Mangos und unter Kokosnüssen hervorgekrochen, ich hab' da gearbeitet, als ganz junger Kerl, später dann war ich ja bei der Eisenbahn, bin nämlich Eisenbahner, verstehst mich?«

Die Erinnerungen an das Schlangen- und Spinnenzeug beutelten Schulz regelrecht, nicht jedoch die hastig hinterhergekippten zwei Stamperl Schnaps.

»Er hat 35 Jahre lang mit seiner Frau zusammengelebt, der Freumbichler, ohne daß sie verheiratet waren, das war vielleicht ein Skandal, unerhört und einfach die nackte Anarchie war das, möchte nicht wissen, was die in der Lindenschmitstraße und in der Implerstraße zu so einem g'schlamperten Verhältnis gesagt haben, zwei uneheliche Kinder waren da, das war ein Skandal, den sich nur ein Freigeist und Künstler herausnehmen hat können, die Tochter Herta hat Jahre später nach Holland gehen müssen, um ihr Buberl zur Welt zu bringen, selbst den toten Freumbichler wollte der Salzburger Bischof nicht am Maxglaner Friedhof beisetzen lassen, weil er beinahe vierzig Jahre lang in Sünde gelebt hat mit dieser Frau, wie er gesagt hat, gehaust haben sie ja wie die Zigeuner, ich war ja oft genug in ihrer Wohnung, ihre ganze Einrichtung bestand aus leeren Obst- und Zuckerkisten, Bett, Tisch und Stühle, ja das schon, aber statt einem Schrank und einem Bücherregal hatten sie Obstkisten übereinandergestapelt, wahrscheinlich besorgte er sich die in der Großmarkthalle, sie waren ja bettelarm, weil er nie eines seiner Bücher verkaufen hat können, er hat dann einfach immer weitergeschrieben, seine Romane sind gewachsen und gewachsen, mehrere tausend Seiten dick waren seine Manuskriptstöße, er hat sie mir gezeigt, wie sie da drin lagen in so einer Zuckerkiste ...«

Daß Schulz seinen Monolog in dieser Nacht noch ewig würde fortführen können, stand für Fulizer mittlerweile außer Zweifel. Er würde eine günstige Gelegenheit abpassen müssen, um sich durch einen Sprung zur Seite (das heißt nach draußen, wo sich hoffentlich irgendwo ein Taxistand finden würde) vor dieser in das Tal der Morgendämmerung donnernden Erzähllawine in Sicherheit zu bringen. Schulz fuhr ungerührt fort:

»Und weißt du überhaupt, warum er sich jeden Morgen wieder um vier Uhr früh aufraffte, um sich an seinen Schreibtisch zu schleppen und in die Pferdedecke einzuwickeln ...? Weil er jede Nacht auf einer geladenen Parabellum geschlafen hat, das glaubst du jetzt nicht, ist aber wahr, einmal hat die Frau Anna meiner Mutter alles erzählt, jahrelang lag unter seinem Kopfkissen eine schußbereite Parabellum, das war das einzige, was ihn angetrieben hat, zu mehreren tausend Seiten Roman angetrieben, jederzeit Schluß machen zu können, jeden Morgen hat er in die Mündung der Parabellum geschaut und seine Zukunft gesehen, er wird sie sich probeweise, stell ich mir vor, an die Schläfe gehalten haben und sich gefragt haben, muß ich weitermachen, nein, ich muß nicht!, freiwillig hat er diese mehrtausendseitigen Romane geschrieben, zum Beispiel einen über die Indianer in Südamerika, er war ein völlig verkannter Schriftsteller, von niemandem beachtet, selbst in seiner nähesten Umgebung, der Implerstraße, verachtet, über dreißig Jahre lang hat er warten müssen, bis sein erstes Buch erschienen ist, und da war es eigentlich schon zu spät.«

»Ja, spät ... spät ist es geworden, Herr Schulz.«

Fulizer versuchte einen Ausfall aus seiner Deckung, in der er nun schon seit einer Stunde wort- und reglos ausharrte, aber Schulz kartätschte sofort zurück:

»Jaja, jetzt setz dich nur nieder und laß dir erzählen: Jeden Morgen um vier Uhr früh kriecht der Mann in sein Arbeitszimmer, legt den Revolver neben sich auf die Tischplatte und schreibt weiter, einen Bauernroman hat er auch geschrieben, irgendwas mit sieben Tälern oder in der Art, mehrere tausend Seiten, wieder kein Verleger, und jeden Tag, hat die Frau erzählt, sind sie an der Tür gestanden und haben gelauscht, sie und die Kinder, ob jetzt der Schuß fällt oder nicht, solche Tragödien haben sich da abgespielt in Sendling, 1912 oder '13 muß das gewesen sein, ich weiß es jetzt nicht genau, Künstlernaturen halt, ich sag' immer, das sind halt Künstlernaturen...«

»Es ist nämlich an dem, lieber Herr Schulz, daß ich morgen bereits...«

»Er hat nie gearbeitet, der Freumbichler, sein ganzes Leben lang nicht, ich mein', er hatte keinen Beruf, die Frau Anna hat die ganze Familie durchgebracht, als Zugehfrau bei feineren Herrschaften, mit Mangel- und Wäschearbeiten, er hat immer nur geschrieben, zehn Stunden am Tag, alles umsonst, kein Mensch kennt ihn mehr, Freumbichler, sagt dir der Name was?«

»Tut mir leid...«

»Nicht?! Na ja, macht auch nichts..., er war nicht von hier, aus Salzburg, oder Wien, in der Implerstraße hat er gewohnt, für ein paar Jahre nur...«

Fulizer sah Schulz in die alte Erzählschleife eindrehen. Höchste Zeit, nun wirklich zu gehen, notfalls auch ohne daß sich der Alte erheben würde, zum Abschied.

»Es hat mich sehr gefreut, Ihre Bekanntschaft zu machen, Herr Schulz. Aber es ist an dem, daß ich jetzt...«

»So!« bellte Schulz kurz angebunden heraus. Es klang eher nach einem beleidigten ›Schön, wenn niemand hören will, was ich zu erzählen hab', dann eben nicht!‹. Fulizer streckte die Hand aus. Schulz goß sich Schnaps nach.

*

Es war Viertel nach zwei, als Fulizer in seinem Hotel ankam. Er hatte ein ganzes Stück Weg zu Fuß gehen müssen, bis zur Ingolstädter Straße, ehe er ein Taxi gefunden hatte (dort, in der Nähe eines einschlägigen Etablissements mit dem kuriosen Namen »Leierkasten« über der Eingangstür, begann um diese Zeit erst der Verkehr... auch der Taxiverkehr).

Fulizer war an einen Taxler der Sorte kumpelhafter Dampf- und Dauerplauderer geraten. »Stoßzeit heute, was?« war seine schmierige Eröffnungsfloskel gewesen, und das nur, weil Fulizer 100 Meter vom »Leierkasten« entfernt zustieg. Der Taxler hatte wirres Zeug erzählt – man mußte den Eindruck bekommen, in dieser Stadt gäbe es nur Typen, die einen ständig mit irgendwelchen Geschichten belästigten.

Endlich im Zimmer, warf Fulizer als erstes den Packen Papier auf sein Bett, den er nun schon über zwölf Stunden mit sich herumschleppte. Es waren jene Blätter, die er am Nachmittag Kreutner entwendet hatte, als sie ihm, nach ihrem Zusammenstoß am Hofgartentor, auf den Boden gefallen waren. Obwohl Fulizer rechtschaffen müde war, wollte er doch wenigstens noch einen kurzen Blick in Kreutners Aufzeichnungen werfen. Noch während er aus dem Mantel schlüpfte, schob er sich das oberste der Blätter so zurecht, daß er die ersten Zeilen lesen konnte ... Fulizer staunte nicht schlecht:

Der junge, eben erst in die Dienste der kgl.-bayr. Eisenbahn aufgenommene Joseph Schulz aus der Implerstraße, bis der schließlich daherkam, war eh schon fast alles vorbei. Der hat das Münchner Beben richtiggehend verschlafen, weil er als Rangierer ...

Dieser Kreutner! Nicht zu glauben. Kannte also den famosen Joseph Schulz, die wandelnde Stadtgeschichte, auch schon! Na ja, wie auch sonst. Fulizer legte sich aufs Bett und las weiter:

... seit drei Uhr früh auf den Beinen war und sich mittags hingelegt und so den Aufbruch drei Uhr nachmittags verschlafen hatte.
Die Adlzreiter- und Herzog-Heinrich-Straße kam er heruntergelaufen, und als er den weiten Platz der Festwiese erreichte, strömten dort schon die Massen auseinander, weil die Münchner ihre Revolution punkt drei Uhr begonnen hatten, akkurat so, wie sie es auch bei den Polizeibehörden angemeldet hatten. Die einen folgten dem Sozialdemokraten Auer Richtung Sonnenstraße, die anderen standen noch eine Weile bei der Bavaria auf den kleinen Abhängen, dort hielt anscheinend noch jemand eine Rede, Genaueres war allerdings nicht zu verstehen. Der Auerzug war schon aufgebrochen, nur mehr einen Schwanz letzter Nachzügler sah man langsam die Theresienwiese verlassen, während sich nun auch auf der gegenüberliegenden Seite ein weiterer Zug formierte, der Eisner- und Gandorferzug.

Währenddessen stand der zu spät gekommene Schulz noch immer unschlüssig in der Mitte der Theresienwiese. Wohin er gehörte, ob zur Auerprozession der Beamten und Angestellten oder zum Eisnerzug der Soldaten und Arbeiter, ließ sich schwer sagen, denn einer wie der Schulz stand eher dazwischen. Überhaupt war alles nur ein Ergebnis des Zufalls, und, genau betrachtet, stolperte letzten Endes das 800 Jahre lang Bayern regierende und beherrschende Haus der Wittelsbacher über eine dumme, ja saublöde Eventualität.

Hätte es zum Beispiel an jenem siebten November auf der Theresienwiese eine Lautsprecheranlage und eine festgelegte Rednerliste sowie überhaupt eine geordnete Kundgebung und nicht ein solches wildes Durcheinanderpalavern gegeben, dann wäre die Sache vielleicht wie sonst auch auermäßig und sozialdemokratisch im Sande verlaufen. So aber trieb es auch einige dem Eisner zu, der nur einer unter vielen Rednern an diesem Nachmittag auf der Theresienwiese war, und mit seinem dünnen Stimmchen rief er unterhalb der Bavaria, ohne daß er es eigentlich wirklich gewollt hätte: »Verteilt euch über die Stadt, besetzt die Kasernen, beschlagnahmt die Waffen, es lebe die Revolution!« Was aber nur die direkt Umstehenden hören konnten, weiter entfernt verstand man den Eisner schon nicht mehr.

Auch der Schulz konnte diesen Aufruf nicht richtig verstehen und sich folglich erst recht nicht erklären, warum plötzlich alle aufbrachen und losmarschierten. Johlend und wild durcheinanderschreiend verließ der Eisnerzug die Theresienwiese und stürmte schnurstracks auf die Kaserne in der Guldeinstraße und auf die bei der Donnersberger Brücke zu. Der Schulz aber, unschlüssig, wo mitmarschieren, ob bei der Auerprozession, die unter geordnetem Absingen der Internationale Richtung Sonnenstraße unterwegs war, oder ob bei dem Richtung Revolution davonstürmenden Eisnerzug, fragte einen, der direkt neben ihm stand, einen mit Lederschurz und Schieberkappi, der genauso unschlüssig wirkte wie er, fragte also, wo man da jetzt mitgehe? Mit dem wild durcheinanderschreienden Haufen hier links, oder dem eher geordnet abziehenden Umgang da rechts? Und ob man da schon von der Theresienwiese weg »Hoch die Revolution!« rufe oder erst drinnen in der Stadt, vor der Residenz oder gar, was dem Schulz besonders aufmüpfig erschien, vor dem Landtag, der seinerzeit noch in der Prannerstraße war.

So wird in München und in Bayern immer Revolution gemacht, indem man den Nachbarn fragt, wo man da mitzugehen habe und ab wann man »Es lebe die Revolution!« rufen solle. Doch der Nachbar mit dem Lederschurz war in dieser speziellen Frage auch überfragt, zuckte nur mit den Schultern. Nichts Genaues wisse man nicht, außer daß die da drüben bei der Bavaria ausgerechnet einem Jud hinterherlaufen, diesem langhaarigen Eisner. Wahrscheinlich in ihr Verderben.

Schulz, der eh schon zu spät gekommen war, aber doch dabeigewesen sein wollte, schloß sich daraufhin der Auerprozession an, die sich unter einem Baldachin strammer Internationale-Gesänge von der Theresienwiese wälzte. Die Zug führte über die Sonnenstraße hinaus bis zur Prinzregentenstraße und zum Friedensengel. Ganz friedlich und geordnet wollte die alte Sozialdemokratie in diesem November 1918 wieder einmal alles verändern, aber schließlich zerstreute man sich wie so oft ergebnislos unterhalb des Friedensengels, und alle gingen nach Hause, darunter auch der Schulz.

Währenddessen stürmten die dem Eisner Folgenden eine Kaserne nach der anderen. Überall rissen sich die Soldaten die Ehrenabzeichen von den Uniformen und liefen über zu den Revoltierenden. Zu einem Blutvergießen kam es nirgendwo. Von all dem aber hat der Schulz nichts mehr mitbekommen, weil er schon wieder früh ins Bett gegangen war, um am nächsten Tag um drei Uhr in der Früh für den neuen Freistaat der Arbeiter- und Soldatenräte am Rangierbahnhof die Weichen zu stellen ...

Fulizer nahm das Manuskript und blätterte gedankenverloren darin. Vorhin, als er in der Wohnküche von Bats Urgroßvater gesessen war, war er sich keineswegs sicher gewesen, was er von all dem halten sollte, was ihm dort aufgetischt wurde. »Eisner gekannt...«, »Marsch von der Theresienwiese...« Aber wenn es doch auch Kreutner schrieb! Das konnte er sich doch unmöglich einfach alles ausgedacht haben. Fulizer schlug das Manuskript an einer Stelle weiter hinten auf.

Der kurze Frühling der Anarchie, aufgeblüht im November 1918, mit dem war es schon im Mai 1919 wieder zu Ende. Das war der kürzeste Frühling überhaupt, den München je erlebt hat, ein Frühling, der im November begann und im Mai schon wieder zu Ende war. Keine zarten Blütenblätter von Linden und Kastanien, sondern rauhe, wollgewirkte Janker aus dem Oberland trieb es im Gestöber durch die Straßen Münchens. Hagelhart entschlossene Weißarmisten trommelte es auf das Kopfsteinpflaster, und über Nacht legte sich der Befreierfrost über die noch ganz frisch ausgetriebenen Hoffnungen und die zartgrünen Triebe. Köpfe und Arme ließen die vom Maifrost überraschten Münchner hängen, abgefallene Glieder und welke Schädel lagen am Morgen auf dem Menschenkompost im Ostfriedhof, erfroren am kalten Blei, das aus den Gewehrläufen der Oberlandler gekommen war.

Im Mai, dem Monat der nackten Wadl und der hochgekrempelten Ärmel, marschierten schneidig und eisig und in der kurzen Wichs Bauernburschen aus dem Isartal mit ihren Miststattstiefeln in die Stadt ein, um diesen, wie sie sagten, Saustall auszumisten. Sie gingen mit den Münchnern nicht anders um als mit dem vollgeschissenen Stroh in ihren Mistställen. Sie zogen jubelnd ein in den roten Augiasstall, diese Herkulesse mit den nackten Wadln, Maisträußerl in den Gewehrläufen.

Diesen Gewehrlaufsträußerln freilich machte der Maifrost des Jahres 1919 nichts aus, im Gegenteil, sie blühten erst so richtig auf, nachdem sie wahllos irgendeinem Münchner Malocher überreicht worden waren, und der hielt plötzlich, etwas verwundert, einen wunderschönen roten Bauchschuß in den Händen. Mit nackter Gewalt und mit nackten Wadln, in der kurzentschlossenen Wichs, so drangen sie, trachtenbejoppt und die Stutzen geschultert, durchs Isartal herkommend, in die Stadt ein, drangen schnell über den Einfall der Wolfratshauser Straße mitten in den Unterleib ein. Stachen mit ihren aufgepflanzten Bajonetten gleich in den Magen Münchens, gleich in die Gegend um Großmarkthalle und Schlachthof, diese Schlächter. Wie man eine Hausschlachtung macht, wie man dem Vieh das mit getrocknetem Mist vollgeschissene Fell über die Ohren zieht, das brauchte man diesen Münchenausmistern nicht eigens zu erklären.

Und so standen sie, zum Äußersten und selbst zur sofortigen Hausschlachtung bereit, urplötzlich und unversehens zu zweit im Werdenfelser Janker und in der kurzen Prozeß machenden Wichs auch in der Bäckerei am Zenettiplatz im Verkaufsladen, währenddessen im Bauch der Bäckerei, in der Backstube, der Zaddek Hans zusammen mit dem zweiten Gesellen, dem Heimer Rudi, jenes mit Sägemehl gestreckte Notbrot backten, von dem sich die belagerte Stadt schon seit Monaten ernährte. Denn die Großbauern des Umlandes, die sich auch dieses Mal wieder, wie überhaupt bei jedem Krieg, als die wahren Herren im Land herausstellten, konnten die Städter, die sie fest im Griff hatten, ohne weiteres am ausgestreckten Arm verhungern lassen. Sie führten die Städter am Kälberstrick herum, und sie konnten die Schlinge jederzeit enger ziehen.

Das ganze Land war im Grunde nichts anderes als einer dieser Großbauernhöfe. Und wer auf diesem Hof etwas zu fressen bekam und vor allen Dingen, was einer zu fressen bekam, bestimmte der Großbauer. Er entschied, wer und was auf der Miststatt landete und wer in der großen Wanne aus Zink endete, abgestochen und mit kochendem Wasser überbrüht. Und wer in der Stadt drinnen ausgehungert werden würde und wer schließlich auf der

Miststatt oder im Zinksarg enden würde, auch das hatten die Bauern im Oberland entschieden, weil sie waren die Herren auf dem Hof und im Land. Sie marschierten durch die Straßen Münchens, als sei das alles ihr Sach, und sie rumpelten in die Häuser hinein wie daheim in ihre Ställe.

Einen Straßenzug nach dem anderen, Haus für Haus, würden sie dieses München ausmisten. Und aus diesem Grund standen sie auch plötzlich in der Bäckerei und Konditorei Schlageter am Zenettiplatz, nicht etwa um jenes aus Säge- und Dotschenmehl zusammengebackene Städterbrot einmal zu probieren, das überhaupt keinen Vergleich zuließ mit dem dunklen, schweren Bauernbrot, das man in Wolfratshausen und Tölz, in Lenggries und Holzkirchen aß, nein, man war in den Verkaufsladen eingedrungen, um jene roten Ratten aufzustöbern, die sich in den Kellern und Gewölben der Häuser verkrochen hatten, wie man wußte und wie einem gesagt wurde von denen, die dieses Mal schon sehnlichst auf die Befreier warteten, ein paar Jahrzehnte später sollte das anders sein. Sie brüllten nach den Oberlandlern wie das Vieh im Stall, dem es schon die Euter zerreißt. Ein nicht unbeträchtlicher Teil Münchens nämlich wollte gemolken werden, wollte von diesen rauhen, rissigen Miststatthänden gezeitelt werden, brutal und hart, selbst wenn dabei Blut flösse.

Auch im Backstubenkeller der Konditorei Schlageter lasse sich ein Rattennest ausheben, das hatten nur wenige Minuten zuvor gleich mehrere Passanten dem jubelnd empfangenen Oberlandlerzug zugerufen. In der Backstube vom Schlageter solle man einmal nachschauen, weil einer der beiden Gesellen wahrscheinlich auch zu den Roten gehöre, jedenfalls habe man ihn seinerzeit nicht nur zur Theresienwiese laufen sehen, wo sich ja das ganze Verbrechergezücht zusammengerottet habe, er sei auch später bei so mancher Versammlung dabeigewesen, was der eine oder die andere jederzeit vom Hörensagen her bezeugen könne. Und eine der aufgeregten und mitteilsamen Passantinnen meinte sogar, sie habe ihn einmal in der Uniform der Rotarmisten gesehen.

»Das bringen wir schon in Ordnung«, soll daraufhin eine der Lederhosen gesagt und dabei speckig gegrinst haben. Durch den Verkaufsladen hindurch, gleich die Treppe hinunter sind sie vorangestürmt mit ihren Miststattstiefeln, die ihrer Lebtag noch keine Backstube betreten hatten. Und tatsächlich fanden sie dort unten auch das von ihnen gesuchte Rattennest, denn daß es sich um ein solches handeln mußte, war den Eindringlingen sofort klar, als sie den Heimer Rudi und den Zaddek Hans beim Notbrotbacken antrafen.

Es war alles genau so, wie es ihnen die gut informierten Kreise draußen auf der Straße beschrieben hatten. In einen schummrigen Backstubenkeller hatten sie sich verkrochen, hatten ihr rotes Gesindeltum hinter weißen Bäckerhosen und weißen Bäckerjoppen versteckt, was ihnen aber jetzt auch nichts mehr half. Denn für einen Lenggrieser Bauernburschen war nichts einfacher, als diese Städterbrut sofort an ihrer roten Nasenspitze zu erkennen, und so stießen sie dem Heimer Rudi den Gewehrkolben zwischen die Rippen und herrschten ihn an mitzukommen, denn einer mußte mitkommen, einer mußte ja der von den Passanten beschriebene Bolschewik sein. Und weil der Heimer Rudi den Fehler begangen hatte, laut über das Eindringen der schon die Grandel fletschenden Trachtenjoppen in seine Backstube zu protestieren, verriet er sich zweifelsfrei, wie die im Auffinden solcher untergetauchter Revolutionsverbrecher erfahrenen Landesverteidiger fanden. Den Zaddek nahmen sie auch mit, die steckten bestimmt unter einer Decke, wenn sie schon in derselben Backstube miteinander arbeiteten.

Der Schulz Joseph aber, der schon auf der Theresienwiese recht unschlüssig gewesen war und nicht gewußt hatte, was tun und wem sich anschließen, kam zufällig gerade des Weges, als der Heimer Rudi und der Zaddek Hans, beides Karten- und Wirtshausbrüder, mit denen er des öfteren im Daiserbräu zusammensaß, aus dem Keller der Bäckerei herausgetrieben wurden. Daß nun die gänzlich Unschuldigen abgeführt wurden, die weder dem

Eisnerzug noch der Auerprozession seinerzeit gefolgt, sondern brav zu Hause geblieben waren, nie an einer Versammlung der Arbeiterräte teilgenommen hatten, verursachte dem Schulz Joseph doch ein ungutes Gefühl, und so schlich er den zweien hinterher, um zu schauen, wohin der Heimer Rudi und der Zaddek Hans eskortiert wurden.

Hinüber auf die andere Straßenseite, wo bereits ein elendes Häufchen von sechs, sieben Männern stand, die man ebenfalls, von der Arbeit weg, aus ihren Familien heraus, mitgenommen hatte, weil man sie als wirkliche oder auch nur vermeintliche Novemberverbrecher enttarnt hatte. Mit hinter dem Kopf verschränkten Armen, aufgestellt hintereinander in Reih und Glied, so trieb das Freikorps die Gefangenen über die Schmellerstraße zum Lindwurm und dann hinauf Richtung Sendlinger Berg. Aus den Nebenstraßen kamen immer noch weitere Gefangene hinzu, eskortiert von zwei, drei dieser Gebirgs- und Bauernschützen, die längst ihre Sträußerl aus den Gewehrläufen herausgenommen hatten.

Dreizehn Männer waren es schließlich, die man so den Sendlinger Berg hinaufjagte, und als man gegenüber dem Denkmal des Schmieds von Kochel ankam, bog man in die Kidlerstraße ein. Ob es das Denkmal war, das den Kommandanten dieser Freikorpsabteilung darauf brachte, daß man nun endlich, mit zweihundertjähriger Verspätung, Rache nehmen könnte für die schmähliche Niederlage der Oberlandler genau hier am Sendlinger Berg? Sollte der Sendlinger Kirchplatz erneut zum Schauplatz werden für ein Sühnegemetzel, das jene Oberlandler Bauern rächen sollte, die hier, am selben Ort, an selber Stelle, nur zweihundert Jahre früher, einfach exekutiert worden waren, obwohl sie sich längst ergeben hatten?

Regelrecht zusammengetrieben hatte man damals die Bauernburschen aus Holzkirchen und Lenggries, aus Bad Tölz und Wolfratshausen unter Androhung, andernfalls ihre Höfe niederzubrennen. Mitmachen mußten sie bei diesem Marsch auf München, um die kurfürstliche Familie aus den Händen der österreichischen

Besatzer zu befreien, was aber alles nur eine Finte und eine Lüge war. Dem längst außer Landes geflohenen Kurfürsten wollte man ein Bauernopfer bringen, das ihm beweisen sollte, daß sein Volk ihn so sehr liebte, daß es sogar für ihn in den Tod gehe. Am Weihnachtstag 1705 hatte man die Oberländer Miststattbauern auf die Opferbank geschickt, hier am Sendlinger Kirchplatz wurden sie von fränkischen und keineswegs österreichischen Söldnern, schon längst wehrlos im Schnee kniend, niedergemetzelt.

Dafür sollten jetzt die wahllos zusammengefangenen Münchner Arbeiter büßen, die vielleicht auch nur jemand aufgehetzt hatte, bei diesem Zug von der Theresienwiese zu den Kasernen mitzumachen, ja, vielleicht war der eine oder andere mit ähnlich erpresserischen Mitteln dazu gezwungen worden wie seinerzeit die Isartaler Bauern.

»Sollen sie doch vom Elysium aus zur Hölle fahren«, schrie plötzlich einer dazwischen, und man wußte nicht, war es einer der umstehenden Gaffer, die auf ein schnelles Blutgericht warteten, oder einer der Oberländer Bauernburschen, die sich hier auskannten. Denn nur wenige Meter vom Sendlinger Kirchplatz entfernt, nur ein kleines Stück die Kidlerstraße hinauf stand das Elysium, eine Sendlinger Bierwirtschaft und Varietébühne. Hier streckte man allabendlich den Schmied von Kochel nieder, auf die Bretter der Volkstheaterbühne nämlich, hier starb er, Aufführung für Aufführung, seinen Heldentod, damit sich jemand ein Beispiel nehme.

In der Wirtsstube nebenan saßen die Sendlinger Arbeiter beieinander, die vom Schlacht- und Viehhof, die Eisenbahner und die Arbeiterinnen aus der Munitionsfabrik, und sie alle fuchtelten mit dem Schmiedehammer aufrührerischer Reden herum, so wie seinerzeit der Schmiedbalthes. Daß das Elysium, mitten im Arbeiter- und Malocherviertel Sendling gelegen, in den zurückliegenden Monaten ebenfalls ein rotes Rattennest gewesen sei, das sprach sich nun schnell unter den anrückenden Oberlandlern herum, die bereits die Alramstraße querten und die dreizehn Gefangenen vor sich hertrieben, die sich vor den Mauern der Wirtschaft in einer Reihe aufstellen mußten.

Der Kommandant befahl, auch dieses Rattennest noch auszuheben, so daß die Miststattstiefel in das Gebäude eindrangen und auch dort zwei, drei Verdächtige aufgriffen, die unvorsichtigerweise immer noch revoluzzerische Reden am Wirtshaustisch geschwungen hatten. Zusammen mit allen zufällig gerade in dem Wirtshaus anwesenden Bierbankhockern trieb man die Aufgegriffenen hinaus vor das Haus, zwang die drei immer noch Ahnungslosen, sich zu den übrigen an die Wand zu stellen.

Alle anderen Davongekommenen wie auch der Schulz Joseph verhuschten sich im Umkreis, ohne allerdings dem Schauplatz völlig den Rücken zu kehren. Denn von der gegenüberliegenden Straßenseite aus, hinter Mauervorsprüngen hervor und aus Hauseingängen heraus mußten sie zusehen, wie auf die nun insgesamt sechzehn Männer, die an der Pforte des Elysiums mit erhobenen Händen standen, angelegt wurde und wie der Freikorpskommandant »Feuer frei!« befahl, woraufhin keine Maiblumensträußerl aus den Gewehrläufen hervorschnellten, sondern kleine Pulverdampfwolken aufstiegen und, beinahe im selben Augenblick, an der Mauer des Elysiums aus sechzehn zusammensackenden Körpern je ein unsichtbarer Lebenshauch davonflog.

SECHSTES KAPITEL

Full of Bourbon / Vorsehung, was is'n das? /
Krakau meldet sich

»Aber ich beschwöre Sie [...], glauben Sie wenigstens,
daß der Teufel existiert! Mehr verlange ich gar nicht.
Ich sage Ihnen, es gibt dafür einen siebten Beweis,
und der ist zwingend! Und er wird Ihnen sogleich
präsentiert werden!«
MICHAIL BULGAKOW

NACHDEM KREUTNER vor Mister Gear – man muß schon sagen – geflohen war, hatte er sich im »Waikiki«, einer seiner Stammkneipen, verbarrikadiert. Man muß auch sagen verbarrikadiert, denn irgendwie wurde Kreutner das Gefühl nicht mehr los, es könne ihm, egal, was er nun auch tue, unter keinen Umständen mehr gelingen, diesen Kerl abzuschütteln. Einsichten dieser Art, nämlich mit einem bestimmten Problem nicht fertig zu werden, pflegte Kreutner möglichst in einen ganzen Eimer voll Alkohol zu halten, so wie man junge Kätzchen in einen Eimer voll Wasser hält, es dauert gar nicht lange, dann hören sie zu zappeln auf, die Probleme genauso wie die Kätzchen.

Es war wirklich fast ein Eimer voll, was Kreutner da im »Waikiki« wegkippte, zu Hause angekommen, hatte er sich dann zu allem Überfluß auch noch an den Küchenschrank mit den scharfen Getränken gehangelt und einen Fallschirm aus Whiskeydunst über sich aufgespannt, mit dem er halbwegs sicher auf den Boden dieser Nacht zu segeln hoffte.

Es wurde jedoch ein harter Aufprall. Was vorherzusehen gewesen wäre. Kreutner aber glaubte nicht an Vorhersehung. Am Morgen dröhnte ihm der Schädel.

Wie ein kältestarrer Leguan kroch er aus dem Bett. Schaltete als erstes den CD-Player ein, wo zum Glück noch die Scheibe von gestern abend auflag... Tom Waits. Dessen Reibeisenstimme fuhr ihm über Gesicht und Nacken, das einzig Richtige, um ihn wachzukratzen. Kreutner stand im Bad vor dem Spiegel, sah in die Kraterlandschaft seines Gesichts und hörte vom Wohnzimmer her krächzen: »I'm full of Bourbon, I can't stand up...«

Zum Frühstück schlürfte Kreutner lediglich an einer Tasse starken schwarzen Kaffees, der wie altes Motoröl in der Tasse schwappte, Schlieren zog auf dem Porzellan. An der Wohnungstür klingelte es.

»Schönen guten Morgen, Kreutner!«

Irgend so ein gottverdammtes Bungeeseil riß Kreutner zurück zum gestrigen Tag, von dem abzuspringen ihn doch so viel Überwindung und zum Schluß etliche Gläser Whiskey gekostet hatte. Er hatte ein Gefühl im Magen, als ob er jeden Moment kotzen müsse. Das grinsende Gesicht Gears, der da in der Tür stand, eignete sich bestens, der letzte würgende Auslöser dafür zu sein.

Kreutner winkte ihn dennoch herein, wortlos, ihm war alles recht, wenn er nur möglichst schnell wieder in sein Arbeitszimmer auf die Couch käme und das Drehen und Wirbeln der Zimmerwände aufhörte.

»Schön haben Sie's hier!«

Fulizer folgte Kreutner unaufgefordert in das Zimmer.

»Sie werden sich vielleicht wundern, wie ich hierhergefunden habe?«

Kreutner wunderte gar nichts. Höchstens wie es sein konnte, daß ihm noch immer nicht die Birne explodiert war bei dem Pochen und Dröhnen in seinem Schädel, er war der festen Überzeugung, man müsse an seinen Schläfen im Takt des flattrigen Pulsschlages tischtennisballgroße Beulen entlanghuschen sehen. Tief eingesunken in die Ledercouch mühte er sich, im Sitzen an den CD-Player heranzureichen, und drückte auf die »Pause«-Taste.

»Bitte machen Sie sich wegen mir keine Umstände«, Fulizer ließ sich in den Sessel, die einzige Sitzgelegenheit außer der Couch, fallen, »ich dachte nur, ich müßte Ihnen das hier zurückbringen.« Er streckte Kreutner den Stapel mit Zeitungen, Briefumschlägen und den Manuskriptblättern hin.

»Von der Anschrift auf dem Begleitschreiben des Lektorats her wußte ich, wo ich Sie finden würde.« Er mußte Kreutner ja nicht unbedingt auf die Nase binden, daß er ihn schon seit Tagen observierte, unten von der Straße aus. »Sie haben das gestern liegengelassen, im Hofgarten.«

Kreutner stemmte sich mühsam hoch. »Auch 'n Kaffee?«

Seine vom Whiskey noch ganz durcheinandergebrachten Gehirnzellensynapsen mußten für diese Übersprungshandlung verantwortlich sein: War auch noch höflich zu dem Kerl, wo er ihn doch rausschmeißen sollte!

»Gerne«, antwortete Fulizer. Kaffee konnte er gebrauchen, war spät geworden, gestern. 3:25 hatte die Digitaluhr angezeigt, als er endlich das Manuskript aus der Hand gelegt hatte.

Kreutner ging in die Küche. Fulizer rief ihm hinterher.

»Außerdem muß ich da noch über etwas reden mit Ihnen. Hab nämlich zufällig etwas reingelesen in die Blätter, die bei Ihrer Post dabeilagen...«

Kreutner kam mit einer zweiten Tasse in der Hand aus der Küche zurück.

»... Sie sind mir doch nicht böse deswegen. Aber ich konnt' einfach nicht mehr aufhören. – Ist aber auch kaum zu glauben, diese Übereinstimmung der Data.«

Kreutner reichte Fulizer die Kaffeetasse, ließ sich wieder in die Couch fallen. Fulizer gab ihm im Gegenzug sein Manuskript herüber.

»Ich darf Ihnen das einantworten...«

Kreutner verstand überhaupt nichts. Von was faselte der Mensch eigentlich? »Einantworten«, »Data«... Kreutner nahm die Papiere, überflog die Manuskriptblätter. Ach ja, richtig, das von irgendeinem dieser Verlagsdeppen zurückgereichte Manuskript. Es war im Briefkasten gesteckt, Kreutner hatte es mitgenommen, um weißbierbeschwingt im Biergarten des Café Annast vielleicht doch noch dem einen oder anderen Satz den letzten, entscheidenden Schliff zu geben. Daß er den Verlust überhaupt nicht bemerkt hatte? Und dieser Mister Gear hatte natürlich prompt drin herumgeschnüffelt? Normalerweise wäre Kreutner nichts unangenehmer gewesen als das. Er haßte es, wenn sich jemand für seine unfertigen Sachen interessierte, er fand (ohne präzise begründen zu können, warum), daß alle Neugierigen den bösen Blick hatten und dafür sorgen konnten, daß ein sich gerade erst im embryonalen Wachstum begriffenes Werk später einmal als Krüppel auf die Welt käme. Oder daß es gleich ein Abgang würde.

»Diese Geschichte mit der Erschießung da...«, Fulizer bohrte mit dem Finger in Richtung Kreutners Manuskript, »als ob Sie Augenzeuge gewesen wären. Einfach großartig! Macht bestimmt Eindruck. Ich meine: vor der Kongregation! Die Bemitleidenswerten, die man da einfach an die Mauer gestellt hat, völlig unschuldig... also, wenn Sie mich fragen, das sind sie doch, die Gerechten, die wir suchen. – Aber«, Fulizer drohte spaßeshalber mit dem Finger, »ich weiß jetzt auch, wo Sie's herhaben. Joseph Schulz, er muß uns weiterhelfen. Er war doch dabei!«

Wenn auch schwerlich an diesem Morgen überhaupt irgend etwas durchdrang durch den Bleimantel um Kreutners Schädel, soviel schien er zu verstehen: Dieser Gear glaubte allen Ernstes, was da auf dem Papier stand! Der nahm das für bare Münze. So etwas war Kreutner noch überhaupt nie passiert. Sonst hieß es immer von seiten absolut beschränkter Lektoren, er solle sich doch bitte an die Fakten halten und hier nicht wild herumphantasieren, und nun auf einmal dieser Leser, der über Kreutners zugegebenermaßen etwas ausgeschmückter Geschichte (immerhin: eine Erschießung vor dem »Elysium« hatte wirklich stattgefunden) regelrecht ins Schwärmen kam.

»Ich sehe schon: Sie sind mein Mann, Kreutner. Genau das habe ich gesucht.«

»Och...«

»Aber sagen Sie eins, woher kennen Sie ihn?«

»Wen?«

»Na, Joseph Schulz!«

Fast wäre Kreutner herausgerutscht: ›ich kenne keinen Joseph Schulz‹, bis ihm klar wurde, wen Gear meinte.

»Ach so, den Schulz... ja, den hab' ich..., den hab' ich mal...«

»Was ich Ihnen nämlich noch gar nicht erzählt habe: Stellen Sie sich vor, gestern, nach unserem Zusammentreffen im Hofgarten, da habe ich durch Zufall im Englischen Garten – ich wollte noch etwas spazierengehen – eine junge Dame kennengelernt, und die hat mich schließlich mit ihrem Urgroßvater bekannt gemacht. Hochinteressanter Mann, eine Lebensgeschichte, sag' ich Ihnen. Das heißt: Ihnen brauch' ich ja gar nichts erzählen. Denn nachdem ich ins Hotel zurückgekommen war und Ihren Bericht da gelesen hatte, war mir klar: Schau an, der Kreutner, der kennt ihn natürlich auch schon wieder!«

»Wen?«

Fulizer hatte den Eindruck, daß sein Gegenüber wirklich nicht ganz bei der Sache war. Er sah auch irgendwie mitgenommen aus, wie eine zwei Tage alte Wasserleiche.

»Joseph Schulz!«

»Und Sie haben ihn kennengelernt? Mit ihm gesprochen?«

»Das klingt ja fast so, als hätte ich das nicht tun dürfen.«

»Doch, doch..., ich meine nur... Was hat er Ihnen denn erzählt?«

»Ungefähr, natürlich nur viel gerafter, was Sie auch in Ihrem Manuskript da schreiben!«

Kreutner verstand die Welt nicht mehr: Eine von ihm erfundene Figur war diesem Mister Gear begegnet, von dem Kreutner zunehmend den Eindruck bekam, der sei auch nur aus einem Roman entsprungen. Bulgakow vielleicht. Der Kater. Hatte Gear nicht manchmal auch so ein Schnurren in der Stimme?

»Und Sie sind sicher, der hat Ihnen nichts vorgeflunkert?«

Kreutner zog mittlerweile schon das Absurdeste in Betracht: Daß irgend jemand auf ungeklärte Weise an sein Manuskript gekommen war und seine erfundene Geschichte für die eigene, selbst erlebte ausgab.

»Hatte eigentlich nicht den Eindruck. Und wenn, dann

hätte er Ihnen ja denselben Bären aufgebunden. – Nein, glaub' ich eigentlich nicht. Der Mann wirkte nicht so, als sei er zu Späßen aufgelegt. Übrigens ist er schon weit über neunzig! Beinahe noch im letzten Jahrhundert geboren.«

»Und was haben Sie jetzt vor mit diesem Joseph Schulz?«
»Wieso vor?«
»Ich seh' Ihnen doch an, daß Sie etwas aushecken!«
Fulizer schmunzelte.
»Es könnte in der Tat sein, daß uns Herr Schulz noch in irgendeiner Hinsicht dienlich wird.«

Kreutner wurde die Sache immer suspekter. Demnächst würde also Gear eine Figur, die er, Kreutner, erfunden hatte, in seine eigene Geschichte zurückschmuggeln, und er wüßte nicht einmal wie und an welcher Stelle und was sie darin anrichten würde.

Fulizer schaute auf die Uhr.
»Er hat mir so manches erzählt, was in unserem Zusammenhang bedeutsam werden könnte.«
Er machte eine Pause. »Die Geschichte übrigens mit diesem Schriftsteller, Freudenbichler... oder so ähnlich, nein, warten Sie: Freumbichler...«
»Großvater von Thomas Bernhard«, schob Kreutner trokken dazwischen, der Name war ihm sofort geläufig, Freumbichler, naturgemäß!
»... ach, Ihnen sagt der Name etwas?«
Statt einer Antwort kugelte Kreutner auf der Couch zur Seite, um an das Bücherregal heranzureichen, und fingerte, ohne langes Suchen, ein kleines schwarzes Büchlein heraus. »Johannes Freumbichler und sein Enkel Thomas Bernhard« stand auf dem Umschlag. Er reichte es Gear hinüber.
»Wußten Sie, daß dieser Freumbichler einige Jahre in München gelebt hat?«
War Kreutner glatt entgangen. Mußte er sich notieren. ›Rohrb. wg. Freumbi. fragen!!!‹

»Müßte eigentlich da drinstehen. Vielleicht hinten bei der Zeittafel?«

»Da ist keine Zeittafel! – Aber hier, sehen Sie, eine Auflistung, ›Adressen von Johannes Freumbichler laut Postanschrift von 1895 bis 1949‹, ist ja ganz schön rumgekommen, der Mann, schätze zwanzig verschiedene Adressen, hier Lindenschmitstraße 29 a/4... Stimmt also, was Schulz mir erzählt hat. Dann dürfte das mit Eisner auch stimmen. Er behauptet ja, den Eisner gekannt zu haben, hat er Ihnen das auch erzählt? Da würden mich direkt Details interessieren.«

Mich auch, dachte Kreutner, mich auch, Mann!

»Manchmal stellt ja die Vorsehung einen gänzlich unbedeutenden, einen ganz und gar unwichtigen Menschen neben einen Geschichtsheroen«, fing Fulizer nun plötzlich an, philosophisch zu werden, »neben einen Historiengestalter, wie es ihn alle Jahrhundert nur einmal gibt, und dieser ganz und gar durchschnittliche Mensch hat für die Dauer einer... sagen wir: Sekunde der Weltgeschichte alles in der Hand, ganz allein auf ihn und wie er sich verhält kommt es an, ob Millionen ins Verderben gerissen werden oder nicht... Ich meine, die Vorstellung an sich..., sie ist ungemein faszinierend, finden Sie nicht?«

»Vorsehung! Was soll das sein? Gibt es doch gar nicht.«

Kreutner fing an, sich für Gears ex tempore vorgetragene philosophische Spekulationen zu interessieren, und es reizte ihn, wieder etwas aufgemöbelt vom starken Kaffee, dagegenzuhalten. Fulizer beugte sich in seinem Sessel nach vorne, wurde plötzlich ernst.

»Mein lieber Freund, Sie sollten etwas vorsichtiger sein mit so einfach dahingesagten Negationen, die auf einmal weitreichender werden, als Ihnen später lieb sein könnte.«

Klang irgendwie nach Drohung, was Kreutner nur noch mehr anstachelte.

»Beweisen Sie's mir!«

»Was?«

»Daß irgend etwas auf diesem Zufallsplaneten gemäß einer – wie belieben Sie's zu nennen? – *Vorsehung* geschieht!«

Fulizer war klar, daß er nun nicht mehr kneifen konnte, daß es vielmehr an der Zeit war, Kreutner ein unmißverständliches Zeichen zu geben. Bedauerlich nur, daß dabei irgend jemand Unschuldiges dran glauben mußte. Fulizer stand auf, ging durchs Zimmer, blieb vor dem Fenster stehen.

»Sehen Sie die Frau dort drüben ...?«

Da war sie wieder, die junge Nachbarin, die aus ihrem Küchenfenster heraus auf das schräge Flachdach des Nebenhauses kletterte. Kreutner hatte sie den ganzen Sommer über bei dieser regelmäßig zur späten Vormittagszeit absolvierten Übung beobachten können, kaum zu glauben, daß die Oktobersonne immer noch warm genug war ... andererseits, war ja ein Blechdach, wärmte sich sicher schnell auf ... Das Mädchen huschte barfuß über ihre, wie sie glaubte, uneinsehbare Privatveranda und zog, nur gut zwei Meter von der Traufe des Daches entfernt, ihre Jeans aus. Legte sich auf eine Decke und begann, in einem Buch zu lesen.

»Was würden Sie sagen, wenn ich Ihnen prophezeie, daß diese unvorsichtige Dame dort wirklich fahrlässig mit der Vorsehung spielt?«

Kreutner trat näher ans Fenster.

»Ach, da schau her, auch schon wieder da, das macht die jeden Tag, wenn das Wetter danach ist. Nett, oder?«

»Trotzdem: Extrem unvorsichtig! Finden Sie nicht auch? Es könnte doch die Vorsehung dieser hübschen jungen Dame sein, daß ihr dieser Leichtsinn noch einmal zum Verhängnis wird.«

»Könnte, ja«, meinte Kreutner, »muß aber nicht. Ist eine Frage des Zufalls, wenn Sie meine Meinung hören wollen.«

Kreutner fühlte sich mehr und mehr zu einer kleinen Disputation aufgelegt mit Deutobold Mystifizinsky Gear, der hier gustafgründgensmäßig den Meister über Leben und Tod schmierenschauspielerte, von wegen ›stets das Gute will und stets das Böse schafft‹. Quatscht hier was von ›München retten‹, und dann droht er kleinen, unschuldigen Mädchen!

»Die junge Dame wird Sie noch einmal an etwas erinnern, und es wird Ihnen leid tun, daß Sie es vergessen haben«, orakelte Fulizer. Und trat überraschend den Rückzug an. »Es wird Zeit für mich. Möchte Sie auch nicht länger aufhalten. Sie haben sicher noch zu tun.«

Kreutner fühlte sich als Punktsieger. Der zog ja regelrecht den Schwanz ein, der famose Mister Gear.

»Och, ein bißchen die Tasten klimpern lassen, vielleicht.« Kreutner deutete lässig zu seinem Schreibtisch hin.

»Dann will ich aber nicht länger stören.«

»Sie stören nie, verehrter, lieber Herr Gier«, grinste Kreutner höhnisch und drängte den schrägen Vogel sanft zur Wohnungstür. Nachdem sie hinter Fulizer ins Schloß gefallen war, atmete Kreutner erst einmal tief durch (was seiner auf soviel Sauerstoff allergischen Raucherlunge gleich einen Hustenanfall bescherte).

Dieser Triumph mußte gefeiert werden. Schon zum zweiten Mal hatte Kreutner die schmierigen Avancen des Herrn mit dem Pepitahut – eine Mischung aus Einschleimen und Drohen, das hat man gern! – erfolgreich abgewehrt. Mit dem ersten Glas Whiskey dieses Tages als Belohnung ging Kreutner zurück in sein Arbeitszimmer. Drückte auf die »Repeat«-Taste seines CD-Players.

»I'm full of Bourbon, I can't stand up...«

Von wegen!

*

Mit diesem Kreutner war es doch wirklich ein leichtes Spiel! Fulizer triumphierte. Die paar Sekunden, während denen Kreutner das Mädchen auf dem Blechdach beobachtet hatte, hatten genügt, um von seinem Schreibtisch einen weiteren Stapel Manuskriptblätter mitgehen zu lassen. Es dauerte allerdings wieder bis spät in die Nacht, bis Fulizer, den ganzen Tag über im Dienste der Jahweischen Kongregation unterwegs, einen Blick in die Blätter werfen konnte. Es war bereits nach zwölf, er lag rauchend und lesend auf dem Bett, als das Zimmertelefon klingelte. Der Nachtportier war dran, da sei ein Anruf, der sich partout nicht abwimmeln lassen wolle, äußerst dringend und nicht aufzuschieben. Fulizer ahnte bereits, wer das allein sein konnte.

»Na, Fulizer, wie geht's?« Natürlich: der Chef. Er war in so aufgeräumter, ja geradezu aufgekratzter Stimmung, daß Fulizer sofort wieder hellwach war.

»Geht's bei Ihnen auch so fidel zu wie bei uns?«

›Ja, man hört es‹, dachte Fulizer, dem eine Kakophonie aus Stimmen, Gläserklirren und Discomusik entgegenkatarakte.

»Müssen unbedingt auch kommen, Fulizer! Nehmen Sie doch den Zug und fahren Sie her.«

Fulizer wunderte sich nicht wenig.

»Sind Sie noch immer im Kloster Strahov?«

»Ach wo, schon längst nicht mehr! Die Karawane zieht weiter, mein guter Fulizer. Wir sind jetzt in Krakau«, der Chef schrie fast, so sehr brandete der Lärm um ihn herum, »Hotel Monopol!«

Aus dem Hintergrund vernahm Fulizer das spitze Gekicher Ducees, eingestreut in den unablässigen Redeschwall einer unangenehm hohen Damenstimme.

»Cuir l'öss al chan, Fulizer! Ist mal was anderes als diese ewigen Trappistenorden mit ihren Strohsackbetten. – Also, wann kommen Sie?«

»Ich habe hier gerade erst einmal begonnen mit meiner Recherche, Chef, konnte gestern einen Informanten anwerben...«, Fulizers Blick fiel auf das Manuskript neben ihm, »... der uns noch weiterhelfen wird, das hab' ich im Gefühl.«

»Na, dann bringen Sie ihn eben mit! Všechno jedno!«

»Ich glaube nicht, daß das gehen wird...«

»Dann kommen Sie alleine. Wir wollen Ihren Bericht hören, Fulizer.«

»Jawohl, er soll hier antanzen und einen Rapport geben, und zwar ein bißchen plötzlich.« Das war Ducees Stimme, krakeelend und von scharfen Getränken schon ziemlich aufgekratzt. Fulizer sah ihn förmlich von seinem Barhocker rutschen. »Ist uns egal, wie Sie das einrichten, Fulizer, jedenfalls erwarten wir Sie am Dienstag zur Besprechung. Und daß mir da Ergebnisse auf den Tisch kommen!«

Fulizer sah ein, daß Widerspruch in diesem Fall zwecklos war. Ohne weiteren Kommentar murmelte er ins Telefon: »Also, bis übermorgen, Chef!«

Der aber hörte gar nicht zu, wollte vielmehr gerade mit einer längeren Suada über den verlotterten Zustand der Jahweischen Dienste beginnen und daß hier wohl jeder mache, was ihm gerade einfalle... Fulizer hängte einfach ab.

Jetzt hatte er gar nicht nachgefragt, wann und wo. Und wie hatte das Hotel geheißen? Unwirsch stand Fulizer vom Bett auf, wollte nachsehen, ob wenigstens der Mini-Bar noch etwas einfiel. Versehentlich wischte er über den kleinen geordneten Stapel Blätter auf dem Bett und fegte Kreutners Manuskript auf den Fußboden.

»Merde!« fluchte Fulizer. Der digitale Wecker zeigte 0:43 an. Na, der neue Tag begann ja prächtig!

SIEBTES KAPITEL

Montagmorgen alles neu / Vom Geblüt her:
Strudelrasse! / Gear als Schachterlteufel

»Sein Bild ist einfach aus dem überreizten Gehirn auf die Netzhaut
übergesprungen; warum auch nicht, wenn es beim
gewöhnlichen Sehen dauernd umgekehrt geschieht? –
Nur nicht kopfscheu werden, dann wird alles gut.«
LADISLAV KLÍMA

HERMANN KREUTNER WAR sich nicht mehr ganz so sicher, was er von dem zurückliegenden Wochenende und vor allem von den dabei stattgehabten Ereignissen halten sollte. Jetzt, Montagmorgen, einigermaßen ausgeschlafen und halbwegs nüchtern, kam ihm so manches nicht wirklich erlebt, sondern eher einer überreizten Phantasie entsprungen vor. Gingen all diese seltsamen Gespräche über sieben Gerechte, Vorherbestimmung und an was sich Kreutner sonst noch dumpf erinnern konnte, vielleicht auf die Rechnung durchgearbeiteter Nächte bei übermäßigem Alkoholgenuß? War es mit ihm etwa auch schon soweit wie dem Fundamentalsäufer Ladislav Klíma? Der hatte zwar einerseits, von diversen, immer hochprozentiger werdenden Alkoholika inspiriert, einige saustarke Bücher hinterlassen, Produkte eines tiefschwarzen böhmischen Defätismus, andererseits sich aber letztlich um den Verstand gesoffen, teils sogar mit unverdünntem Spiritus, vielleicht kam es daher, daß er zum jämmerlichen Ende hin sogar anfing, Gespenster und Geister zu sehen. So weit jedenfalls wollte es Kreutner nicht kommen lassen.

Montagmorgen sind eigentlich ideal für gute Vorsätze und Neuanfänge, redete sich Kreutner ein. Er würde wieder strenger mit sich sein müssen. Alles Ablenkende beiseite räumen, das mußte er jetzt! Kreutner legte ohne große Systematik die diversen Manuskripte (darunter den Koschik-Krimi), Briefe und Bücher, die über den Schreibtisch verstreut lagen, auf einen Haufen und packte ihn in eine Schublade. Den eigentlich schon recht beträchtlichen Stapel an ausgedruckten Seiten seines Romanmanuskriptes dagegen rückte er in die Mitte der Schreibtischplatte. Er hatte die letzten Wochen die Lust, daran weiterzuarbeiten, ganz und gar verloren, Rohrbachers »Wolpertinger in Schachteln« hatten dazu ebenso beigetragen wie jene Plage der Lektoratsschreiben, die über ihn gekommen war und für die es schon nicht einmal mehr einen alttestamentarischen Vergleich gab: Gott hat Hiob siebenmal abgestraft, wenn er sich recht erinnerte, aber doch nicht gleich zwölfmal!

Doch wie Kreutner den Stapel so betrachtete, faßte er wieder Zuversicht. Er mußte einfach weitermachen. Wie dieser Freumbichler, Kreutner erinnerte sich schwach: Der hatte doch auch jahrzehntelang nur Pech gehabt, einfach gottverdammtes Pech, bis er dann doch noch groß rauskam. Aber er hatte eins getan, das mußte man zugeben, er hatte nie aufgegeben, einfach weitergeschrieben, Tausende von Seiten.

Kreutner schaltete den Computer ein, das Summen des Ventilators im Rechnergehäuse bewirkte auch bei ihm eine Art geistiges Warmlaufen, dann ging er aber doch erst noch einmal in die Küche, um sich eine Kanne extra starken Kaffees aufzusetzen. Er nahm sich die letzten Seiten des Manuskriptes mit.

Zu lange hatte er die Arbeit daran schon wieder ruhen lassen. Er hatte, das bemerkte sogar die Kaffeemaschine und spuckte kleine höhnische Kommentare in die Morgenstille, den Faden verloren. Um ihn wieder aufzunehmen, setzte er sich an den Küchentisch und las sich das zuletzt Geschriebene durch. Schon nach den ersten Sätzen erinnerte er sich wieder: Nachdem er die Geschichte über Joseph Schulz, einer der Theresienwiesenmarschierer, eingefädelt hatte, war nun der Schwenk hinüber zum Hauptbahnhof an der Reihe (von wegen Polyphonie der Erzählstränge, schwimmende Felsen etc.), wo unter der Wachmannschaft, die das Geschehen im Bahnhofsgebäude zu observieren hatte, sich einer aufhielt, den man dort, unter Rotarmisten, am wenigsten vermutet hätte.

Kreutner hatte sich, als er von dieser höchst ungewöhnlichen, nichtsdestotrotz aber belegbaren biographischen Episode einmal mehr durch Rohrbacher erfahren hatte, entschlossen, die unbekannten Seiten seines »Helden« noch etwas genauer herauszuarbeiten. Nichts interessierte Kreutner nämlich mehr, als der verheimlichten Geschichte dieser Stadt auf die

Spur zu kommen. Daß man dabei gelegentlich mit der eigenen Einbildungskraft etwas nachhelfen mußte, hielt er für legitim, ja eigentlich gar nicht weiter erwähnenswert. »Eine Stadt«, hatte sich Kreutner einmal aus dem Buch eines geschätzten Kollegen notiert (er wollte das Zitat bei Gelegenheit irgendwo als Motto anbringen), eine Stadt also »ist das, was sie sich von sich einbildet, was sie von sich phantasiert. Was sie lügt. Flunkert, schwindelt. Was sie verdreht, erdichtet, mogelt. Eine Stadt ist der Stern, den sie dem Himmel streitig macht.«

Kreutner las, las sich selbst wie einen Fremden:

»Noch immer kein Mädel, Mensch Diewo?!«

Immer wieder hatte der Eckart seinen Schützling in dieser Weise angesprochen, weil er nicht nur um das Seelen-, sondern auch um das Körper-, um nicht zu sagen Unterleibsheil seines Kameraden besorgt war.

»Wie du aber auch immer daherkommst, Harrgott Diewo, schneid dir doch wenigstens einmal den Schnurrbart, wie das so schlawinerhaft über die Mundwinkel herunterhängt, schaust ja aus wie irgend so ein verlauster Magyare aus Budapest, Mensch Diewo!«

Er nannte ihn immer nur »Diewo«, nie bei seinem richtigen Vornamen, und zwar deshalb, weil er die grammatikalische, seiner Herkunft entspringende Unart besaß, Relativsätze mit »die wo« einzuleiten. Er sagte zum Beispiel: »Meine Mutter, die wo die besten Marillenknödel von ganz Braunau kochen konnte ...« Oder: »Wir sind die Rass', die wo einmal die Welt beherrschen wird!«

Aber der Eckart trieb ihm diese Flausen schon aus. Wie er auch dafür sorgte, daß Diewo nicht mehr länger in diesen Hosen herumlief, die ganz ausgebeulte Knie hatten und speckige, abgewetzte Stellen am Hinterteil. Einen bodenlangen Regenmantel mußte der Eckart ihm auch schenken, weil er nicht einmal dazu Geld hatte, ein richtig armes Würschtel war sein Kumpel. Und dann natürlich einkaserniert in der Lothstraße, wie war da jemals an Damenbesuch zu denken? Und daß er zu Besuch ging, bei bestimmten Damen, wäre niemals in Frage gekommen. In dieser Hinsicht war der Diewo ein Waisenknabe, wie der Eckart fand.

Schon vor seiner Soldatenzeit, als er noch in der Schleißheimer Straße in einem kleinen Zimmer gewohnt hatte, machte der Diewo seinen Vermietern niemals Schande. Was auch gar nicht gegangen wäre, lebte er doch die erste Zeit in diesem kleinen Zimmer zusammen mit seinem Spezi aus den Wiener Männerwohnheimtagen.

»Daß Sie mir ja keine Schande machen«, hatte anfänglich die Vermieterin, Frau Popp, immer wieder zu ihm gesagt. Bloß keine Schande machen mit dem Geschlecht, das war sein fester Vorsatz, das wurde Programm bei ihm, bloß keine Geschlechtsschande!

Auch Frau Popp sah bald ein, daß in dieser Hinsicht ihr grundsolider Untermieter stets ein tadelloses Benehmen an den Tag legte, »schließlich ist er ja als Kunstmaler auch eine empfindsame Seele! Nie hat er nackerte Weiber gemalt und nie auch so rote oder blaue Pferdl, sondern immer die schönen, alten Häuser von unserm München!« wußte Frau Popp zu sagen. »Ganz ohne so zwielichtige Modelle ist der Herr Kunstmaler ausgekommen, weil er hat immer nur das alte Münchner Rathaus abgemalt oder den Alten Hof. Und das Asamkircherl in der Sendlinger Straße, das hat ihm auch besonders gefallen, immer wieder hat er das Asamkircherl abgemalt.« Wenn es den Herrn Kunstmaler einmal überkam und er Versuchungen zur Geschlechtsschande verspürte, ist er flugs in die Sendlinger Straße gelaufen und hat das Asamkircherl abgemalt, das hat ihn dann wieder beruhigt.

»Mußt halt nicht immer so stoffelhaft sein«, hatte ihm der Eckart ins Gewissen geredet, der erfahren war in all diesen Dingen. Er kannte das Leben von ganz unten und von ganz oben. Er hatte unter Obdachlosen gelebt und auf Parkbänken geschlafen, seinerzeit in Berlin. Heute wohnte er in Nymphenburg draußen, in vornehmster Gegend. Und er wußte, wie man mit den Damen umgeht. Er schnupfte ein weißes Pulver und trank etliche Gläser Cognac, und schon lagen ihm, dem geistsprühenden, charmanten Herrn Eckart, die Frauen zu Füßen.

»Ja, Diewo, wenn du immer nur einen G'spritzten trinkst«, hatte ihn der Eckart aufgezogen, als er im Café Heck bei der Bedienung aus Gewohnheit ein Viertel G'spritzten bestellte, er, der aus Wien gekommen war. »Immer nur G'spritzten trinken und keinen Damenbesuch haben, wenn das einmal nicht in die Bettdecke geht«, so hatte der Eckart ihn bloßgestellt vor der lachenden Bedienung und den johlenden Mithörern am Tisch. Das mochte der Kunstmaler nicht, wenn sein Bekannter dermaßen ordinär über Dinge der Geschlechtsschande sprach, auch wenn sie sonst, politisch und überhaupt, meist einer Meinung waren.

Er ging dann aber doch immer wieder ins Café Heck, trotz dieser Schmach von wegen dem G'spritzten, vorwiegend in den zum Hofgarten hin gelegenen Biergarten, weil man dort im Freien saß und so nicht wehrlos den Schweinsbratenschwaden ausgeliefert war. Alles Fleischliche war dem Kunstmaler von jeher fremd, ja zuwider, noch nie hatte er, den man an der Wiener Kunstakademie schmählich hatte scheitern lassen, einen Akt gezeichnet, ihm grauste vor den fleischlich-lüsternen Linienschwüngen, lieber hielt er sich an die rechtwinkelige Architektonik von Kirchen- und Rathausfassaden.

An dieser Stelle hatte Kreutner das letzte Mal abgebrochen. Jetzt stürmte er geradezu von der Küche hinüber in sein Arbeitszimmer, setzte sich an den Schreibtisch, ließ durch einen Tastendruck den Bildschirmschoner verschwinden und wollte eben jene Datei aufrufen, die den Text enthielt, an dem er schon fieberhaft weiterschrieb, in Gedanken. (Ihm war Rohrbachers kleiner Hinweis eingefallen, den er genau an dieser Stelle einzubauen gedachte.) Da meldete ihm das blinkende

»Rollen«-Lämpchen, daß in der Zwischenzeit eine Fax-Nachricht eingegangen sein mußte. Kreutner scherte sich nicht darum, öffnete vielmehr die Datei »annamirl.doc« und hackte nach kurzem Nachdenken los:

Das Café Heck suchte Diewo lediglich einer bestimmten Bedienung wegen auf, gewissermaßen gegen seinen Willen, seinen Widerwillen! Er bestellte bei ihr ein kleines Bier, und sie war die einzige unter den drallen Bedienungen des Cafés, die ihn deswegen nicht gleich mit spöttischen Bemerkungen bedachte wie »mir sind doch hier keine Apothek'n, soll ich den Bierwärmer auch gleich mitbringen«, oder: »wenn dem Herrn fei ein Kamillentee lieber ist, in der Pilgersheimer gibt's ihn umsonst«.

Annamirl hieß sie. Bald kannte sie ihren Gast so gut, daß sie ihm sein kleines Bier unaufgefordert brachte und auf den Tisch stellte, und auch seine Eigenart, nur trockene Brez'n, allenfalls einen Kaiserschmarrn, nie aber Fleischliches zu bestellen, war ihr bald schon bekannt.

»Wünschen der Herr wieder g'röste Knödel«, fragte sie ihn mit einer Zärtlichkeit in der Stimme, wie man sie hier selten hörte und nur dem Herrn mit dem kleinen Bier vorbehalten war. Nur für ihn hatte die Annamirl in der Küche durchgesetzt, daß man ausnahmsweise und außer der Reihe schnell einen Semmelknödel in Scheiben herschnitt und mit Zwiebeln und einem verquirlten Ei in der Pfanne zu einem G'röstel briet, das tat sie nur für den Herrn mit dem kleinen Bier. Der traute sich daraufhin, sie an ihrem freien Tag in den Englischen Garten einzuladen.

»Von Geburt und Rasse her bin ich ein Innviertler, müssen Sie wissen«, erklärte er ihr, am Eisbach entlangflanierend, »wir Innviertler sind die geborenen Mehlspeisenesser, wir sind sozusagen die Topfenstrudelrasse.«

Das war es unter anderem, was der Annamirl an dem Herrn Kunstmaler gefiel, daß er so leidenschaftlich erzählen konnte und geradezu dichterisch wurde, wenn er von den Marillenknödeln seiner Mutter schwärmte.

»Die Braunauer Marillenknödel«, schnarrte er mit seiner Gefreitenstimme, und dank der harten Schule seines Freundes Eckart folgte nun kein »Die-wo«-Satz, sondern: »..., die meiner Mutter stets so unvergleichlich gerieten, die Braunauer Marillenknödel, ich sag's Ihnen, Fräulein Annamirl, sie sind die süßen, unvergleichlichen Rosenkranzkugeln, an denen ich Ihnen meine ganze Kindheit herunterbeten könnte. Wir am Inn Geborenen und am Inn Aufgewachsenen sind schon vom Geblüt her mehr den Süß- und Mehlspeisen zugetan, wir sind die Palatschinkenrasse. Keineswegs eine Gselchtes- und Schweinernesrasse. Bei uns nimmt alles die Form von Zwetschgen- und Kirschknödeln an. Selbst Speck und Grieben verstecken wir in kleinen Knödeln. Auch der Blunzenstrudel ist eine solche innviertlerische Verpackungskunst! Das Fleischliche in den Strudelteig verpacken! Nur so ertragen wir es überhaupt, das Fleischliche. Wenn Sie verstehen, verehrtes Fräulein Annamirl.«

Seine Umgangsformen hatten sich wirklich erstaunlich verbessert, und mit dem zwar immer noch etwas steifen, aber doch selbstbewußt wirkenden Auftreten war auch sein Mut größer geworden, Damen wie die Kellnerin Annamirl so anzuschauen, wie er sie jetzt anschaute, nämlich wie eine besonders leckere Mehlspeise. Unser Kunstmaler fand langsam Gefallen an Linienschwüngen wie denen der Annamirl, ja sie stimmten ihn richtiggehend poetisch. Er begann sich mit dem Gedanken anzufreunden, daß mit dieser netten, drallen Person vielleicht sogar für ihn die nicht mehr länger aufzuschiebende Geschlechtsschande eine in Strudelteig verpackte Fleischeslust werden könnte.

Von dieser heimlichen Liebe unseres Kunstmalers zur Bedienung des Café Heck hat natürlich nie jemand etwas erfahren. Selbst der 21 Jahre ältere väterliche Freund Eckart nicht. Das wäre denn doch eine zu große Schande gewesen, zugeben zu müssen, daß man nun doch in die Geschlechtsfalle getappt war, wo man doch gelobt hatte, sich nur an Mehlspeisen zu halten und in jeder Hinsicht Vegetarier zu bleiben.

*

Mitunter war Adi sehr schlechter Laune, wenn er Annamirl des Nachmittags im Café Heck abholte. Es war dann ihre Aufgabe, ihn wieder aufzurichten und ein wenig aufzuheitern. Der spöttische Eckart hatte ihn wieder einmal, was er die letzte Zeit des öfteren tat, vor den versammelten Kameraden lächerlich gemacht. Mitten während einer kleinen, ganz wie improvisiert wirkenden Tischrede für die Mitkämpfer hatte Eckart eine seiner typischen spöttischen Bemerkungen gemacht. Adi war gerade von seinem Stuhl aufgesprungen und hatte die vor dem Spiegel einstudierte Pose angenommen – »... wenn ich dereinst im Triumphmarsch nach Berlin ziehen werde, dann wird es so sein wie damals, als Christus in den Tempel kam und die Wechsler davonjagte ...« – , als Eckart dazwischenwarf: »Übrigens war Jesus Jude!«

»Eckart eliminieren«, hatte sich Adi auf dem Weg zum Café Heck in sein kleines Büchlein aufnotiert. Er mußte sich alles aufschreiben, sonst würde er noch den Überblick verlieren, wen es aus dem Weg zu räumen galt und wen nicht. Einen schriftstellernden Bauerntrampel vom Starnberger See, der es sich erlaubt hatte, seine politischen Visionen einen »Schmarrn« zu nennen, hatte er sich bereits aufnotiert, ebenso wie den Hauptmann Karl Mayr vom Reichswehrgruppenkommando 4. »Mayr nach Dachau« stand in seinem Büchlein (auch wenn es später Buchenwald wurde, wohin Mayr verschleppt und wo er umgebracht wurde), und dabei gab es Dachau noch gar nicht (Dachau schon, aber das Lager nicht), aber Adi plante ja vor. Keiner traute ihm so viel Weitblick zu, alle würden sie noch über ihn staunen. Vor allem die, die in dem Büchlein standen. Die würden schauen. Wie der Hauptmann Mayr, der als erster erkannt hatte, was für ein Redner von charismatischer Wirkung in diesem Adi steckte, der aber auch, in

Kasinokreisen, verlauten hatte lassen, »dieser Hitler ist ein Hund auf der Suche nach seinem Herrn«, und dieser Aussage wegen stand er jetzt in Adis Büchlein, und dort, in diesem Büchlein, wurde ihm Dachau oder eben ein anderes Lager zugedacht, als Vergeltung.

Nur das Fräulein Annamirl, das traute ihrem neuen Kavalier schon einiges zu. Etwas hölzern war er vielleicht manchmal noch und etwas unerfahren in den Dingen des Großstadtlebens ... Von seiner Zeit in Wien sprach er auch immer nur mit größter Abscheu, Wien war für ihn nur die »Phäakenstadt«, verabscheuungswürdig, sonst nichts. München war da anders. München wurde ihm zu einer heimlichen Liebe. Wie das Fräulein Annamirl. Sie war es auch, die ihm zeigte, daß es in dieser Stadt nicht nur die Lothstraße gab, wo der Adi noch immer einkaserniert war. Sie zog ihn weg von der Feldherrnhalle, von deren Anblick er sich oft gar nicht mehr losreißen konnte.

»Hier wäre ich zu gern im August 1914 gestanden«, brüllte er ihr bei solcher Gelegenheit zu Füßen der steinernen Löwen seitlich ins Gesicht. »In vorderster Reihe! Aber ich saß ja bei der Frau Popp auf dem Sofa, sie hatte für mich Donauwellen gebacken, die sie wegen mir in Innwellen umtaufte. ›Sie als Innviertler‹, sagte sie immer. Nur dieser vorzüglichen Innwellen wegen habe ich das Feldherrnhallenfanal verpaßt. Endlich Krieg! Du kannst dir nicht vorstellen, wie begeistert wir waren. Endlich einen Sinn, endlich wissen, wozu man da ist.«

Das Fräulein Annamirl sagte dann nur: »Is scho recht, Adi!« und zog ihren kleinen Kunstmaler weiter, durch den Hofgarten und die Galeriestraße, bis sie schließlich zum Monopteros kamen oder zum Chinesischen Turm. Mit ihr stieg der Adi in den Kopf der Bavaria, an den Sonntagen ließ er sich von seiner schönen Münchnerin in Maria Einsiedel das Freibad zeigen, mit ihr saß er im Augustiner Biergarten bei der Hackerbrücke, genau auf jenem Platz also, wo sich früher einmal Münchens Richtplatz befunden hatte. Das nämlich war München, wenn man's recht bedachte: die Metamorphose einer Schädelstätte in einen alle Klassen und alle Stände überwölbenden Biergartenhimmel.

In der Gegenwart Annamirls brachte der Adi es sogar über sich, auch einmal ein Paar Weißwürste zu essen, im Augustiner zum Beispiel, und manchmal hatte er sogar richtiggehend ein G'lust auf zwei, drei Deka Leberkäs, den aßen sie dann gleich mit dem Taschenmesser aus dem Einwickelpapier heraus, während sie am Flaucher auf den Isarkieseln lagen. Ja, es war schon so, die Annamirl verführte den Adi zum Fleisch, und wenn es ihr wieder einmal gelungen war, in dem riesigen, fast menschenleeren Forstenrieder Park etwa oder in Nymphenburg draußen am Großen See gleich beim Apollotempel, dann ließ sie den Schnappverschluß von dem Flascherl Bier, das sie im Rucksack mitgebracht hatte, aufschnalzen, und nach einem langen Schluck und nachdem sie sich mit dem Handrücken den Mund abgewischt hatte, reichte sie ihm die Flasche hin und lachte: »Aus dir mach ma schon no an echten Münchner!«

Ganz rote Ohren bekam der Adi bei seiner Annamirl in diesem Sommer neunzehnhundertzwanzig. Und wenn er so rote Ohren hatte, war das ein Zeichen, daß er sehr aufgeregt war, und wenn er sehr aufgeregt war, dann redete und redete er und vergaß auch ganz auf das, was ihm der Eckart beigebracht hatte.

»Ich werd' dir eine Straß' bauen«, schwadronierte er vor seiner Annamirl, »die wo von Pasing über den Hauptbahnhof und den Stachus bis an die Isar geht, hundert Meter breit. Und am Isarufer bau' ich dir einen Palast, der wo alles in den Schatten stellt, selbst die Römer...«

Ja, was war eigentlich mit den Römern? Ausgerechnet bei den Römern ging Kreutner die Puste aus. Er bräuchte ein Päuschen. Er speicherte das Geschriebene ab und schloß die Datei. Noch immer blinkte das »Rollen«-Lämpchen auf dem Tastaturbord. Mit ein paar Mausklicks holte sich Kreutner nun endlich die Nachricht her, die ihn schon vor einiger Zeit erreicht hatte.

Von: Hotel Admiral An: Hermann Kreutner 6.10.1985, 11:43, Page 1

Mein lieber Kreutner,

muß überraschend verreisen, allerdings nur für zwei, drei Tage. Wichtige Besprechung in Krakau. Ich nehme den Abendzug. Man verlangt erste Zwischenergebnisse. Auch wenn ich mich also frühestens wieder am Donnerstag melden kann, Sie vergessen mich und unsere Abmachung deshalb doch nicht, lieber, verehrter Herr Kreutner? Nutzen Sie die Zeit, wir werden die Kongregation schon bald mit weiteren Berichten beliefern müssen. Eigentlich wollte man Sie schon dieses Mal vor den Ausschuß zitieren, mußte all meine Überredungskünste einsetzen, um dies gerade noch einmal abzuwenden. Aber nun, wie gesagt, nützen Sie bitte auch die Zeit, die Ihnen, ich darf das mit aller Bescheidenheit sagen, dank meiner noch gegeben ist.

In Eile, Ihr Gear

Wie ein Schachterlteufel sprungfederte diese Nachricht aus Kreutners bösartig surrender Computerkiste. Er hatte gehofft, der ominöse Mister Gear wäre vielleicht auf genauso rätselhafte Weise wieder verschwunden, wie er aufgetaucht war, doch dieses Fax holte Kreutner zurück auf den Boden schlimmster Befürchtungen. Er hatte sich, scheint's, in eine für ihn unangenehme, höchst unangenehme Angelegenheit verwickeln lassen. Als eine Drohung mußte er solche Sätze verstehen. War er einem Psychopathen in die Fänge geraten?

Wie, wo oder bei wem konnte Kreutner nur feststellen lassen, ob er noch ganz bei Verstand war? – Er mußte mit jemandem reden, nur gab es nicht allzuviel Auswahl. Was den engeren Familienkreis betraf, war da nur mehr die Mutter. Nichts sinnloser, als ausgerechnet sie anzurufen. »Junge, du rauchst zuviel«, wäre unter Garantie ihr erster Kommentar. Eigentlich würde sie damit sagen wollen, »Junge, du säufst zuviel«, aber wenn sie schon die unangenehme Pflicht hatte, ihn auf seine Laster anzusprechen, dann wählte sie taktvoll das geringere.

Und sonst? Kreutner hatte nicht viele Freunde. Konrad vielleicht noch, der Tausendsassa Konrad! Aber abgesehen davon, daß es nicht gerade ein leichtes sein würde, den wohnungs- und stellenlosen Konrad nach x Telefonaten bei irgendeiner seiner Tussis aufzutreiben, eigentlich konnte sich Kreutner eh schon vorstellen, wie Konrads schlaue Ratschläge sich anhören würden. »Das ist nur der Samenstau, Hermann! Das steigt alles ins Hirn und verursacht solche Trips. Dir wächst aber auch schon 'ne Tonsur, Mensch Hermann! Also, wenn du meinen Rat hören willst...«

Wenn Kreutner es sich recht überlegte, wollte er eigentlich nicht.

Rohrbacher. Natürlich, Rohrbacher blieb noch übrig. Abgesehen davon, daß ihm dessen Abqualifizierung seiner Romanpläne immer noch in den Gehirnwindungen steckte, konnte sich Kreutner auch kaum vorstellen, daß mit Rohrbacher, dem immer süffisanten, immer ironischen, ausgerechnet über so eine Frage ernsthaft zu reden war. Wie sollte er ihm das alles erklären? Und wie die (für ihn) entscheidende Frage stellen.

»Albert, glaubst du, ich spinn' bereits?«

»Klar doch!« Er würde »klar doch« sagen. Hundertprozentig.

ZWISCHENSPIEL IN KRAKAU

»7 ist eine schneidende Waffe. Da kann
mir keiner mehr kommen, auch ich selbst nicht.«
HEIMITO VON DODERER

1.

Um sechs Uhr früh erreichte der Zug den Hauptbahnhof von Krakau. Fulizer fühlte sich wie gerädert, als ob der Schlafwagen nicht stoßend und hämmernd über die völlig veralteten Gleise der polnischen Eisenbahn gerumpelt wäre, sondern über seinen Brustkorb. An Schlaf war nicht zu denken gewesen.

Kurzes Einchecken im Hotel »Monopol« am Planty. Der ehemalige Befestigungsring, mittlerweile umgewandelt in eine die ganze Altstadt umziehende Parkanlage, bot mit seinen mächtigen Kastanienbäumen Hunderten von Krähen, Staren und Amseln eine Bühne für ein Zwitscher- und Pfeifkonzert, wie es Fulizer noch nie gehört hatte. Statt sich, wenn auch nur ein Viertelstündchen, aufs Bett zu legen und auszuruhen, stand er an der Balkontür seines Zimmers im dritten Stock, unter sich die bimmelnden und quietschenden Waggons der Straßenbahn, vor sich in den nahen Baumwipfeln ein Vogelorchester, das eine hundertstimmige kakophone Symphonie aufführte.

Von der Rezeption aus klingelte Ducee an, die versammelte Mannschaft warte bereits im Vestibül.

Im geleasten Kleinbus ging es hinaus ins nahegelegene Kazimierz, das nahezu vollständig erhaltene ehemalige Judenviertel Krakaus, erhalten in seiner ganzen maroden Baufälligkeit deshalb, weil das Stadtviertel einst von den Nazis dazu bestimmt worden war, gewissermaßen als ein Museum der ausgestorbenen Rasse erhalten zu werden. Seit einiger Zeit tummelte sich hier wieder die halbe Welt, Jugendgruppen aus Israel, erkennbar an den Jarmelkes auf ihren Köpfen und den Staatsflaggen, die sie als Schultertücher umgehängt hatten, Kaftan- und Pejessjuden aus New York, aber auch deutsche Reisegruppen, die sich auf den Spuren Oskar Schindlers in Bussen durch ein Judenviertel ohne Juden karren ließen, was mancher als besonders angenehm empfand: Wie trefflich ließ sich doch, solange man keinem von ihnen direkt gegenüberstand, darüber räsonieren, daß das jüdische Volk, das ja, wie man hört, ein recht gebildetes gewesen sein soll, kannten zum Beispiel, selbst unter den Ärmsten der Armen, keinerlei Analphabetismus, daß dieses Volk also wahrscheinlich doch aufs Ganze gesehen irgendwie, wie sollte man sagen... ja, ungerecht behandelt worden ist... So konnte man es sagen!

Ducee, diesmal für die Organisation des Kurzaufenthaltes in Krakau aufgrund der Abwesenheit Fulizers verantwortlich, hielt es für eine besonders originelle Idee, die Sitzung in das mittlerweile weltberühmte Café »Ariel« zu verlegen – Steven Spielbergs Filmteam soll sich hier in den Drehpausen koschere Snacks auftischen haben lassen.

»Gefillt'n Fisch an Simchat Tora!« hatte Ducee triumphiert, eine, wie er glaubte, besonders sinnige Verbindung, und so saßen sie nun, der Chef an der Stirnseite des Tisches, Ducee und Fulizer jeweils neben ihm, sowie Louisbad, Videl und Astna vor ihren Tellern und stocherten in einer Art kalten Fischsülze herum, süß-sauer angemacht, mit Honig, Mandeln und Rosinen ummantelt, dabei aber unerträglich fettig, mußte wohl von einem uralten, schon bemoosten Karpfen stammen.

»Großartig, nicht wahr?! Ungewöhnlich, um nicht zu sagen exotisch, aber großartig!« Ducee, sichtlich um Schadensbegrenzung bemüht, grinste genauso süß-sauer, wie das glibbrige Fischzeug schmeckte. Er redete sich, um die peinliche Stille zu vertreiben, um Kopf und Kragen, sprudelte hervor, was er sich noch schnell am Abend zuvor aus einem billigen Reiseführer zusammengelesen hatte. »Und für den Nachmittag würde ich noch einen Spaziergang durch die Altstadt vorschlagen. Rynek Glówny, der Hauptplatz, eine Attraktion, muß man gesehen haben, die Tuchhallen, ein Bazar wie in Tanger, sag' ich Ihnen, und dann erst die Marienkirche mit ihren zweierlei Türmen, in dem einen übrigens, oben im Türmerstübchen, sitzt Tag und Nacht ein Angestellter der Städtischen Feuerwehr, der bläst zu jeder vollen Stunde ein Trompetensignal, daaaah da da daaah, und dann mitten in der Melodie bricht der Ton ganz abrupt ab, soll nämlich daran erinnern, wie seinerzeit bei einem Tartarenangriff der Türmer...«

Der Chef warf sein Besteck auf den noch halbvollen Teller: ein Klirren, als ob eine ganze Küchenkredenz ihren Inhalt auf den Boden auskippte. »Wir sind nicht zum Vergnügen hier, meine Herrn! Es geht um unser mitteleuropäisches Projekt, wenn ich Sie erinnern darf!«

»Läuft alles wie geplant, Chef«, lenkte Ducee schnell ein, und um wieder Sympathiepunkte beim Alten zu sammeln, warf er das Fax einer Agenturmeldung auf den Tisch, das ihn noch kurz vor der Abfahrt aus dem Hotel erreicht hatte: »Bombenexplosion in einem Pariser Vorortzug! Unsere Destabilisierungsdienste arbeiten genau nach Plan.«

»Ja, ja, ist ja gut, Ducee.« Der Chef schien ernstlich verärgert über seinen Musterschüler. Oder er wollte im Augenblick auf etwas anderes hinaus. »Kollege Fulizer hat sich in der Zwischenzeit etwas näher umgesehen, in unserem Zielobjekt. Nun schießen Sie schon los! Sie sehen doch, wir warten!«

Fulizer tupfte sich mit der großen Stoffserviette den Mund ab. Nahm erst noch einen Schluck vom Weißwein, den man sich zum Fisch bestellt hatte. (Eine der landesüblichen Flaschen Wodka, die man hier, ohne mit dem Adamsapfel zu zucken, normalerweise zu einem solchen Imbiß geleert hätte, wäre in der Tat das passendere Getränk für dieses schmierige Hors d'œuvre gewesen.) Fulizer sparte sich, auch um Greenhorns wie Ducee zu zeigen, was das Gegenteil von Geschwätzigkeit ist, jegliche Einleitung.

»München wäre für unsere Ziele insofern bestens geeignet, als dort, wie ich mich die letzten Tage vor Ort überzeugen konnte, die absolute Arglosigkeit herrscht. Die einzigen Sorgen, die man derzeit dort hat, sind zum Beispiel von der Art, daß man die landesübliche Sitte, im Sommer sein Bier in großen, park- bzw. gartenähnlichen Restaurationsbetrieben bis spät in die Nacht hinein zu sich zu nehmen, laut einem gerichtlichen Beschluß nun bereits um 22 Uhr einstellen muß, von wegen nächtlicher Ruhestörung. Ich erzähle Ihnen das nur, damit Sie einen Eindruck bekommen von der Stimmung in dieser Stadt. In Srebrenica verschwinden zur selben Zeit ein paar Tausend Zivilisten, enden wahrscheinlich in irgendwelchen Massengräbern, in München aber kocht die Volksseele, weil man ihr vorschreibt, die allgemeine Volltrunkenheit doch bitte bis 22 Uhr erledigt zu haben. Ich wiederhole: Man lebt in dieser Stadt in vollkommener Arglosigkeit. Man hat völlig verdrängt, was nur 600 Kilometer weiter südöstlich passiert – von Vorgängen noch weiter außerhalb des sehr beschränkten Gesichtskreises dieser Menschen ganz zu schweigen. Wie gesagt, das würde uns unsere Arbeit unter Umständen sehr erleichtern.«

»O.k. also, wann soll das Feuerwerk steigen?« Astna schmatzte als einziger weiter an dem Fischaspik herum, zog seine Frage unwirsch zusammen mit einer Gräte zwischen den Zähnen hervor.

»Es gibt da allerdings noch eine Sache zu bedenken ...«

»Was? Wieso?« Ducee, fast schon ausgezählt, muckte schon wieder auf nach dem eben verabreichten Knock-out.

»Es gibt da eine alte Abmachung ... eine Art von Direktive, wurde von uns allen vor einiger Zeit so beschlossen. Einstimmig sogar!«

»Wer? Wir? Weiß ich nichts von!« Videl wartete erst gar nicht ab zu hören, um was es sich überhaupt handelte. Ob es an dem ungenießbaren Fisch lag, daß in der Runde eine Stimmung herrschte, die nach Ruckzuck-Lösungen verlangte? Man wollte das Problem genauso von sich wegschieben wie den Teller mit dem wabbeligen Gelee. Der Chef allerdings wußte gleich, auf was Fulizer hinauswollte.

»Wir haben ihnen immer noch eine Chance gegeben. Es ist

ein faires Spiel. Sollte es sein, jedenfalls.« Den letzten Satz murmelte der Alte nur noch. Dann spannte er sich wieder auf seinem Stuhl mit der hohen Rückenlehne, hörte auf, an der Serviette herumzunesteln. »Sogar um eines einzigen Gerechten willen würde die Welt erhalten, denn es heißt: ›Ein Bewährter ist das Fundament der Welt.‹ So haben wir's doch festgelegt!«

»Wo?« rutschte Greenhorn Ducee heraus. Der freilich konnte es nicht wissen.

»Na, in einem dieser Bücher«, antwortete der Chef unwirsch. »Kennt sich doch keiner mehr aus. Saumäßig redigiert das ganze Zeug, wer ist eigentlich dafür verantwortlich? Hat einer der Herrn am Tisch hier noch den Überblick?«

Na, Mahlzeit, dachte Fulizer. Da ist dieser Milchbubi ja wieder in das richtige Fettnäpfchen getrampelt. Was Ducee nämlich nicht wissen konnte, daß man schon vor geraumer Zeit in der direkten Umgebung des Chefs zu der Abmachung gekommen war, unter keinen Umständen und ja nie die Publikationsfrage anzusprechen. Da gab es doch jedesmal dermaßen Zoff, und, wenn man ehrlich war, nicht ganz zu unrecht. Bei der Redaktion seiner gesetzgebenden Worte nämlich für die diversen Ausgaben war so manches Mißgeschick unterlaufen – Druck- und Verständnisfehler zuhauf, sich gegenseitig ausschließende Kontradiktionen, falsche Quellenangaben, verwechselte Gewährsleute ..., ein wirklich unrühmliches Kapitel in der Geschichte der Jahweschen Kongregation.

Zum Glück war Louisbad geistesgegenwärtig genug, die Diskussion unauffällig wieder aufs eigentliche Thema zurückzulenken. »Jetzt, wo Sie's sagen, Chef, ja, jetzt erinnere ich mich auch wieder. Aber hatten wir nicht gesagt, ein einziger ist dann doch ein bißchen wenig? Ein paar mehr müßten es schon sein.«

»Sieben!« Fulizer nickte Louisbad kurz zu, als kleines Dankeschön. »Wir hatten uns auf sieben geeinigt. ›Jeder Schwur hängt am siebten.‹ Und auch wir haben, wenn Sie sich erinnern wollen, eine Art Schwur geleistet, daß wir vor jeder unserer Maßnahmen prüfen wollten, ob unser Zielobjekt nicht doch diese sieben Gerechten in seiner Geschichte des Wachsens und Wirkens aufzuweisen hat.«

»Richtig! Pompeji kam nur auf sechs. Maximal sechseinhalb, bei größtem Wohlwollen.«

Nun schien auch Astna endlich von seinem Teller ablassen und sich der Disputation zuwenden zu wollen. Fulizer aber ignorierte seinen Einwurf.

»Genau deswegen bin ich seit fast zwei Wochen in München unterwegs und habe mich umgehört.«

»Und? Haben Sie schon Ergebnisse?«

Fulizer konnte dem Chef, der in dieser Angelegenheit ungewöhnlich engagiert schien, ganz im Gegensatz zu manch anderer Strafaktion in der Vergangenheit, die er eher gelangweilt und desinteressiert mitverfolgt hatte, vorderhand nur mit dem dienen, was ihm Kreutner im Hofgarten anvertraut hatte. Er referierte, weitaus trockener und ganz ohne das schauspielerische Talent Kreutners, wie es zu der Begegnung Kafkas mit Hitler gekommen war. An einigen Stellen schmückte er, weit über das von Kreutner Gehörte hinaus, die Begegnung zu schicksalshafter Bedeutung aus.

»Stellen Sie sich vor, meine Herren, Kafka hätte mit seinem Bekehrungsversuch tatsächlich Erfolg gehabt. Dann wäre München, genauer der jahrhundertealte Hofgarten, dort nämlich fand das Treffen statt, zu jenem Stellwerk geworden, auf dem der Zug der Geschichte durch eine einzige, winzige Weichenstellung in eine völlig andere Richtung umgelenkt worden wäre. – Ich meine, der Versuch ist doch zu honorieren... und der Ort, wo dies alles stattfand, zu schonen!«

»Wie lange war denn Ihr Herr Kafka in München?« gab sich Ducee süffisant

»Drei Tage... genaugenommen von Freitag abend bis Sonntag mittag. Aber er hat alles versucht, in dieser kurzen Zeit. Ich meine, die gute Tat ist doch zu honorieren, das heißt: die Absicht dazu. Was einer wollte, ist doch entscheidend, nicht, was er erreicht hat... Nehmen wir den Willen fürs Werk! So haben wir's doch immer gehalten... oder?«

Fulizer kam regelrecht ins Stottern. Sollte er schon so früh sich verheddern und ins Straucheln geraten? Der Chef machte ein nachdenkliches Gesicht.

»Kafka...? Ja doch, ich erinnere mich. War immer ein sicherer Kantonist. Einer, der uns, trotz aller Zweifel, mit ins Kalkül gezogen hat.«

Da fiel Fulizer wieder ein, was Kreutner ihm, eher beiläufig, erzählt hatte. Das mußte er jetzt noch anbringen: »Wissen Sie, was er von Ihnen gesagt hat, Chef? Er hätt' Sie für feiner gehalten!‹

Alle lachten. Selbst der Chef amüsierte sich.

»Er war nicht einverstanden damit und wollte nicht einsehen, wieso er mit dreiunddreißig an Lungentuberkulose sterben sollte.«

»Und dann macht er uns den Vorwurf, das sei nicht fein gewesen!« Den Chef schien dieser Kafka immer mehr zu amüsieren. »Eines muß man sagen: Der weiß wenigstens noch, an wen er sich zu wenden hat! Also, ich finde diesen Kafka köstlich. Wenn Sie mich fragen: ein Gerechter! Doch, doch, durchaus. Und wie er das anzustellen versucht hat, den von uns präparierten Schicklgruber, beinahe in letzter Minute, möchte man sagen, doch noch umzudrehen, alle Achtung! Ein ernstzunehmender Gegenspieler, finden Sie nicht auch?«

Wenn Fulizer nun geglaubt hatte, er sei bereits auf der Siegerstraße und das Spiel so gut wie gewonnen, täuschte er sich. Videl nämlich hakte nach:

»Mit anderen Worten, lieber Kollege, das ist alles, was Sie uns von Ihrer Münchner Mission mitgebracht haben. Diesen Versicherungsvertreter...«

»... zuletzt Obersekretär im Beamtenverhältnis«, korrigierte Fulizer.

»... der gerade einmal zweieinhalb Tage in München war und nun die ganze Stadt retten soll?«

»Natürlich nicht. Bei meiner – zugegebenermaßen aufgrund der Kürze der Zeit noch recht kursorischen – Recherche bin ich auf weitere Lebensläufe gestoßen, die in unserem Zusammenhang interessant werden könnten.« Fulizer griff nach seiner Aktentasche, die er die ganze Zeit über unter dem Tisch bereitgehalten hatte. »Bitte schön: Ich habe hier noch einige Expertisen, die ich Ihnen, bei Interesse, jederzeit zur Kenntnis bringen kann.«

»Nur zu, nur zu!« ermunterte der Chef.

Fulizer holte aus einer Mappe, in die er am Vortag noch rasch die Manuskripte Kreutners geschoben hatte, genauer gesagt das, was er ihm entreißen hatte können, einige Blätter heraus. Ohne ein Wort über die Herkunft dieser Papiere zu verlieren, begann Fulizer vorzulesen.

2.

Ich bin Eisenbahner, mit Leib und Seele Eisenbahner. Seit dem Jahr '31 Rangierer am Hauptbahnhof, später dann auch draußen in Milbertshofen am Güterbahnhof, aushilfsweise. Beim Daiserwirt am Stammtisch haben sie mich immer aufgezogen: Wer nix is und wer nix ko, der geht zu da Eisenboh! Da hab' ich gesagt: Habt ihr eine Ahnung. Nur wer am Bahnhof arbeitet, weiß, was wirklich gespielt wird in so einer Stadt. Vom Bahnhof aus wird eine Stadt regiert, nicht vom Rathaus aus. Immer wird im Kriegs- oder Krisenfall als erstes der Bahnhof eingenommen, so auch 1919 von den Weißarmisten, nur so trifft man den Lebensnerv einer Stadt. Wir, die Eisenbahner, stellen die Weichen und lassen die Züge abfahren, ins Verderben oder ins Gelingen. Meistens aber ins Verderben. Gegen unseren Willen. Aber man ist halt an den Fahrplan gebunden.

Wir haben die Züge abfahren lassen nach Verdun, und wir Eisenbahner haben die Weichen gestellt für die ersten zurückkommenden Lazarettzüge und haben sie hineinfahren lassen mitten in die Stadt und ihr ganzes Krüppelzeug auf die Bahnsteige kippen lassen, damit die feinen Herrschaften in München einmal sehen, was so ein Krieg aus den Menschen macht. Wir Rangierer haben die Waggons voller Dotschen im Winter 1916/17 bis in den Bauch der Stadt dirigiert, die Wagenladungen voller Schweinehälften aber umgeleitet zum Ostbahnhof oder in Pasing auf ein Nebengleis geschoben. Wir waren doch die heimlichen Schieber, die entschieden haben, was in die Stadt kommt und was nicht.

Wir haben die Weichen gestellt für den Hitler, damit sein Zug aus Wien 1913 fahrplanmäßig am Hauptbahnhof ankam und er aussteigen konnte als ein Kunstmaler aus Wien, mit Namen Hiedler, laut Meldeformular. Genaugenommen kam er aus einem Wiener Obdachlosenheim, erst Obdachlosen-, dann Männerwohnheim, zusammen mit einem Freund und Zimmergenossen. Und er war ein ganz abgerissener Tippelbruder, dieser Hiedler, der im Garten vom Hofbräuhaus seine Aquarelle und Gemälde zum Verkauf angeboten hat.

Den Biergartengästen hingen seine ewigen Fassaden-Ansichten schon zum Hals heraus. Schon wieder der mit seinem Alt-Wien und seinem Alt-München, schon wieder dieser Asamkirchenverrückte, haben sie sich gesagt, wenn sie von weitem den Hiedler kommen sahen, wie er durch die Tischreihen ging, mit seinen Aquarellen unterm Arm, ich bin doch selbst dabeigesessen. Weggejagt haben sie ihn von den Stammtischen wie einen Hund. Wie er ja überhaupt ein Streuner war, der nicht gewußt hat, wohin. Darum war sein einziger Ausweg und sein einziges Ziel der Krieg, und wir Rangierer vom Hauptbahnhof haben ihn 1914 wieder aufs Gleis geschoben, damit er Richtung Flandern fährt, als kriegsfreiwilliger Rekrut.

Alles entscheidet sich am Bahnhof, wir Rangierer wissen immer als erste, wann der Krieg anfängt. Und wann er aufhört. Wenn nämlich die Lazarettzüge gar nicht mehr abreißen, und wenn die Versorgungszüge aus Niederbayern nur mehr Dotschen bringen. Wenn nur mehr Gesindel in der Bahnhofshalle herumlungert, Entlassene aus der Armee, Soldaten ohne Krieg, die nicht wissen, wohin. Genau wie der Hiedler, der 1919 auch schon wieder da war, am Hauptbahnhof Wache geschoben hat für die Roten und scharfe Reden geführt, daß die Sozialdemokratie unser einziges Heil sei. In den Münchner Kasernen ist er aufgetreten und hat sich als Sozi zu erkennen gegeben, das haben doch alle gehört. Und nur ein Jahr später hat er den Hetzredner gemacht für die Deutsche Arbeiter-Partei von diesem Anton Drexler, Werkzeugschlosser bei der Königlich Bayerischen Staatseisenbahn und den älteren Rangierern unter uns bestens bekannt. Der war auch zuerst ein Sozi gewesen und dann derselbe Hungerleider wie der Hiedler, hat sich mit Zitherspielen in Gasthäusern durchbringen müssen.

Ja, man muß schon sagen, man hat allerhand erfahren als Rangierer am Hauptbahnhof. Und später dann, so um das Jahr '42 herum, da bin ich einmal für einige Zeit nach Milbertshofen versetzt worden. Da war so ein Lager errichtet worden, von der Baufirma Hinteregger, ganz in der Nähe des Güterbahnhofs. Daß in den Viehwaggons Menschen waren, das hat ein Eisenbahner, der seit Jahren seinen Dienst am Hauptbahnhof versieht, gleich bemerkt. Und natürlich hat man daheim kurz einmal der Frau etwas zugesteckt, in Andeutungen nur, natürlich, die sie aber dennoch gleich verstanden hat. Und die Frau wird es auch hin und wieder weitererzählt haben, in noch vageren Andeutungen natürlich, aber selbst die wird die Nachbarin noch verstanden haben.

Selbst wenn die Frau gesagt hat: Mein Sepp, der weiß davon gar nichts, war der Schwägerin natürlich sofort klar: Der Sepp, der weiß alles. Und die Lokführer, die man am Rangierbahnhof getroffen hat, die haben doch auch einmal eine Andeutung gemacht, von wo sie zurückkommen mit den leeren Viehwaggons, zwei, drei

Worte nur, das hat völlig genügt. Daß sie ganze Wagenladungen voller Menschenhaar retour mitgenommen haben nach Roth bei Nürnberg zum Beispiel, in die Alex-Fink-Filzfabrik. Freilich ist so etwas hin- und hergewischpert worden, da draußen in Milbertshofen bei den Rangiergleisen, und da ist allerhand erzählt worden am Eisenbahnerstammtisch, hinter vorgehaltener Hand, spät in der Nacht, wenn die Wirtsstube schon leer war und das Kartenspiel beendet.

Und einmal, das muß schon hübsch gegen Ende des Kriegs gewesen sein, da kam von der Ostfront ein Krankentransport zurück, und was die erst gesehen hatten. Da war einer unter den Verwundeten, mit dem hab' ich mich ein wenig unterhalten, während er auf seinen Weitertransport gewartet hat, er lag auf so einer Tragbahre, vor Monaten war er nach Rußland verlegt worden. Tagelang waren sie da mit dem Zug gefahren, und in der Nähe von Krakau wurden sie auf ein Nebengleis, wie es ihm schien, geschoben, mußten stundenlang warten. Draußen gingen Wachposten auf und ab. Einen dieser SSler hat der Kamerad, der da verwundet vor mir lag, damals angesprochen, zufällig war es ein Landsmann, auch aus Bayern. Wo sind wir hier überhaupt, wollte er wissen, und der Schwarzuniformierte sagte es ihm gleich, ohne viel Drumherumreden. Zwei, drei Kilometer entfernt sah man ein Birkenwäldchen und eine Art Fabrik mit rauchendem Schornstein, da lassen wir heute wieder ein paar Hundert durch, sagte er.

Das alles hat dieser verwundete Landser so laut, daß es jeder hören konnte, erzählt, im Lazarett im Hauptbahnhof, weil ihm eh schon alles wurscht war mit seinem abgeschossenen Hax'n. Und fieberphantasiert hat der auch nicht, der war ganz kalt und ruhig und hat gesagt: Das wenn aufkommt, gnade uns Gott. Solche Erzählungen hat doch schließlich jeder von uns Eisenbahnern gehört mit der Zeit, wenn auch nur in Andeutungen, aber die haben vollauf gereicht, diese Andeutungen.

Jeder konnte sich seinen Reim darauf machen, wie das zusammenhing. Daß da plötzlich Geschäfte zugemacht wurden, zum Beispiel das Bekleidungshaus Bamberger & Hertz oder das Damenbekleidungsgeschäft Josephson & Co. Oder die Papierfabrik Neustätter, die älteste in ganz München, und plötzlich, über Nacht, mußte sie zusperren. Jeder hat doch gesehen, wie da plötzlich Wohnungen leer wurden. In jeder Schulklasse fehlten plötzlich ein paar Mitschüler, an jedem Honoratiorenstammtisch plötzlich ein Kartenbruder. Auf der Wies'n blieben plötzlich drei, vier Plätze leer, wo man doch jedes Jahr zusammengesessen war. Denn es war ja nicht so, daß die nicht auch gern ein Bier getrunken und ein Ochsenfleisch vom Spieß gegessen hätten, die waren doch auch nicht anders als wir Feiertagschristen. Ja gut, sie haben gefastet, streng, diesen einen hohen Festtag, der immer um die Zeit herum im Oktober gefeiert wurde, und dann sind sie, wenn's vorbei war, doch noch mit auf die Wies'n gegangen, mit einem g'scheiden Durst und Hunger.

Jeder hat gewußt, was los ist. Jeder hat schon 1920 den Hiedler im Hofbräuhaus hören können, wie er geschrien hat, man werde mit dieser Blutegelbande abrechnen. Und wer nicht selber dort war, konnte in der Zeitung lesen, daß der Festsaal im Hofbräuhaus getobt hat und minutenlang dem Hiedler Beifall gespendet hat. Daß man »Aufhängen!« schrie, als der Hiedler meinte, mit Geldstrafen allein sei diesen Schiebern und Wucherern nicht mehr beizukommen. 1920 war das, und schon drei Jahre später hat man eine ganze Familie in einer Münchner Trambahn grundlos zusammengeschlagen, und da war noch lang hin bis zu dieser Nacht, wo in München wie anderswo alles zu Bruch gegangen ist.

Man kann es nicht leugnen: In München waren sie ganz besonders eifrig mit dabei, als es '33 losging gegen die Juden. Gar nicht mehr zu halten waren da einige, regelrecht hochgefahren aus ihren Bierkellern sind die, hinaus auf die Straße, »wo ist der Jud«, einfach nur raus auf die Straße, haben sich an der erstbesten Hakennase aufgehängt, »da ham wir ihn ja, den Jud«. Wie dieser nationalsozialistische Student, der gleich 1933, gleich nach der Wahl vom Hiedler, auf die Straße gestürmt ist, raus aus seinem

Korpsstudentenbierkeller, und sich den erstbesten Münchner geschnappt hat, der auch nur ansatzweise etwas Jüdisches an sich hatte. Der Kommerzienrat Lehmann war zufällig sein Opfer. Getarnt war dieser junge Nazi als ein an der Münchner Universität eingeschriebener Student, wahrscheinlich Jura, Jura oder Medizin, in Wahrheit aber war der vielleicht Zwanzigjährige, vielleicht Zweiundzwanzigjährige ein von der Thule-Gesellschaft und anderen deutschnationalen Kreisen abgerichteter Kampfhund. Er ging einfach auf den erstbesten jüdischen Mitbürger los, der rein zufällig der Kommerzienrat Lehmann war, und verhaftete ihn.

Er zog dann durch die Stadt mit seinem Gefangenen, ist mehrfach vor Alleebäumen, vielleicht in der Lindwurm- oder auch der Leopoldstraße stehengeblieben, um zu schauen, welcher der Bäume geeignet sei, den jüdischen Kommerzienrat Lehmann daran aufzuhängen. Natürlich ist niemand dem Kommerzienrat Lehmann zur Seite gesprungen, als dieser, während seines Spießrutenlaufs durch München, immer wieder vor Alleebäumen stehenbleiben und mitanhören mußte, wie sich dieser Student der Jurisprudenz mit Passanten beratschlagte, ob der betreffende Ast »ein verfressenes Judenschwein« wie »den da« aushalte. Die Münchner waren an solche Auftritte gerade in diesen Tagen gewöhnt, und das Wegschauen klappte schon ganz gut. Hunderte von jüdischen Geschäftsleuten wurden an diesem Märztag überall in der Stadt angefallen und auf Polizeistationen gezerrt, wo sie, angeblich zu ihrer eigenen Sicherheit, in Schutzhaft genommen wurden. Rudelweise sind sie durch die Straßen gezogen, die SA- und SSler, und hinter ihnen her die alteingesessene Altmünchner Geschäftswelt, die der SA und SS die jüdische Konkurrenz namentlich bekanntmachte, damit sie wußten, wo sie zufassen mußten.

Und zur selben Zeit führte auch dieser Student den Kommerzienrat Lehmann weiter durch dessen Heimatstadt München, die ihm über Nacht, von der einen Stunde auf die andere, zur Hölle wurde. Die in diesen Märztagen schon zaghaft austreibenden Alleebäume müssen ja für den Kommerzienrat keine Vorboten des nahenden Frühlings gewesen sein, sondern Hinrichtungsgalgen, die nur auf ihn zu warten schienen. Mit nach Hause hat dieser Student den Kommerzienrat Lehmann dann genommen, ihn dort wer weiß wie lange gefangengehalten und ihm wahrscheinlich ständig mit seiner Ermordung gedroht. Was während dieser Zeit in der Höhle des Korpsstudenten vorfiel, weiß niemand genau. Man schaut ja nicht hinein in die Häuser...

3.

»Ach nein, Fulizer, nicht schon wieder diese Geschichten, nein, also wirklich, verschonen Sie uns...«

Fulizer hielt noch ein ansehnliches Päckchen Blätter in der Hand, das er jetzt resigniert auf die Knie sinken ließ. Er war noch längst nicht fertig, als der Chef ihn ziemlich barsch unterbrach.

»Das genügt jetzt! Solche Jeremiaden haben wir uns doch wirklich lange genug angehört. Wen soll das noch beeindrucken?«

»Man muß auch mal vergessen können!« spielte sich Ducee schon wieder altklug in der Vordergrund.

Eigentlich hätte Fulizer wissen sollen, daß man den alten Herrn mit solchen Geschichten besser nicht reizte. Die großangelegte Aktion zur Jahrhundertmitte war der Jahweschen Kongregation gehörig aus dem Ruder gelaufen. Statt die Ungläubigen wieder zurück in die Arme des alten Herrn zu treiben, gingen Parolen um wie »Wenn es Gott jemals gegeben haben sollte, hat ihn Eichmann in Auschwitz vergast!« Niederschmetternd, das. War auch der tiefere Grund, warum der Chef heute nichts mehr davon wissen wollte. Diese Schmach, zum Schluß ohnmächtig mit ansehen zu müssen, wie man ganze Dörfer zusammentrieb, sich gar nicht mehr die Mühe des Abtransportes in irgendwelche Todeslager machte, sondern Frauen und Kinder in Scheunen zusammenpferchte, die deutsche Polizeibataillons daraufhin in Brand steckten. Nur mehr vollkommen Ahnungslose konnten ihn nach dieser Niederlage noch immer den Allmächtigen nennen.

In eine solch uferlose Grundsatzdiskussion zu geraten, mußte Fulizer unbedingt verhindern. Er versuchte ins alte Gleis zurückzukehren.

»Dieser Eisenbahner, Chef, ist mir übrigens durch einen mehr als glücklichen Zufall ins Netz gegangen.« Fulizer wählte diese Formulierung mit Bedacht, denn sagte der Alte nicht selbst immer, »ihr müßt Menschenfischer sein«.

»Er hat das wirklich alles selbst miterlebt. Jahrgang 1900, der Mann! Vielleicht liegt ja bei ihm der Schlüssel zu...«

»Ja und, Fulizer, und?! Wir haben Sie nach München geschickt, damit Sie dort etwas herausbekommen! Fakten, Fakten, Fakten, was anderes interessiert uns nicht!«

Was war nur in den Chef gefahren? Zuviel Wodka, den er zum Hinunterspülen des Fisches bestellt hatte?

»Ich brauch' noch etwas Zeit...«

»Nach Ablauf von sieben Tagen«, raunzte der Chef, »liegt das Ergebnis auf dem Tisch, und keine Stunde später.«

Fulizer kam sich geschurigelt vor wie ein Anfänger. Daß sich Ducee an dieser Situation sichtlich delektierte, war klar, aber daß selbst die alten Kumpels Louisbad, Videl und Astna nicht den geringsten Versuch unternahmen, ihn hier rauszupauken, nahm er ihnen ernstlich krumm. Nach einer peinlichen Pause war es ausgerechnet Ducee, der sich wieder zu Wort meldete:

»Nun denn, nachdem ja hier nicht mehr viel zu erwarten steht, sollten wir vielleicht, Chef, an unser Restprogramm denken. Wir wollten doch noch... die Tuchhallen am Rynek Głóny, dann auch noch, wenn die Zeit reicht, den Wawel...«

Nun wachte auch Louisbad wieder auf.

»Zuvor aber, wenn wir schon hier sind, würd' ich vorschlagen, doch noch schnell rüber zur Remuh-Synagoge zu schauen. Der Friedhof dort soll einer der ältesten in ganz Europa sein.«

»Wen's denn sein muß!« stöhnte der Chef.

4.

»Sie machen das schon Fulizer!« Der Chef hatte kollegial den Arm um die Schulter seines altgedienten Ersten Sekretärs gelegt, während man über die Friedhofswege bei der Remuh-Synagoge schlenderte. Irgend etwas hatte seine Stimmung erneut umschlagen lassen.

Soll sich einer auskennen mit dem seinen Launen, dachte Fulizer. Vielleicht waren es die vielen Besuchergruppen, die der Synagogendiener gleich am unscheinbaren Eingangstor, an dem Unkundige sicher achtlos vorbeigegangen wären, abfischte und zum Grab des berühmten Rabbiners Moses Isserles führte, die dem Chef das Gefühl gaben, daß da noch ein paar Schäfchen waren, die zu ihrem Hirten zurückfanden (wenn auch unter sanftem Gedrängtwerden durch eben jenen Synagogendiener, der gleich beim Austeilen der Jarmelkes, die man aufsetzen mußte, ehe man das Areal betreten durfte, die Hand aufhielt). Er sah, wie einige der Touristen über den Zaun langten, der das Grab umgab, und kleine Zettelchen in einen Kasten warfen, der am Grabstein des Rabbiners hing, und sagte zu seinem Sekretär:

»Schau'n Sie nur, Fulizer, man schreibt mir immer noch! – Möchte wissen, was die Leute heutzutage noch für Sorgen haben...«

Er beugte sich etwas vor zu einem schlaksigen Buben in einem fast bodenlangen schwarzen Mantel und mit einer Lederschirmkappe als Kopfbedeckung, versuchte über dessen Schulter zu kiebitzen, um herauszubekommen, was der auf ein aus einem Büchlein herausgerissenes Blatt Papier kritzelte, der Bub aber bemerkte die indiskrete Annäherung und drehte sich schnell um.

Vertraulich und mit einem Schmunzeln hakte sich der Chef bei Fulizer unter, zog ihn weg von der übrigen Pilgergruppe, die nun in einen Gebetssingsang einstimmte. Louisbad, Videl, Ducee und Astna irrten im weiter hinten gelegenen Teil des Friedhofes herum, wo sich nur noch einzelne Gräber in hohem, verwildertem Gras verbargen. Fulizer und der Chef schlugen den Weg ein, der an den Rand des Friedhofes führte, just zu jener vielleicht drei Meter hohen Mauer, die das Reich der Toten von der umtriebigen Ulica Szeroka abschirmte. Die Mauer war von oben bis unten aus zerbrochenen Grabsteinen zusammengesetzt, eine moderne Collage verstümmelter hebräischer Schriftzeilen und abgebrochener Ornamente, die zu einem neuen, allerdings nur fragmentarisch und kryptisch zu lesenden Text arrangiert worden waren... von wem auch immer.

Aber der Chef war mit seinen Gedanken ganz woanders. »Sie nehmen's uns nicht übel, Fulizer, daß wir vorhin etwas... ungehalten waren. Ihnen kann ich's ja sagen: Mir gehen solche Geschichten wie die von Ihnen vorgebrachte, gerade an einem Ort wie diesem, ganz schön an die Nieren. Ach, Fulizer: Ich frage mich oft, haben wir so viel falsch gemacht, daß uns kein Mensch mehr ernst nimmt? Ja schlimmer: daß man annimmt, es gäbe uns schon gar nicht mehr! Wissen Sie, was mir Voland erst gestern aus London gemeldet hat: Die anglikanische Kirche ist kurz davor, eine umfangreiche Verlautbarung abzuschließen, die in wenigen Wochen an die Öffentlichkeit gelangen soll. Darin heißt es, man sei zu der Überzeugung gekommen, daß es überhaupt keine Hölle gibt. Was sagen Sie jetzt, selbst das nimmt man uns noch! Alles menschengemacht! Für was braucht man uns eigentlich dann noch!«

»So neu ist das nicht, Chef! In München soll es auch schon

einen gegeben haben, Franz von Baader, mystischer Theologe und ziemlich unverständlich formulierender Philosoph, nur gut, daß den keiner so recht verstanden hat. Der hat schon vor fast zweihundert Jahren verkündet, man müsse sich uns, unsere Jahweische Kongregation!, als die extremste, sich selbst genießende Gleichgültigkeit denken.«

»So? Was hat er denn damit gemeint?« Das klang schon wieder leicht verärgert. So als ob das ein nicht zu übersehender Minuspunkt wäre. Für München. Wo man solche Besserwisser denken und reden hatte lassen.

»Wie gesagt, den hat sowieso keiner so recht verstanden, in München schon gar nicht. Zumal er gern ein Gespräch in mehreren Sprachen gleichzeitig, von einer zur anderen springend, geführt hat, wenn's sein mußte auch in Aramäisch!«

»Ach ja...« Das ließ den Chef natürlich aufhorchen. »Interessant. Ich sage ja immer: Laf lafi açar! – Sollten mal bei Gelegenheit Näheres berichten über diesen...«

»Baader. Franz von Baader!«

»Jaja, genau! Sie machen das schon, Fulizer! Suchen Sie weiter, es wird schon. – Oder brauchen Sie noch Verstärkung? Soll ich Ihnen Ducee mitgeben?«

»Nicht nötig, Chef. Ich habe ein, zwei zuverlässige Zuträger gefunden. In der Stadt. Leute, die sich auskennen.«

Der Chef musterte Fulizer von der Seite, ungefähr so wie ein Vater seinen Sohn, der sehr vage Andeutungen macht, daß es da ein erstes Mädchen gibt. Der alte Herr fragte nicht weiter. Er klopfte Fulizer nur auf die Schulter.

»Na gut: Ich verlasse mich auf Sie!«

Der Chef winkte die anderen vier her. Gemeinsam warfen sie noch kurz einen Blick in die winzige Synagoge, dann traten sie durch das Tor auf die Ulica Szeroka hinaus. Dort stand der geleaste Kleinbus, der einheimische Fahrer hatte die ganze Zeit über, Zeitung lesend, im Wagen gewartet. Man stieg ein und fuhr zurück ins »Monopol«.

ACHTES KAPITEL

Kreutner findet ein offenes Ohr / Nächtlich
im Archiv / Wer gehorcht wem?

»Ein Freund, ein guter Freund, das ist das einzige,
was zählt auf der Welt.«
COMEDIAN HARMONISTS

»SERVUS HERMANN! Mensch, gibt's dich auch noch?«
Kreutner hatte sich durchgerungen und Rohrbacher doch noch angerufen. Dessen Überraschung klang ehrlich. Schon seit Wochen hatten sie nicht mehr miteinander telefoniert. Andererseits konnte sich Rohrbacher an fünf Fingern abzählen, daß Kreutner nun wieder etwas von ihm bräuchte, denn seine Anrufe waren eigentlich immer mit einem konkreten Anliegen verbunden.

»Was macht die Arbeit?« baute er Kreutner konziliant eine Brücke. Denn die kleinen Zuträgerdienste, um die Kreutner Rohrbacher in unregelmäßigen Abständen bat, hatten fast immer mit dessen Arbeit zu tun. Rohrbacher war so etwas wie der Versorgungs- und Begleitwagen neben dem Langstrecken-Schreiber Kreutner.

Die beiden kannten sich noch vom Studium her. Rohrbacher hatte immer schon Kreutners Aktivitäten auf dem publizistischen Markt, seine kleinen Artikelchen für diverse Lokalblätter (historische Anekdoten, das übliche Gedenktage- und Jubiläums-Geschreibsel), seine Fünf-Minuten-Beiträge für Rundfunkanstalten (»Kalenderblätter« und dergleichen) verfolgt und ... ja, und auch bewundert. Kreutner konnte nämlich von einem Thema, von dem er gestern erst erfahren hatte, daß es überhaupt existierte, heute schon einen den souveränen, den kompetenten Überblick suggerierenden und zugegebenermaßen immer recht launig geschriebenen Artikel präsentieren – Rohrbacher sah in solchen Fällen immer noch »Klärungsbedarf« und ein Pensum an Recherchen und Nachprüfungen für gleich mehrere Wochen. Kreutner dagegen schlüpfte in die höchst sommerliche, beinahe zum Durchsehen dünne Jacke seiner rasch angelesenen Minimalfakten ... und sie paßte! Fast immer! Beide konnten sie darüber lachen und sich amüsieren, wenn Rohrbacher ihn im Spaß aufzog:

»Mensch Kreutner, eineg'schlupft und paßt! Wo du doch die Problematik gar net kennt host!«

Kreutner hingegen akzeptierte und ... bewunderte, ja, das auch, uneingestanden zwar, daß Rohrbacher wahrscheinlich der schlauere Kopf war, jedenfalls ohne Zweifel der mit dem größeren Wissen. Seit er nach Abschluß des Studiums (mit einer 800seitigen Dissertation zum Thema »›... ein geschribeniu reht.‹ Blutsgerichtsbarkeit in Stadt und Viztum während des Mittelalters«) sogar noch vom Stadtarchiv übernommen worden war, saß er ja gewissermaßen an der Quelle. Ab und zu nur eine kleine Flaschenpost aus der Lourdes-Grotte des Stadtarchivs, mehr wollte Kreutner ja gar nicht, und er würde die Krücken seines profunden Halbwissens wegwerfen können! Rohrbacher war Samariter genug, ihm diesen Gefallen hin und wieder zu tun.

Doch heute schien ihm Kreutner irgendwie verändert. Kein präziser Rechercheauftrag wie sonst (»Ach, könntest du mir mal kurz raussuchen ...«), statt dessen eine fast bittend vorgebrachte Frage: »Können wir uns sehen? Ich müßte dich dringend sprechen, Albert.«

»Gibt's eine Unklarheit? Soll ich was nachschauen für dich?«

Rohrbacher machte sich richtiggehend Sorgen. Sonst kam Kreutner nach kurzem, unverbindlichem Small talk immer gleich zur Sache.

»Nein, nein ... Das heißt: doch! Später vielleicht. Erst muß ich mit dir reden! Ob's irgendwie einen Ausweg gibt. Ich mein', ob du einen siehst.«

Sprach wie im Delirium, der Kreutner. So kannte ihn Rohrbacher gar nicht. Nur nicht näher nachfragen jetzt, dachte er, brächte wahrscheinlich nur Unannehmlichkeiten und ein ungebührlich langes Telefongespräch während der Dienstzeit mit sich.

»Wie du meinst. – Also, nächste Woche sieht's bei mir ...«
»Zu spät!«
»Was is' los?«

»Nächste Woche ist schon zu spät. Viel zu spät. Ich muß ja schon nächste Woche... Nein, am besten heute noch. Wir müssen uns heute noch treffen.«

»Na, hör mal: Erst läßt du wochenlang gar nichts hören, und dann...«

»Ja, stimmt schon, kann ich dir jetzt am Telefon aber nicht erklären. – Also, was ist jetzt? Kommst du um fünf oder nicht?«

Kreutner kannte ja die Usancen städtischer Angestellter. Fünf Uhr nachmittag, dann mutierten die peniblen Dr. Jekylls der Aktenverwaltung in lauter vergnügungssüchtige Feierabend-Hydes. Er hatte auch Rohrbacher auf dem richtigen Fuß erwischt, nämlich auf dem, mit dem er schon halb in der Freizeit stand.

»O.k. Also gut. Wie wär's im Café vom Stadtmuseum?«

»Danke, Albert.«

Die Sache mußte ernst sein, sehr ernst. Kreutner hatte sich bedankt!

*

»Und, was soll ich jetzt bei dem ganzen Spiel?«

»Das ist kein Spiel!« zischte Kreutner.

Jetzt hatte er ihm eine halbe Stunde lang erklärt, was er seit drei Tagen mit diesem plötzlich aufgetauchten Mister Gear erlebte und daß man sich dessen ziemlich dringlich vorgetragenen Bitten besser nicht entziehe, und jetzt kam er ihm mit »nur ein Spiel«!

»Der macht ernst, Rohrbacher! Ich hab's im Gefühl!«

Wie Kreutner ihn anfunkelte! Rohrbacher hatte zwar keinerlei Erfahrungen mit Leuten in solch einem Zustand, aber daß Widersprechen hier das Falscheste sei, so viel dämmerte selbst ihm. Er müßte auf subtile Art herausbekommen, wie es mit Kreutner wirklich stand, ob er schon definitorisch ein Fall für Haar war oder ob er sich vielleicht doch nur ein besonders infames literarisches Spiel mit ihm erlaubte. Zuzutrauen war dem alles! Der war so sehr »Naturalist« und schrieb, wie er selbst einräumte, ausschließlich »nach der Natur« (einmal sollte er ihm aus den Tiefen des Archivs eine möglichst authentische Beschreibung einer hochnotpeinlichen Befragung während des letzten Münchner Hexenprozesses beschaffen), so daß sich Rohrbacher ohne weiteres vorstellen konnte, daß Kreutner diese ganze Show nur deshalb abzog, um irgendwelche Reaktionen zu testen. Der würde doch sogar eigenhändig jemanden von einem Dachvorsprung schubsen, um ganz lebensnah studieren zu können, wie sich so ein freier Fall ausnimmt und wie sich ein letzter, entsetzter Todesschrei nun wirklich anhört!

Er würde Kreutner einen dermaßen abstrusen Vorschlag machen, daß er an seiner Reaktion darauf würde ablesen können, ob er noch einigermaßen bei Verstand oder schon völlig übergeschnappt war. Er fädelte sich in Kreutners zum Stehen gekommenen Argumentationsstau ein:

»Und du sagst, dieser Mister Gier suche sieben Gerechte...«

Kreutner wunderte sich gar nicht groß über Rohrbachers plötzliches Einlenken. Vielmehr legte er gleich wieder los:

»Klar: sieben! Komm auch langsam dahinter, warum! Sieben ist die magische Zahl. Nach sieben Tagen war die Welt erschaffen. Alle sieben Jahre haben sich die Körperzellen einmal runderneuert. Ist dir schon aufgefallen, daß die Tonleiter sieben Töne hat? ›Seven ages of man‹, wir durchlaufen alle sieben Lebensalter! Ich sag' dir, das hat alles seinen tieferen Sinn.«

»Also ist dein Mister Gier doch irgendwie ein Moon-Sektler, Zeuge Jehovas, oder was weiß ich.«

Kreutner überhörte das.

»Sieben fette Jahre, sieben magere Jahre. Sieben Pforten hat die Seele: zwei Augen, zwei Ohren, zwei Nasenlöcher und den Mund...«

»Hast du da nicht was vergessen?«

»In Leo Perutz' Roman ›Der Marques de Bolibar‹ tritt Gott das erste Mal auf... in welchem Kapitel? – Natürlich im siebten!«

»Zufall!«

»Ich bitte dich! Perutz war mystischer Mathematiker durch und durch. Auf die Frage, ob er an Gott glaube, meinte er übrigens, ja, aber nicht so wie die meisten, für ihn sei Gott eine mathematische Formel. Ist doch klar: Alles beruht auf der Periodizität der Sieben. Mit 35 hast du die Mitte des Lebens erreicht, mit 37 hatte Nietzsche sein Zarathustra-Erlebnis, und mit 37 hat der Jakob Böhme plötzlich angefangen, philosophische Traktate zusammenzuschustern.«

»Moment, Moment, was hat jetzt 35 mit der Sieben zu tun?«

Kreutner wurde aus seinem zahlenmystischen Furor gerissen. »35? Ja, äh..., das ist natürlich die Hälfte von siebzig.«

»Und 37 wohl die Hälfte von 74, was wiederum sieben mal die Elf, die Quersumme aus 74, ist, natürlich minus der Dreifaltigkeit!«

Kreutner merkte gar nicht, wie ihn Rohrbacher auf den Arm nahm. Er machte weiter: »Es ist einfach endlos: Die heiligen Leuchter der Juden haben sieben Arme, in sieben Sendschreiben ist die Offenbarung des Johannes abgefaßt, Jesus hatte sieben Jünger...«

»Ich dachte immer, es waren zwölf.«

»Egal jetzt! – Es müssen sieben sein!«

»Was?«

»Gerechte natürlich. Und wir haben erst vier. Maximal fünf, wenn die großzügig sind.«

»Und?«

»Mensch, kapier doch! Ich brauch' noch einen oder zwei. Du wirst doch in deinen verdammten Akten einen oder zwei finden, die sich notfalls als Gerechte verkaufen lassen.«

Rohrbacher nippte an seinem Cappuccino. »Und das muß natürlich alles absolut wasserdicht sein, nachrecherchierbar!«
»Klar doch!«
»Und was du ihm bisher aufgetischt hast, das hat er alles geglaubt, der Gier?«
Kreutner hatte seinen Bekannten kurz aufgeklärt über sein Extempore im Hofgarten und auch über die Lehmanngeschichte, die er erst vor kurzem geschrieben hatte, dummerweise hatte er das Manuskript heute morgen nicht mehr finden können ... Na ja, machte auch nichts, würde er halt noch einmal ausdrucken müssen. Die Lehmann-Geschichte hatte er vor, Gear als nächstes aufzutischen, und auch an ihr war ein wahrer Kern dran, Kreutner war durch Zufall erst kürzlich darauf gestoßen.
»Da kannst du alles nachprüfen! Hat alles Hand und Fuß. Gut, ich hab' die Namen verändert, aber diese Verhaftung, die ich da schildere, die ist authentisch. Von Alvensleben hieß der Kerl. Student. Hat später ein Attentat auf den Sicherheitsdirektor von Tirol verübt. Muß ein ganz undurchsichtiger Typ gewesen sein. Schau mal nach in deinem Zettelkästchen.«
Kreutner meinte damit das sich über mehrere Stockwerke erstreckende Stadtarchiv mit seinen Millionen verzettelten Einzelnachweisen. Es tat gut, Rohrbacher wenigstens einmal um einen Hinweis voraus zu sein!
»Dann wäre es doch eigentlich das einfachste, um Mister Gier schachmatt zu setzen, man würde alles verschwinden lassen, was irgendwie als Quelle dienen kann, dann ist die Frage nach deinen sieben Gerechten nicht mehr entscheidbar und du bist fein raus aus dem Schneider.«
»Versteh' ich nicht!«
»Wenn zum Beispiel das Stadtarchiv plötzlich verwüstet würde, alle Dokumente verbrannt, was weiß ich, wie will dann dieser komische Apokalyptiker noch den Nachweis führen, es habe diese Sieben nicht gegeben, hä? Man könnte – und das

eigentlich mit Recht – behaupten, die lückenlosen Dokumente für das Erdenwallen dieser womöglich Gerechten seien leider in Rauch aufgegangen oder in tausend Fetzen zersprengt, was weiß ich.«

Rohrbacher brachte diesen hirnrissigen Gedanken mit größter Arglosigkeit vor. Jetzt würde es sich zeigen, ob Kreutner noch einen Funken gesunden Menschenverstandes besaß oder nicht. Rohrbacher kam sich vor wie der Irrenarzt, der einen Patienten, der immer seine Zahnbürste an einer Schnur hinter sich herzieht, mit größter Ernsthaftigkeit fragt, ob er seinen Fiffi heute wieder Gassi führe.

Kreutner schwieg. Drehte eine noch nicht angezündete Zigarette zwischen den Fingern.

»Und wie willst du so etwas anstellen?«

»Was?«

»Na, das ganze Archiv unbrauchbar zu machen.«

»Ich bitt' dich, das ist doch wohl ein Kinderspiel! Eine professionelle kleine Brandlegung, brennt doch wie Zunder, der ganze Krempel.«

»Ich weiß nicht!«

Kreutner schien sich ernsthaft Gedanken zu machen, wie man die Angelegenheit anpacken müßte. Rohrbacher verstand die Welt nicht mehr! Ausgerechnet der vife Kreutner! Das ausgeschlafene Bürschchen! War immer schneller, geistesgegenwärtiger gewesen als all die anderen. Und jetzt? Übergeschnappt. Kein Zweifel. Komplett meschugge.

*

Rohrbacher ging, nachdem er sich vor dem Café im Stadtmuseum von Kreutner verabschiedet hatte, noch einmal zurück in die Winzererstraße, ins Archiv. Er hätte beim besten Willen nicht sagen können, warum eigentlich. Er redete sich ein, dort etwas liegengelassen zu haben, doch wenn er ehrlich gewesen wäre zu sich selbst, hätte er zugeben müssen, daß das nur eine Ausrede war. Er wollte noch einmal ins Archiv.

Er fuhr vom Marienplatz aus mit der U-Bahn bis »Universität«. Nahm dann den Weg zu Fuß über den Alten Nördlichen Friedhof. Er ging gerne durch diesen Park mit den efeuumrankten Steinen. Er kam am Grab von Oswald Spengler vorbei, ein schmuckloser, glattgeschliffener Steinwürfel war's. Der kluge Affe Nietzsches! Rohrbacher mußte schmunzeln. Ob der nicht einer wäre für Kreutner? Einer dieser komischen Heiligen? Immerhin hatte Spengler den Untergang, von dem dieser mysteriöse Mister Gear dem armen Kreutner einen Floh ins Ohr gesetzt hatte, ja bereits vorausgesagt.

Nun fing also auch Rohrbacher schon an, jener fixen Idee hinterherzulaufen, die Fulizer in die Stadt eingeschleppt hatte. Er merkte es nur noch nicht.

Rohrbachers Vogelbauer war sein kleines Bürozimmer in der Winzererstraße. Jeder Mitarbeiter des Stadtarchivs hatte schon vor Jahren einen Monitor in seinen Käfig gestellt bekommen; war die Bildschirmscheibe dunkel, konnte man sein eigenes Gesicht darin sehen... Mit demselben Spiegeltrick hielt man auch Kanarienvögel bei Laune. In diesen Vogelbauer war Rohrbacher täglich eingesperrt von acht Uhr früh bis nachmittags um fünf. Dann ließ man ihn aus für ein paar Stunden Freiflug, er durfte, wie all die anderen auch, aufgeregt durch seinen Feierabend flattern, morgen würde er, das wußten seine Chefs, wieder freiwillig zurückkehren in die Geborgenheit seines Käfigs.

Heute allerdings hatte Rohrbacher das Büro schon vor fünf Uhr verlassen, um Kreutner zu treffen. Dafür kehrte er ja nun auch noch einmal zurück ins Archiv, das von Rohrbachers Kollegen schon verlassen und ganz menschenleer war. Er knipste das Licht an, als er sein Büro betrat. Von den gegenüberliegenden Wohnungen aus, falls dort hinter Gardinen irgendwelche Spanner lauerten, mußte einem Rohrbachers Bürofenster in der einsetzenden Abenddämmerung wie ein erleuchtetes Aquarium vorkommen. In ihm schwamm Rohrbacher unruhig hin und her, ein Zierfisch auf der Suche nach Nahrung. Aufregend war das nicht, jedenfalls nicht für einen auf ganz andere Einblicke bedachten Spanner. Aufregend dann aber doch wieder auch, hielt man sich vor Augen, welche schicksalshafte Wendung vielleicht gerade in diesem von überquellenden Aktenschränken veralgten Büroaquarium sich nun anbahnte. Rohrbacher folgte nämlich, auch wenn es ihm gar nicht bewußt war, brav Kreutner, seinem Herrn, ungefähr so wie ein Hund, den man sich gefügig gemacht hat.

Kreutner hatte eine fixe Idee im hohen Bogen von sich geworfen..., und Rohrbacher apportierte sie prompt. Rohrbacher war nach und nach der kluge Affe Kreutners geworden – ohne es zu bemerken. Er brachte ihm, was er brauchte. Auch der Hinweis auf jene Kellnerin im Café Heck, die schließlich in Kreutners Manuskript den Namen Annamirl verpaßt bekommen hatte, stammte letzten Endes von ihm.

Er hatte die Spur zu dieser sonst nirgendwo dokumentierten Episode im Leben des Wehrmachtsgefreiten H. an einem Ort gefunden, wo sie sicher bisher niemand gesucht hatte. Durch Zufall war er darauf gestoßen: Im Zusammenhang mit überaus langwierigen Recherchen zu einer erst geplanten, dann aber doch aufgegebenen Ausstellung zum Thema »Innere Emigration und Widerstand in München« war Rohrbacher natürlich auch auf Theodor Haecker aufmerksam geworden, jeder halbwegs Sorgsame, der ein Konzept zu einer solchen Ausstellung zu erstellen gehabt hätte, wäre das. Von Haecker, einem einzelgängerischen Privatgelehrten, Kierkegaard-Experten und Mitarbeiter bei Karl Kraus' »Fackel«, war, zumindest in Fachkreisen, lange schon bekannt, daß er Verbindungen zur »Weißen Rose« unterhalten hatte, mancher hatte sogar seine heimlich geschriebenen »Tag- und Nachtbücher« gelesen, die 1947 erstmals im Druck erschienen waren. Nur durch ein Versehen hatte die Gestapo das Diarium, das voller Invektiven gegen die Nazis war, bei einer Hausdurchsuchung übersehen. Der Leiter der Durchsuchung hatte das Manuskript schon in Händen gehalten, war dann aber von einem Untergebenen einer läppischen Belanglosigkeit wegen unterbrochen worden, jedenfalls legte der Geheimpolizist das Tagebuch wieder aus der Hand... und vergaß es. Die letzten Tage vor Kriegsende vergruben die Eltern der Geschwister Scholl das Manuskript, das sicherlich für ein sofortiges Todesurteil ausreichend Handhabe geboten hätte, im Garten ihres Bauernhofes im Schwarzwald.

Das alles wußte man, zumindest in den entsprechend interessierten Kreisen. Daß allerdings nie das gesamte Material der »Tag- und Nachtbücher« veröffentlicht worden war, genausowenig wie die Briefe Theodor Haeckers, darauf war Rohrbacher erst im Zuge seiner Recherchen gestoßen. Penibel, wie er nun einmal war in allem, ließ ihn dieser dunkle Fleck nicht eher ruhen, bis er ihn völlig aufgehellt hatte. Er nahm sich drei Wochen Sonderurlaub – von der Notwendigkeit solch penibler Recherche während der Arbeitszeit war selbst das Amt nicht mehr zu überzeugen –, zumal abzusehen war, daß das Projekt »InEmi« (Innere Emigration) über kurz oder lang den Sachzwängen einer angespannten Haushaltslage zum Opfer fallen würde.

Rohrbacher fuhr also nach Marbach. Auf eigene Rechnung und bei Inanspruchnahme seines restlichen Urlaubes. Tagelang durchpflügte er den Nachlaß Haeckers im dortigen Literaturarchiv. Seine Arbeit stellte er schließlich einem weitschichtigen Bekannten selbstlos zur Verfügung, jener hatte Beziehungen zur Innsbrucker Buchreihe der »Brenner-Studien«, wo daraufhin erstmals eine vollständige Ausgabe der »Tag- und Nachtbücher« erschien.

Auch Kreutner hatte Rohrbacher eine seiner Entdeckungen großzügig geschenkt, eine für die Mehrheit der Unkundigen, ja Indolenten völlig unbedeutende Marginalie. Er wußte, Kreutner würde sie schon aufblähen zu einer seiner zwischen Wahrheit und Dichtung taumelnden, rasch heruntergeschluderten Geschichten, die auf ihre Art und Weise aber doch genial waren, das mußte selbst Rohrbacher zugeben, dem solche Unbekümmertheit im Umgang mit historischen Quellen ein ewiges Rätsel blieb.

Was er Kreutner geschenkt hatte, und zwar lapidar und in aller Kürze mitgeteilt auf einer Ansichtskarte, die das Schiller-Nationalmuseum in Marbach zeigte, war (Rohrbacher erinnerte sich noch genau des Wortlautes):

Hallo Kreutner,

sitze hier seit zwei Wochen über Haecker. In Verbindung mit den diversen Marbacher Weinstuben und ihrem dort anzutreffenden weiblichen Strandgut absolute Glückseligkeit. Dazu fällt mir ein: Haecker schreibt in einem Brief (weiß der Teufel, woher er's wußte), Hitler habe etwas mit einer Bedienung des Café Heck gehabt. Weißt schon: Hofgartenarkaden! Dürfte Dich interessieren, oder?

Servus   Albert

Bisher war ja nur Ungesichertes über eine angebliche Liaison Hitlers mit der Schwester seines Chauffeurs, Jenny Haugg, einer Revolverheldin, bekannt (und »Brunhilde mit dem Goldzahn« soll es auch noch gegeben haben), nun würde aber bald Neues, Sensationelles an die Öffentlichkeit dringen, da war sich Rohrbacher ziemlich sicher, damals in Marbach. Auf Kreutner konnte man sich verlassen.

Warum sollte er ihm also nicht noch einmal einen solchen Köder auslegen? Diesmal allerdings einen, der völlig aus der Luft gegriffen war. Kreutner bekäme, was er brauchte: seinen Gerechten! Oder genauer: seine Gerechte. Rohrbacher hatte da so eine Idee ...

Irgendwo mußte er doch noch ein Schreiben aus Marbach haben? Rohrbacher durchsuchte die Aktenablage. Fand auch einen weiters nicht wichtigen Wisch, von dem er kurzerhand den Briefkopf mit der Aufschrift »Deutsches Literaturarchiv Marbach« abschnitt und auf ein weißes Blatt Papier klebte. Den Rest des Schreibens warf er in den Papierkorb. (Der penible Rohrbacher, schau an, schau an! Erst im nachhinein fiel ihm ein, er hätte ja wenigstens eine Kopie zu den Akten nehmen können!)

Er spannte den Bogen in die Schreibmaschine ein, die er aus dem Aktenschrank mit der Rolltür hervorholte. Seit man das EDV-System eingeführt hatte, brauchte sie Rohrbacher nicht mehr. Für ein Schreiben aus Marbach allerdings schien es ihm irgendwie stimmiger, würde es im antiquierten Schriftbild mal fetter, dann wieder fast unleserlich hingehauchter Schreibmaschinenlettern daherkommen (wußte man doch, daß sie in solchen Archiven grundsätzlich noch in Federkielzeiten lebten, wahrscheinlich hatten sie dort sogar noch Telefone mit Wählscheiben!). Er hackte los..., und zuckte erst einmal zusammen über den ungewohnten Lärm dieser typographischen Stalinorgel, die ihre Buchstaben auf das Papier abfeuerte und bei den o's und e's glatte Durchschüsse erzielte, während die Bäuche der g's und der a's eingetrocknete Blutflecken aufwiesen, die von dem Grus herrührten, der sich in den Ritzen und Vertiefungen der Typen angesammelt hatte. Sah schon wie ein rechtes Schlachtfeld aus, so ein maschinengeschriebenes Typoskript, und Rohrbacher konnte sich nur wundern, wie die Vorvorderen mit solchen Höllenmaschinen jemals sogenannt schöngeistig hatten arbeiten können. Er schrieb:

Sehr geehrter Herr Dr. Rohrbacher!

Im Zuge einer Neuordnung des in unserem Archiv einliegenden Theodor-Haecker-Nachlasses sind wir auf eine Kleinigkeit gestoßen, die gerade Sie, wie wir dachten, interessieren dürfte. Uns ist noch gut die Zeit in Erinnerung, als Sie sich in unserem Hause intensiv in den Nachlaß dieses ganz und gar zu Unrecht so sehr vergessenen Mannes vertieften, der sicherlich zu einem der tapfersten Kämpfer im Verborgenen gegen die Hitler-Barbarei zählte. In einem Maße vertieften, so stellten wir fest, das es mehr als angebracht erscheinen läßt, Sie, der Sie sich um die Wiederentdeckung Haeckers unbestrittene Verdienste erworben haben, nun auch über unseren kleinen Fund zu unterrichten, der Ihrer ansonsten bewundernswerten Aufmerksamkeit entgangen zu sein scheint, was bei der Fülle des Materials allerdings auch nicht weiters wundernimmt.

Rohrbacher las sich das Geschriebene durch. Ob er nicht vielleicht doch zu dick auftrug? Ihm jedenfalls gefiel dieser gedrechselte Stil, der ihm irgendwie passend schien für jene Art von Zettelkastenfex, wie er Rohrbacher, während er weiterschrieb, deutlich vor Augen schwebte.

Letzten Endes auch nur durch einen Zufall sind wir über ein ... ja, es ist wohl ein aufgesetzter Briefentwurf Haeckers gestolpert, der ein neues Licht wirft auf jene Episode, die wir schon damals lebhaft diskutierten, wenn Sie sich erinnern mögen. Adolf Hitler soll, so hatten Sie, sehr verehrter Herr Kollege, auf einem nicht näher bestimmbaren Ausriß eines ... ja, vielleicht Notizbuches von Haecker den allerdings kryptisch-kurzen Hinweis gefunden, soll also eine Beziehung unterhalten haben zu einer jungen Frauensperson, die im Café Heck am Münchner Hofgarten als Bedienung beschäftigt war. Wir haben damals die Angelegenheit auf sich beruhen lassen, so spektakulär, ja sensationell sie auch für die gesamte Zunft zu sein schien, denn zu ungesichert war das Material, zu spekulativ weitere Folgerungen.
Und nun dies! In dem neuen, von uns aufgefundenen Frag-

ment (ich erlaube mir, Ihnen eine Ablichtung des Originals auf dem Wege der Fernkopie zu übermitteln) geht Haecker weit über das hinaus, was uns durch den von Ihnen aufgefundenen Erstbeleg mitgeteilt wurde. „Man bedenke den Wahnwitz der Weltgeschichte", schreibt Haecker (aber bitte lesen Sie beiliegend selbst), „jener Usurpator, der wie der leibhaftige Satan über ganz Europa kommen sollte, untergeschlüpft und seiner gerechten Strafe entzogen, weil ihm ein naives Münchner Mädl, Kellnerin im Café Heck, ein Versteck bot, während die Spießgesellen dieses sich später zur Bestie entwickelnden Kretins schon auf dem Pflaster vor der Feldherrnhalle ihr gerechtes Schicksal ereilte."
Sie sehen, sehr geehrter Herr Dr. Rohrbacher, Theodor Haecker, um dessen Nachlaß sich Jahrzehnte niemand kümmerte, liefert nicht weniger als die Erklärung auf jene Frage, die uns alle, Historiker vom Fach, stets so unerklärlich blieb: Wie konnte Adolf Hitler nach dem gescheiterten Marsch auf die Feldherrnhalle im November 1923 der sofortigen Verhaftung entgehen? Nun haben wir die Antwort: Weil er nur wenige Schritte vom Tatort entfernt Unterschlupf fand, bei jener Frauensperson, deren Rolle in Adolf Hitlers Biographie ganz offensichtlich noch nicht annähernd aufgedeckt ist.

Dies mußte genügen. Rohrbacher brachte das Schreiben noch mit den üblichen Formeln zu Ende und zog den fertigen Brief, unter den er noch eine unleserliche Unterschrift setzte, aus der Walze. Er ging damit in das Vorzimmer des Chefs, wo das einzige Fax-Gerät des Amtes stand. Er fertigte eine Kopie des Briefes auf Fax-Papier an, die nicht nur den verräterischen Kleberand des hinzugemogelten Briefkopfes verschwinden ließ, sondern die auch Kreutner davon überzeugen würde, daß diese Nachricht tatsächlich als Fax an Rohrbacher eingegangen war. Das einzige, was nun noch fehlte, war die Bestätigungsleiste mit Eingangsdatum und -zeit am oberen Rand des Faxes,

Rohrbacher riß kurzerhand das Papier ab, achtete allerdings darauf, daß zumindest die wichtigen Teile des Briefkopfes noch leserlich blieben, er würde sagen, die Abschneidevorrichtung des alten Kastens habe wieder einmal versagt.

Die Anlage, von dem in dem Brief die Rede war, die könne er natürlich nicht aus der Hand geben, würde er Kreutner ein wenig am Nasenring herumführen ... bei der Brisanz des Materials! Rohrbacher war sich sicher: Kreutner würde ihm auch so blind Glauben schenken.

NEUNTES KAPITEL

Kreutner am Hart / Plötzlich antwortet
die Chat-box / Und Radelspeck,
was (er-)findet der?

»Wenn es, beim Himmel! wie ich hoffe, unter allen
Menschen keinen gibt, der sich bequemer bereden und
belügen läßt als einer, der liest: so bitt' ich euch inständig,
ihr Romandichter, warum in aller Welt versichert ihr den
Leichtgläubigen nicht geradezu: *die* war so, *dem* gings so,
oder was ihr wollt.«

JEAN PAUL

DIENSTAG MORGEN ertappte sich Kreutner dabei, wie er im Münchner Telefonbuch den Namen »Joseph Schulz« nachschlug. Er hatte die halbe Nacht wachgelegen und darüber nachgedacht, wie er, verdammt nochmal, die Probe aufs Gearexempel machen könnte. Das Gespräch gestern mit Rohrbacher hatte nämlich, wenn er ehrlich war, auch keine Aufklärung über die Frage gebracht, ob er sich das alles nur einbildete oder nicht. Daß Rohrbacher ihm seine Story so ohne weiteres abgenommen hatte und sich für die Recherche nach weiteren Gerechten hatte einspannen lassen, bewies doch nicht mehr, als daß Kreutner seine Geschichte offenbar mit einer gewissen Glaubwürdigkeit vorgebracht hatte..., aber daß er einer war, der es jederzeit in »Kutschers Zuflucht« mit seinen Plaudereien zur Kneipenberühmtheit gebracht hätte, das hatte Kreutner auch schon vorher von sich gewußt.

Nein, es mußte doch bei einigermaßen klarem Verstand möglich sein herauszubekommen, ob diese Witzbold-Erscheinung im Cheviotmantel und mit Pepitahut nur eine Sinnestäuschung war, der üble Scherz eines Geisteskranken oder was auch immer. Gegen Sinnestäuschung sprach, das mußte Kreutner einfach zugeben, die Fax-Nachricht, die in seinen Computer eingelaufen war, und die hatte ihm wohl kaum irgendein Hackervirus auf die Festplatte gehustet. Kreutner dachte nach. Auf dem Heimweg vom Stadtcafé, den er zu Fuß ging, die zwei, drei Stunden im »Atzinger«, die er dort noch an der Theke hing, auch wenn er da ständig angequatscht und gestört wurde, und daheim dann, schlaflos im Bett sich wälzend. Und schließlich hatte er auch die rettende Idee (warum war er nicht gleich drauf gekommen). Schulz! Wenn es Schulz wirklich gäbe, wie Gear behauptete, dann mußte er sich doch auch auffinden lassen, irgendwo, und wenn er ihn gefunden hatte, würde er ihn fragen können, ob ihm auch dieser sommersprossige Apokalyptiker über den Weg gelaufen sei, und falls ja, dann wären sie immerhin schon zu zweit!

Er schlug also nach. Im Telefonbuch. Schulzens gab's natürlich en masse, Josefs auch immer noch genug, allerdings nur solche mit -fs, nicht mit -ph, wie »sein« Joseph Schulz, der aus dem Manuskript, aber was hieß das schon. Außerdem konnte er ja auch unter ganz anderem Namen gemeldet sein, wer weiß. Wenn er tatsächlich so etwas wie der Spiritus loci dieser Stadt war, der sich bei dem einen unbemerkt als literarische Eingebung einschlich, dem anderen aber sich als plaudersüchtiger Greis während einer langen Nacht offenbarte, brauchte er dann überhaupt so etwas wie eine eindeutig festgelegte Identität? Joseph Schulz' Geist wehte ganz offensichtlich überall, warum nicht auch unter wechselndem Namen? Fast war Kreutner geneigt, die Suche schon wieder aufzugeben.

Dann fiel ihm das Mädchen ein, von dem Gear gesprochen und das ihn überhaupt erst zu Schulz geführt hatte. Wo hatte er sie gleich wieder getroffen? – Im Englischen Garten, richtig! Näheres hatte er ja nicht gesagt. War etwas mager, um sich mit diesen wenigen Anhaltspunkten auf die Suche zu machen. Da könnte er genausogut versuchen, einen Hans Maier übers Telefonbuch auszukundschaften...

Kreutner setzte sich an den Schreibtisch, warf das Telefonbuch auf den Stapel alter Zeitungen und Zeitschriften auf dem Boden. Wie wär's mit einer Radiodurchsage... Wunschkonzert, vielleicht hörte er ja diese Erbschleichersendungen, unser guter, rüstiger Herr Schulz! Bitte melden Sie sich doch... Oder eine Suchannonce: »Autor sucht ihm entlaufene Figur. Selbstanzeigen unter Chiffre...« Kreutner kramte die Manuskriptblätter unter Aschenbecher, aufgerissenen Briefkuverten und leeren Weingläsern hervor, die ihm Gear vorgestern... wie hatte er gleich gesagt: eingeantwortet hatte. Blätterte sie durch, vielleicht ließe sich im Text ein Anknüpfungspunkt finden; Gear hatte doch gesagt, er habe alles so vorgefunden, wie er es, Kreutner, beschrieben habe.

Kreutner blätterte eben wieder um, da sah er auf der Rückseite des Blattes links oben eine Zahl stehen, sechsstellig. Sonst stand nichts dabei. Wenn's eine Telefonnummer war, deutete sie jedenfalls darauf hin, daß der Anschluß schon geraume Zeit bestehen mußte, eine neuere hätte mehr Stellen gehabt... Kreutner nahm kurzerhand das Telefon. Wählte. Tatsächlich ein Klingelzeichen!

»Ja?«

»Hier ist die Staatliche Lotteriegesellschaft. Wir suchen einen Hauptgewinner, Joseph Schulz sein Name.«

Lachen am anderen Ende der Leitung.

»Und wenn von uns gar niemand Lotto spielt?!«

Es war die Stimme eines jungen Mädchens, soviel erkannte Kreutner selbst nach den wenigen Worten.

»Aber ich bin doch richtig bei Joseph Schulz.«

»Schulz' gibt's viele!«

Sie sagte nicht nein und nicht ja. Kreutner überlegte.

»Na, der in der Richard-Wagner-Straße.«

»Nein, wir sind Schafhäutlstraße.« Sie lachte wieder. »Schade. Rufen Sie doch mal wieder an.« Und legte auf.

Hab' ich sie also doch noch dran gekriegt, triumphierte Kreutner. Schafhäutlstraße! Am Hart draußen. Was das betraf, nahm er's mit jedem Taxler auf, der unter seiner karierten Schiebermütze auch nicht schlauer sein konnte.

*

Das richtige Haus zu finden, war nicht schwierig. Erstens war die Schafhäutlstraße nur ein kleines Nebensträßchen, und zweitens gab es nur ein Haus unter all den Bonzenvillen dort, das sich mit einem wie Joseph Schulz in Verbindung bringen ließ: ein besserer Gartenschuppen (sicher nicht unterkellert), ganz offensichtlich in den dreißiger Jahren gebaut, als Hitler hier im Münchner Norden ganze Straßenzüge mit solchen Häusern aus dem Boden stampfte.

Kreutner lungerte eine Zeitlang vor dem Haus auf dem Gehsteig herum. Er wußte nicht so recht, wie er es anstellen sollte, einen plausiblen Grund zu finden, das Grundstück von Schulz zu betreten, ja an seine Haustür zu gehen und dort zu klingeln. Sollte er ihn vielleicht fragen: Kann es sein, daß Sie zufällig meinem Manuskript entsprungen sind?

Kreutner ging die Schafhäutlstraße auf. Und dann wieder ab. Achtete nicht, wer da sonst noch einbog, von der Sudetendeutschen Straße her. Plötzlich stand ein Mädchen am Gartentor, betrat wie selbstverständlich das Grundstück. Kreutner mußte sie ziemlich konsterniert angestarrt haben. Jedenfalls blaffte sie in seine Richtung: »Gibt's was? Suchen Sie wen?«

»Nein..., das heißt ja.«

»Was nun?«

»Wohnt hier vielleicht ein Herr Schulz? Joseph Schulz?«

»Kann schon sein. Warum? Hat er im Lotto gewonnen?«

Das mußte das Mädchen sein, mit dem er telefoniert hatte. Ob sie etwas gemerkt, ihn wiedererkannt hatte? An der Stimme? Konnte sich Kreutner eigentlich nicht recht vorstellen. Er lachte, gezwungen, über den »gelungenen« Scherz.

»Nein... Ich suche ihn für..., weil... Ist er nun da oder nicht?«

Das Mädchen schaute ihn an, als ob sie ihn auf eine gewisse Verläßlichkeit hin mustere..., ob man ihm auch etwas anvertrauen könne.

»Um die Zeit ist er immer im Stehausschank. Sie können ihn ja suchen, die Sudetendeutsche links hinunter, bis zur Ingolstädter!«

»Ja..., gut..., ja, vielleicht hernach.«

»Da vorne, gleich ums Eck!«

Es schien, daß sie ihn loswerden wollte.

»Jaja, danke. Aber sagen Sie, wissen Sie zufällig, ob Herr Schulz vor zwei..., nein, warten Sie, vor drei Tagen Besuch von einem Herrn hatte...«

»Was is' los?«

»Ja! Er hat so einem Mantel an ... Salz und Pfeffer ... wissen Sie, irgendwie schottisch-grob ... der Mantel, nicht der Mann, der ist eigentlich von ausgesuchter ... naja, sagen wir etwas befremdlicher Höflichkeit.«

Von etwas befremdlicher Ausdrucks- und Annäherungsweise fand Bat diesen schrägen Vogel, der sich mittlerweile schon bis zum Gartenzaun vorgearbeitet hatte. Vor zwei, drei Tagen? Da war Wochenende gewesen. Und am Wochenende hatte sie – ja richtig! – Fritz kennengelernt und mit hierhergebracht.

»Ach so, du meinst Fritz.« Daß Kreutner Fritz offenbar kannte, ließ sie gleich ums Du vertraulicher werden. »Klar war Fritz hier, wieso?«

»Er hat alles voller Sommersprossen, stimmt's? Sogar auf dem Handrücken. Er sieht aus, wie man sich einen irischen Cottagebauern vorstellt, eigentlich, hab' ich recht? War er das?«

Bat wunderte sich, warum der Typ auf einmal so aufgeregt wurde.

»Jaja. Fritz eben! Er ist soweit ganz in Ordnung.«

Jetzt dämmerte es Kreutner auch, daß die Kleine jenes Mädchen sein mußte, von dem Gear gesprochen hatte. Die aus dem Englischen Garten, die ihn überhaupt erst hierhergebracht hatte.

»Schulz ist Ihr Großvater, stimmt's?«

»Ur-! Aber jetzt kommen Sie erst mal mit rein.«

Sie war wieder zum »Sie« gewechselt, was Kreutner, wenn er's recht bedachte, ausgesprochen schade fand.

»Sie kommen nämlich genaugenommen grad richtig. Ich hab' nämlich was für Fritz. Können Sie ihm mitnehmen. Er ist ja ohne ein Wort verschwunden. Wissen Sie eigentlich, wo man ihn erreicht?«

Eine Frage, die sich Kreutner, mußte er gestehen, noch überhaupt nie gestellt hatte. Gear erreichen? Bisher war es immer nur so gewesen, daß er auftauchte. Plötzlich. Aus dem Numinosen. Aber jetzt hatte er ja jemanden gefunden, der ihm bestätigte, daß er so numinos nun auch wieder nicht war, dieser Mister Gear.

*

Bat hatte Kreutner vom Verlauf des Samstagabends erzählt. Daß sie mit Fritz im Internet-Café gewesen war.

»Er hat da so etwas Seltsames in den chat room geschrieben, schreiben lassen, von mir.«

Sie machte eine Pause. Wartete wohl auf die Zwischenfrage, was denn ein chat room sei. Aber Fritz' Freund (denn als solcher hatte sich Kreutner, um das Gespräch in der Wohnküche in Gang zu bringen, vorgestellt) schien etwas heller auf der Festplatte zu sein.

»Laß mich raten«, ging *Kreutner* nun zum »Du« über (vielleicht ließe sie sich noch einmal davon anstecken; war zu schön, mal wieder von einem weiblichen Wesen geduzt zu werden), »es war etwas über sieben Gerechte, stimmt's?«

»Gerechte... ja, aber sieben... nein. Da war noch von Frevlern die Rede und von Dazwischenstehenden... ach ja, und daß Neujahr schon vorbei sei. – Ich hab' das alles nicht verstanden, weißt du, was er damit meint?«

Er hatte sie rumgekriegt. Sie duzte wieder.

»Das ist eine ziemliche lange Geschichte. Und eine verrückte, sag' ich dir! Ich weiß immer noch nicht, was ich davon halten soll. Manchmal denke ich mir: Den Mister Gier – allein schon der Name...«

»Mir hat er gesagt, er heißt Fritz!«

»... also den Gier, den gibt es gar nicht. Den bildest du dir bloß ein.«

Bat mußte an die drei Rocker denken. Ob sie noch immer als Rüden im Englischen Garten herumsprangen?

»Aber nachdem er dir – und deinem Urgroßvater! – ganz unzweifelhaft auch erschienen ist, müssen wir mal davon ausgehen: Es gibt ihn! Also paß auf: Was er hier in München sucht, ist...«

Kreutner erzählte ihr alles. Von dem Zusammenstoß im Hofgarten über Gears kleptomanische Anwandlungen, wenn es um offen herumliegende Manuskriptseiten ging, bis hin zu dieser seltsamen Unterredung in Kreutners Wohnung, in deren Verlauf Gear die mysteriöse Warnung, es mit Vorsehungen nicht auf die leichte Schulter zu nehmen, absichtsvoll hatte fallenlassen, ein dubioses Dahingeraune, das Kreutner am liebsten dem Brummen seines zugedröhnten Schädels zugeschrieben hätte. Aber es war schon so: Gear hatte ihm gedroht.

Bat hörte sich das alles mehr oder weniger ungerührt an. Zwischendurch war sie einmal aufgestanden und hatte den Obstler aus dem Wandschränkchen geholt..., das Mädchen stieg in Kreutners nach oben offener Liebreizskala auf einen Wimpernschlag um mindestens drei Punkte!

»Und das kündigt er ausgerechnet *dir* vorher alles an..., ich mein', was er da vorhat, mit diesem Anschlag?« war ihre erste Frage, nachdem Kreutner mit seinem zusammenfassenden Rapport ans vorläufige Ende gekommen war. Klang ja nicht unbedingt danach, als ob sie ihm allzuviel zutraute. Kreutner war so frei, sich selbst nachzuschenken..., er war schon beim vierten Glas angelangt.

»Hab' ich mich auch schon gefragt, wie ich überhaupt zu der Ehre kom'. Übrigens klang es nicht unbedingt so, als ob er das alles vorhätte. Eher so, als ob er von einem Plan wüßte und den in letzter Minute noch vereiteln möchte.«

Das paßte schon eher zu dem Fritz, den Bat kennengelernt hatte, von wegen edler Ritter und Beschützer der Bedrohten. Ohne lang zu überlegen, fand sie, man müsse ihm helfen bei seiner Suche.

»Und an wen hat er da so gedacht, der Fritz, mit seinen Gerechten? Müssen die jetzt, grad im Augenblick, hier irgendwo herumrennen und ... ja, was eigentlich? Pfadfinder spielen, jeden Tag eine gute Tat?«

»Unfreiwillig Wichtige, Weichensteller wider Willen, die es in der Hand gehabt hätten, das, was er, Gier, Fritz oder wie er auch immer heißen mag, uns als Vorsehung verkaufen will, doch noch umzubiegen, in eine andere Richtung zu lenken! Wenn ich ihn richtig verstanden habe, dann sucht er diejenigen, die sich entgegenstemmen, dem Lauf, dem Fatum, der Schußfahrt die Zeitpiste hinunter.«

Erschöpft von dieser plötzlichen Eruption griff Kreutner zum Schnapsglas.

»Was für'n Lauf?« hakte Bat der Stelle nach, wo sie noch halbwegs mitgekommen war.

»Na, der Welt, der Geschichte, der Geschicke, was weiß ich, bin ich Gier? – Da fällt mir ein, er hat da noch so etwas Seltsames gesagt, hab' ich ganz vergessen, es muß im Hofgarten gewesen sein, wie wir durch die Arkaden spaziert sind. ›Der Alte‹, sagte er, ›unser Chef, erst fädelt er das Unvermeidliche ein, und dann wartet er darauf, ob sich jemand findet, der sich dagegenstemmt und aufhält, was nicht aufzuhalten ist. Natürlich gelingt das niemand. Wer stellt sich schon gegen die Vorsehung, gegen einen Plan, den der Alte ausgeheckt hat. Die scheitern alle. Aber er will's wissen. Ob's jemand wenigstens probiert. Er braucht Treuebeweise. Dem Alten gefällt solches Scheitern. Er ist nicht wirklich boshaft, eher raffiniert. Es ist wie ein Spiel.‹ Ja, so hat er's gesagt, Gier, dein Fritz. So oder so ähnlich.«

»Versteh' ich alles nicht.«

»Also gut. Ich geb' dir ein Beispiel. Das Irrste im Zusammenhang mit Hitlers Aufstieg in München war für mich immer die Geschichte, wie es nach dem fehlgeschlagenen Marsch auf die Feldherrnhalle weiterging. Kennst du die?«

»Woher denn?«

»Ich dachte nur, vielleicht bringt man euch in der Schule ab und zu auch mal etwas Lehrreiches bei.«

»Ich geh' nicht mehr zur Schule!«

Das hatte Kreutner nur wissen wollen. Vielleicht war sie doch schon achtzehn?

»Ach so. Also gut, dann paß auf: Die ganze Geschichte ist nämlich, das ist mir gestern nacht eben erst so richtig gedämmert, das genaue Beispiel dafür, was Gier wahrscheinlich meinte. Von wegen das Unaufhaltsame aufhalten. Es hat ja wirklich nicht an Versuchen gefehlt, Hitler noch früh genug aus dem Weg zu räumen, aber es war sinnlos. Und wahrscheinlich gegen seinen Plan.«

Auf was Kreutner damit schon wieder anspielte... Bat verstand es nicht. Ließ ihn aber einfach weiterschwadronieren.

»November '23, Feldherrnhalle, ich meine, warum hat es da nicht ihn getroffen? Den direkt neben ihm marschierenden Scheubner-Richter schon, ihn nicht. Der andere fiel sofort um, tödlich getroffen. Schon hier, an diesem Punkt: Warum konnte der, wer auch immer diesen Schuß abgegeben hat, einer von der Landespolizei oder einer von der Reichswehr, warum konnte der nicht genauer zielen und den Hitler erwischen? Alles wäre anders gekommen. Aber es geht noch weiter, genauso aberwitzig. Hitler entkommt also, na gut. Flieht in das Haus seines Freundes an den Staffelsee – der Hanfstaengl war das, Putzi Hanfstaengl. Es dauert nicht lange, bis man dahinterkommt, wo er sich versteckt hält. Am Tag nach dem Marsch auf die Feldherrnhalle, am Sonntagnachmittag, fahren zwei Lastwagen voller Landespolizisten vor. Der Hitler sieht das, oben in seinem Versteck, in der Bodenkammer, holt seinen Revolver, will sich erschießen. Die Frau des Freundes stürmt nach oben, sieht den hysterisch kreischenden Hitler – ›das ist das Ende, mich verhaften lassen von diesen Schweinen, niemals, ich bring' mich um!‹ –, was macht die gute Frau, springt hin, ein Jiu-Jitsu-Griff und... fffft... fliegt die Knarre durch die Luft davon! Jetzt stell dir einmal vor, das wär keine solche resolute Frau gewesen, die nur das Beste wollte für den Freund ihres Mannes, sondern eine, die beim Anblick der anrückenden Polizei statt in der Bodenkammer mit dem Hitler unten im Hausgang mit ihrer Küchenschürze gerungen und ›Achgottachgott‹-Seufzer ausgestoßen hätte, dann hätten die schon auf der Treppe stehenden Polizisten plötzlich einen Schuß gehört und... das 20. Jahrhundert wär komplett anders verlaufen als gehabt!«

»Und? Hast du Fritz schon von dieser Frau erzählt? Klingt ja wirklich abenteuerlich, die Geschichte.«

»Und sie ist wahr, verstehst du, Wort für Wort wahr!«

Kreutner schien sich gar nicht mehr beruhigen zu wollen. Bat erinnerte ihn mit hochgezogenen Augenbrauen an ihre noch unbeantwortete Frage: »Ja, und? Kennt Fritz sie?«

»Fiel mir erst heute nacht ein. Und zur Zeit ist er ja nicht zu erreichen. Sie sind in Krakau, der ganze Kongreß oder wie sie sich nennen. Jedenfalls schreibt er das.«

Kreutner kramte aus seiner Jackentasche den Ausdruck von jenem Fax hervor, das er gestern erhalten hatte.

»Da, lies selbst.«

Bat nahm das Papier, begann aber nicht gleich darin zu lesen, sondern stand auf, war dabei, aus dem Zimmer zu gehen, rief Kreutner noch zu:

»Warte, ich hab' auch was... für dich. Wollte ich dir schon die ganze Zeit geben. Das heißt, eigentlich ist es ja eine Nachricht an Fritz.«

Kreutner hörte, wie Bat die Treppe hochstieg. Die Dielenbretter im oberen Stock informierten als inoffizielle Mitarbeiter dieses überaus hellhörigen Hauses über jeden Schritt, den sie da droben machte. Wie wohl ihr Zimmer aussah, überlegte Kreutner. Lange suchen jedenfalls mußte sie nicht. War schon wieder auf der Treppe.

»Ich hab's gefunden.«

Mit dieser Erfolgsmeldung stürmte Bat wieder in die Küche. Hielt Kreutner ein Bündel zerknitterter Papiere hin.

»Ich hab' dir doch vorhin erzählt, was Fritz und ich am Wochenende im Internet-Café als Nachricht im chat room hinterlassen haben. Jetzt hat jemand darauf reagiert und mir, nachdem ich ihn nochmal im Chat traf, ein e-Mail geschickt. Was heißt e-Mail ... einen halben Roman. Der Typ weiß was, von irgend so einem Gerechten, jedenfalls hat er diesen Sermon hier abgelassen. Ich konnt's gar nicht ganz lesen, war mir irgendwie zu ... schwülstig oder so. Hab's downgeloaded und ausgedruckt. Da, lies mal, was du davon hältst.«

Wie gern hätte Kreutner noch diese unerhört schlanke Hand mit den zwei, drei hintereinandergesteckten Silberringen an jedem Finger betrachtet, aber sie zog sie ja gleich wieder zurück. Kreutner fächerte das Papierbündel erst einmal auseinander, um zu überblicken, was ihn erwartete. Acht eng bedruckte Seiten waren es. Kaum zu schaffen, ohne ein weiteres Mal ... Bat erriet Kreutners heimlichen Wunsch und schenkte nach. Er las laut:

Entschuldigen Sie, wenn ich mich da in Angelegenheiten einmische, von denen ich zugegebenermaßen nichts verstehe. »Gerecht« und »frevelhaft«, das sind Kategorien, mit deren Anwendung ich bei meiner täglichen Arbeit, ich darf das so sagen, unausgesetzt Schiffbruch erleiden würde. »Schuldig oder unschuldig im Sinne der Anklage«, das ist das einzige Kriterium, das für mich maßgebend ist, wobei ich allerdings dem, was man so gemeinhin den gesunden Menschenverstand nennt (eine dem Juristen höchst zweifelhafte Einrichtung, wenn Sie mir die Bemerkung erlauben), gerne konzidiere, daß mitunter die von der Anklage Freigesprochenen für jedermann erkennbar die Frevelhaften sind, während die dem Gesetz nach schuldig Gewordenen, ich habe solche Fälle selbst in meiner langjährigen Praxis erlebt, als diejenigen anzusehen wären, die Sie die Gerechten zu nennen belieben – wobei ich mir nicht völlig sicher bin, ob wir wirklich dasselbe meinen. Aber dies ist in der Tat ein weites, weitgehend unbestelltes Feld ...

»Mannomann!« stöhnte Kreutner schon nach diesem ersten Absatz, »geht das die ganze Zeit so weiter? Der Typ bricht sich ja die Goldfeder von seinem Diplomatenfüller ab.«
Bat zuckte lediglich die Achseln.
»Sag' doch, daß ich's nicht ganz gelesen hab'. Aber da kommt schon noch was anderes. Er rückt da mit einer Geschichte heraus ... Aber jetzt lies halt selbst!«
»Wenn's sein muß!«

Aber ich sollte mich vielleicht erst einmal kurz vorstellen. Mein Name ist Radelspeck, von der Ihnen vielleicht bekannten Anwalts- und Notariatskanzlei Radelspeck & Partner in der Weinstraße. Es war mein alter Herr, der gleich nach Kriegsende mit Billigung der amerikanischen Militärregierung jene Kanzlei wiedereröffnete, die bereits mein Großvater, Maximilian Radelspeck, noch Ende des vorigen Jahrhunderts gegründet hatte. Es waren beileibe keine einfachen Zeiten damals. München staubte, wenn ich so sagen darf. Über den langsam wachsenden Schuttbergen in Neuhofen und am Luitpoldpark, zusammengetragen von emsigen Bockerlbahnen und ihren den ganzen Jammer der Stadt hervorwimmernden und hinausquietschenden Loren, über dem eingestürzten Gewölbe des Hauptbahnhofes und den glaslosen Fensterbögen zufällig und unerklärlicherweise stehengebliebener Fassadenreste, über den blachen Feldern an der Gabelsbergerstraße und über der Ruine eines antikisierten Triumphbogens in der Ludwigstraße, dessen Name nur noch Hohn war, lag eine lastende Wolke, rötlich gefärbt vom Staub unzähliger Ziegel, die zu klopfen und zu hämmern, zu reinigen und zu stapeln Versehrte und Frauen,

Kinder und Greise ihren Erdlöchern und Wellblechverschlägen entkrochen waren.

»Komm, das ist doch alles getürkt.« Kreutner setzte nochmals ab. »Wo hast du das her!«
»Sag' ich doch, aus dem Internet!«
»Glaub' ich nicht. Kein Mensch hackt einen solchen Sermon ins Internet. ›Hallo, hier bin ich‹, das ist doch so die übliche Nachrichtenlänge. Ein millionenfaches ›Hallo, hallo‹, mehr ist es doch nicht, was man sich zuzukabeln hat.«

Bat verzog den Mund, als wolle sie damit sagen, diese Art von altväterlicher Krittelei kenne sie nun auch schon. Klar, früher, als die Menschheit noch richtige Briefe schrieb auf handgeschöpftem Bütten und mit Gänsekiel ...

»Ist aber so! Kannst ja mit hochkommen, dann schalten wir die Kiste an, und ich zeig's dir.«

»O. k., ich bin ja schon still«, Kreutner richtete seinen Blick wieder aufs Papier, »aber einen Kopfschuß hat der Typ trotzdem!« Er las halblaut weiter:

Auch wir, die Radelspecks, kamen aus unseren provisorischen Wohnlöchern hervor und machten uns sofort daran, auf diesem Trümmerfeld das Haus der Gerechtigkeit neu zu errichten. Die Radelspecks sind nämlich, wenn ich so sagen darf, seit drei Generationen der Gerechtigkeit verpflichtet und waren dies auch, um es nur kurz und nebenbei zu erwähnen, in zahlreichen Fällen, die vor dem für die Entnazifizierung zuständigen Spruchgericht verhandelt wurden. Es war sozusagen stadtbekannt, daß man bei der Kanzlei Radelspeck bestens vertreten ist, wenn es darum ging zu beweisen, daß es auch im 1000jährigen Reich der Frevelhaften möglich war, ein Gerechter zu bleiben, um es einmal bewußt in dieser Terminologie zu sagen.

Einerlei. Sei's, wie es sei! Ob es nun mit diesem stadtweiten Ruf absoluter Unparteilichkeit zusammenhing oder nicht, jedenfalls war es irgendwann im Herbst '48, legen Sie mich da jetzt bitte nicht fest, ich war zu jener Zeit noch ein Schulbub und weiß von all dem nur aus Erzählungen, es war also kurz nach Kriegsende, daß ein Mann in der Kanzlei meines Vaters erschien, der ein nicht gerade alltägliches Anliegen hatte. Der Mann hieß James Browning, war Farbiger und ein Angehöriger der amerikanischen Besatzertruppen... oder darf man's so nicht sagen, muß es heißen: Militärregierung? Er hatte ein Kuvert bei sich, erzählte mir mein Vater, und wand sich, in erstaunlich gutem Deutsch, um eine Erklärung herum, die ihm offenbar sehr wichtig war. Deutlich allerdings wurde er nicht. Nur soviel sagte er: Das Kuvert enthalte eine wichtige Aussage, die allerdings bis zu einem ferneren Tage, da die ganze Wahrheit an ein hoffentlich milderes Licht komme, strengstens unter Verschluß bleiben müsse.

»Please keep this document in your registry«, verfiel Mister Browning ins Englische, seine Erregung muß beträchtlich gewesen sein.

Mein Vater nahm das Kuvert an, beglaubigte dessen notarielle Aufbewahrung und nahm es, wenn Sie so wollen, zu den Akten. Dort verblieb es, ungeöffnet bis vor kurzem.

Bevor ich aber nun Mister Brownings Mitteilung an die Nachwelt, denn naturgemäß muß man davon ausgehen, daß Mister Browning »in the meantime« das Zeitliche gesegnet hat, hier einrücke, möchte ich doch noch kurz anführen, was mir mein alter Herr, zusammen mit diesem eigenartigen Schriftsatz, der nun beinahe fünf Jahrzehnte in der Registratur unserer Kanzlei in einem vergilbten Umschlag aufbewahrt wurde, mit auf den Weg gab. Es war wohl Ende der fünfziger Jahre, ich hatte Studium und Referendariat hinter mich gebracht und schickte mich an, in der väterlichen Kanzlei Teilhaber zu werden. Mein alter Herr wies mich über Wochen hinweg in alle diesbezüglichen Interna ein, und ganz zum Schluß kam er dann auf diese – lassen Sie es mich einmal so sagen – »acta browningiensis« zu sprechen, von der nur mehr die älteren Mitarbeiter unserer Kanzlei überhaupt Kenntnis hatten. Mein alter Herr führte mich an den Aufbewahrungsort des vergilbten Kuverts und sagte:

»Dieser Umschlag enthält ganz ohne Zweifel ein Geständnis! Er wurde mir von einem GI ausgehändigt mit der Auflage, ihn erst nach Ablauf einer Frist von 30 Jahren zu öffnen.«

Schon damals sagte ... oder besser: murmelte ich – ein frisch examinierter, diensteifriger Jurist – zu meinem Vater: »Exakt die Verjährungsfrist für Strafvollziehung unter anderem auch bei Mord!« Mein Vater überging den Einwurf geflissentlich.

»Der Inhalt des einliegenden Schreibens solle, so die Anweisung von Mister Browning, wenn es einmal so weit sei, jener Person zugestellt werden, deren Name man ebenfalls im Umschlag auf einem Zettel finden wird. Nun weißt du also Bescheid«, sagte mein Vater damals, zog aber dennoch aus der Innentasche seines Sakkos einen Füllfederhalter und schrieb zur zweifelsfreien Bekräftigung auf das Kuvert: »Zu öffnen 1978«

Auch wenn es nicht das allergünstigste Licht auf die Zuverlässigkeit der Kanzlei Radelspeck & Partner wirft, so muß ich dennoch gestehen: Der Umschlag wurde mit den Jahren schlicht und einfach vergessen. Meinem alten Herrn, dem ein solcher Fauxpas sicherlich nie passiert wäre, traf Anfang der siebziger Jahre während einer Wandertour ausgerechnet auf der Zufallspitz, einem Gipfel der Ortlergruppe, ein Schlaganfall, und von diesem tragischen Zeitpunkt an hatte ich die Geschäfte der Kanzlei plötzlich federführend zu koordinieren. Dies nur als kurze Erklärung, wie es dazu kommen konnte, daß das Kuvert des Mister James Browning noch immer im Ablagefach unseres Registraturregals stand, das mittlerweile in den Keller der Kanzlei gewandert war, zudem in einen wenig zugänglichen Winkel.

Erst seit kurzem habe ich die Geschäfte gänzlich in die Hände meines Sohnes Reinhard gelegt, der nun der Kanzlei Radelspeck & Partner in vierter Generation vorsteht. Und wie es so ist: Wenn man sich unversehens aufs Rententeil abgeschoben sieht, entwickelt man die größte Geschäftigkeit in Hinblick auf jahrzehntelang Liegengebliebenes. Um es in der gebotenen Kürze zu sagen: Es ist meinem plötzlich erwachten pensionären Ordnungssinn, der mich selbst in die stockfleckigsten Kellerwinkel trieb, zu verdanken, daß ich vergangene Woche plötzlich Mister Brownings Vermächtnis wieder in Händen hielt.

Mit etlichen Jahren Verspätung erbrach ich das Kuvert. Ich fand dort folgenden Bericht. Ich bitte um Nachsicht für die recht mangelhafte Übersetzung aus dem Amerikanischen, ich besorgte sie in aller Eile persönlich. Eile allerdings scheint mir durchaus geboten, Ihr Aufruf von vergangener Woche, auf den mich mein Enkel, ganz ein Kind der neuen Computergeneration, aufmerksam machte, hörte sich für meine Ohren ultimativ und keinen Aufschub duldend an, und vielleicht kann ich ja mit meinem kleinen Einwurf dazu beitragen, daß zwischen Neujahr und dem Versöhnungstag ein endgültiges Urteil bezüglich der Gerechten und der Frevelhaften zumindest noch in der Schwebe bleibt.

»Kleiner Einwurf!« schnaubte Kreutner verächtlich. »Der hat sie doch nicht mehr alle! Was bezweckt Herr Radelspeck mit dieser Veranstaltung?«

»Also, ich find's kultig, wie der schreibt!«

»So! Auf einmal.«

»Ja, ganz anders wie die andern.«

»Bei denen ist das mehr so ein Sprechblasen-Geblubber, meinst du?«

»Quatsch! Aber der hat was..., das ist... Ich stell' ihn mir irgendwie mit Gamaschen und Ärmelschonern vor, wie er da an der Tastatur sitzt.«

»Und es könnte nicht vielleicht sein, daß uns hier einer blufft, einer von diesen multiplen Internetirren, denen es Spaß macht, nächtens in eine andere Identität zu schlüpfen? Ich meine, es könnte doch durchaus auch ein pickliger Kerl sein mit Baseballmütze, Schild nach hinten als Rampe, damit das bißchen Hirn im Nacken zusammenläuft?«

Kreutner zog den Kopf zwischen die Schultern ein, reckte das Kinn nach vorne, sein Schädel sollte etwas neandertalerhaft nach hinten Fliehendes bekommen. Bat lachte über Kreutners Boshaftigkeit. Er wußte selbst nicht, was ihn dazu anstachelte. Vielleicht wollte er nur testen, ob sie den ganzen Quatsch verteidigen würde oder etwa doch solchen Kindereien schon entwachsen war.

»Jetzt lies schon weiter! Ich will endlich wissen, was in dem Umschlag steht!«

»Umschlag? Ach so ... Klar doch.«

Kreutner suchte die Zeile, wo er stehengeblieben war.

»Geschäftigkeit... Verspätung... Hier: Ich fand dort folgenden Bericht. Also:«

Was für'n Bastard, der Bengel! Er biß mich doch tatsächlich in die Hand!

Razzia in der Möhlstraße.

Die alten Weiber, die Krüppel, die Frauen mit ihren fünf Bankerten am Rockzipfel, die interessierten uns doch nicht, wir waren hinter den Bossen der Schwarzhändlerringe her, hinter den kleinen, miesen Schiebern und Hehlern. Den Jungen knöpfte ich mir eigentlich nur vor, weil er so herausfordernd frech stehen blieb, nicht die geringsten Anstalten machte, davonzurennen wie all die anderen. Erst als ich ihn am Ärmel packte, ihn fragte, was er hier zu suchen habe, fing der mit mir eine Rangelei an, der Knirps, kaum zu glauben, sechs, sieben Jahre war er vielleicht alt. Als ich 'n bißchen fester zupackte, bog und wand er sich wie ein Fisch, gar nicht festzuhalten war der, klitschte mir förmlich aus den Händen, ich ließ ihn aber nicht los, packte noch fester zu, und dann hatte ich auch schon seine Beißerchen in meinem Handrücken,

Milchzähne waren das doch noch, Mensch, gab aber einen schön blau unterlaufenen Abdruck.

O. k., dacht' ich mir, du kleine Ratte, ich kann auch anders, drehte ihm den Arm auf den Rücken und stieß ihn in den Kastenwagen, wo all die schweren Jungs, die wir geschnappt hatten, schon drinsaßen, die haben vielleicht gejohlt, weil sie unseren Ringkampf mitbekommen hatten, und begrüßten den Bengel mit anerkennenden Boxschlägen gegen den Oberarm, als wär er einer von ihnen.

Den schau ich mir genauer an, dachte ich mir, als der Wagen abfuhr. Im Präsidium habe ich ihn dann aus der Zelle geholt und ins Büro geführt. Ihm erst mal einen Chewing-gum hingehalten.

»Ich sag' nix!«

Das war alles. Junge, war der abgebrüht. Ich dachte, der wird doch jetzt sicherlich gleich das Flennen anfangen, er stierte aber bloß in den Boden.

»Wie alt bist'n?«

»Sag' ich nicht.«

»Und Name?«

»Albert. Heimer. – Aber das ist nicht mein richtiger Name.«

»Was is' los? Dann sag gefälligst den richtigen!«

»Den weiß ich nicht.«

»Warum?«

»Weil ihn mir nie niemand gesagt hat.«

»Und deine Eltern?«

»Sind nicht meine Eltern.«

Er wurde immer kleinlauter. Scharrte mit den Füßen. Erst jetzt fiel mir das Zucken in seinem Gesicht auf. Das linke Auge, er mußte es immer zukneifen, die ganze Backe zitterte dabei.

»Und wo sind deine Eltern?«

»Welche? Die richtigen oder die Mam?«

Ich verstand gar nichts mehr. Schob aber unvorsichtigerweise hinterher, »die richtigen ...«, was vielleicht nicht das schlaueste war. Er fing an zu zittern. Am ganzen Körper.

»Weggebracht.« Die ersten Tränen liefen ihm übers Gesicht.

»Wohin?«

»Und die Mam ist jetzt auch weg.« Zum ersten Mal sah er mir direkt ins Gesicht.

Ich hatte mich wohl doch getäuscht.

Alberts Mutter, so erzählte mir der Junge, war vor über einer Woche etwas Eßbares organisieren gegangen und hatte ihn alleine zurückgelassen in dem Kellerloch in der Augustenstraße, in dem sie sich verkrochen hatten, seit ihre kleine Wohnung ausgebombt worden war.

Es war nichts Ungewöhnliches, daß die Mutter ihn allein ließ. Beinahe täglich ging sie zu jenen Straßenecken und Gleisabschnitten, von denen sie wußte, daß dort mitunter einmal eine Steckrübe oder zwei, drei Kartoffeln abfielen …, herunterfielen, von hochaufgetürmten Waggonladungen.

Nur daß sie an diesem Tag nicht wieder zurückkam. Wann genau das war, fragte ich den Jungen.

Er nahm seine Finger beim Zählen zu Hilfe. »Donnerstag.«

Warum nur wurde ich da nicht schon hellhörig? Warum klingelten nicht alle Alarmglocken? Letzte Woche Donnerstag. Unguter Tag. Verhängnisvoller Tag. Ich dachte im Moment nicht mehr daran. Wollte nicht mehr daran denken. Aber ich hatte doch den Warnruf … Und warum blieben sie nicht stehen …

Es passierte so viel in diesen Tagen. Sinnloses. Peinliche Ausrutscher der Vorsehung. Wenn zum Beispiel der Wind etwas stärker aufkam, passierte es, daß von den Ruinen lockere Mauerteile herunterfielen, einfach so, Gott ließ Steine über den Stadtsee flippen, freute sich, wenn sie drei, vier Mal aufsprangen, weiterhüpften, dann den Erstbesten erschlugen, unseren Chef hat es ja auch auf diese Weise erwischt, geht am Rathaus vorbei, will zu seinem Büro, fällt ein Ziegel herunter, tot.

Ich fragte den Jungen, ob er gar niemand hätte, der für ihn sorgen könne.

»Weiß nicht.«
Was sollte ich machen? Ich nahm ihn an der Hand. Er wehrte sich kein bißchen mehr. »Komm, wir gehen deine Mam suchen. Zeig mir, wo ihr gewohnt habt.«

Sieben Leute in einem Raum, nicht sehr groß, war wohl mal ein Keller, Kohlen- oder Kartoffelkeller, ein Herd stand drin, das Ofenrohr führte zu einer Luke unterhalb der Decke, draußen sah man Schuhe ohne ihre Träger ein ganz eigensinniges Leben führen, eilten hin und her. Eine Nachbarsfamilie, ebenfalls ausgebombt, teilte sich mit Albert und seiner Mutter diesen Raum, das heißt, sie hatten sie halt notgedrungen noch mit aufgenommen, sonderlich erfreut schien sie nicht, die Frau, als ich mit Albert auftauchte, der starrte auf das Matratzeneck, das ihm gehört hatte, ihm und seiner Mutter, aber da tummelten sich jetzt zwei andere Kinder. Was die Frau mir alles erzählte, ungefragt! Gleich legte sie los. Albert stand daneben, hörte alles mit.

»Das war gar nicht ihr Bub. Mir hat sie's mal erzählt. Den hat sie aufgenommen, eigentlich versteckt, wenn man's genau nimmt. War das überhaupt erlaubt, Herr Kolonell, so einen zu verstecken? Was sagt da das Einwohnermeldeamt? Hier kann er fei nicht bleiben, jetzt wo er niemand mehr hat. Die kommt doch nicht mehr, die Heimer? Über eine Woche ist sie jetzt schon ausgeblieben. Für solche wie ihn gibt's doch Lager, eigene Lager, die Frau Schlegl hat's mir erzählt, das stimmt doch, wie heißen die gleich... dißpläs pöasen, hab' ich recht, Herr Kolonell?«

Damned harridan! Soll sie doch ewig in dem Loch da hausen mit ihrer verlausten Sippe! Manchmal denke ich mir: Es ist alles gerecht, wie es ist. Sollen ruhig in ihrem 1000jährigen Rattenreich verschimmeln, die Krauts [so im Original]!

Ich hab' mich dann weiter umgehört. In der ... was man so »Nachbarschaft« nennt. Folgendes wurde mir von folgenden Personen zu Protokoll gegeben:

Eine Frau Gebhardt aus der Augustenstraße:
Die Heimer hat über den Flur gewohnt. Als es noch stand, das Haus. Über ihren Buben weiß ich nur, daß sie ihn plötzlich hatte. Ich meine, er war schon zwei, drei Jahre alt, als ich ihn zum ersten Mal bei ihr sah. Der Mann war schon längere Zeit an der Front. Zu mir hat sie dann einmal gesagt, weil ich sie direkt darauf ansprach, seine Eltern, also die von dem Buben, hätten ihn zurücklassen müssen.

Der Seelsorger der für die Maxvorstadt zuständigen Pfarrei:
Ich hab immer wieder zu der Frau Heimer gesagt: Denken Sie doch an das Seelenheil des Kindes. Wenn ihm etwas zustößt, und dann nicht getauft. Sie aber meinte, es sei schon alles in Ordnung und der Bub käm' schon in einen Himmel, wenn es ihm aufgesetzt sei, in einem der Bombenhagel umzukommen, rechnen müsse man ja mit allem. Mir fiel das auf, sie sagte »einen« Himmel, als ob es da eine Auswahl gäbe, ich bitt' Sie. Ich habe es schließlich auf sich bewenden lassen, schließlich ist die Frau Heimer immer eine in meinen Augen tiefgläubige Person gewesen, und den Albert hat sie ja auch immer mitgenommen. Sie war eine regelmäßige Kirchgängerin, immer, auch als andere schon längst nicht mehr gekommen sind, so ab Winter '44.

Erwin Nock, 63 Jahre:
Ich hab' der Frau Heimer des öfteren die Kohlen in den dritten Stock hinaufgetragen. Und sie mich dafür zu einem Kaffee eingeladen. Natürlich redet man da über dies und das. Die Frau hat es nicht leicht. Sie steht ganz allein da. Der Mann vermißt... Familie? Da wüßte ich nichts. Einen Bruder hat sie gehabt, aber der ist in jungen Jahren, ich glaub' im Jahr 1919, ums Leben gekommen, etwas Genaueres hat sie nicht erzählt.

»Unglaublich!« Kreutners Gesicht wurde aschfahl.
»Was ist denn jetzt wieder los?« fragte Bat. Sie sah, daß mit ihm ernsthaft etwas nicht in Ordnung war.

»Heimer, Rudi ... Mensch, ich denk mir die ganze Zeit, der Name, der Name ...«

»Heimers gibt's Dutzende, schätz' ich mal ...«

Kreutner hörte Bats Einwurf gar nicht. »Warum bin ich nicht gleich darauf gekommen. Langsam glaub' ich, ich spinn'!«

»Wieso?«

»Rudi Heimer..., den hab' ich erfunden, verstehst du! Er ist vorm ›Elysium‹ erschossen worden, 1919, ich mein', bei mir im Roman!«

»Du schreibst einen Roman?« Unpassender hätte der Zeitpunkt für eine solche Frage nicht sein können.

»O.k., das mit dem ›Elysium‹ stimmt wirklich, meinetwegen, geb' ich ja zu, das kannst du nachrecherchieren, die Erschießung fand wirklich statt, ich mein', man wird sich doch noch an gewisse Einzelheiten anlehnen dürfen..., aber der Name«, Kreutner schrie Bat jetzt förmlich an, »der Name ist doch völlig aus der Luft gegriffen, einen Heimer Rudi hat es nie gegeben. Man muß doch Menschen erfinden dürfen, wenn man einen Roman schreibt!«

»Irgendwo hab' ich mal gelesen: ›Es sind nur solche Figuren aus der Luft gegriffen, die dort auch wohnen‹ ... oder so ähnlich.«

»Kann schon sein. Aber hier geht's um was anderes. Entweder es gibt Zufälle, die gibt's gar nicht, oder ... oder irgend jemand macht sich einen blöden Scherz mit mir.«

»Kann sein«, sagte Bat, als ob das das Normalste der Internetwelt wäre (Kreutner hegte ohnehin den Verdacht, daß es dort um nichts anderes ginge, als sich gegenseitig zu verarschen), »aber jetzt lies doch endlich mal weiter.«

Kreutner suchte den Anschluß.

»Also ... Erwin Nock, den hatten wir eben. Jetzt kommt wieder Browning, paß auf:«

Recht viel weitergekommen waren wir damit immer noch nicht. Ich fragte Albert, der sich erschöpft und müde neben mir herschleppte, wie wir so durch die Trümmerschluchten der Augustenstraße und über das Blachfeld der Gabelsberger gingen, ob er nicht noch jemand wisse, mit dem seine Mutter des öfteren zusammen war.

Er sagte, seine »Mam« sei immer mit einer Frau Göschl mitgegangen, gemeinsam hätten sie geschaut, wo sie etwas Eßbares herbekämen. Ich fragte ihn, ob er mir zeigen könne, wo diese Frau Göschl wohne, und er führte mich hin.

Es war ein provisorischer Bretterverschlag, der an die rußgeschwärzte Brandmauer eines ehemaligen Mietshauses angelehnt war (außer dieser Brandmauer stand von dem Haus nichts mehr). Drinnen roch es nach Kohlebrand, gekochten Steckrüben und verschwitzter Großfamilie. Die Göschl hatte eine Schürfwunde oberhalb der Augenbraue, weiß nicht, warum mir das gleich auffiel. Sie schien gar nicht überrascht zu sein, daß da plötzlich ein GI bei ihr in der Türe stand. Sie schickte Albert nach draußen zu ihren Kindern, die auf einem Schuttberg aus Ziegeln und Mörtelstaub spielten, es war wohl so etwas ähnliches wie blind-man's-buff.

Dann erzählte sie mir alles.

Albert war das Kind jüdischer Eltern. Ihre Namen waren Lea und Hans Stern. Anna (so hieß die Heimer mit Vornamen) war bei Leas Vater, einem in ganz München vor dem Krieg bestens bekannten Kaufhausbesitzer, als Zugehfrau angestellt gewesen. Sie kannte Lea und ihren jüngeren Bruder Hermann im Grunde von Kindesbeinen an.

1939 verließen Leas Eltern München. Lea, mittlerweile verheiratet, blieb mit ihrem Mann und dem gerade ein knappes Jahr alten Baby zurück. Das war Albert.

Schon ein, zwei Jahre später mußten Alberts Eltern nach Milbertshofen hinaus, der Herr Serschant wisse sicher von dem Lager, das dort war. Von da aus fuhren die Züge ... na ja, Genaues wisse sie nicht, auch die Anna nicht, man weiß nicht, was da vor sich ging. Um es kurz zu machen: Lea Stern bat Anna, die den

Kontakt zu der Familie nie hatte abbrechen lassen, den kleinen Albert bei sich aufzunehmen, bis sie wieder zurückkämen.

Die Anna hat nie nein sagen können, sagte die Göschl. Bei nichts. Neugierigen Nachbarn und ständig nachfragenden Postboten, Hausmeistern und dem Pfarrer gegenüber gab sie Albert als ihren Neffen aus Schweinfurt aus. Das werde zu gefährlich für das Kind, auf Schweinfurt hätten sie's doch besonders abgesehen, die Bomberstaffeln, wegen der Rüstungsbetriebe dort. Darum hätte sie ihn zu sich nach München genommen.

Dies alles, die Wahrheit über Albert, habe ihr die Anna auch erst vor wenigen Monaten erzählt, nachdem alles vorbei war. Jetzt bestehe ja keine Gefahr mehr.

»Und letzte Woche Donnerstag? Seit Donnerstag ist Frau Heimer verschwunden. Wissen Sie etwas?«

Sie hatten erfahren, daß wieder eine Zugladung Kartoffeln unterwegs sei.

»Die Anna und ich, wir kannten die Stellen, wo der Zug halten mußte, wegen der Signale.«

»Und da sind Sie hin, haben am Bahndamm auf den Zug gelauert, und als er hielt, sind sie auf die offenen Ladewaggons geklettert und...«

»Woher wissen Sie das alles, Herr Serschant?«

»Ihr haltet uns für dumm, bloddy niggers, wie? Ihr glaubt, wir merken nichts. Letzte Woche Donnerstag. Der Chef sagte: Wir heben sie aus, die ganze Bande. Wir umstellen die Gleisanlage. – Warum sind Sie auf den Zuruf nicht stehengeblieben?«

»*Sie* waren... bei der Razzia..., waren Sie dabei?« Sie starrte mich an.

»Sie muß gestolpert sein... zwischen zwei Waggons«, sagte ich.

»Wir sind unter den Puffern durchgeschlüpft... Ihr habt uns ja regelrecht gejagt, wie Hasen den Zug entlanggejagt.«

»›Schnappt sie Euch!‹ schrie der Chef.«

»Ich rief Anna zu: Komm, unter dem Zug durch! Da ist sie gestolpert. Und ich hab' schon das Klirren gehört und das Quietschen, wie der Zug wieder anfährt ...«

»Das wollte keiner von uns.«

»Ihr seid schuld, was hat euch die Frau getan, sie hat noch ein paar Kartoffeln gesucht, für sich, und für ihr Kind.«

Sie nickte mit dem Kopf Richtung Fenster. Draußen spielten die Kinder. Mitten unter ihnen Albert.

Das ist es, was ich zu Protokoll geben wollte. Geben mußte. Ich habe dafür gesorgt, daß Albert in ein gutes Heim gekommen ist. Ich sagte ihnen dort, sein richtiger Name sei Albert Stern. Papiere gibt es keine, auch kein Geburtsdatum, nichts. Über den Verbleib seiner Eltern weiß niemand etwas.

Er ist noch jung. Ich glaube nicht, daß er weiß, wer dafür gesorgt hat, daß er das Ende dieses verdammten Krieges überhaupt erlebt hat. Er soll es einmal erfahren, später. Und was mit seiner Lebensretterin geschah. Ich hab's ihm nämlich nicht erzählt.

ZEHNTES KAPITEL

Hängt 'ne Traumsau am Morgenwehr /
Gear muß den Bluthund machen / Ein unschuldig
gefallenes Mädchen / Gowno!

»Man muß umsichtig sein als Schriftsteller. Vorsichtig leben.
Dichter sind bekanntlich Mundstücke, durch die ein Gott spricht
(hauptsächlich, um zu sagen, was sie leiden).«
GREGOR VON REZZORI

EIGENTLICH HATTE SICH KREUTNER auf den Weg in die Schafhäutlstraße gemacht, um sich dort Klarheit darüber zu verschaffen, ob er bereits in fiebrigen Phantasien lebte oder gar schon in einem Delirium tremens. Doch statt aufgeklärt über seinen Zustand war Kreutner nun noch mehr verwirrt. Denn was ihm da in der Schafhäutlstraße von Bat präsentiert worden war, war nicht weniger als ein ziemlich dreister Eingriff in das, was er für seine ureigenste Kopfwelt gehalten hatte. Da fingerte doch glatt einer in seinen Gehirnwindungen herum.

»Der schreibt mir meine Geschichten weg! Der hat sie wohl nicht mehr alle.«

»Wer?«

»Dieser Radelspeck natürlich!«

»Und warum?«

»Weil ich zufällig vor einigen Tagen angefangen habe, die Geschichte eines jüdischen Kaufhausbesitzers aufzuschreiben, dessen Tochter Lea heißt und der 1939 aus München fliehen muß. Die Tochter bleibt zurück. Verstehst du, das ist die Mutter von diesem Albert. Von dem allerdings wußte ich bisher noch nicht einmal, daß es ihn überhaupt gibt.«

»Aber diesen jüdischen Kaufhausbesitzer, den hat es wirklich gegeben?«

Kreutner dehnte das »Ja« ziemlich in die Länge, war ihm direkt unangenehm, es zugeben zu müssen. »Aber ich hab' den Namen geändert«, entschuldigte er sich, »und das mit der Tochter..., naja, das ist eine Ausschmückung..., literarische Überhöhung..., mein Gott: nicht wahr!«

»Bist du dir da so sicher? Vielleicht weiß da jemand mehr, hat genauer recherchiert als du? – Außerdem verstehe ich gar nicht, was du hast. Ist doch super!«

»Was ist super?«

»Ich meine, daß es wirklich funktioniert. Daß mehrere an einem Text schreiben. Das gab's doch bisher nicht. Aber jetzt, durch das Internet ... Ihr seid echte Pioniere, der Radelspeck und du!«

»Ich will aber alleine schreiben, verdammt noch mal. Mir funkt hier ständig jemand dazwischen. Schon dein Urgroßvater, ich dachte immer, den gibt es nur bei mir auf dem Papier, dann kommt Gier daher und behauptet, er habe ihn höchstpersönlich kennengelernt. Überhaupt fangen alle Verwicklungen mit Gier an, ist dir das schon aufgefallen, seit er aufgetaucht ist, verknotet sich alles.«

»Das beste, glaube ich, ist, du nimmst das alles hier mit«, Bat faltete die Blätter sorgsam in der Mitte zusammen, hielt sie Kreutner hin, »und gibst ihm das. Er ist doch ganz wild auf diese Art von Lebensläufen.«

»Ja, schon, würd's ihm ja auch geben. Aber er ist verschwunden. Ich hab' doch schon gesagt: nach Krakau.«

»Fritz kommt schon wieder. Ganz bestimmt.«

Sicher hatte Bat recht. Aber das war ja das Problem.

*

Es war nun schon der fünfte Tag, an dem Kreutner nichts mehr von Gear gehört hatte. Bat wußte auch nichts Neues von ihm, wovon sich Kreutner durch mindestens täglich zwei bis drei Telefonate mit ihr überzeugte. Wirklich erleichtert und beruhigt war er aber dennoch nicht. Sicherstes Zeichen, daß etwas nicht stimmte, war – Kreutner erinnerte sich seiner Träume! Das war sonst nie der Fall. Auch in der letzten Nacht war wieder irgend etwas vorübergetrieben, ja, Kreutner erinnerte sich schwach an eine aufgedunsene, bäuchlings nach oben dahintreibende Sau, die seine Hochwasser führende Traum-Isar irgendwo weiter oben, im Oberlauf der vorangegangenen Tage, mitgerissen haben mußte. Nun hing sie am Morgenwehr, diese Traumsau, und Kreutner besah sie sich, noch benommen vom Schlaf, aber schon wachliegend in seinem Bett.

Er hatte die Stadt gesehen, von weit oben, als würde er über sie hinwegfliegen. Erst war es noch ein ganz friedliches Bild, weichgezeichnet vom schräg einfallenden Oktoberlicht. Dann eine Explosion ... Kreutner hätte nicht sagen können, ob er einen Knall gehört hatte, im Traum. Er sah, wie den Türmen der Frauenkirche die Hauben davonschnalzten wie Sektkorken. In den Freibädern schwammen durch die Luft Geschleuderte in den noch nicht abgelassenen Schwimmbecken. In der Bavaria, in ihrem Kopfstüberl, begann es zu kochen, Bronze verflüssigte sich und tropfte zu den Nasenlöchern der Statue heraus. Nahe Freising fielen riesige gebratene Tauben vom Himmel, mit einer Füllung aus verschmortem Menschenfleisch. Das Dach des Olympiastadions, Kreutner sah dies alles im schnellen Wechsel der Bilder, schrumpelte zusammen wie eine dünne Plastikfolie, die ins offene Feuer gerät. Und am Unterleib von München, am Hauptbahnhof, ringelten sich die Bahngleise plötzlich wie Schamhaare. In Schlamm panierte Karpfen klappmesserten in Todeszuckungen am Grund des Sees im Nymphenburger Park, der bis aufs letzte Tröpfchen innerhalb von Sekunden verdampft war. So jedenfalls schien es Kreutner, der nicht hätte sagen können, wie lang dieser Traum oder das darin Vorgefallene eigentlich dauerte. U-Bahn-Schächte wurden zu Sudpfannen, in denen ganze Feierabendzüge eingekocht wurden zu einem obergärigen Münchner-und-Münchnerinnen-Gebräu. Die Erde tat sich auf, im Dantestadion und anderswo, und verschluckte ganze Linienbusse, die im Zeitlupentempo über den ausgefransten Rand einer plötzlich aufbrechenden Teerdecke rutschten, in eine Art Strudel aus rollendem Kies und davonsickerndem Sand, das Hinterteil nach oben reckend wie ein sinkendes Schiff, das sein Achterdeck hebt, bis die Schiffsschraube zum Vorschein kommt. Hier war es lediglich die Hinterachse des Busses mit den sich immer noch drehenden Reifen ...

Zuviel Rotwein, zuviel von der billigen Sorte! Der machte

einen schweren Kopf, wie Kreutner jetzt spürte und sich auch ein wenig einredete. Und vor allem: schlechte Träume machte der.

Kreutner stemmte sich mit aller Kraft hinein in diesen Tag, obwohl er nicht die geringste Lust dazu hatte. Er würde noch einiges einkaufen müssen, es war Samstag vormittag, zumindest ein paar Flaschen Chianti, und zwar nicht mehr im Supermarkt, sondern im Weinladen, auch wenn er dort das Doppelte kostete. Kreutner hatte Durst auf traumlose Nächte.

*

Er war gerade aus der Toreinfahrt auf die Schellingstraße hinausgegangen, als ihm Mister Gear entgegenkam. Er erkannte ihn sofort. Am Pepitahut. Gear hakte sich, allzu vertraulich, auch gleich bei Kreutner unter.

»Und die Arbeit, mein Guter? Kommen Sie voran? Man war in Krakau durchaus beeindruckt von Ihren Recherchen. Bin übrigens seit gestern wieder zurück. Ich meine diese Kafka-Geschichte. Ließ man sogar gelten. Als den ersten der Sieben. Nun müssen wir aber am Ball bleiben, mein lieber Kreutner! Man erwartet weiteres Material.«

Gears helles Sommersprossengesicht wies rötliche Hektikflecken auf, die es noch bubenhafter machten. Kreutner hatte nicht die geringste Lust, sich von dieser Aufgeregtheit anstecken zu lassen.

»Ich muß gar nichts!« Er riß sich von Fulizers untergehaktem Arm los. In sehr frostigem, aber auch eine gewisse Erregung nicht verbergendem Tonfall sagte er: »Es war sehr amüsant, Sie kennengelernt zu haben, Herr Mister Gier!, aber ich habe nun wirklich anderes zu tun, als mir Ihre obskuren Geschichten anzuhören.«

Ob Kreutner auch deshalb etwas verstimmt war, weil ihn Gear so lange hatte hängenlassen und sich nicht mehr gemeldet hatte? Er hatte sich die Hacken schiefgelaufen, kreuz und quer durch die Stadt, aber Mister Gear hielt es ja nicht einmal für nötig, sich zwischendurch zu melden, immerhin, es hätte ja allerneueste Entwicklungen in Sachen der sieben Gerechten geben können. Statt dessen lagen Kreutners neueste Nachrichten, Brownings Vermächtnis zum Beispiel, oben in seiner Wohnung und teilten das Schicksal gemeiner Tagesjournale: gerade noch zum Auslegen des Mülleimers geeignet, mehr aber auch nicht.

»Ich glaube nicht, daß ich Ihnen noch etwas zu sagen habe«, schloß Kreutner beleidigt ab.

»Ich glaube, da irren Sie sich!«

Auch Fulizer wurde nun schärfer im Ton. Dieser Kreutner schien vergessen zu haben, zu welcher Vereinbarung man erst wenige Tage zuvor gekommen war. Und an Fulizers Drohung schien er auch schon nicht mehr zu denken. Er würde sie wahrmachen müssen. Aus Gründen der Glaubwürdigkeit. Jetzt und sofort. So leid es ihm tat für das – zugegebenermaßen – unschuldige Opfer. Ob es sich auch bereithalten würde?

»Wir haben eine Abmachung miteinander, Kreutner. Und seit Sie diese Abmachung eingegangen sind, haben Sie auch eine Verpflichtung. Zumindest für die allernächste Zukunft ist Ihr weiterer Weg vorgezeichnet. Sie müssen mir folgen. Oder haben Sie unsere kleine Unterhaltung in bezug auf solche Dinge wie Vorsehung schon wieder vergessen?«

»Ich verstehe beim besten Willen nicht, was Sie meinen. – Wenn Sie mich jetzt entschuldigen wollen ...«

Die beiden standen noch immer vor der Toreinfahrt, die zum Wohnhaus Kreutners führte. Fulizer legte seine Hand leicht auf Kreutners Unterarm.

»Kommen Sie, ich zeige Ihnen etwas!«

Kreutner folgte, obwohl er wußte, daß er dadurch nicht gerade einen sonderlich entschlossenen Eindruck hinterlassen würde. Irgend etwas warnte ihn, sich Gear zu widersetzen.

Sie gingen durch die Toreinfahrt in den Hinterhof. Fulizer blieb stehen. Er legte den Kopf etwas in den Nacken, die Krempe seines Pepitahutes zeigte wie ein Pfeil Richtung Dachtraufe des benachbarten Hauses. Es war der rückwärtig gelegene Wohnblock, auf dessen Flachdach sich, von Kreutner unbemerkt beobachtet, jenes Mädchen des öfteren zu einem Sonnenbad hinstreckte, von dem Fulizer bereits neulich gesagt hatte, es zeige sich etwas arg unvorsichtig. Daran aber dachte und erinnerte sich Kreutner in diesem Moment keineswegs, er wunderte sich nur, was Gear ihm hier, in diesem Hinterhof, in dem einige Autos parkten und die großen, rollbaren Mülltonnen standen, zu zeigen hatte.

Genau wie Gear schaute auch er jetzt hinauf zu dem Dach des Nachbarhauses, sah ein paar weiße Papierblätter, die, aufgewirbelt von einem Windstoß, durch die Luft taumelten, in schiffschaukelnden Bewegungen die Fassadenwand herunterzuschweben begannen, da tauchte plötzlich der Kopf des Mädchens über der Traufe auf, jetzt auch der Oberkörper, sie mußte nur mehr ein, zwei Meter vom Rand des Daches entfernt sein, schien dies aber gar nicht zu bemerken, tanzte vielmehr wie Nina-guck-in-die-Luft dort oben am Rande des Abgrunds herum und versuchte einzelne Blätter zu erhaschen, die sich, wie weiße Tauben, auf der Regenrinne niederließen, um, von einem erneuten Windstoß erfaßt, wieder aufzuflattern, das Mädchen streckte sich nach einer solchen Brieftaube, wer weiß, welch wichtige, vielleicht für ein bevorstehendes Examen unbedingt notwendige Botschaft sie davontrug, jedenfalls beugte sich das Mädchen weit, weit über das Dach hinaus, um nach jener Zukunft greifen zu können, die sie glaubte mit diesen Aufzeichnungen plötzlich davonfliegen zu sehen, die sie aber gerade dieser leichtsinnigen Rettungsaktion einiger wertloser Papierfetzen wegen soeben verlor: Mit einem gellenden Schrei fiel sie über den Dachrand herunter in den benachbarten, durch eine Reihe von flachen Garagen nicht näher einzusehenden Hinterhof. Fulizer und Kreutner hörten noch, wie Fenster aufgerissen wurden, eilends herbeirennende Schritte, die durch den Hof hallten, Stimmen. Man verstand nicht, was sie riefen.

Fulizer zog die Krempe seines Pepitahuts etwas tiefer in die Stirn, als ob er sein Gesicht verbergen wollte. Von unten herauf sah er Kreutner an, der noch immer fassungslos hinauf zum Rand des Daches starrte, wo es längst nichts mehr zu sehen gab, außer ein letztes, einsames, auf der Kante der Regenrinne liegendes Blatt Papier, das sich nun aber auch zum torkelnden Abstieg entschloß.

»Genügt Ihnen das jetzt, Kreutner?«

Es lag etwas wie Bedauern in Fulizers Stimme. Er drehte sich um, ging zur Torausfahrt. Schon mit dem Rücken zu ihm gedreht, hörte Kreutner ihn murmeln: »Warum muß immer ich den Bluthund machen. – Gowno!«

*

Kreutner saß wie benommen auf der Holzbank. Der Grund dafür war keineswegs nur in den zwei Maß Bier zu suchen, die er in kürzester Zeit hinuntergeschüttet hatte, viel zu hastig, viel zu überstürzt, sondern in dem, was er gerade vorhin mit eigenen Augen gesehen hatte.

Fulizer saß ihm gegenüber an einem der Biergartentische am Chinesischen Turm. Viele waren nicht mehr da, ein paar Studenten der nahe gelegenen Uni, ein Rentnerpärchen, das am Nachbartisch auf einem zusammenrollbaren Spielbrett Schach spielte. Der Biergarten gehörte wieder den Raben, die auf und unter den Tischen herumhüpften, ein besonders fetter flog mit einem Pommes-frites-Stäbchen im Schnabel aus der Neidreichweite der anderen davon, um sich in Ruhe seiner nach Friteuse und zwei Wochen altem Fett stinkenden Beute zu widmen.

Ein Fahrradler-Pärchen kam durch die Bankreihen gekurvt, lehnte seine Räder an einen der Kastanienbäume und setzte sich an den Tisch. Fing sofort an, sich zu beschmusen. Das Schachspielerpaar besprach eifrig die eben zu Ende gegangene Partie.

Fulizer nippte an seinem mit Limo gestreckten Bier, das ihm eigentlich viel zu kalt war. Das alte Leiden: der überempfindliche Magen, der ihm regelmäßig Schwierigkeiten bereitete. War aber auch kein Wunder, daß der Solarplexus rebellierte. Immer wieder solche Zwischenfälle wie der eben im Hinterhof der Schellingstraße, die selbst dem Koordinator sämtlicher Jahweischer Dienste an die Nieren gingen. Ja, mehr als das: Sie machten Fulizer auf die Dauer krank. Doch an einen Dispens vom Dienst war ja nicht im geringsten zu denken. Manchmal hatte er es reichlich satt.

»Hat das sein müssen, Kreutner?! Hat das wirklich sein müssen?«

Blankes Unverständnis, was mit dieser Frage gemeint sein könnte, starrte Fulizer aus den Augen Kreutners an.

»War doch ein nettes Mädchen, oder? Finden Sie nicht auch? Es sollte möglich sein, für die Zukunft auf solche... – wie soll ich sagen? – Demonstrationen meiner Glaubwürdigkeit verzichten zu können. Meinen Sie nicht auch, Kreutner?«

Der sagte gar nichts. Ihm wurde mehr und mehr klar, je länger dieser Mister Gear seine gestelzten Sätze vom Stapel ließ, daß es sich bei dem Unglück in der Schellingstraße mitnichten um einen Zufall gehandelt hatte. Auch war Kreutner längst wieder eingefallen, was Gear im Grunde bereits vor knapp einer Woche in seiner Wohnung angedroht und vorausgesagt hatte, nein, das war Absicht, zynische, mörderische Absicht gewesen, das war das berüchtigte Zeigen der Werkzeuge, das jeder hochnotpeinlichen Befragung voranging, und es hatte ihm gegolten! Aber worin bestand die Befragung eigentlich? Was konnte man schon aus ihm, Kreutner, herauspressen wollen? Ein paar vollgeschmierte Blätter Papier? War es das, was Gear von ihm wollte? Das »Buch der sieben Gerechten«?!

»Sie haben doch wirklich Talent, Kreutner, ich versteh gar nicht, warum Sie sich so ... so ... schmücken, sagt man das?«

Mister Gear verriet eine Unsicherheit, da schau her, dachte Kreutner, immerhin, wenn's auch nur eine lexikalische ist. Er half ihm aus: »Zieren!«

»Wie bitte? Ach so ... ja. Warum Sie sich so zieren?«

Schau an, schau an, dachte auch Fulizer, der hat ja 's Reden doch noch nicht verlernt. – »Zieren«, das war nämlich das erste Wort, das Kreutner wieder herausrutschte, seit ihn Fulizer von jenem Unglücksort in der Schellingstraße weggezogen hatte, Richtung Englischer Garten, Chinesischer Turm. Fulizer war, ein paar Akten unterm Arm, die vergangene Woche schon ein-, zweimal hier gewesen. Gefiel ihm irgendwie, diese Melange aus filigraner asiatischer Holzpagodenkunst und dickglasiger Bierkrug-Dumpfheit. Das alles also würde verschwinden, sollte es zu dem in Prag beschlossenen Tag X kommen: Besonders leid täte es ihm dann auch, dachte Fulizer, um jenes antiquierte Karussell am Rand des Biergartens, in dem sich, unter den Klängen eines alten Orchestrions, Holzfiguren – ein Storch und ein Kamel darunter – im Kreis drehten. Ein Detail hatte Fulizer besonders amüsiert: Die Holzkassettendecke des Karussells war mit den zwölf Tierkreiszeichen bemalt, unter denen sich die Fahrgäste des Ringelspiels hindurchdrehten, die Darstellung der »Jungfrau« zeigte ausnahmsweise mal keine Botticelli-Nackte, sondern eine Kellnerin, die einen Maßkrug stemmte. War schon kurios, wie sich dieses Volk die Virginität vorstellte!

»Ich habe mir erlaubt, in Krakau – vor versammelter Mannschaft! – während der Hauptabteilungsleitersitzung einige Ihrer Recherchen aufzutischen.«

Kreutner machte sich gar nicht erst die Mühe zu fragen, welche Hauptabteilung, welche Mannschaft ... Kreutner, sagte er sich, das beste ist, du nimmst das Ganze für 'ne virtuelle Reality! Diese Art von Wurschtigkeit würde sicher noch unangreifbarer werden, wenn er sich am Selbstbedienungsausschank noch eine dritte Maß... Gear hielt ihn am Arm zurück, zwang ihn, sich wieder zu setzen.

»Mensch Kreutner, die waren beeindruckt. Vor allem diese Geschichte hier...«, Fulizer zog aus der Innentasche seines Cheviotmantels ein paar der Länge nach zusammengefaltete Seiten heraus, »... von dem Lehmann, wo haben Sie nur die wieder her, das könnte unser Mann sein. Einer, mein' ich, einer von den Sieben!«

Kreutner nahm Gear die Blätter aus der Hand. Ein Blick genügte, um zu erkennen, daß es Seiten seines Manuskripts waren. Deshalb also hatte er das Manuskript nicht mehr finden können. Gear hatte sich mal wieder bedient, um sich in Krakau mit fremden Federn zu schmücken.

»Sie müssen entschuldigen, Kreutner, bei unserem letzten Treffen, in Ihrer Wohnung, Sie waren nicht besonders gut drauf. Ich wollt' Sie nicht lange mit Erklärungen belästigen. Mir schien es richtiger, die paar Seiten da einfach mitzunehmen. Sie haben doch sicher nichts dagegen. In Krakau, die wollten Ergebnisse sehen... unserer Arbeit.«

Hatte er gerade »*unserer* Arbeit« gesagt? Kreutner war sich nicht mehr sicher, was er wirklich hörte und sah, oder was er nur glaubte zu hören und zu sehen. Ein drittes Bier, das würde alles erklären. Dann könnte er sich beruhigt einreden, bereits Raben mit Pommes-frites-Stäbchen im Schnabel zu sehen. War er in ein Hieronymus-Bosch-Gemälde geraten, oder was?

Er machte einen erneuten Versuch aufzustehen. Gear zog ihn wieder zurück.

»Ich muß mehr wissen über diesen Lehmann. Verstehen Sie, wie das war in der Wohnung seines Entführers. Was haben sie geredet, was haben sie gemacht? Wie hat sich Lehmann verhalten? Ich nehme an, wie sich ein Kommerzienrat eben verhält. Korrekt, höflich, verbindlich. Mensch Kreutner, das ist doch keine Schwierigkeit für Sie! Sie haben doch Ihre Quellen.«

Hatte er »Quellen« gesagt? Gear aber wußte doch noch gar nichts von Radelspeck, dem Kuvert, von Albert Stern und wie das alles zusammenhing? Und trotzdem spielte er, so schien es Kreutner, darauf an. Der Mann wurde ihm immer unheimlicher. Und dann war da die Sache mit diesem ominösen Unfall eben, dem Sturz vom Dach, dessen Kausalzusammenhänge Kreutner sich immer noch nicht erklären konnte. Vielleicht besaß Gear wirklich telepathische Fähigkeiten. Oder noch ganz andere, die er nun schon mehrfach eindrucksvoll unter Beweis gestellt hatte. Warum sollte der nicht auch den Weltuntergang aufhalten können? Kreutner fand sich mehr und mehr mit der Einsicht ab, daß er Gear wohl folgen mußte.

»Also gut, meinetwegen, Sie kriegen Ihre Geschichte.«

»Ich wußte, Sie sind vernünftig!«

Was das Ganze mit Vernunft zu tun hatte? Kreutner überging diesen absurden Einwurf Gears.

»Aber eins müssen Sie mir schon noch sagen: Was springt für mich dabei heraus?«

»Die Jahweschen Dienste, lieber Herr Kreutner, haben für ihre Mitarbeiter noch immer gesorgt, machen Sie sich darüber keine Gedanken.«

Kreutner sah zum Nachbartisch hinüber. Inmitten taumelnder Krokantblätter, die von den Kastanienbäumen heruntersegelten, rückte das Fahrradler-Paar immer näher zusammen, das rittlings auf der Bierbank sitzende Mädchen rutschte ihrem Freund bereits auf die Oberschenkel.

»... vielleicht wäre es besser, Sie deckten die Dame?« klang es vom Tisch der beiden Schachspieler herüber.

»Wann werden Sie das nächste Dossier fertig haben?« Fulizer sah Kreutner erwartungsvoll an. »Ich meine das Lehmann-Papier?«

»Wann brauchen Sie's?«
»So schnell wie möglich!«
»Für ein Bier aber wird doch noch Zeit sein?!«
»Wenn Sie danach noch fähig sind, damit anzufangen?«
»Entwirf bei Bier, exekutier bei Kaffee! Ein alter, weiser Ratschlag von 'nem Kollegen. Hab' ihn schon mehrfach auf seine Richtigkeit hin überprüft!«
»Was Sie nicht sagen! Von wem ist das?«
»Von Jean Paul.«
»Kenn' ich nicht!«
»Macht nichts!«

Obwohl, dachte Kreutner, obwohl... vielleicht sollte er ihm einmal die »Auswahl aus des Teufels Papieren« zeigen. Oder den Ledermenschen im »Komet«. Könnte ihm gefallen, dem Mister Gear.

ELFTES KAPITEL

Siehst du, Toni, der Herr Kommerzienrat mag
ein Schweinernes! / Ehrliches Lügen /
Bei seinem Licht im Dunklen geh'n

» ›O, lieber Schlomo, wenn Sie wüßten,
was kommt!‹ – ›Behalten Sie's für sich‹, bat er und
legte die langen Unterhosen zusammen.«
GEORGE TABORI

»ES TUT MIR JA furchtbar leid, mein junger Herr, aber ich werde Ihnen nun leider nicht mehr länger zur Verfügung stehen können, meine Pflichten, meine Geschäfte, sie rufen.«

»Halt's Maul, du Saujud!«

Anton Schlegl stieß den Kommerzienrat Lehmann in den Sessel zurück, aus dem aufzustehen er sich eben angeschickt hatte. Es war alles so einfach gewesen, heute vormittag in der Sonnenstraße. Ein Kommilitone hatte ihm den Fingerzeig gegeben, »da drüben, das ist doch der Lehmann, vom Bekleidungshaus Lehmann, auch einer von den Beschnittenen«, danach aber war der Kommilitone schleunigst verschwunden, noch dazu, wo der Schlegl augenblicklich androhte, »den schnapp' ich mir«, und bei dieser eventuell öffentliches Ärgernis erregenden Aktion wollte der entfernte Studienbekannte dann lieber doch nicht dabeisein. So entschloß sich Schlegl, diese beispielhafte Aktion, die in den Kreisen der Bewegung sicher eminentes Aufsehen erregen würde, eben allein durchzuführen.

Er wechselte die Straßenseite, trat dem Kommerzienrat Lehmann unvermittelt in den Weg und herrschte ihn mit energischer, aber gedämpfter Stimme an: »Mitkommen!« Der Kommerzienrat schien nicht gleich zu verstehen. Schlegl, der die Hände in den Manteltaschen hatte, streckte den Zeigefinger seiner Rechten aus, wodurch die Manteltasche dergestalt ausgebeult wurde, daß man den Eindruck haben mußte, dort befinde sich ein Revolver, und deren Lauf zielte genau auf Lehmann.

»Hören Sie, junger Mann...«, wollte der Kommerzienrat noch Einwände vorbringen, doch da packte ihn Schlegl schon an der Schulter, drehte ihn so, daß er vor ihm hergehen mußte, und teilte ihm in energisch gedämpftem Ton mit: »Sie sind arretiert.«

So einfach war das alles gegangen, heute vormittag in der Sonnenstraße, nicht das geringste öffentliche Aufsehen hatte diese Aktion erregt, teilnahmslos waren die Passanten an ihnen vorüber weitergegangen, ein Mann, den Schlegl bei seinem etwas unsanften Zugriff nach dem Kommerzienrat Lehmann angerempelt hatte, drehte sich nicht einmal um. In den Kreisen der Bewegung aber, da würde man Schlegl feiern, als einen Helden hochleben lassen.

Alles war so einfach gegangen, und dennoch begann Schlegl nun, es war früher Abend geworden, etwas nervös zu werden. Er hatte ein kleines Problem bekommen, und er wußte noch nicht so recht, wie er es lösen sollte: In seiner Wohnung saß ein Jud!

»Hören Sie, junger Mann, wären Sie so nett, mir wenigstens Ihren werten Namen ...«

»Nein!«

»Sehen Sie, ich habe ja Verständnis für Ihre Lage, man verlangt Loyalitätsbeweise bei Ihrer ... wie soll ich sagen?«

»Bewegung! Sagen Sie Bewegung.«

»Aber Sie müssen doch auch verstehen ... Meine Geschäfte, man vermißt mich schon seit Stunden ...«

»Sie bleiben hier!«

»Aber Toni«, meldete sich nun auch Hanni, die im Türrahmen stand, zu Wort, »der Herr Kommerzienrat hat halt auch seine Verpflichtungen. Ich mein, du hast doch jetzt ..., meinst nicht, man könnte jetzt ...«

»Halt du dich da raus!«

Hanni, die schon so gut wie Verlobte Schlegls, war am Nachmittag in die Wohnung gekommen, wie jeden Tag, nachdem sie in der Konditorei Heck am Hofgarten mit ihrer Arbeit fertig war. Gleich an der Wohnungstür hatte ihr Schlegl die Neuigkeit freudestrahlend wie einen Strauß Blumen überreicht:

»Ich hab' an Jud arretiert. Stell dir vor, den Inhaber vom Bekleidungshaus Lehmann. Da drin sitzt er!«

Hanni hatte beklommen das Wohnzimmer betreten. Kommerzienrat Lehmann stand aus seinem Sessel auf, Hanni begrüßte ihn artig mit einem Knicks. Von diesem Moment an hatte Schlegl ein ungutes Gefühl: Ihm dämmerte, daß es zwar ein leichtes gewesen war, der Bewegung insofern voranzumarschieren, als Schlegl sicherlich einer der ersten war, der nur wenige Wochen nach der Wahl Hitlers zum Reichskanzler begonnen hatte mit der

Säuberung der Stadt von diesem Judengesindel, daß es aber nun umso schwieriger werden würde, diese Aktion zu einem ruhmreichen Ende zu führen, denn in der Tat waren zwar nun die Straßen der Stadt von einem ersten Juden gesäubert worden, dadurch hatte er aber, was Schlegl erst jetzt unangenehm zu Bewußtsein kam, das Problem nur verlagert, denn nun saß der Jud in seiner Wohnung!

Nach der Begrüßung zwischen Hanni und Kommerzienrat Lehmann war eine peinliche Stille eingetreten, die erst Hanni wieder durchbrach mit ihrem an Schlegl gerichteten Vorschlag:

»Möchtest du deinem Gast nicht etwas anbieten, Toni?!«

*

»Kein Schweinernes, Hanni, für den Herrn Kommerzienrat doch kein Schweinernes!«

Der »Kommerzienrat« war Schlegl versehentlich herausgerutscht, die Art und Weise, wie Hanni den Arretierten umsorgte und bediente – soeben brachte sie ein Tablett mit einer deftigen Brotzeit und drei Krügeln Bier ins Zimmer –, machte ihn ganz nervös.

»Aber ich bitte Sie, Fräulein ...«

»Hanni! Sagen Sie einfach Hanni zu mir.«

»... Fräulein Hanni, machen Sie sich doch bitte keine Umstände! Im übrigen schätze ich hin und wieder einmal ein Scheibchen kalten Schweinebraten außerordentlich.«

»Siehst du, Toni, der Herr Kommerzienrat mag ein Schweinernes!« Es klang irgendwie so triumphierend, wie Hanni das sagte. »Und ein Essiggurkerl dazu werden Sie auch mögen, hab' ich recht?«

Schlegl mußte machtlos zusehen, wie Hanni mit diesem Lehmann herumschäkerte. Erst beim Abtragen des Geschirrs, allein mit ihr in der Küche, sah er eine Gelegenheit, Hanni zur Rede zu stellen.

»Er ist ein Semit! Ein Element der jüdischen Weltverschwörung. Wir müssen aufräumen mit diesem Gesocks!«

»Du, die ham fei schöne Sachen da in dem Bekleidungshaus, in seinem Geschäft.«

»Heißt das etwa, du hast dort schon mal eingekauft?«

»Früher, mit der Mamma. Man hat ja gar nicht gewußt, daß die anders sind. – Schau, Toni, er ißt ja sogar ein Schweinernes!«

»Der tut nur so! Der will seinen Hals aus der Schlinge ziehen. Das sind doch alles falsche, hinterhältige Ratten!«

»Toni!« Mitunter konnte Hanni resolut werden, resolut, wie es Bedienungen in München, ob in einem Wirtshaus oder einem Caféhaus, sein mußten. Schlegl dämpfte seine Stimme.

»Das ist eine minderwertige Rasse, Hanni! Völlig ohne Prinzipien! Hier bei uns frißt er ein Schweinernes, um sich anzubiedern, um hier wieder rauszukommen.«

»Ja, willst du ihn denn nicht wieder nach Hause gehn lassen?«

»Wie stellst du dir das vor? Ihn einfach wieder nach Hause gehen lassen! Unmöglich! Wenn das bekannt wird. In den Kreisen der Bewegung!«

Beide schwiegen eine Zeitlang. Hanni räumte das Geschirr in das Abwaschbecken.

»Und jetzt? Was machen wir jetzt?«

Schlegl wußte auch keine Antwort.

»Wir müssen wieder hinübergehen. Wir können ihn doch nicht so lang allein da sitzen lassen.«

Hanni hatte recht! Und wenn er längst getürmt war? Sie gingen hinüber ins Wohnzimmer. Lehmann stand im Zimmer, sah sich um.

»Hübsch haben Sie's hier«, sagte er.

*

Es war bereits nach neun. Hanni, Schlegl und Lehmann saßen um den Wohnzimmertisch herum. Hanni hatte eine Flasche selbst angesetzten Holunderlikör geholt (ihre Spezialität), dazu drei kleine Gläschen. Schlegls Widerstandskraft gegen diese weiblich-subversive Aufweichungstaktik der völlig verfahrenen, starren Situation erlahmte mehr und mehr.

»Hätten Sie Lust zu einem Spielchen, Herr Kommerzienrat?« Ohne eine Antwort oder gar mögliche Proteste Antons, die aber schon gar nicht mehr aufkamen, abzuwarten, war Hanni aufgestanden und hatte Spielkarten aus dem Wohnzimmerbüfett geholt.

»Gibt es eigentlich irgendein typisch ...«, Hanni hielt an sich, damit ihr jenes Wort nicht herausrutschte, das in der letzten Zeit soviel Wirbel verursachte und von jeder Zeitungsschlagzeile heruntergeplärrte. »Ich mein', ein typisches Kartenspiel, das man in Ihren Kreisen ...«

Lehmann hatte gar nicht bemerkt, wie ängstlich Hanni eben vermieden hatte, ein ganz bestimmtes Wort zu gebrauchen, der Kommerzienrat überlegte eine Weile, sagte dann:

»Schafkopf. Wir spielen immer Schafkopf! Am Stammtisch, einmal in der Woche, im Unionsbräu.«

»Schafkopf ist bayrisch!« protestierte Schlegl und korrigierte sich dann auch gleich noch: »Ist arisch!«

»Für Schafkopf fehlt uns ja leider der vierte Mann«, Hanni zog den Stapel Karten aus der Kartonschachtel.

»Als Kinder, wenn uns der vierte Mann gefehlt hat, haben wir immer mit einem ›Luftmenschen‹ gespielt.« Lehmann wurde richtig gesprächig. »Man legt einfach das Blatt des vierten Spielers mit dem Bild nach unten im Stapel auf den Tisch, wenn er dran ist, nimmt man die oberste Karte. Farbe zugeben ist dann natürlich Glückssache.«

»Wir könnten ›Lügen‹ spielen«, schlug Hanni vor, »kennen Sie das?«

Zwar war die Frage an Kommerzienrat Lehmann gerichtet, Schlegl jedoch antwortete: »Ich spiel kein ›Lügen‹! Ein absolut unarisches Spiel! Außerdem kenn' ich es gar nicht.«

»Wir werden es Ihnen schon lernen, Herr ...?«
»Schlegl, Anton Schlegl!«
»... ja, Herr Schlegl. Nicht wahr, Fräulein Hanni? Kinderleicht im Grunde. Sämtliche Karten werden ausgegeben ...«, während Lehmann zu erklären anfing, mischte Hanni die Karten und teilte aus, »der Reihe nach muß jeder eine Karte hier in die Mitte auf den Stapel legen, und zwar immer fortlaufend, also beginnend mit der Sieben, Acht, Neun, Zehn, Unter, Ober, König, Sau! Man legt seine Karte mit dem Bild nach unten auf den Stapel und sagt laut, welche Karte man gerade ablegt. Also Sie sagen Ober, ich König, Fräulein Hanni ...«, Lehmann zögerte, aber Hanni platzte gleich damit heraus: »Sau!« Die beiden lachten. »Wenn man die Karte, die gerade an der Reihe wäre, nicht mehr hat, nimmt man eine andere, legt sie auf den Stapel und sagt meinetwegen Zehner, weil der Zehner grad dran wäre, in Wirklichkeit aber ist es ein Achter, man hat also gelogen. Wenn ein anderer Spieler glaubt, Sie beim Lügen ertappt zu haben, kann er Ihre zuletzt abgelegte Karte aufdecken: War sie gelogen, müssen Sie den ganzen Stapel nehmen, war sie nicht gelogen, derjenige, der Sie des Lügens bezichtigt hat.«

»Hast du's verstanden?« fragte Hanni. Schlegl, der bereits die ausgeteilten Karten in der Hand hielt, brummte etwas, das wie Zustimmung klang. Das Spiel begann.

Lehmann (forsch): »Sieben!«
Hanni (freudig): »Acht!«
Schlegl (kaum verständlich): »Neun.«
Lehmann (spitz und kurz): »Zehn!«
Hanni (gedehnt): »Unn-täär!«
Schlegl (mürrisch): »Ober.«

Der Stapel in der Mitte wuchs rasch. Man war schon zum dritten Mal bei »Acht« angelangt. Lehmann sagte »Neun«, Schlegl legte die Hand auf den Stapel: »Halt! Glaub' ich nicht! Juden lügen!«

Er nahm die oberste Karte, drehte sie um. Es war eine Neun! Hanni und Lehmann lachten. Schlegl bekam den ganzen Stapel Karten hingeschoben.

*

Man spielte schon über eine Stunde. Lehmann hatte nach der dritten oder vierten Runde angeregt, ob man nicht, um die Sache etwas interessanter zu gestalten, pro Spiel einen kleinen Einsatz aufbieten wolle. »Jeder legt einen Pfennig in die Mitte«, schlug er vor.

»Typisch Jud«, brummte Schlegl. Seinen Mißmut steigerte noch, daß sich schon bald ein kleines Häufchen von Pfennigstücken vor Lehmann aufzutürmen begann. Und dabei hatte ihn Schlegl kein einziges Mal beim Lügen erwischen können. Der Jud hatte sein ganzes Vermögen durch Ehrlichkeit erspielt.

Kurz nach zehn klingelte es an der Wohnungstür. Hanni, Schlegl und Lehmann sahen sich an wie eine verschwörerische Glücksspielerrunde in einem konspirativen Hinterzimmer, die plötzlich ungebetenen Besuch erhält. Schlegl ging öffnen.

»Heil Hitler!« hörten Hanni und Lehmann, die im Zimmer geblieben waren, vom Flur her jemanden schnarren. Kurz darauf stand ein kleiner, dicklicher Kerl im Türrahmen zum Wohnzimmer. Er trug schwarze Schaftstiefel, eine braune Hose und ein braunes Hemd. »Heil Hitler!« schnarrte er noch einmal. Den Arm hochschnellen zu lassen, vergaß er. Ganz offensichtlich war er etwas erstaunt, hier einen Fremden anzutreffen.

»Du hast noch Besuch, Toni?«

Schlegl drängte sich von hinten an seinem Freund vorbei durch die Tür ins Zimmer, stotterte: »Ja, das ist ..., den hab' ich ...«

»Der Herr ist ein Onkel von Toni!« platzte Hanni heraus. Ängstlich sah sie auf Lehmann, wie er auf diese Lüge reagieren würde. Er verzog keine Miene.

»Ja, ja, das ist mein Onkel Robert ...«, beeilte sich nun auch Schlegl zu versichern, »aus Rosenheim.« Er stellte sich zwischen die beiden, vermittelnd, bekannt machend: »Und das ist mein Freund Karl, Studienkollege ... und ... und ...«

»Parteifreund nehme ich an«, half Lehmann nach.

»Richtig, richtig«, schnarrte Karl, und: »Angenehm!« Er verneigte sich vor Lehmann, der aus seinem Sessel aufgestanden war.

»Du hast mir nie etwas erzählt von einem Onkel!«

»Nennonkel! Genaugenommen nur ein Nennonkel« Lehmann blinzelte zu Hanni hinüber. »Wir haben uns lange nicht mehr gesehen.«

»Aha, aha. Und jetzt feiert ihr hier Wiedersehen. So, so. Versäumt aber einiges, muß ich euch sagen. So ein Tag! Schon am Vormittag hat man sich kaum mehr einen Weg bahnen können durch die Menschenmassen. Kein Durchkommen mehr vom Marienplatz zum Stachus. Auch für die Trambahn kein Durchkommen mehr.«

»Ja, ja, enorm viel Bewegung in der Stadt«, pflichtete Schlegl bei und bot allen an, sich wieder zu setzen, »das hab' ich auch zu meinem Onkel Robert gesagt, nachdem wir uns auf der Sonnenstraße getroffen haben, zufällig.«

»Rein zufällig«, betonte Lehmann.

»Aber das ist noch alles gar nichts gegen heute abend«, ließ sich Karl nicht länger unterbrechen, »was sich heute abend am Rathaus abgespielt hat, das hättet ihr sehen sollen. Wir haben es gestürmt, die Hakenkreuzfahne vom Rathausturm herunter entrollt. Der Weber...«

»Viehhändler Weber?« fragte Lehmann nach.

»Stadtrat Weber!« stellte Karl gereizt richtig, »der hat vom Balkon herunter bekanntgegeben, daß Himmler den Oberbefehl über die Polizei übernommen hat, der Scharnagl ist derweil durch eine Hintertür aus dem Rathaus geflohen. Jetzt kommt unser Mann ans Ruder!«

»Etwa der Esser?« wollte Schlegl wissen.

»Nein, der Fiehler, ich weiß es aus sicherer Quelle.«

»Warum nicht der Esser? Der Esser wäre der Richtige gewesen. Ein Pfundskerl! Weißt du noch, Karl, wie der Scharnagl den Esser, als er wieder einmal randalierte, mit der Polizei aus einer Stadtratssitzung entfernen lassen wollte und ihm zugerufen hat:

›Nehmen Sie doch Vernunft an!‹ Und was hat der Esser drauf gesagt?«

»Fällt mir nicht ein!« Karl kannte natürlich die Geschichte. Er amüsierte sich köstlich. »Vernunft annehmen. Fällt dem doch gar nicht ein!«

Lehmann und Hanni schauten den beiden zu, wie sie sich auf die Schenkel schlugen, sich gar nicht mehr beruhigen konnten. Dann aber verstummte Karls Lachen abrupt.

»Aber das war alles nur der Anfang.« Er zog seine Taschenuhr an der Kette aus der Weste hervor. »Jetzt grad marschieren sie auf die Feldherrnhalle zu. Fackelzug. Und dann folgt die Nacht der Abrechnung. Ich wollte dich abholen, Toni.«

»Wie Abrechnung?«

»Natürlich mit den Itzigs. Und den Roten. Zum Gerlich ziehen wir heute nacht noch. Bei Bacharach waren wir schon.«

»Rechtsanwalt Bacharach?« fragte Lehmann.

»Ja, richtig. Sie kennen sich aber gut aus mit den Münchner Verhältnissen. Und im Centralverein der Itzigs waren wir auch schon. Da steht kein Aktenschrank mehr auf dem anderen.«

»War'n Sie vielleicht auch im Bekleidungshaus Lehmann? Zufälligerweise?« wollte der Nennonkel jetzt noch wissen.

»Klar doch! Da flattert auch schon unsere Fahne, im Rosental. Wir kennen sie alle, schon seit Monaten. Der Fiehler hat Listen anlegen lassen. Ein Verzeichnis der gewerbepolizeilich gemeldeten Gewerbetreibenden. Uns entkommt keiner mehr. – Nur beim Lehmann, da haben wir keinen angetroffen. Weiß der Teufel, wo der Saujud steckt!«

»Zu Hause vielleicht?«

»War'n wir auch schon! Fehlanzeige. Der muß einen Unterschlupf haben. Kriegen wir alles noch raus!« Karl lehnte sich siegessicher in seinem Sessel zurück. »Aber jetzt laß doch mal deinen Herrn Onkel erzählen, wie's mit der Bewegung in Rosenheim steht. Und die Hanni bringt uns eine Halbe Bier, zur Feier des Tages, gell Hanni!«

*

Nach Mitternacht erst war Karl gegangen. Angeregt hatte er sich mit Lehmann unterhalten. Hanni mußte immer wieder mit dem großen Steingutkrug hinunter in die Gastwirtschaft laufen, frisches Bier holen. Selbst Lehmann trank für seine Verhältnisse viel. Zum Schluß erzählten sie Witze. »Kennen Sie den schon, Karl? Treffen sich zwei Juden. Sagt der eine: ›Euer Rabbi ißt aber entsetzlich viel!‹ Sagt der andere: ›Ja, der ist so bescheiden, das macht er nur, damit niemand sieht, wie streng er eigentlich fastet.‹«

»Na, großartig, dein Onkel, wirklich großartig«, stammelte Karl zwischen den Lachsalven hervor.

Besonders amüsierten sie sich über den Rechtsanwalt Rosenzweig, den man am Nachmittag barfuß durch die Kaufingerstraße getrieben hatte. Lehmann kannte ihn. Unangenehmer Mensch. Besserwisser und Rechthaber. Sah ihm ähnlich, daß er sofort auf die Polizeistation rennen mußte – noch dazu in die Ettstraße –, um sich dort zu beschweren.

»Sie haben ihm die Hosenbeine abgeschnitten!«

»Sehr gut!« sekundierte Lehmann.

»Und barfuß durch die Kaufingerstraße gejagt.«

»Recht so!«

»Mit einem Schild um den Hals: Ich werde mich nie mehr beschweren.«

»Wie Moses! Moses ist auch barfuß in seine Ettstraße marschiert und hat sich sein Umhängeschild abgeholt!«

»Elftes Gebot: Du sollst dich nie beschweren!«

Lehmann und Karl schlugen ihre Bierkrüge aneinander, prosteten sich zu, lachten.

»Kennt dein Onkel den schon? Pogrom in Rußland! Eine Horde Kosaken dringt in eine jüdische Bauernhütte ein. Schreien die Töchter: ›Erbarmen, nehmt uns und schont die arme Mutter.‹ Sagt drauf die Mutter: ›Nix da Erbarmen, Krieg ist Krieg!‹«

Karl und Lehmann schlugen sich auf die Schenkel. Den mußte

sich der Kommerzienrat merken für den Stammtisch im Unionsbräu, wo man sich öfters auf Kosten der Ostjuden solche Späße erlaubte.

»Ein patenter Mensch, dein Nennonkel«, flüsterte Karl bei der Verabschiedung auf dem Flur Schlegl zu.

Warum so ungeschickt, Herr Rechtsanwalt Rosenzweig, dachte Lehmann, als er alleine mit dem schweigsamen Fräulein Hanni im Wohnzimmer zurückgeblieben war: Wie Sie sehen, es geht auch anders! Er zog sich sein Anzugjackett an, das er schon vor einiger Zeit abgelegt hatte.

»Nun müssen Sie mich aber wirklich entschuldigen«, sagte er, als Schlegl zurück ins Zimmer kam.

»Es ist etwas spät geworden«, räumte Schlegl ein.

»Ja, wir haben uns richtig verplaudert, Ihr Freund Karl und ich. Patenter Kerl übrigens!«

»Ich begleite Sie zur Tür...«

Im Flur draußen nahm Schlegl den Kommerzienrat vertraulich am Arm. »Und danke übrigens, daß Sie unser kleines Mißverständnis auf sich beruhen haben lassen..., ich meine vor Karl... Er hätte das leicht falsch interpretieren können.«

»Ja, ja, ich verstehe: Ein Saujud in Ihrer Wohnung, spät abends um zehn!«

»Nicht auszudenken, wenn das...«

»Ich sagte Ihnen doch schon, Herr Schlegl, ich verstehe durchaus Ihre Situation.«

»Die Bewegung verlangt Treuebeweise. Beweise der Entschlossenheit. Gerade in diesen Tagen.«

»Ich weiß, ich weiß!«

»Ich vergesse Ihnen das nie, Herr Kommerzienrat.«

»Es ging doch auch um meinen Kopf.«

»Sie meinen, wir sitzen im selben Boot?«

»Genau das. Zumindest in derselben Wohnung.«

»Wenn Sie einmal, Herr Kommerzienrat..., ich studiere Jura. Stehe kurz vor dem Examen... Wenn Sie einmal eine Beratung...«

»Das ist sehr nett, Herr Schlegl. Aber nun muß ich wirklich: Fräulein Hanni, Herr Schlegl.«

Das Händeschütteln dauerte vielleicht eine Idee zu lange, wenn man bedenkt, daß sich hier ein in Gewahrsam Genommener von seinem Wärter verabschiedete.

»Eine Bitte noch, Herr Kommerzienrat. Wäre es möglich, daß wir das Licht im Treppenhaus ... Wenn Sie sich vielleicht immer an der Wand entlang ... Sie wissen ja, überall diese Späher, überall diese Spione.«

»Kein Problem, Herr Schlegl, wir sind es gewohnt, seit 5000 Jahren sind wir es gewohnt, unseren Weg im Dunklen zu finden.

›Da seine Leuchte über meinem Kopfe schien, ich bei seinem Licht im Dunkel ging.‹«

Ganz verstanden Hanni und Schlegl diesen letzten Satz nicht. Vorsichtig und leise schlossen sie die Wohnungstür, nachdem sie Lehmann nachgelauscht hatten, wie er bei seinem Licht im Dunkel ging und sicher die beiden Stockwerke hinuntergefunden hatte.

ZWÖLFTES KAPITEL

In der »news bar« / Cash auf die Hand /
Die »Anti Screen Foundation«

»Gibt es eine dunkle Macht, die so recht feindlich und
verräterisch einen Faden in unser Inneres legt,
woran sie uns dann festpackt und fortzieht auf einen
gefahrvollen, verderblichen Weg [...], so muß sie in uns
sich wie wir selbst gestalten, ja unser Selbst werden,
denn nur so glauben wir an sie.«
E. T. A. HOFFMANN

»GROSSARTIG, KREUTNER, ganz einfach großartig!« Fulizer hatte eben die Lehmann-Geschichte zu Ende gelesen, die ihm Kreutner mit in das Café gebracht hatte.

Gleich in der Früh, um acht Uhr (und das am Sonntag!), war Kreutner von seinem Partner – wie er fast schon bereit war, den nach wie vor ungemein lästigen Mister Gear zu nennen – aus dem Schlaf geläutet worden: »Wie weit sind Sie, Kreutner?« war Fulizers erster Satz am Telefon gewesen, keine Begrüßung, kein Name, nur: »Wir haben nicht mehr viel Zeit, also, wie weit sind Sie?«

»Hör'n Sie mal«, hatte Kreutner ihn angeraunzt, mühsam die einzelnen Wörter in seinem unaufgeräumten Halbschlafzustand zusammensuchend, »ich schlag' mir hier die Ohren um die... die Nächte um die Ohren – bis um drei hab' ich geschrieben –, und Sie machen hier in aller Herrgottsfrühe Terror! Wie spät ist es eigentlich?«

»Oh, ich werd' Sie doch nicht aufgeweckt haben, tut mir leid. Acht Uhr fünfzehn ist es jetzt! Können Sie mir das gestern Geschriebene zeigen? Ich lad' Sie zum Frühstück ein. Nennen Sie einen Ort.«

Kreutner mußte, obwohl er Gear langsam kennen sollte, immer noch staunen: Von einem solchen Leser, der seinem Autor am liebsten mit der Peitsche im Rücken stehen würde, um ihn Tag und Nacht, ohne ihm auch nur ein Stündchen Schlaf zu gönnen, anzutreiben, von so einem Besessenen hatte er sein Lebtag noch nicht gehört. Kreutner hatte die »news bar«, gleich unten an der Ecke Amalienstraße, vorgeschlagen. Früher hatte es hier noch eine der typischen kleinen Schwabinger Bäckereien und Konditoreien gegeben, mit ihrem Duft nach Apfeltaschen, frisch gestärkten Verkäuferinnenschürzen und noch warmen »Aus'zognen«, gern hatte Kreutner in dem engen Hinterzimmer, das immer von Studentinnen überfüllt war, vormittags eine Tasse Kaffee getrunken. Seit kurzem jedoch war hier eine Café-Bar eingezogen, der Umbau der

Räumlichkeiten hatte unter anderem mit sich gebracht, daß die große Fensterfront zur Amalienstraße hin im Sommer aufgeklappt werden konnte. Man saß also auch im Café eigentlich schon auf der Straße, die »news bar« ergoß ihre Bistrostühle und Tischchen aus dem Inneren über den niedrigen Stock der geöffneten Fenster hinweg auf das Trottoir, es waren diese überall und aus allen Bars und Trattorien abgehenden Schickimicki-Muren, die den ganzen Stadtteil überzogen, mit ihren extravaganten Schlampen verschlammten und verdreckten.

Während Fulizer in Kreutners Manuskript las, sah der in den runden schwarzen Taschenspiegel seines Morgenkaffees. Gelegentlich schielte er hinüber an den Nachbartisch, unentschieden, was ihn mehr interessieren sollte: die Blonde mit der Brille, Typ »Raten Sie mal, was die kostet«, oder die Schlagzeile der Wochenendbeilage, die er über ihre Schulter hinweg gerade noch lesen konnte: »Am Ende waren's dann doch nur sechs.«

»Ich muß Sie immer wieder bewundern, Kreutner, woher Sie die Fülle Ihrer Informationen haben.«

Ja, manchmal mußte er sich selbst wundern, wie ihm alles zuflog. Erst vor ein paar Tagen war ein unfrankiertes Kuvert im Briefkasten gelegen, Rohrbacher mußte es im Vorbeigehen eingeworfen haben, jedenfalls enthielt es eine Nachricht von ihm. »Neues Material aufgetaucht«, hieß es lapidar auf dem beigelegten Schmierzettel. Auf einem zerknitterten Fax, das Rohrbacher mitgeschickt hatte, war die Rede von irgendeinem Haecker-Fund, doch Kreutner hatte das alles nur rasch überflogen – ihn interessierte momentan anderes.

Zusammen mit dem Brief hatte er nämlich die Zeitung vom Tag aus dem Briefkasten gezogen, es war wohl der Mittwoch gewesen, ja doch, der Mittwoch, als ihm sofort die Schlagzeile mit ihren schwarz-gewichsten Springerstiefeln (Times halbfett) in den Solarplexus sprang: Bombenexplosion in der Pariser Metro. Oben in seiner Wohnung hatte Kreutner den ganzen Artikel gelesen, schließlich die Zeitung noch weiter durchgeblättert, und was fand er im Lokalteil? Es war für einen Anhänger der Alles-ist-Zufall-Weltsicht ziemlich beunruhigend: Auch in München hatte es einen Bombenalarm gegeben, im Theodolinden-Gymnasium, draußen in Harlaching, gleich neben den Trainingsplätzen des FC Bayern, der Hausmeister hatte eine seltsame Gasflasche im Fahrradhof entdeckt, stellte sich aber dann doch als falscher Alarm heraus.

Man könnte auch sagen: Als Wink mit dem Zaunpfahl. Denn spätestens seit dem gestrigen Erlebnis (Kreutner konnte gar nicht mehr hinüberschauen zu dem Flachdach, heute morgen, nachdem er aufgestanden war) wurde ihm die unausgesprochene Botschaft dieser seltsamen Koinzidenzien immer deutlicher: Derjenige, der da warnend fuchtelte, Kreutner hatte nicht den geringsten Zweifel daran, konnte niemand anderer sein als Gear. Der schien gleichzeitig überall und nirgends zu sein. Wer weiß, ob er wirklich in Krakau gewesen war letzte Woche, wie er sagte, oder nicht vielleicht doch in Paris, um jenes Attentat zu inszenieren, das immerhin 29 Verletzte gefordert hatte? Jedenfalls nahm Kreutner die Drohungen, in München könne schon bald etwas ähnlich Unvorhergesehenes passieren, nun etwas ernster. Und auch Gears wiederholt höflich, aber doch bestimmt vorgebrachte Aufforderung, er solle dabei mithelfen, eine Katastrophe abzuwenden, sah Kreutner mittlerweile in einem anderen Licht. Er würde Rohrbachers Briefsendung, die er achtlos auf den Stapel unerledigter Post geworfen hatte, doch noch einmal hervorkramen. Vielleicht war ja etwas Brauchbares dabei!

»Ja, ich wollte Ihnen das nur kurz sagen, wie überaus zufrieden ich mit Ihrer sehr wertvollen Mitarbeit bin ... und das da«, Gear hielt Kreutners Manuskript mit der Lehmann-Geschichte hoch, »das darf ich doch einstweilen zu den Akten nehmen.«

Zu den Akten nehmen, wie sich das anhörte! Wie nach Gerichtsverfahren, Staatsanwaltschaft ... lebenslänglich! Kreutner winkte die Bedienung her und bestellte sich einen Cognac.

»Ich muß jetzt dann gleich zurück ins Hotel. Einige Anrufe erledigen. Daß Sie mir aber weiterhin fleißig bleiben, Kreutner«, sagte Fulizer mit gespielter Strenge, »muß wissen, wie das weitergeht, mit Lehmann. Und überhaupt. Wir werden schon bald Rapport geben müssen.«

»Wie ›wir‹?«

»Ach, hab' ich Ihnen noch gar nicht recht eigentlich zur Kenntnis gebracht, daß wir übermorgen nach Wien fahren?«

»Was is' los?«

»Wir beide. Die Jahweische Kongregation wünscht, Sie kennenzulernen. Gestern abend, als ich im Hotel eintraf, lag eine Nachricht für mich da. Man wünscht nun endgültig zu wissen, zu welchem Ergebnis meine einschlägigen Recherchen nach den sieben Gerechten geführt haben. Es wird langsam ernst, Kreutner.«

»Für Sie vielleicht, Mister Gier, was habe ich damit zu tun? Wien mag eine durchaus interessante Stadt sein, nur glaube ich nicht ...«

»Lieber Kreutner«, sagte Fulizer mit tiefer, mitleidiger Stimme, er redete jetzt mit Kreutner wie mit einem absolut Begriffsstutzigen, dem man eine Sache zum fünften Mal erklären mußte, »die Jahweische Kongregation wünscht, Kenntnis darüber zu erlangen, ob wir bei unserer Suche nach den sieben Gerechten in dieser Stadt Erfolg hatten oder nicht! Muß ich Ihnen noch einmal verdeutlichen, was von dieser Frage abhängt?«

Kreutner hätte entgegnen mögen, »ich für meinen Teil suche gar nichts, verehrter Mister Gier«, aber irgendwie hielt ihn der drohende Unterton in Fulizers Stimme davon ab. Draußen auf der Straße quietschten Autoreifen. Kreutner zuckte zusammen, wollte gar nicht hinsehen, wen es nun schon wieder erwischt hatte.

»Übrigens sieht es meiner Rechnung nach keineswegs beruhigend aus: Fünf haben wir, vielleicht, maximal sechs..., nein, realistisch betrachtet fünf, auf keinen Fall jedoch sieben. Sehen Sie: Kafka geht wohl durch als einer von denen, die sich zumindest vorübergehend in dieser Stadt aufgehalten und versucht haben, ihre Geschicke zu beeinflussen, vorausgesetzt, das stimmt alles so, wie Sie es mir erzählt haben.«

Über Fulizers Mund huschte ein mitwissendes Lächeln.

»Von diesem armen Kerl, den man vor dem Gasthaus in Sendling erschossen hat, wüßten wir gerne noch mehr, ob er wirklich ein Unschuldiger war... Vielleicht kann uns Schulz noch Näheres erzählen. Mit ihm sollten wir überhaupt noch enger zusammenarbeiten, finden Sie nicht auch, was er über diesen Freumbichler zu berichten weiß... interessant, interessant! Bleibt noch diese Hofgartenkellnerin, haben Sie übrigens schon davon gehört, daß sie es gewesen sein soll, die Hitler nach dem gescheiterten Putsch – Sie wissen schon: Feldherrnhalle – gerettet haben soll? Sie versuchte alles, um ihn nach diesem katastrophalen Fehlschlag dazu zu bewegen, die Finger von der Politik zu lassen. Er habe doch immer so schöne Bilder gemalt, meinte sie. Ob das nicht ungefährlicher sei. Stellen Sie sich vor: Hitler als ergrauter Kunstmaler und Unikum Schwabings in den fünfziger Jahren... und einen Zweiten Weltkrieg hätte es selbstverständlich auch nicht gegeben. Aber zu dem Zeitpunkt hörte er schon nicht mehr auf sie. Flüchtete hinaus an den Staffelsee, im Süden von München, in das Haus seines Freundes Hanfstaengl.«

Kreutner horchte auf. Aber alles konnte Gear doch noch gar nicht wissen?

»Am aussichtsreichsten, sicherlich, dieser Lehmann. Ein Mann, ganz nach dem Geschmack von unserem Chef..., so gut kenn' ich ihn, können Sie mir glauben.« Letzteres murmelte Fulizer mehr zu sich selbst, ehe er Kreutner wieder ins Visier nahm. »Und die Geschichte mit seinem Enkel... Sie haben mir doch gestern noch dieses Radelspeck-Dossier mitgegeben...«

Kreutner schaute, als wisse er von rein gar nichts.

»Na, nachdem wir vom Chinesischen Turm aufgebrochen waren und bei Ihnen zu Hause vorbeischauten, Voranzahlung gewissermaßen, sagten Sie.«

»Ja, ja, stimmt. Hat mir ja Bat mitgegeben, extra für Sie.«

»Ich weiß, ich weiß, hab' mich ja auch gleich mit Bat in Verbindung gesetzt, intelligentes Mädchen übrigens, hochintelligent. Und sie arbeitet so – wie sagt man? – kollegenhaft mit. Überaus einsatzfreudig.«

»Was meinen Sie damit?« argwöhnte Kreutner.

»Ich bat sie, ob sie nicht doch noch einmal versuchen könnte, sich mit diesem Radelspeck – Namen gibt es in dieser Stadt! – in Verbindung zu setzen. Und sie hat ihn getroffen!«

»Ich nehme an, on-line?«

»Wie?«

»Nicht wirklich.«

»Ach so, ja... Nein. Sie hat über den Computer mit ihm gesprochen. Zu einem Treffen ist er nicht bereit. Bat hat alles versucht, an ihn heranzukommen, er versteckt sich... in dieser Kiste.« Gear zeichnete mit den Fingern ein Quadrat in die Luft, Größe ungefähr die eines Computermonitors. »Warum die nur alle eine solche Angst haben, auch einmal wieder aus diesem Kasten herauszukommen? Na, egal, jedenfalls hat Bat – übrigens ohne daß ich sie eigens darum gebeten habe, ich sag' ja, das Mädchen denkt mit – Radelspeck gedrängt, er solle uns doch noch etwas von den Ergebnissen seiner Nachforschungen mitteilen, es sei für einen guten Zweck.«

»Welche Nachforschungen?«

»Radelspeck hat die Geschichte auch nicht in Ruhe gelassen. Und so hat er seine Erkundigungen eingezogen.« Gear öffnete seine Aktentasche, holte ein paar Seiten heraus. »Das hier ist das Ergebnis. Wenn Sie mich fragen, hängt sich hier jemand an unser Unternehmen an. Woher weiß der überhaupt davon? Sie haben doch niemandem etwas erzählt, oder, Kreutner?«

»Nein, natürlich nicht. Außer Bat, aber das wissen Sie ja.« Er vergaß Rohrbacher. (Und das war sein Fehler.) »Außerdem: Wer hat denn diesen Aufruf von den Dazwischenstehenden in den chat room gesetzt? Ich oder Sie?«

»Wir müssen alle nur erdenklichen Quellen ausschöpfen. Meinetwegen auch auf diesem Wege. Jedenfalls sollten Sie sich das anschauen, das mit dieser ›Screen Foundation‹ ... na ja, lesen Sie selbst. Wir werden es vortragen ... bei der Sitzung ..., na, in Wien!! Ich wiederhole mich: Es wird nicht einfach werden, die Jahweische Kongregation zu überzeugen. Sie helfen mir doch, Kreutner? Können Sie sich freimachen?«

»Wie?«

»Ich meine übermorgen. Hier sind die Zugkarten.« Fulizer griff in die Innentasche seines Tweedsakkos. »Abfahrt acht Uhr fünfundzwanzig. Sind wir um ein Uhr in Wien. Hotel ist schon reserviert. Keine Luxusklasse, das muß ich zugeben, tut mir leid. Aber die Spesen ... Die Spesenabrechnungen waren zu hoch in letzter Zeit! Auch bei der Jahweischen Kongregation ist derzeit Schmalhans Küchenchef, wenn Sie verstehen, was ich meine.«

Spesenabrechnungen? Schmalhans? Was machte es schon, daß Kreutner auch diese sibyllinischen Hinweise ablegen mußte unter der Rubrik »Mysterien des Mister Gear«. Aber weil sie schon einmal dabei waren, vom Geld zu reden ...

»Übrigens von wegen Spesen ... ich bin entschiedener Anhänger des uralten Handelsgesetzes: Ware gegen Cash.«

»Ich versteh' Sie nicht ganz, mein Lieber!«

»Sehen Sie, Sie haben bekommen, was Sie wollten, zumindest den Anfang davon. Wie aber schaut es mit Ihrer Zusicherung von gestern aus?«

Gear schien immer noch nicht verstehen zu wollen.

»Täusch' ich mich oder hab' ich da gestern etwas gehört von wegen: Die Jahweische Kongregation hat noch immer für ihre Mitarbeiter gesorgt.«

Fulizer lachte. »Ach so, das meinen Sie. Haben Sie Probleme, Kreutner? Sprechen Sie sich ruhig aus.«

»Mir sitzt da ein ziemlich unangenehmer Vermieter im Nacken. Der alte Raffzahn will partout nicht mehr länger auf sein Erpressergeld warten.«

»Na, na, na, übertreiben Sie da nicht etwas?«

»Er will mich rausschmeißen! Ist das keine Erpressung?«

»Warum haben Sie nichts gesagt, Kreutner. Das ist doch kein Problem.«

Gear nahm seinen Aktenkoffer, den er wieder unter den Caféhaustisch gestellt hatte, räumte die Tassen und das Cognacglas zur Seite, legte ihn auf die Tischplatte und ließ den Deckel aufspringteufeln. Er griff mit beiden Händen hinein und zauberte einen Haufen zusammengeknüllter Scheine aus der schwarzen Kiste hervor, hielt sie Kreutner unter die Nase.

»Genügt das?«

Ein paar der Banknotenbällchen kullerten von dem Haufen auf Gears Händen herunter. Kreutner nahm sich eines und strich es glatt.

»Wollen Sie mich verarschen? Was ist das?«

Zwar hatte Kreutner noch nie Geld aus der Zeit vor der Währungsreform gesehen, aber so ungefähr kamen ihm die zerschlissenen Lappen vor: was fürs Museum, aber doch kein Zahlungsmittel.

»Das sind albanische Lek, wieso? Hier nehmen Sie die Tüte«, Gear zog aus einem Innenfach seines schicken Aktenkoffers eine Tengelmann-Tüte hervor, Kreutner hielt sie automatisch und ohne Widerrede auf, der Leiter sämtlicher Jahweischer Dienste schaufelte ihm mit beiden Händen das Zeug hinein.

»Sieht vielleicht nicht so aus, ist aber auch Geld. Bringen

Sie's auf die Bank, Kreutner, tauschen Sie's dort um. Hab' keine Ahnung, was das momentan wert ist«, er griff noch einmal in seine Aktentasche, baggerte einen extra großen Schwall, von dem auch prompt einiges auf den Boden rieselte, zur Tüte hinüber, »aber es wird schon reichen.«

Kreutner war sprachlos. Und reich.

*

Und weil Kreutner auf einmal und auf wundersame Weise reich geworden war, bestellte er sich erst einmal einen Prosecco, nachdem Gear gegangen war. Dann nahm er sich Radelspecks Fortsetzungslüge vor. Denn er war sich hundertprozentig sicher: Es gab diese Anwaltskanzlei Radelspeck gar nicht. Warum hatte er das nicht schon längst überprüft? Branchenbuch zum Beispiel. Und was er da auftischte, dieser angebliche Notar, waren Lügen, nichts als Lügen. Gear aber schien alles zu glauben! Was war das nur für ein letztinstanzliches höchstes Gericht, das sich von so offensichtlich hanebüchenen Beweisschriften beeindrucken ließ, immerhin bei einer Urteilsfindung von einiger Reichweite. Kreutner verstand es nicht, er verstand es einfach nicht! Begann aber dennoch in Radelspecks Papieren zu lesen:

Was ich Ihnen das letzte Mal noch nicht mitteilte, aus dem ganz einfachen Grund, weil ich selbst die Zusammenhänge und daraus abzuleitenden Implikationen noch nicht überblickte, ist folgendes:

In dem Umschlag des Mister Browning fanden sich, auf einem gesonderten Zettel, die genauen Angaben zu Alberts Verbleib, die Adresse des Heims, der Name der Leiterin sowie einige Formulare der Bayerischen Hypotheken- und Wechselbank, aus denen hervorgeht, daß Mister Browning treuhänderisch das mit der Währungsreform im Juni '48 auch für Albert fällig gewordene

»Kopfgeld« von 40 Deutschen Mark (später kamen noch einmal zwanzig hinzu) bei jener Münchner Bank angelegt hat, wobei er die Anlageform über die Jahre hinweg (später sogar von Baltimore aus, wohin Mister Browning 1952 zurückgekehrt war) verändert hat..., es waren auch einige sehr erfolgreiche Börsenspekulationen dabei, um nur soviel anzudeuten. Kurzum, es hat sich im Laufe der fast 50 Jahre ein beträchtliches Vermögen angesammelt, das, wie durch die Öffnung des Kuverts eben erst jetzt bekannt wurde, von Mister Browning für Albert Stern bei der Hypo-Bank hinterlegt wurde. Das Problem war nur noch: Wie Herrn Stern ausfindig machen?

Um es in aller Kürze zu sagen: Es hat mich beträchtliche Nachforschungen gekostet (übrigens nicht nur, aber eben auch im ganz wörtlichen Sinne), die mich letztendlich jedoch tatsächlich zum Ziel geführt haben. Man könnte sagen, daß in letzter Konsequenz der ungewöhnliche und höchst seltene Name der Heimleiterin, Frau Dekalwa, ausschlaggebend war, daß die Tür, durch die Albert Stern im Jahre 1960 plötzlich verschwand, nicht völlig zuschlug, ich konnte noch den Fuß dazwischenbringen. Über das Münchner Telefonbuch nämlich machte ich den Sohn der bereits verstorbenen Frau Dekalwa ausfindig, und der konnte mir wiederum insofern weiterhelfen, als er wußte, daß Albert Stern von München aus zu einer amerikanischen Firma für Dampfstrahlreinigungsgeräte nach Mannheim gewechselt war, und das konnte der Sohn auch nur deshalb, weil es gewissermaßen eine déformation professionnelle der Frau Dekalwa war, die sie, wie wohl die meisten Heimleiterinnen, jegliche Lebenszeichen ihrer vom Schicksal so schwer geprüften Zöglinge penibel aufbewahren ließ: in diesem Falle eine Ansichtskarte Alberts vom größten Weinfaß der Welt in Bad Dürkheim (einem beliebten Ausflugsort aller Mannheimer), auf der er seine ehemalige Pflegemutter, wie es sich für einen dankbaren Sohn gehört, über seine neue Arbeitsstelle und überhaupt seine Lebensumstände informierte.

Aber ich wollte ja den weiten Weg abkürzen, der mich über

Hamburg, London, die Niederlassung einer britischen Handelsfirma in Südafrika schließlich nach Milwaukee führte, wo Albert Stern – oder besser Ohl-böad Stö-an – als Angestellter einer dort ansässigen Elektronikfirma lebt. Ich habe mit ihm in der Zwischenzeit, die moderne Kommunikationstechnik macht es möglich, ein recht aufschlußreiches, ich möchte fast sagen: warmherziges Gespräch geführt. Ich bringe Ihnen gerne Auszüge daraus zur Kenntnis (übrigens trage ich mich mit dem Gedanken, dieses Interview – selbstverständlich mit Einverständnis Herrn Sterns – der ortsansässigen seriösen Presse anzubieten, Sie werden nämlich gleich lesen, daß es von allgemeinem und für diese Stadt überaus relevantem Interesse ist):

Lieber Herr Stern! Nach so langer Zeit wieder Nachricht aus München. Wundern Sie sich eigentlich nicht ein wenig, und vor allem: Erinnern Sie sich überhaupt noch?

Stern: Oh indeed!! Sie durfen nicht vergessen: Ich bin ein original Munchner child! Das meiste ich habe in Erinnerung, ist die kleine Tempel in the English Garden. Jeden Tag, you know, Mrs. Dekalwa war mit uns gegangen to das Monopteros. Es war das einzige Haus, was ich erinnere, was war nicht kaputt, you know.

Sie sagen »Münchner Kindl«, haben Sie in der Zwischenzeit zweifelsfrei feststellen können, wer Ihre Eltern waren und wo Sie geboren wurden?

Stern: Ja, ja! Naturlich! Wenn Sie mir haben geschickt diese Bericht von mein... let's say: guardian angel, Mister Browning, oh, es ist so lange ago... ich habe geschrieben immediately to die Stadt und an das Jewish Cultus Community. Man hat gefunden... documents, you know. Ich weiß jetzt Tag von mein... b'riss, ja... und wer war meine Eltern.

Haben Sie Weiteres über Ihre Familie in Erfahrung bringen können? Zum Beispiel über Ihren Großvater, der ein seinerzeit stadtbekannter Unternehmer war?

Stern: Unfortunately not!

Ich kann Ihnen da vielleicht schon bald weiterhelfen und Nachricht geben. Mir ist nämlich zu Ohren gekommen, daß hier ein noch weithin unbekannter junger Autor die Geschichte Ihres Großvaters literarisch bearbeitet, unter Umständen ...
Stern: Very interesting!!

Kreutner glaubte, ihm müsse das Cognac-Glas aus der Hand fallen. Wie war es nur möglich, daß man in der halben Stadt ... ja, und nun sogar schon in Milwaukee von seiner Mission wußte, die doch den Vermerk »top secret« trug. Wenn er nur wüßte, wo die undichte Stelle war und wer dahintersteckte? Er sprintete über die noch verbleibenden Zeilen wie ein Hürdenläufer hinweg:

Nun aber zu dem eigentlich wichtigen Thema, weswegen ich Sie, Sie gestatten, daß ich das sage, um den halben Globus herum verfolgt habe, lieber Herr Stern. Sie wissen, daß hier bei einer Münchner Bank ein nicht ganz unbeträchtliches Vermögen treuhänderisch für Sie angelegt wurde?
Stern: Ein Miracel, really!
Was gedenken Sie mit dem Geld zu tun?
Stern: Ich dachte daruber nach eine lange Zeit, the whole last night. – Well, ich möchte etwas tun für die wenigen in dieser Stadt ... Es waren da ein paar Menschen ..., ja, sie helfen mir, otherwise ... Und nun ich höre, da gibt es schon wieder eine ... wie ist der Name? ... selection ... Warum? Warum immer diese Stadt? Is so ... gemutlich, aber immer wieder ... the mob-rule.
Was meinen Sie damit, Mister Stern?
Stern (erregt): Man immer sucht nach einem ... we say: scapegoat. Ich habe gehört von einer Mission. Sie hat Motto: ›Derhalben er lieb hat das Siebende.‹ – Ich nicht verstehen, warum? Man sucht schon wieder ... chosen people ...

Lieber, verehrter Mister Stern! Ich glaube, Sie mißverstehen da etwas!

Stern (erregt): Nein, nein! So, ich werde machen eine ›Anti Screen Foundation‹. Meine Mom und meine Dadd konnten nicht fliehen, weil sie hatten kein Geld ... für die ... departure, you know. ›Reichsfluchtsteuer‹... I informed myself! Es soll niemand mehr passieren so. Ich will helfen to bewahren vor die sieben, ja! Ich war auch vorgesehen vor die sieben. Ich weiß, was heißt.

Sie wollen also, wenn ich Sie recht verstehe, verehrter Herr Stern, Ihr unverhofft hier in München aufgetauchtes Vermögen dafür zur Verfügung stellen...

Stern: ... to leave this town, ja!!

Aber wir sind doch nicht Sarajewo!

Schweigen am anderen Ende der Leitung.

Kreutner faltete die Seiten zusammen. Sah hinaus auf die Kreuzung vor dem Café. Dachte: »Noch nicht!«

DREIZEHNTES KAPITEL

Der Ort ist in dir / Brand in der
Herzog-Rudolf-Straße / Wie schneidet
man den Bart? / Ein Zug fährt ab

»Alle laufen wir weiß der Teufel wohin, während Gott
die Schäferhunde Seiner Göttlichen Absichten
hinter uns herjagt, uns die Stacheldraht-Barrikaden
Seiner Gnade in den Weg stellt und aus
der Maschinenpistole Seiner Göttlichen Liebe
auf uns schießt.«
JIŘÍ KRATOCHVIL

ZU DEN MYSTERIEN des Mister Gear gesellten sich nun also auch noch die des Mister Stern. Langsam wurde Kreutner diese Stadt unheimlich. ›Was sie lügt, flunkert, schwindelt‹, das machte ihn langsam selbst schon schwindelig. Leicht desorientiert verließ er die »news bar« in der Amalienstraße.

Bis zu dem Zeitpunkt, da Gear aufgetaucht war, war es Kreutner gewohnt gewesen, absolut folgenlos dahinzuleben. Und jetzt sollte es auf einmal ganz entscheidend darauf ankommen, was er tat, und noch mehr, was er unterließ zu tun. Gerade was sein Schreiben betraf, war es ihm immer so vorgekommen, als bliebe das alles völlig ohne Resonanz und Bedeutung; ob diese oder jene Seite leer blieb oder von ihm vollgeschrieben wurde, war ungefähr so wichtig wie die Frage, ob in diesem Augenblick in Memphis eine leere Flasche »Southern Comfort« die Fluten des Mississippi hinuntertrieb oder nicht.

Dann war Gear aufgetaucht, und seitdem war alles anders. Kreutner wußte nicht, ob er froh darüber sein sollte. Die Vorstellung, in zwei Tagen nach Wien zu fahren, um dort vor einer dubiosen Kommission mit seinen nun wirklich alles andere als bedeutenden Aufzeichnungen dafür einstehen zu müssen, ob diese Stadt weiterexistieren durfte oder nicht (das war wohl gemeint mit Gears dunklen Anspielungen, wenn Kreutner ihn recht verstand), ließ ihn, gelinde gesagt, nervös werden. Es war ein seltsam umgedrehter Prozeß, der hier Hermann K., ohne sein Wissen und ohne daß er etwas von den Zusammenhängen verstand, gemacht wurde: Nicht, daß er etwa angeklagt war eines undurchsichtigen Vergehens, das wäre ja noch halbwegs zu verstehen gewesen, in solch eine Bredouille kam man mitunter, nein, er war plötzlich und unvorbereitet auserwählt worden, gewissermaßen der Pantschen Lama Münchens. Wie er zu dieser zweifelhaften Ehre kam, war Kreutner genauso unklar wie die Beantwortung der Frage, wie er sich einer solchen Ehre überhaupt würdig erweisen sollte.

Kreutner verließ einigermaßen desorientiert die »news bar«.

Er ging ohne viel Überlegen einfach drauflos, Richtung Ludwigstraße, das heißt, er schneepflügte eher durch die Passantenverwehungen auf der belebten Schellingstraße, die ihm Entgegenkommenden spritzten auch sofort zur Seite, sahen sie doch seinen stieren Blick und daß er wild entschlossen schien, sich hier seine Bahn freizuräumen.

Dabei beachtete Kreutner die, die ihm ängstlich auswichen, nicht einmal. Dazu war er viel zu beschäftigt. Mit dem, was ihm da plötzlich alles auffiel an dieser Stadt. Er betrat sie wie eine neue, ihm unbekannte Gegend, auf die ihn erst ein Fremder wie Gear hatte aufmerksam machen müssen. Es war die Stadt der versunkenen Geschichten. Und er würde sie heben, würde sie bergen müssen.

Kreutner kam an der Einmündung in die Ludwigstraße an jenem Eckhaus des Universitätstraktes vorbei, in dessen Klinkerfassade man noch immer die kleinen Krater und herausgesprengten Vertiefungen gut erkennen konnte, die, so hatte Kreutner vor einiger Zeit einmal erfahren, von Maschinengewehr-Einschüssen herrührten. Wie dumm, dachte er jetzt, daß er sich damals nicht genau gemerkt hatte, wer da auf wen geschossen hatte. Weißarmisten 1919 auf fliehende Arbeiter der Roten Revolutionsbrigaden? Oder waren es doch GIs gewesen (vielleicht sogar Browning darunter), die im April 1945 auf letzte versprengte Hitlertruppen getroffen waren, hier auf der Ausfallstraße Richtung Münchner Norden? Kreutner blieb stehen, befühlte, sehr zum Erstaunen der Vorbeigehenden und derer, die hier an der Haltestelle auf ihren Bus warteten, die Mauern des Unigebäudes, tastete geradezu zärtlich mit den Fingerspitzen über die kleinen Krater, befühlte die rauhen Bruchkanten der Klinkersteine... Ein älterer Mann blieb direkt hinter Kreutner stehen, schaute ihm über die Schulter, was es da zu entdecken gäbe.

Kreutner bemerkte von all dem gar nichts. Ihn interessierte plötzlich nur mehr diese Mauer, an der er schon wer weiß wie oft vorbeigegangen war, diese Haushaut mit ihren Narben und Schründen. Er war auf einmal begierig auf alles in dieser Stadt, was er bisher für nicht beachtenswert gehalten hatte, ja, was überhaupt nie in sein Bewußtsein eingedrungen war. Er erinnerte sich an einen Satz, den er einmal irgendwo gelesen hatte, er wußte nur nicht mehr mit Sicherheit wo. »Nicht du bist in dem Ort, der Ort, der ist in dir.«

Abrupt drehte sich Kreutner von der Mauer weg, ging weiter, die Ludwigstraße stadteinwärts. Nicht du bist in dem Ort, der Ort, der ist in dir. Seine Schritte holten weit aus. Er ging, nein, er rannte Richtung Innenstadt.

Kreutner legte beim Gehen den Kopf in den Nacken. Ihm war heiß. Aber er brauchte doch einen kühlen Kopf! Klare Vorstellungen. Schneidend klare. Wie sie Fieberphantasierende haben. Eben an der Klagemauer, da war ihm etwas bewußt geworden: Er würde Lehmann finden müssen.

Er schob sich durch die laue Oktoberluft wie durch einen sich teilenden Vorhang.

Irgend etwas lenkte Kreutners Schritte in die Herzog-Rudolf-Straße. Er nahm den Weg über den Hofgarten, am Marstallplatz vorbei, Richtung Maximilianstraße. Vorm Hotel Vier Jahreszeiten konnte man schon den Brandgeruch wahrnehmen. Und die verschreckten, eilig hastenden Passanten fielen auch auf, die alle peinlichst darauf bedacht waren, ein »Mich-geht-das-nichts-an«-Gesicht aufzusetzen. Genau wie damals, im März '33, als die Münchner, während Juden mit Schildern um den Hals durch die Kaufingerstraße und über den Marienplatz gejagt wurden, auf den Nockherberg hinaufströmten – zum Starkbieranstich! An der Herzog-Rudolf-Straße angekommen, sah Kreutner sofort, wovor ein Teil der Münchner mit eingezogenen Köpfen davonlief, während der andere Teil schaulustig und bierfidel hinter dem von Feuerwehrleuten gebildeten Kordon stand und Münchner Maulkindl feilbot: Die Synagoge stand in Brand.

Auf der gegenüberliegenden Straßenseite stand eine Gruppe von Männern, unter denen Kreutner schnell den Kommerzienrat Lehmann ausmachte. Er schaute genau so aus, wie er ihn sich vorgestellt hatte. Er trug einen übers Knie reichenden, dunklen Mantel und einen Hut, ein wenig erinnerte er mit seinem kurz geschnittenen Oberlippenbart an einen Brauereibesitzer, nur die hängenden Backen paßten irgendwie nicht zu dem mit Honoratiorenstolz erfüllten Gesicht, aber an Lehmann schien überhaupt alles hängend, der Kneifer, der jeden Moment von der Nase zu rutschen drohte, die Schultern, der Kopf, das Gemüt, alles hing. Anscheinend hatte es mit der momentanen Lage Lehmanns zu tun. Er ging in einer Reihe mit sechs, sieben anderen hängenden Gestalten, die eskortiert wurden, teilweise von Männern in brauner Uniform, teilweise von Zivilisten. Kreutner näherte sich der Gruppe, die angehalten hatte und vor einer Hauswand Aufstellung nahm. Kreutner hatte das Gefühl, den Darstellern dieser Szene schon so nahe zu sein, daß sich gleich jemand nach ihm umdrehen würde, aber man nahm überhaupt keine Notiz von ihm. Er aber verstand jedes Wort, das gesprochen... oder genauer noch geflüstert wurde.

»Ich werd' zuschlagen müssen, Herr Kommerzienrat.«

»Sicher.«

»Es tut mir außerordentlich leid.«

»Mir auch, mir auch, Schlegl.«

Kommerzienrat Lehmann und der mittlerweile zum Volljuristen examinierte Anton Schlegl standen sich nicht gegenüber, sondern, was für ein Wiedersehen nach über zwei Jahren ungewöhnlich war, hintereinander: Lehmann mit dem Gesicht zur Wand, die Hände nach oben gestreckt und gegen die Mauer gestützt, Schlegl hinter ihm.

»Daß man sich unter diesen Umständen wiedersehen muß«,

flüsterte Schlegl Lehmann über die Schulter. Eigentlich wollte er gar nichts sagen: Die Gefahr, daß ihn jemand bei diesem vertraulichen Flüstergespräch belauschte, war ziemlich groß. Rechts und links standen noch mehr Männer an der Wand und in größeren Abständen Wachposten, solche der Landespolizei und solche der Partei, von denen einige nicht in den obligaten Braunhemden auftraten, sondern verkleidet als Zivilisten, das Ganze mußte ja als spontaner Ausbruch des Volkszornes wirken. Schlegl wollte also gar nichts sagen, konnte aber den Kommerzienrat, fast schon ein alter Bekannter, wenn man so wollte, doch nicht einfach so dastehen lassen, im ungewissen, mit dem Gesicht zur Wand.

»Ich werd' zuschlagen müssen.«

»Sie sagten es bereits.«

»Ich werde nur so tun, als ob.«

»Wäre Ihnen sehr verbunden, Herr Schlegl.« Lehmann flüsterte zur Mauer hin, Schlegl konnte ihn kaum verstehen.

»Allerdings muß es auch irgendwie überzeugend wirken. Wenn Sie vielleicht Schmerzensschreie …, ich meine, irgendwie müßten Sie sich getroffen zeigen.«

»Bin ich, Herr Schlegl, bin ich!«

»Wenn Sie sich auf den Boden fallen lassen könnten, dann würde ich Sie etwas treten … pro forma, dem Anschein nach, Sie verstehen.«

»Aber ja doch! – Eine Bitte nur: meine Nieren! Ein altes Leiden. Wenn Sie vielleicht auf meine Nieren Rücksicht nehmen könnten.«

»Aber selbstverständlich, Herr Kommerzienrat. Nur ein paar Knüffe, ein paar angedeutete Kopfnüsse. Sehen Sie doch selbst: Ich stehe unter Aufsicht. All die … die Kameraden, sie erwarten es von mir.«

»Sicher.«

»Wir können uns das nicht bieten lassen, verstehen Sie? Diese feige Ermordung von Raths in Paris! Hier muß ein Zeichen gesetzt werden. Er ist nämlich verstorben, heute nachmittag, an den Folgen des Attentats!«

»Was Sie nicht sagen!«

Fast hätte sich Lehmann umgedreht, um von Schlegl Näheres zu erfahren. Die Nachricht von der Tat Grynszpans in Paris zwei Tage zuvor hatte sich schnell in der Stadt herumgesprochen, von einer Bestrafungsaktion allerdings wußte Lehmann nichts. Er war den ganzen Tag unterwegs gewesen, in geschäftlichen Angelegenheiten, die ihm in letzter Zeit, seit sich der Boykott jüdischer Geschäfte merklich auf die Bilanzen niederschlug, immer größere Sorgen bereiteten. Unglücklicherweise war er dabei durch die Herzog-Rudolf-Straße gekommen, auf seinem Weg vom Gärtnerplatz über den Viktualienmarkt durch die Hochbrücken- und Neuturmstraße ins Lehel. Von ferne sah er schon das Flackern der Flammen. Die Feuerwehr bemühte sich, die Nachbarhäuser zu sichern, um die brennende Synagoge kümmerte sie sich offensichtlich nicht.

»Warum sind Sie aber auch nicht zu Hause, Herr Kommerzienrat? Man geht doch an so einem Abend nicht auf die Straße, ich meine, wenn man wie Sie ... zu den ... ich meine: gehört.«

»Dringende Geschäfte.«

»Wenn ich Ihnen einen Rat geben darf: An Ihrer Stelle würde ich zusehen, daß Sie möglichst schnell von hier verschwinden. Sie haben doch Möglichkeiten ...«

»Meine Familie lebt seit über hundert Jahren in dieser Stadt!«

Das verwunderte Schlegl nun doch. Seine Familie war erst in der vorangegangenen Generation aus der Gegend um Eggenfelden nach München gekommen. Man hatte sich ja noch das ein oder andere Mal getroffen, nach der ersten, etwas verunglückten Begegnung im März 1933. Darüber aber hatte Lehmann mit ihm nie gesprochen. Daß er im Grunde zu den alten Münchner Honoratioren gehörte.

»Sie hätten nicht die Herzog-Rudolf-Straße nehmen sollen. Und Sie hätten nicht stehenbleiben dürfen, nicht vor der brennenden Synagoge. Und wenn Sie schon stehenbleiben, dann hätten Sie irgendeine zustimmende Äußerung machen müssen. Sie haben sich selbst verraten.«

»Irgend jemand muß mich erkannt haben.«

»Es gibt doch Listen aus dem Rathaus. Schon seit Wochen. Warum gehen Sie auch durch die Herzog-Rudolf-Straße?«

»Ich nehme immer diesen Weg, schon seit Jahren.«

»Aber doch nicht an der Synagoge vorbei.«

»Mich interessiert die Synagoge nicht, verstehen Sie? Das ist doch eh die von der ›Ohel Jakob‹, für mich sowieso alles orthodoxe Spinner. Ich gehe hier als ein x-beliebiger Münchner Bürger durch die Herzog-Rudolf-Straße. Ist das seit heute etwa verboten?«

Erstmals war Lehmann etwas lauter geworden. Ihm kam die ganze Angelegenheit mehr und mehr absurd vor.

»Was gibt es hier zu debattieren?«

Plötzlich stand noch jemand hinter Lehmann. Der hatte sogar die braune Uniform an. Hielt die angeordnete Verkleidung wohl für eine lächerliche Maskerade. Schlegl beeilte sich, einen Schritt zurückzutreten, er war Lehmann ja schon förmlich über die Schulter gekrochen, um ihm seine Botschaften ins Ohr zu flüstern.

»Will der was? Beschwert der sich?«

Der hinzugekommene Kamerad wandte sich an Schlegl, bedachte den Kommerzienrat lediglich mit einem abfälligen Hinnicken des Kinns.

»Nein, nein, alles in Ordnung«, beeilte sich Schlegl zu versichern.

»Dann ist es ja gut. Hier wird nämlich nicht mehr lange herumdiskutiert, hier wird kurzer Prozeß gemacht.«

Und um seinen Worten Nachdruck zu verleihen, trat das Braunhemd ohne Vorwarnung und aus dem Stand Lehmann von hinten in die Kniekehlen. Der sackte auch gleich zusammen, und schon traf ihn die Knobelbecherkappe seitlich in die Nieren. Schlegl fiel seinem Kameraden in den Arm.

»Ist gut, ich mach' das schon!«

Wie verabredet, begann Schlegl den am Boden liegenden Lehmann zu malträtieren. Mit Bedacht mied er bei seinen Tritten die

Gegend um die Nieren. Lehmanns Schmerzensschreie klangen verblüffend echt.

*

Man führte die Aufgegriffenen ab, in das Polizeipräsidium in der Ettstraße. Lehmann kannte den Weg bereits. Auch im Inneren des Gebäudes fand er sich gleich zurecht. Auf den Gängen trieb man Männer, ja halbe Kinder unter lautem Geschrei hin und her. Vor Schlegl sich herschleppend (die Nieren schmerzten ihn noch immer, mußten wohl doch etwas abbekommen haben), sagte Lehmann zu seinem Bewacher:

»Ich darf vorausgehen...«

»Pscht!« machte Schlegl, es gab noch immer Ohren, die mithören hätten können, welch zivilisierten Umgang Schlegl mit seinem arretierten Jud pflegte. Erst in der Zelle – Schlegl stieß Lehmann etwas unsanft hinein, folgte dann und lehnte die schwere Eisentür an – bot sich die Gelegenheit für ein paar klärende Worte.

»Das hat weiter nichts zu bedeuten, Herr Kommerzienrat. Es ist im Grunde nur zu Ihrer eigenen Sicherheit.«

»Ich weiß, ich weiß, Inhaftierung zum eigenen Schutze, ich kenne das schon.«

»Sie haben es ja gesehen: Der Pöbel ist außer Rand und Band.«

»Ohne Zweifel.«

»Hier sind Sie sicher. Vorerst.«

»Bin nicht zum ersten Mal hier, Schlegl. Ich weiß Bescheid.«

»Sie wissen, Herr Kommerzienrat, wie sehr ich in einzelnen Härtefällen all dies verurteile. Aber ich meine, irgendwie hat sich das Ihre Volksgruppe... ich meine: selbst zuzuschreiben. Die Angelegenheit in Paris. Dieser Provokateur Grynszpan. Der war doch aufgehetzt, von irgendeinem Kongreß, einem weltjüdischen!«

»Ich kenne diesen Menschen überhaupt nicht!«

»Man wird Sie jetzt erst einmal ein paar Tage hier festhalten. Und Ihnen nahelegen, Ihr Geschäft zu arisieren.«

»Wie bitte?«

»Ich gebe Ihnen einen Rat: Nehmen Sie das Angebot an.«

»Was soll ich?«

»Sie werden allerdings von dem Erlös des Verkaufes eine Vermögensabgabe und eine Reichsfluchtsteuer zahlen müssen.«

»Ich habe nicht vor zu flüchten, Herr Schlegl!«

»Die Dinge sind nun einmal, wie sie sind.«

»Woher wissen Sie das überhaupt alles?«

»Ich bin doch jetzt in der Stadtverwaltung beschäftigt. Man munkelt da schon einiges seit Tagen. Aber für jemanden wie Sie wird es schon nicht so schlimm werden. Ich war heute nachmittag noch im Rathaus. Sie wissen ja, großes Kameradschaftstreffen zum Jahrestag. Göring hat eigens darauf hingewiesen, daß jemand wie der Konsul Bernheimer und sein Kunst- und Antiquitätengeschäft möglichst zu schonen seien. Nur pro forma ein paar eingeschlagene Fensterscheiben vielleicht.

»Sicher doch, pro forma, lediglich pro forma.«

Schlegl überhörte den sarkastischen Unterton in Lehmanns Stimme.

»Die zweifellos vorhandenen Kunstschätze allerdings seien zu schonen. Sagte er.«

»Ihr Herr Göring?«

»Er ist ja selbst Kunde bei den Bernheimers!«

»Wie nobel von ihm«, murmelte Lehmann. »Vielleicht ist er ja sogar einer der sechsunddreißig Gerechten, Ihr Herr Göring ...«

»Wie bitte?« Schlegl hatte Lehmanns Gebrummel kaum verstanden.

»Ach, nichts!«

»Sie dürfen das alles nicht so tragisch nehmen, Herr Kommerzienrat. Sie sehen doch, man macht durchaus Unterschiede. Man wird einen Konsul Bernheimer doch nicht nach Dachau schicken.«

»Hat Ihnen Göring das etwa auch versichert?«

»Aber natürlich. Dazu braucht es doch gar keine Versicherung. Familie Bernheimer hat freies Geleit. Sie kann emigrieren, wohin sie will. Ich würde Ihnen übrigens auch raten..., es dürfte doch für einen Mann Ihrer Stellung kein Problem... Venezuela soll sehr schön sein. Göring erzählt immer von Venezuela. Seine Tante hat dort eine Hazienda.«

»Was Sie nicht sagen!«

»Die Bernheimers übrigens sollen daran interessiert sein.«

»An was?«

»An der Hazienda natürlich.«

Kommerzienrat Lehmann schüttelte den Kopf. Er nahm seinen Kneifer ab. Erst jetzt bemerkte er, daß das rechte Glas einen Sprung hatte.

*

»Daß man sich so wiedersehen muß, Herr Kommerzienrat!«

Der Mann neben Lehmann griff sich instinktiv an den Kopf, als gäbe es dort noch einen Hut, den es zu ziehen gelte. Er war barhäuptig, wie Lehmann auch. Keiner der zirka zweihundert, die sich in Zehnerreihen auf dem Areal hatten aufstellen müssen, hatte noch einen Hut auf. Behütet zu sein war ein Privileg, das diesen Männern nicht mehr zustand. Hüte waren schon bei der Verhaftung durch die Luft davongeflogen, in Folge heftiger Ohrfeigen, die den Kopf zur Seite gerissen hatten, oder auch Rippenstößen, die die Getroffenen zusammenklappen ließen.

»Ach, Sie sind's, Katz?!« Lehmann erkannte seinen Nebenmann sofort. David Katz, Konfektionsschneiderei, Klenzestraße. Man sah sich gelegentlich beim Frühschoppen im Unionsbräu. Oder an Schabbat, beim Spaziergang entlang der Isar, bis zur Praterinsel und wieder zurück. Das war gewissermaßen der Schabbat-Korso. Außerdem hatte man sich erst neulich in der Blütenstraße getroffen, bei einem Abend des Jüdischen Kulturvereins.

»Hat man Sie auch auf der Straße erwischt?« fragte Lehmann.

»Straße! Sie möchten mir schier die Wohnungstür eintreten,

wenn ich nicht aufmach'! Ich bin mitgegangen, was soll man machen. Sie wissen doch: die Kinder, die Frau.«

»Isch etz do a Rouh, Saubande, b'schnittne!« brüllte einer der Aufseher. Er ging die Zehnerreihen auf und ab, mit einer Reitpeitsche in der Hand. Wachte darüber, daß sich ja keiner rührte. Das Licht der gleißenden Scheinwerfer auf den Wachtürmen blendete. Schemenhaft nur war der Zaun zu erkennen, mit den von Isolator zu Isolator gespannten Drähten.

Lehmann wartete, bis sich der Posten etliche Meter entfernt hatte. Er flüsterte nun:

»Natürlich, ein Schwob! Und das uns, Katz! Dritte Generation, Katz! Wir sind bereits die dritte Generation in München.« Lehmann mußte sich beherrschen, nicht wieder lauter zu werden. »Und muß sich hier so behandeln lassen. Von so einem Sauschwaben, einem Rotzjungen!«

Katz schwieg. Er war mit seiner Familie, damals noch ein Halbwüchsiger, selbst erst vor etlichen Jahren an die Isar gekommen. Aus Rzeszów. Er dachte, er müsse jetzt etwas sagen. Aus Gründen der zu stiftenden Solidarität zwischen zwei Leidensgenossen.

»Bei meinem Laden im Parterre haben sie die Scheiben eingeschmissen, Lausejingel waren das, ich sag' Ihnen. Ich hätt' sie packen mögen beim Schlawittl und ein Ohrwaschlrennerts mit ihnen machen die ganze Klenzestraße hinunter... Aber die alten sind danebengestanden und haben gegrinst, was für prächtige Lausejingel daß sie haben, ist das eine Schand.«

»Seit drei Generationen, Katz! Ich würd' ja nichts sagen, wenn man sich gegen die vielen Zuzügler wenden würde, von denen es jetzt aber immer mehr gibt, direkt überhand nimmt das, aber ausgerechnet gegen alteingesessene Familien..., ich bin immerhin Träger der Tapferkeitsmedaille!«

Er sah Katz an. Lehmann hatte, wie alle, bisher vermieden, seinen geradeaus gerichteten Blick zur Seite zu wenden, jede noch so kleine Bewegung konnte sofort das Wachpersonal aufmerksam machen, aber nun sah Lehmann Katz doch an.

»Ich wollte nichts gegen Sie gesagt haben, Katz...«

»No, ich weiß, ich weiß!«

Der Schwabe hatte auf seinem Patrouillengang entlang der Reihen umgedreht, kam wieder näher. Lehmann nahm sozusagen Haltung an. Die Haltung des demütigen Opfers: hängende Schultern, hängender Kopf. So war er auch auf der Pritsche des Lastwagens gestanden. Festhalten an dem für die Plane vorgesehenen Gestänge brauchten sich nur die am Rande Stehenden, in der Mitte der Ladefläche, wo Lehmann eingepfercht war, war das Gedränge so groß, daß an ein Umfallen gar nicht zu denken war. Die aus der ganzen Stadt Zusammengefangenen hatte man in der Ettstraße auf diese Art und Weise auf Lastwägen verladen und, am Hauptbahnhof vorbei über die Dachauer Straße hinaus, hierher ins Lager gebracht. Es mochte mittlerweile zehn Uhr sein.

Schlegl hatte ihm noch zugeflüstert, während er ihn durch die Gänge des Polizeigebäudes in den Hof führte: »Herr Kommerzienrat, es werden nun einige unangenehme Stunden für Sie folgen. Halten Sie durch und beherzigen Sie meinen Ratschlag: Verschwinden Sie von hier, solange man Sie noch läßt.«

Den letzten Satz hatte Schlegl schon nur mehr wie eine Drohung und keineswegs wie einen gutgemeinten Ratschlag gezischt. Dabei wollte er nur helfen. Die alte Schuld irgendwie abtragen. Um in den Lastwagen hinaufzukommen, konnte er Lehmann schon nicht mehr behilflich sein. Da gab es andere, die das mit Gewehrkolben besorgten.

*

Es war mittlerweile ein Uhr nachts. Das Scheinwerferlicht der Wachtürme warf ein zweites, ein Schattenheer der reglos Dastehenden auf den Boden des Appellplatzes. Es begann zu schneien. Die Flocken wirbelten in dem gleißenden Licht der Strahler wie eine aufgescheuchte Menge Weißgewandeter hin und her. In der Reihe vor ihm sah Lehmann einzelne Schatten wanken. Er hätte niemals gedacht, welche Anstrengung es kostet, völlig bewegungslos stundenlang auf ein- und demselben Fleck zu stehen. Doch seit man einen, der es nicht mehr länger ertragen hatte und nach vorne auf die Knie zusammengesackt war, aus der Reihe herausgezogen hatte, die Kleider vom Leib gerissen und mit einem Eimer Wasser übergossen hatte (»damit du uns nicht wieder einschläfst«, hatten die johlenden Wachtposten geschrien, nackt mußte er nun alleine vor all den aufgestellten Zehnerreihen dastehen), seit diesem Zwischenfall, der sich vielleicht um Mitternacht herum zugetragen haben mochte, war jeder peinlichst darauf bedacht, nur ja keine falsche Bewegung zu machen.

Das Wachpersonal löste sich ab, wärmte sich abwechselnd in einer Art Kommandantur auf. Hinter hell erleuchteten Fenstern sah man die Männer bei bester Laune rauchen und trinken. Für die, die draußen standen, war es nicht einmal möglich, viel elementareren Bedürfnissen nachzukommen. So mancher stand mit naß-klammem Hosenbein da.

»Ich lass' euch hier stehen, bis euch die Oberschenkel zu den Ohren rauskommen!« hatte einer der Wachposten geschrien.

Mittlerweile zog weder Lehmann noch sonst irgend jemand auf dem Platz dies in Zweifel.

Bald danach ließ man die Gefangenen dann doch noch abtreten. Es war die Rückverwandlung von Steinen in Menschen, und manchem schien es, als müßten ihm die Knochen zerbrechen bei den ersten Schritten. Man verteilte die Gefangenen, von denen die ganze Nacht hindurch immer weitere Lastwagen voll angeliefert wurden, auf Holzbaracken. Hätte zu diesem Zeitpunkt noch jemand einen Hut auf dem Kopf gehabt, wäre nun wieder Gelegenheit zu Szenen gewesen, in denen selbige sicherlich noch einmal durch die Luft davongeflogen wären, denn es hagelte wieder etliche Ohrfeigen und Schläge gegen den Hinterkopf, diesmal von den Blockältesten ausgeteilt. Hatten doch manche vergessen, die Schuhe auszuziehen, ehe sie die Baracke betraten. Und, was beinahe noch schändlicher war, mancher hatte sich beim Eintreten förmlich vorgestellt, mit Nachnamen, womöglich gar mit Titel, und hatte dafür eine Behandlung erfahren, die man selbst bei einem räudigen Köter als übertrieben empfunden hätte.

Lehmann hatte das beobachtet. Einige Köpfe vor ihm in der Reihe, von hinten hatte er die betreffende Person nicht recht erkannt, war jemand gestanden, der hatte sich vorgestellt: »Kunst- und Antiquitätenhändler Konsul Bernheimer!«

Das war ihm schlecht bekommen, sehr schlecht. Noch sichtlich schockiert, selbst jemanden wie Bernheimer hier wiederzufinden, war Lehmann in der Reihe der Neuankömmlinge bis zum Blockältesten vorgerückt, und als der ihn, umringt von all den anderen Häftlingen, fragte: »Und du?«, antwortete er: »Jakob.«

Das Empfangskomitee grinste. Grinste Lehmann gefährlich an, der aber immerhin bewiesen hatte, daß er fähig war, schnell zu lernen. Im ganzen Lager bestand nämlich für die Häftlinge untereinander Duz-Pflicht.

*

Kaum hatten sich die Neulinge auf die Stockbetten verteilt und geglaubt, nun ein wenig ausruhen zu können, erfolgte der Weckruf. Es war halb fünf Uhr in der Früh. Seit der Verhaftung am Vortag gab es zum ersten Mal etwas zu essen. Eine undefinierbare Brühe, ein Stück Kommißbrot sowie etwas Streichbares, das im entfernten an Margarine erinnerte. Jeder bekam einen Napf, einen Trinkbecher und einen Löffel, alles aus Blech. Sollte jemand etwas davon verlieren, würde es Stockhiebe setzen. Der Blockälteste erklärte alles ganz genau. »Aber nur einmal!«

Katz saß vor seinem Frühstück. Eßvorschriften, die aus einer völlig anderen Welt stammten (und die er besser dort gelassen hätte), ließen ihn vorsichtig sein bei dieser undefinierbaren Brühe, wer weiß, was man darin gekocht hatte. Lehmann aß angewidert das schmierige, feuchte Brot.

»Schmeckt's?« fragte Katz.

»Hm.«

»Ob sie treferes Zeug drin gekocht haben?«

Katz tauchte den Löffel in den Napf, ließ die Brühe vom Löffel rinnen. Immer wieder.

»Paß auf, Katz ...«

»David ..., du mußt David zu mir sagen!«

»Das ist mir scheißegal! Entweder du ißt diesen Fraß hier oder deine Mammele wird dich nicht mehr wiederkriegen.«

Lehmann war der Anpassungsfähigere, ohne Zweifel, man merkte es an Ausdrücken wie »scheißegal«, die Lehmann in seinem vorherigen Leben niemals benutzt hätte. Gereizt fügte er noch hinzu: »Die machen hier nämlich keine Extrawurscht für Pejessjuden wie dich!«

Katz empfand das als eine Anspielung auf seinen Bart. Schläfenlocken nämlich trug er gar keine. Er war ein Drei-Viertel-Orthodoxer. Oder zwei Drittel. Jedenfalls für Pejess langte es nicht mehr. Lehmann dagegen war glattrasiert (normalerweise; nicht jedoch an diesem Morgen), lediglich das kleine Oberlippenbärtchen ließ er stehen.

Katz tunkte die Spitze des Zeigefingers in die Brühe, zerrieb den herausgefischten Tropfen gegen den Daumen.

»Ist das jetzt eine rituelle Waschung?« fragte Lehmann verärgert, so wie man ein Kind fragt, das irgendeinen Unsinn anstellt, etwa Sand in eine Cremedose streut. Er hatte es doch mitbekommen, zum Beispiel bei polnischen Betteljuden, die auch er in sein Haus aufgenommen hatte, mußte man ja, wenn Freitag abend war und zu befürchten stand, sie würden nirgends mehr unterkommen. Die hatten auch immer ein Glas Wasser auf dem Nachttisch stehen, damit sie sich gleich in der Frühe waschen konnten, symbolisch zumindest, um gereinigt ans Gebet zu gehen. Lehmann hatte mehr und mehr den Verdacht, Katz sei auch einer von diesen religiösen Spinnern, die das alles hier niemals durchstehen würden, soviel war sicher.

»Katz!«

»Scht..., David, du sollst David sagen!«

Es hatte Katz schon sehr beeindruckt, was er da vorhin erlebt hatte, wie man mit Leuten umsprang, die sich nicht an die Regeln des Lagers hielten.

»Ich rat dir: Iß das hier! Du wirst noch mal froh sein.«

Es kam Unruhe auf in der Baracke. Man war dabei, zum Arbeitsdienst aufzubrechen. Der Blockälteste kam zu Lehmann und den anderen Neulingen her.

»Ihr habt Glück. Heut habt ihr noch mal frei. Ihr kommt zum Entlausen!« Er grinste wieder.

Tatsächlich kam wenig später eine Gruppe von Aufsehern und trieb alle Neulinge erst auf den Appellplatz, dann in eine andere Baracke. Alle mußten sich ausziehen und in einen Duschraum gehen, der voller Dampf war, wie in einer Waschküche, das heiße Wasser schoß aus großen Brauseköpfen an der Decke heraus. Nach dem Abtrocknen hieß es, sich in Viererreihen aufstellen und zu den Schemeln hintreten, hinter denen Häftlinge mit Haarschneidemaschinen standen. Erst wurde der Kopf geschoren, dann Achsel- und Schamhaare. Katz' schöner Bart fiel im Nu zu Boden und verschwand, von einem anderen Häftling zusammengekehrt, in dem großen Berg Haare, der im Eck der Barackenstube wuchs und wuchs. Schon waren Katz' Locken in einen Strudel hineingezogen und vermischt mit den vielen anderen kleinen Wellen und Wogen, die alle zusammen ein zu Tode erschrockenes und somit erstarrtes Haarmeer bildeten.

*

»Wenn man es mit der Schere macht, ist es erlaubt!«

Katz und Lehmann saßen wieder einmal gemeinsam in der Latrinenbaracke. In den folgenden Tagen hatten sie schnell herausbekommen, daß dies der einzige Ort war, wo man halbwegs ungestört blieb, zumindest ungestört von den Aufsehern. Es entwickelten sich regelrecht Gesprächskreise in der Latrinenbaracke.

Das hatten Katz und Lehmann bald den anderen abgeschaut, die sich auch hier trafen, am Abend nach der Rückkehr vom Arbeitsdienst und vor der Nachtruhe noch, die um halb zehn herrschen mußte: absolute Nachtruhe! Sie saßen hier oft eine geschlagene Stunde lang, führten Gespräche, philosophisch-religiös-weltanschauliche Latrinengespräche.

»Ein Jude darf sich den Bart schneiden. Wenn er es mit der Schere macht. Hörst du, Jakob?«

Lehmann saß mit heruntergelassenen Hosen auf der runden Klosettöffnung. Er hatte sich längst schon erleichtert. Saß aber immer noch.

»Wohingegen mit einem Messer, das ist nicht erlaubt.«

Katz fuhr sich mit der Hand über die Wangen, wo bereits bedenklich lange Stoppeln wuchsen.

»Rasiermesser sind verboten. Man muß das Gesetz kennen, die Feinheiten des Gesetzes kennen, verstehst du, Jakob?«

Katz befühlte weiter seine Stoppeln. Wenn er sie noch eine Idee länger wachsen ließe, gerade bis an die Grenze, daß sie dem Wachpersonal auffallen müßten, und wenn er sie dann mit dem einen Teil einer auseinandergeschraubten Schere herunterzuschaben versuchte, dann müßte er doch eigentlich das Gesetz erfüllen. Es wäre ja kein Rasiermesser, sondern nur die eine Schneide einer Schere.

»Was meinst du, Jakob? Diese Haarschneidemaschinen, die sie da hatten, vorgestern, waren die mehr scherenartig oder eher schon messermäßig?«

Lehmann stand auf und zog sich die Hose hoch. »Sie haben mich gestern in die Mangel genommen, drüben im Kommandanturbau. Wenn ich eine Erklärung unterschreibe, daß ich mich umgehend um eine Auswanderung bemühe, lassen sie mich raus.«

»Zu mir hat noch keiner was gesagt«, gab Katz kleinlaut zu.

»Du bist ja auch Polacke, schau doch mal in deinen Paß!«

Es klang eine Idee schärfer und abfälliger, als es Lehmann wirklich gemeint hatte. Es war die Ohnmacht, die ihn so ruppig werden ließ. Den Zusatz, daß sie mit Polacken eh machten, was sie wollten, verbiß er sich.

»Ist gar nicht wahr: Ich bin Bürger Österreich-Ungarns!«

»Dein Österreich gibt es nicht mehr, Katz!«

»Ich bin rekrutiert worden für die österreichische Armee. Wie kannst du sagen, ich sei a Polack!«

»Du kannst wieder zurückgehen nach ... Wo kommst du her?«

»Rzeszów!«

»Aber ich, wo soll ich hin?«

»Bolivien, Chile, Shanghai: du hast die Auswahl. Sie lassen euch überall hin. Sie rollen euch sogar noch den roten Teppich aus!«

Lehmann sah zu Katz hinüber. Musterte ihn, ob er da gerade richtig gehört hatte. Hatte da Neid gesprochen?

»Und warum? Warum behandeln sie euch anders als uns?« Katz zitterte richtiggehend. »Weil dein gottverdammter Tatte deiner gottverdammten Mammele seinen Schwanz, der genauso beschnitten ist wie der von uns allen, ausgerechnet hier, in diesem gottverdammten Land, reingesteckt hat, und du das unverschämte Glück hattest, neun Monate später mit deiner Käseschmiere hier auf den Boden zu klatschen, und deshalb glaubst du, du bist was Besseres, aber du wirst sehen, sie werden uns alle miteinander abmurksen, einen nach dem anderen, du glaubst doch nicht, daß die hier noch einmal einen rauslassen.«

Lehmann erschrak ein wenig über diesen eruptiven Ausbruch. Katz war nahe davor zu heulen. Lehmann trat einen Schritt näher, legte dem immer noch auf dem Klosett sitzenden Katz seine Hand auf die Schulter.

»Ich glaub', David ..., wenn ich es mir recht überlege ..., sie waren scherenartig ...«

Katz hob seinen kahlrasierten Kopf, der ihm auf die Brust gesunken war. Er sah Lehmann an.

»Die Haarschneidemaschinen vorgestern ..., doch, sie waren eher scherenartig.«

»Hau ab, Jakob. Hau ab, solange du noch kannst.«

*

Sie erkannten ihn kaum wieder, als er vor der Wohnungstür in der Steinsdorfstraße stand. Es waren nur zehn Tage gewesen, die sie ihn in Dachau festgehalten hatten, aber diese zehn Tage hatten genügt, um ihn auf eine Art und Weise zu verändern, daß ihn selbst seine Frau und seine beiden Kinder kaum mehr erkannten.

Sie hatten überall nach ihm gesucht. Im Geschäft, wo sie aber nur demolierte Fensterscheiben, umgerissene Regale und eine teilweise recht verstörte Belegschaft vorgefunden hatten: Gleich in der Früh des 10. Novembers war eine Anordnung bekannt geworden, bis auf weiteres würden alle jüdischen Geschäfte in der Stadt geschlossen bleiben. Einige der Verkäuferinnen hatten Frau Lehmann, unter Tränen und ganz verstohlen, Geldscheine zugesteckt, ein reichlich hilfloses Zeichen des Mitgefühls, wozu sollten diese letzten Endes läppischen Beträge gut sein, den Glasschaden zu reparieren? (Noch wußte Frau Lehmann nicht, daß am darauffolgenden Tag sämtliche Bankkonten ihres Mannes gesperrt wurden.) Sie mußte die Bediensteten beruhigen, ja teilweise energisch wieder zur Räson bringen. Hysterische Anwandlungen, die eher ihr zugestanden wären, mitten in diesem Trümmerhaufen stehend, erlaubten sich andere.

Lehmanns Kinder, Tochter Lea, schon verheiratet, und Sohn Hermann, waren so mutig gewesen, im Polizeipräsidium in der Ettstraße anzurufen, eine äußerst korrekte, sachliche Stimme erteilte ihnen eine nichtssagende Auskunft; sie lief daraus hinaus, Genaues wisse man nicht, und man müsse sich eben gedulden. Mittlerweile hatte man mitbekommen, daß aus fast jeder Familie der Vater und manchmal sogar auch ältere Söhne in jener Nacht verschwunden waren, zumindest aus jenen Familien, die stadtbekannt waren. Und Lehmann war stadtbekannt. In seinem Kaufhaus hatten die Münchner vor wenigen Jahren die erste Rolltreppe ihres Lebens gesehen, wie ein Wunder bestaunten sie die noch etwas ruckelnde Himmelsleiter, auf die man sich nur hinaufzustellen brauchte und schon wurde man emporgehoben in ein Jenseits aus Stoffen und glitzerndem Glas, aus funkelndem Schmuck und fein riechendem Leder.

Er mußte Frau und Kinder regelrecht zur Seite schieben, um an ihnen vorbei in die Wohnung zu kommen, sie standen noch immer da und staunten. Er ließ sich, wie er war, mit Mantel, in einen der Sessel im Wohnzimmer fallen. Ängstlich schlichen die Frauen hinterher. Lehmann sah durch die Gardinen der hohen Fenster hinaus auf die nebelverhangene Isar.

»Wir wandern aus.«

»Aber Jakob ...«

»Ich hab' eine Erklärung unterschrieben. Wir müssen das Geschäft hergeben. Sie nehmen uns eh alles. Wir müssen eine Sühneabgabe zahlen. Wir! Nicht sie! Jetzt bekommen wir noch etwas fürs Geschäft, später ..., wer weiß ... Von dem Geld können wir uns wenigstens freikaufen.«

Er wendete seinen Blick zu Frau und Kindern.

»Eine Reichsfluchtsteuer! Sie nehmen uns alles wieder ab für ihre sogenannte Reichsfluchtsteuer!«

»Das ist doch ...«

»Ich werde Schlegl bitten, daß er mir Rechtsbeistand gibt. Jetzt kann er sein Versprechen einlösen. Er hat doch gesagt, wenn ich einmal darauf zurückkäme ...«

Die drei mußten sich wundern. Den Namen Schlegl hatten sie bisher noch nie gehört.

*

»Herr Kommerzienrat, Sie!«

Lehmann hatte sich unter falschem Namen (er war vorsichtig geworden) telefonisch im Rathaus durchgefragt bis in Schlegls Amtszimmer. Der, erschrocken über die Begrüßung, die ihm da herausgerutscht war, flüsterte jetzt auf einmal:

»Sie sind wieder frei? Na, bitte, was ich Ihnen gesagt habe, ich nehme an, Sie hatten ein paar nicht ganz einfache Stunden durchzustehen, nun sind Sie wieder daheim, hab' ich recht?«

»Ich würde gerne auf Ihr seinerzeit gemachtes Angebot zurückkommen.«

»Wie bitte?«

»Sie hatten angeboten, mir juristisch beizustehen, wenn es einmal nötig wäre.«

»Nötig wäre ..., ja ...«

»Können wir uns treffen? Ich plane meine Auswanderung.«

»Nun ja ...«

»Ich könnte noch einmal, wenn es Ihnen recht ist, in Ihre Wohnung ...«

»Ausgeschlossen, völlig ausgeschlossen.«

Das gemeinsame Suchen nach einem geeigneten Treffpunkt gestaltete sich schwieriger als gedacht: ein Lokal kam nicht in Frage, Juden war der Zutritt dort längst verboten, einen gemeinsamen Spaziergang entlang der Isar oder im Englischen Garten zu machen, schien Schlegl wiederum zu riskant, man könnte ihn in dieser kompromittierenden Begleitung erkennen. Er kam schließlich auf die Idee, den Waldfriedhof vorzuschlagen, ein weitläufiges Areal, mit wenig frequentierten, abseits gelegenen Fußwegen. Lehmann willigte ein, obwohl es ihm schon etwas seltsam vorkam, seinen Abschied von München auf einem Friedhof zu besprechen.

Schlegl hatte den Mantelkragen hochgeschlagen und eine Schiebermütze tief ins Gesicht gezogen: Er sah auf geradezu karikaturhafte Weise wie jemand aus, der nicht erkannt werden möchte. Sie gingen auf einem der kleineren Wege tief in den parkähnlichen Friedhof hinein, während Lehmann Schlegl die Sachlage darlegte. Sie waren stehengeblieben. Ein Rabe setzte sich auf einen der Grabsteine, »Zaddek Hans 1902–1919«. So ein junger Bursch, dachte Lehmann, von dem Raben abgelenkt, der auf das Beet vor dem Grabstein hüpfte und anfing, unter dem Efeugerank nach Nahrung zu suchen.

»Ich rate Ihnen, das Angebot anzunehmen, Herr Kommerzienrat.«

Von wegen Angebot, hätte Lehmann am liebsten zurückgefaucht, ließ es aber bleiben. Statt dessen sagte er nur: »Bin kein Kommerzienrat mehr. Wird der Erlös aus dem Verkauf reichen, um sich freizukaufen?«

»Kein Problem, Herr Kommerzienrat, gar kein Problem, aber zögern Sie nicht länger. Es sind Überlegungen im Gange ...«

»Ja?«

»... nun, es könnte schon bald sein, daß alle Vermögenswerte enteignet werden!«

»Wissen Sie, wie meine Großeltern angefangen haben? Mit einem Bauchladen auf der Auer Dult!« Lehmann konnte sich nur schwer beherrschen.

»Ich weiß, ich weiß, Herr Kommerzienrat. Allerdings, was Ihre Tochter Lea betrifft ... Sie sagten, sie sei verheiratet?«

»Ja.«

»Ihr Ehemann müßte die Reichsfluchtsteuer ebenfalls aufbringen.«

»Ich glaube nicht, daß er dazu imstande ist.«

»Vielleicht können Sie der Tochter von Ihrer neuen Heimat aus helfen. Durch Rücklage einer Garantiesumme zum Beispiel. Ich bearbeite immer wieder Fälle, wo Familien ihre Angehörigen nachholen. Haben Sie schon einmal an Palästina gedacht? Schauen Sie sich doch einmal Palästina an! Von Triest aus, mit dem Schiff, eine nette kleine Kreuzfahrt. Rechtsanwalt Rosenzweig war auch schon dort. Ist allerdings wieder zurückgekommen ...« Schlegl schüttelte lachend den Kopf: »Ist ihm zu primitiv dort, Sie kennen ihn ja, den alten Besserwisser!« Schlegl wurde wieder ernst. »In Ihrer Lage, Herr Kommerzienrat, kann man nicht mehr wählerisch sein. Wissen Sie schon, wohin die Reise geht, Herr Kommerzienrat?«

»Es ist keine Reise, Herr Schlegl!«

*

Am 6. Januar 1939, am Dreikönigstag, verließen vom Hauptbahnhof aus Jakob und Elisabeth Lehmann in Begleitung ihres Sohnes Hermann die Stadt Richtung Amsterdam. Lea blieb mit ihrem Mann Hans und dem kleinen Albert zurück. Im April mußten sie ihre Wohnung räumen und in das Judenhaus in der Fraunhoferstraße ziehen. Schlegl war in der Zwischenzeit von einem guten Bekannten aus einer anderen Abteilung der Stadtverwaltung darauf aufmerksam gemacht worden, es würde auf dem Wohnungsamt bald »Vorschlagsscheine für Judenwohnungen« geben. Wenn er sich beeile, könne er sich noch eine der Rosinen herauspicken. Schlegl beriet sich mit Hanni. Gemeinsam gingen sie aufs Wohnungsamt.

Ab dem März 1941 wurde Hans Stern, Leas Ehemann, zum Aufbau der »Judensiedlung Milbertshofen« herangezogen, täglich mußte er um sieben Uhr in der Knorrstraße erscheinen, wie er dort hinkam, war seine Angelegenheit, die Benutzung jeglicher Verkehrsmittel jedenfalls war ihm, wie allen Juden, untersagt. Nach Fertigstellung der Baracken im Oktober mußte die ganze Belegschaft des »Judenhauses Fraunhoferstraße« nach dorthin umziehen. Für Albert hatte Lea einen illegalen Unterschlupf gefunden, wo er bleiben konnte, bis alles vorbei war.

Wenige Wochen später wurden Lea und Hans zusammen mit Hunderten anderer in einen aus Viehwaggons bestehenden Zug verladen. Es war Joseph Schulz, der am Zusammenstellen und Einrangieren der Waggons beteiligt war. Nach Abfertigen des Zuges sah er dem roten Schlußlicht nach, wie es Richtung Westen verschwand, ehe es einschwenkte auf die Nord- und Nordosttrasse.

Auch Kreutner sah dem Zug nach. Er hatte getan, was er konnte. War Lehmann und den Seinen auf (fast) all ihren Wegen gefolgt: durch die Neuturm- und Herzog-Rudolf-Straße zur Steinsdorf, über Gärtnerplatz und Oberanger zum Hauptbahnhof. Bis er Lehmann endgültig aus den Augen verloren hatte. Und genau so, wie er es gesehen hatte, so würde er es nun Gear und dieser Kongregation erzählen.

Kreutner verließ die Bahnhofshalle, drehte sich draußen noch einmal um und starrte auf die gläserne Front des Gebäudes. Es dämmerte bereits. Viel Verkehr war nicht an diesem Sonntagabend.

Nun wußte er auch nicht mehr weiter.

*

Wie er vom Bahnhofsvorplatz wieder nach Hause gekommen war, hätte Kreutner beim besten Willen nicht zu sagen gewußt. Er war nur noch Treibholz, irgendeine Trambahn mußte ihn heimgespült haben. Montag morgen lag er gestrandet auf seinem Bett, die Lungen voller schlechter Träume, hustend. Das einzige, was ihm jetzt noch klar vor Augen stand, war der morgige Tag!

Er sollte sich vielleicht bei Bat verabschieden. Rief sie an, gegen Mittag.

»Hallo?«

»Ja, ich bin's.«

»Hermann! Schön, daß du anrufst!«

»Du, hat sich dieser Radelspeck noch mal gemeldet?«

»Nein, warum?«

»Hätte gern gewußt, was nun aus seiner ›Screen Foundation‹ wird. Übrigens, ich hab's grad nachgeschaut: Er hat es einfach falsch verstanden!«

»Wer? Was?«

»Albert Stern. Er liebt das ›Siebente‹, hat es geheißen, und er hat verstanden das ›Siebende‹.«

»Und, wo ist da der Witz?«

Bat bemerkte, daß Kreutner irgendwie gehetzt klang, panisch.

»Aussieben, verstehst du, ›to screen‹ heißt ›aussieben‹. Er denkt, wir machen hier so etwas wie eine Selektion. Aber das ist doch gar nicht wahr! In Wien hole ich sie alle wieder runter von der Rampe. Die ganzen eins Komma drei Millionen. Wien wird die Rettung. Gier und ich, wir werden es ihnen zeigen. Wir haben alles in der Hand, sieben Trümpfe. Sie können gar nicht anders.«

»Ich weiß!«

Kreutner war perplex. Er dachte, er hätte gerade eine Mitteilung vom Rang der Johannes-Offenbarung gemacht.

»Woher denn schon wieder?«

»Fritz war bei mir.«

»Und, was wollte er?«

»Sich noch mal bedanken. Ich weiß zwar nicht genau wofür, aber nett ist es trotzdem von ihm, findest du nicht? Außerdem hat er noch gesagt, ich solle auf dich aufpassen, wenn du wieder zurück bist. Wieso eigentlich? – Was macht ihr da genau in Wien?«

»Erzähl' ich dir, wenn's vorbei ist. – Du, Bat?«

»Ja?«

»Wirst du da sein?«

»Klaro!«

»Und wenn's soweit ist, verschwindest du dann mit mir?«

»Klingt irgendwie romantisch. Nach Roadmovie! Bat and Hermann goes Mürzzuschlag!«

»Was is' los?«

»Mürzzuschlag! Liegt in der Steiermark, da war'n wir immer im Sommer, früher. Ist mir nur grad so eingefallen.«

»Ja und, jetzt sag schon!«

Sie sagte aber nichts. Nur: »Also dann, mach's gut. Und grüß mir den Hermes Phettberg, sag ihm, er ist einfach der Kult!«

ENDSPIEL IN WIEN

»Er sah gegen die gelbliche Wolkenwand,
die von der Theatinerstraße heraufgezogen war
und in der es leise donnerte, ein breites Feuerschwert
stehen, das sich im Schwefellicht über die frohe Stadt
hinreckte ...«

THOMAS MANN

1.

Fulizer und Kreutner bestiegen den Zug und fuhren zu jener Konferenz, von deren Ausgang es abhing, ob das Feuerschwert, das über München drohend hing, herniederfahren würde oder nicht. Sie fanden Platz in einem Abteil, in dem vom Ausgangsbahnhof Stuttgart her schon ein spätzlegemästeter Schwob saß. Jovial wandte der sich auch gleich nach Abfahrt aus dem Münchner Kopfbahnhof an Fulizer, schleimte ihn an aus seiner breiten Maultasche von wegen »fahret mir au nach Salzburg«, am liebsten hätte Fulizer zurückgegeben, er wisse zwar nicht, wohin der Herr fahre, sie jedenfalls gedächten nicht in Salzburg auszusteigen und wünschten im übrigen, in Ruhe gelassen zu werden. Doch er ließ es mit eisiger Nichtbeachtung bewenden.

Ab Salzburg waren sie dann allein im Abteil und ungestört.

»Ich habe Ducee mit einer Recherche beauftragt. Muß zugeben: saubere Arbeit.«

»Wie? Was?« Kreutner konnte der plötzlich einsetzenden Konversation Fulizers nicht ganz folgen.

»Sie werden ihn kennenlernen... Ducee! Aufgeweckter Knabe, manchmal etwas vorlaut, aber wir haben ja alle einmal jung angefangen, was erzähle ich Ihnen da, nicht wahr Kreutner? Die Welt beruht auf dem Atem der lernenden Schulkinder, ist es nicht so?«

Auf was zielte nun diese Anspielung wieder ab? War Kreutner zu anstrengend, darüber nachzudenken. Er kämpfte schon seit einer halben Stunde gegen obsessive Vorstellungen von einem schönen, kühl in der Hand liegenden Glas »full of Bourbon«.

»Stellt sich nicht dumm an, Ducee«, fuhr Fulizer weiter in seinem Gleis, »hat unsere Jungs in den Staaten ganz schön auf Trab gebracht. Nun gut, ich will Sie mit Einzelheiten nicht langweilen. Aktsbekannt jedenfalls ist folgendes«, Fulizer raschelte mit seinen diversen Faxpapieren, überflog flüchtig die Seiten, »Lehmann ist die Flucht mit seiner Frau in die USA tatsächlich gelungen. Zuerst fuhren sie nach Amsterdam…, soweit war ja auch der Stand Ihrer Informationen, wenn ich mich recht erinnere?«

Die Lehmanns waren nach Amsterdam abgefahren… Wirklich? Hatte er sie begleitet, war er dabeigewesen, als sie eingestiegen waren in den Zug? – Kreutner war sich nicht mehr sicher. Erzählte *er* hier oder *wurde ihm* erzählt.

»Es war allerdings eine ziemliche Odyssee, bis sie schließlich in New York anlangten. In Amsterdam nämlich saßen sie erst einmal in der Sackgasse. Absolut kein Weiterkommen. Die Plätze für eine Schiffspassage waren rar, Vermögenswerte hatten sie keine mehr. Durch ganz Frankreich schlugen sich die Lehmanns bis zu den Pyrenäen durch. Sie kennen ja sicher auch solche Geschichten: Mit einem Scout dann durch die Berge… Von Lissabon aus gelang ihnen die Überfahrt.«

»Die Tochter? Was ist aus der Tochter geworden?« In Kreutners nebelverhangener Erinnerung leuchtete schwach ein rotes Licht auf, ehe es flatternd nach und nach verschwand.

»Auch hier trifft zu, was Sie mir gestern abend noch am Telefon erzählt haben. Lea und Hans Stern waren tatsächlich bei einem der Milbertshofener Transporte dabei. Wir konnten allerdings nicht eruieren, wohin ihr Weg führte.«

Fulizer hob den Aktenkoffer von seinen Knien, stellte ihn auf den Boden. »… aber es läßt sich ja denken.«

»Wann haben es die Eltern erfahren?«

»Definitiv und zweifelsfrei, meinen Sie? Ich nehme an, erst nach dem Krieg. Übrigens scheinen sie davon ausgegangen zu sein, daß auch ihr Enkelkind bei jenem Transport dabei war. Es deutet nichts darauf hin, daß sie Albert Stern noch einmal gesehen haben nach dem Krieg und ihrer Rückkehr nach München. Warum sie überhaupt zurückgekommen sind, fragen Sie mich nicht!« Fulizer sah aus dem Fenster, murmelte:

»Ich versteh' sie nicht. Die Lehmanns nicht, und alle anderen manchmal auch nicht.«

Er wandte sich wieder an Kreutner: »Wenn Sie mich fragen, ich hätt' es nicht getan. Die konnten doch nicht ernsthaft annehmen, sie würden wieder etwas zurückbekommen? Zugegeben: In New York faßten sie nie richtig Fuß, er, der Kommerzienrat, war Ausfahrer in einer Wäscherei. Er hatte vor allem Hotels zu beliefern, mit der frisch gemangelten Bettwäsche, er versuchte, wo er nur konnte, mit Hotelgästen ins Gespräch zu kommen, er lechzte nach Informationen aus Europa, und vor allem auch nach ein paar Worten Deutsch, wenn's sein mußte auch Schwyzerdütsch.«

Kann man Heimweh nach dem Land seiner Mörder haben? fragte sich Kreutner, dem die wenigen Informationen, die ihm Fulizer mitteilte, vollauf genügten, um langsam wieder auf Touren zu kommen mit seiner Spekuliermaschine. Lehmann in New York, sich das vorzustellen fiel Kreutner in der Tat schwer. Lehmann auf dem Rückflug nach München hingegen ...

»Ist das nicht komisch, Kreutner? Solange sich Lehmann in den Staaten aufhielt, hatten wir ihn deutlich im Sucher. Ich meine, er ist uns nie ganz aus dem Blickfeld gerutscht. Aber kaum macht er sich auf, zurückzukehren in die alte Heimat, plötzlich ist er verschwunden von der Bildfläche. Verstehen Sie das? Unsere Informanten, das hat mir jedenfalls Ducee mitgeteilt ...«, Fulizer wedelte mit den Faxpapieren, »haben kein Lebenszeichen, keine Spur, keine Quelle, keinen Meldebogen, nichts mehr auftreiben können, seit Lehmann zusammen mit seiner Frau amerikanischen Boden wieder verlassen hat. Dabei wollten sie vorerst nur besuchshalber nach Deutschland, 1953. Schauen, was noch übriggeblieben war. Ob sie jemals angekommen sind, wissen wir nicht. Zurückgekehrt von ihrer ersten Europareise nach dem Krieg sind sie jedenfalls nicht mehr. Es verlieren sich sämtliche Spuren. Seltsam, nicht?«

Fulizer nahm wieder den Aktenkoffer auf seine Knie, begann einzupacken.

»Umgekehrt wär's ja zu verstehen gewesen. Ich meine, wenn wir sie bei ihrer Flucht aus den Augen verloren hätten. Aber so! Kehren dorthin zurück, von wo sie vertrieben wurden, und tauchen unter. Für uns wäre es, verstehen Sie, Kreutner, es wäre wichtig für uns zu erfahren, ob sie jemals hier angekommen sind. Ich meine in München. Ob Sie uns da nicht noch einmal weiterhelfen können, Kreutner. Es wäre wichtig..., ich meine für die Sitzung, für unsern Beschluß. Sie verstehen: Lehmann in München oder nicht in München, das ist... Sie sagten doch, Sie hätten da einen Bekannten im Stadtarchiv. Könnte der nicht vielleicht...?«

Rohrbacher! Natürlich! Er würde von Wien aus bei ihm anfragen, ihn um eine kleine Gefälligkeit bitten. Für ihn, Rohrbacher, wär's eine kleine Gefälligkeit, mehr nicht. Für Kreutner hingegen... Er sah Fulizer, wie er sein Haifischgrinsen grinste. Und aus dem Fenster deutete.

»Schau'n Sie nur, Kreutner, da hinten, da muß doch schon das Tullner Feld sein. Gab's da nicht mal eine Entscheidungsschlacht oder etwas dergleichen?«

Der Intercity donnerte Wien entgegen. Wirbelte dabei Papierfetzen entlang des Bahngleises auf. Sie flatterten wie schmutzige Standarten, wußten nur nicht, in welche Richtung es ging, und taumelten, wieder losgelassen vom Fahrtwind, sanft herab auf den in der Farbe von Malzbonbons karamelisierten Bahnschotter.

2.

Sie bezogen eine kleine Pension in der Langen Gasse, Ecke Florianigasse, nahe dem Josefstädter Theater. Der Oktoberwind nuschelte hier ganz hansmosermäßig um die Häuser, entschuldigte sich förmlich, daß er einen anfuhr, unangenehm kalt im Vergleich zu München, die Nebenhöhlen mit Eisnadeln akupunktierend. Die übrigen Mitglieder der Jahweischen Kongregation waren im vierten Bezirk untergebracht, nahe dem Belvedere, waren ja auch schon seit zwei, drei Tagen in Wien. Für Fulizer und Kreutner hatte es dort im Hotel in der Theresianumgasse leider kein Zimmer mehr gegeben, genauer gesagt: für Kreutner hätte es keins mehr gegeben. Man stritt sich eh schon, ob es nötig sei, einem vor die Jahweische Kongregation Zitierten die Reisespesen zu ersetzen: Habe man etwa Hiob das Hotelzimmer gezahlt, höhnte Louisbad. Man mußte ihn also anderswo unterbringen, und ganz aus den Augen lassen wollte man ihn dabei auch nicht. Fulizer mußte mit.

Kreutner war das alles wurscht. Er hörte den Erklärungen Fulizers gar nicht zu, die der ihm während der U-Bahn-Fahrt vom Westbahnhof bis zur Josefstädter Straße unter Auslassung einiger Details gab (daß er beschattet wurde, brauchte man ihm ja nicht unbedingt unter die Nase zu reiben). Hauptsache, er würde sein Zimmer bekommen, ein kleines Tischchen sollte es haben zum Schreiben, mehr bräuchte Kreutner nicht. Bekam er schließlich auch alles, ein nettes, kleines Zimmer mit Blick auf den Schönbornpark. Telefon am Bett. Klemmte sich auch gleich dahinter, nachdem er den Koffer auf dem dafür bereitstehenden Gestell abgelegt hatte. Rief Rohrbacher an. Im Büro. Fackelte nicht lange.

»Ich hab' dir doch von Lehmann erzählt.«

»He, Hermann, wo steckst du überhaupt?«

»In Wien. Weißt du doch. Also paß auf: Du kommst doch relativ problemlos an die alten Meldebögen heran.«

»Na ja ...«

»Kannst du nachschauen, ob der Lehmann ab 1953 wieder in München gemeldet ist? Vielleicht sogar in seiner alten Wohnung. In der Steinsdorfstraße.«

»Ja schon...«

»Okay! Also, ich warte.«

»Was ist los?!«

»Du sollst nachschauen. Ich bleib' solange dran.«

»Sag mal: Spinnst du! Weißt du, wieviel Kilometer Akten das sind?«

Wenn Rohrbacher nicht schon auf Grund der letzten Tage, in denen er als Rechtsanwalt Radelspeck Kreutner zum Narren gehalten hatte, mehr und mehr der Meinung zuneigte, sein alter Freund, der Silbenstecher, fange an, sich dem geschlossenen Dichterheim des Professors Navratil entgegenzuspinnen, so hatte er hier den endgültigen Beweis: Der Mann schnappte über. Jetzt war er sogar schon in Wien angelangt. Gugging war nicht mehr weit!

»O.k., dann ruf mich eben zurück.«

Rohrbacher entschied, nicht zu widersprechen. Hatte da vielmehr eine Idee, wie man den armen Kerl vielleicht ruhigstellen könnte. Zumindest beschäftigen. Still beschäftigen. Damit er nicht noch mehr Leute nervte mit seinen dringenden Erklärungen. Man mußte ihm einen Knochen hinwerfen, an dem er eine Zeitlang zu nagen hatte.

»Ich bleib' im Hotelzimmer«, sagte Kreutner noch, »ruf mich sofort zurück, wenn du's hast. Ich warte.« Er gab die Telefonnummer durch, dann ein Knacken in der Leitung.

Rohrbacher blieb an seinem Schreibtisch sitzen, machte dort weiter, wo er eben unterbrochen worden war (wenn auch mit den Gedanken ganz woanders). Nach zirka einer halben Stunde sah er auf die Uhr, nahm das Telefon und wählte die Nummer, die er eben schnell auf einen Zettel gekritzelt hatte.

»Ging ja doch schnell«, meldete sich Kreutner.

»Man muß halt wissen, wo nachschauen.«

»Und?«

»Was gibst du deinem alten Freund, der für dich jedesmal die sensationellsten Dinger aus den Tiefen des Archivs hervorkramt?« Rohrbacher wollte testen, ob Kreutner die Ironie bemerkte. Doch nichts davon! Unwirsch verlangte er:

»Nun sag schon: Was hast du rausgefunden?«

Mensch, dem kann man ja jeden Bären aufbinden, dachte Rohrbacher. Und tat demzufolge auch so.

3.

Kreutner hatte grußlos aufgelegt, nachdem ihm Rohrbacher das Ergebnis seiner angeblichen Recherche mitgeteilt hatte. Eigentlich überraschte ihn nicht mehr, was er da eben gehört hatte. So etwas ähnliches hatte er sich schon gedacht. Genaugenommen hatte er schon während der Fahrt hierher nach Wien genau diese Möglichkeit durchgespielt, da war es noch eine unter anderen gewesen, doch jetzt, nach Rohrbachers Auskunft, bestand kein Zweifel mehr: Wenn schon das Stellwerk des über jeden Zweifel erhabenen Archivs die Weichen in diese Richtung stellte, wie sollte dann die Geschichte einen anderen Weg nehmen als genau diesen. Wer konnte sich noch dagegen wehren? Ein machtloser Geschichtenerzähler, der jetzt nur noch zu Ende führen mußte, was ihm eingeflüstert wurde?

Kreutner setzte sich an den Tisch, packte seinen Laptop aus und bootete ein in sein Gier-Zuarbeitungsprogramm. Er würde zwei, drei Stunden Zeit haben, ehe sein lästiger Begleiter, der seinen Beobachtungsposten schräg gegenüber im Zimmer direkt neben dem Fahrstuhl bezogen hatte, an die Tür klopfen würde.

»Ich schau' dann wieder nach Ihnen«, hatte Fulizer gesagt, während er die Zimmertür zuzog. »Ruhen Sie sich noch etwas aus, Kreutner, Sie sehen überanstrengt aus, und denken Sie nach, über Lehmann. Es fehlt das Ende! Kann mir vorstellen, die Herren von der Kongregation wollen das Ende erfahren.

Der Chef liebt keine offenen Geschichten. Muß alles an sein Ende. Sie wissen schon: Von wegen der Vorsehung!«

Kreutner hätte noch gerne hinterhergerufen, daß doch jede Geschichte eigentlich und irgendwie offen bleibe, er meine...

Doch da war die Tür zu Fulizers Zimmer schon zu.

4.

Lehmann war alleine in die Steinsdorfstraße gegangen. Seine Frau hatte Angst. Angst, vor einem Schuttberg zu stehen, Angst aber auch, daß alles war, wie immer, das Treppenhaus, die Wohnungstür, der Klingelknopf. Sie bat ihren Mann, erst einmal vorauszugehen, sie würde sich in der Zwischenzeit in der Stadt umsehen, in jener Stadt, die sie vor 14 Jahren verlassen hatten. Oder war es eine andere Stadt gewesen?

Am Hauptbahnhof hatten sie sich als erstes eine Zeitung gekauft. Noch im Stehen, die Koffer zwischen die Beine geklemmt, hatten sie die Seiten auseinandergefaltet und zu lesen begonnen, sie hatten sich in die eng bedruckten Spalten hineingestürzt, als würden sie dort alles erfahren, was die letzten 14 Jahre vorgefallen war... Aber es war doch nur eine Zeitung! Daß den Türmen der Frauenkirche just an diesem Tag die beiden Kuppeln, die sie irgendwann während der Bombennächte '44/45 verloren hatten, wieder aufgesetzt werden würden, erfuhren sie und daß in drei Tagen wieder ein Zug mit Sibirienheimkehrern einträfe.

»Schau dir das an«, sagte Lehmann zu seiner Frau und meinte die Kuppelkrönung der Frauenkirche, »dem Ganzen wird wieder die Krone aufgesetzt, hast du's gelesen, sie werden dem Ganzen wieder die Krone aufsetzen, in den Kugeln ganz an der Spitze, siehst du, haben sie eine Urkunde eingeschlossen, da steht alles drauf!«

»Wie ›alles drauf‹?«

»Na, von der Zerstörung und dann der Aufbau wieder. – Geh du nur zur Frauenkirche, ich mach' das schon.«

In der Neuhauser Straße fuhr schon wieder die Trambahn, die Linie einundzwanzig. Auf dem Gehsteig vorm Oberpollinger dichtes Gedränge, Lehmann wich aus auf die andere Straßenseite, bog in die Eisenmannstraße ein. Über das Altheimer Eck und den Färbergraben zog es ihn direkt ins Rosental. Genauer: Es zog ihn dorthin, wo einst das Rosental gewesen war. Lehmann fand das Rosental aber nicht mehr. Vor dem Schuhgeschäft Hartlmaier stehend, das in einem provisorischen Flachbau untergekommen war, sah er auf ein bizarres Gerippe: Eisenträger und stehengebliebene Pfeiler, die Decken und Wände des Gebäudes hingegen waren vollständig herausgesprengt, ein paar Spinnennetze verbogener Armierungseisen sah man noch im dritten Stock von einem kleinen Rest Mauer herunterbaumeln, das war alles, was vom Rosental geblieben war. Lehmann suchte nicht mehr weiter. Wonach er Ausschau hielt, würde er ja doch nicht finden.

Zuerst wich Lehmann der Steinsdorfstraße noch aus. Er war auf die Ludwigsbrücke gegangen, hatte von dort aus die Häuserzeile entlang der Isar, die er so weit genug von seinen weitsichtigen Augen weghalten konnte, entlangbuchstabiert, er wollte den Blick gleich und schnell wieder abwenden können, weggehen, einfach die Zweibrückenstraße hinunter und durchs Tal wieder zurück zum Bahnhof, falls die Botschaft, die diese Häuserzeile mitteilte, so lautete, wie er es fast schon befürchtete. Aber es stand noch, das Wohnhaus, und wenn auch einige Wörter in der Zeile fehlten, so konnte Lehmann doch lesen: Steinsdorfstraße, unsere Steinsdorfstraße!

Jetzt nur nicht gleich mit der Tür in die Steinsdorfstraße fallen, hatte Lehmann gedacht und so auch sein Zittern beruhigt, ist ja schon gut, ist ja schon gut, ich nehm' ja den Weg, den Umweg!, über die Maximiliansbrücke. Lehmann schlich sich vom Norden her an, er umkreiste die Steinsdorfstraße, versicherte sich, auch wirklich vor dem richtigen Eingangsportal zu stehen, immerhin 14 Jahre, und dann überall noch diese Schuttberge und gelegentlich auch rußgeschwärzte Fassaden, durch deren Fensteröffnungen man den Himmel sehen konnte, wer sollte sich inmitten all der Trümmer zurechtfinden? Erst als er das Knarzen der Stiegen im Treppenhaus hörte, war er sich sicher, das Knarzen war das verräterische Erkennungszeichen, nicht der Geruch nach altem Sauerkraut und Kohlebrand, den hatte es früher hier nicht gegeben, genausowenig wie das Emailschild an der Wand, »AMÜSIEREN IM TREPPENHAUS VERBOTEN. DER HAUSVERWALTER«, aber das Knarzen, das Lehmann bis in den dritten, bis in *seinen* dritten Stock begleitete, das hatte überlebt, alles andere nicht. Auch das Namensschild an der Tür nicht, ja, nicht einmal die Tür selbst, es war eine aus ungehobelten Brettern zusammengezimmerte Tür, vielleicht gut für einen Kartoffelkeller, aber nicht als Eingangstür zu seiner Wohnung, Lehmann war sich jetzt ganz sicher. Klingel entdeckte er keine. Er klopfte.

»Aber Herr Kommerzienrat!«

Schlegl hatte Lehmann sofort erkannt. Sein Ausruf (war es eine Begrüßung?) klang wie ein Protestieren, ein Sich-verwahren. Nur das nicht! Nicht der Kommerzienrat! Nicht vor dieser Tür! Genau das hatte Schlegl befürchtet, schon seit Monaten, er hatte von einzelnen ähnlichen Fällen schon gehört, im Rathaus, man mußte mit allem rechnen, sogar mit dem, daß sie zurückkamen.

»Kommerzienrat hat man 14 Jahre lang nicht mehr zu mir gesagt«, murmelte Lehmann sehr leise, mit sehr brüchiger Stimme. »Wollen Sie mich nicht hereinbitten ... in meine Wohnung!«

Schlegl stand noch immer mit offenem Mund da. Hinter ihm tauchte Hanni auf. Mit einem Kind auf dem Arm und einem Buben an der Hand. Der Bub hatte eine grobmaschige, braune Wollstrumpfhose an, darüber eine kurze Lederhose und einen grauen, am Kragen grün umsteppten Pullover. Auch das Baby auf dem Arm war dick eingepackt, hatte eine Wollmütze auf.

»Stell dir vor, Hanni ...«

Schlegl bemühte sich, Lehmann wie einen guten, alten Freund anzukündigen, wie einen der Sibirienheimkehrer vielleicht, auf die man hier mit jedem eintreffenden Sonderzug so sehnsüchtig wartete und die man begrüßte mit Willkommensschildern, hindurchtreten mußten sie unter mit Tannenreisig geschmückten Türstöcken.

Auch Hanni erkannte Lehmann sofort wieder. Manchmal abends, wenn die Kinder im Bett waren, hatte sie mit Toni über genau diesen Fall gesprochen, was sein würde, wenn. Toni hatte ihr immer auszureden versucht, daß so etwas denkbar, ja im Bereich des tatsächlich Eintretbaren sei, »so etwas tritt nicht ein«, hatte er gesagt, »die Juden sind verschwunden, die sind alle ausgewandert, die kommen nicht wieder, das tritt nicht ein«, und sie hatten es beide geglaubt und sich keine weiteren Gedanken gemacht, waren, obwohl sie immer wieder einmal davon sprachen und jeder für sich in schlaflosen Nächten darüber nachdachte, nicht vorbereitet auf diesen Augenblick.

Sie standen noch immer an der Wohnungstür, Lehmann draußen, die Schlegls drinnen. Hanni zog den Buben näher an sich heran, fast daß er sich hinter ihrer Küchenschürze verkroch.

»Möchtest du deinem Gast nicht etwas anbieten, Toni? – Viel ist es ja nicht, Herr Kommerzienrat.«

5.

Bereits gegen vier Uhr nachmittags hatte Fulizer an die Tür geklopft. »Alles in Ordnung, Kreutner?«

Als Antwort nickte der bloß in Richtung des kleinen Tischchens, auf dem sein Laptop stand, das Maul weit aufgerissen, im Unterkiefer die Backenzähne der Tastatur.

»Rohrbacher hat's rausgefunden, ich hab ihn vorhin angerufen: Schlegl ist in die Wohnung von Lehmann eingezogen. Kurz nachdem sie München verlassen haben, taucht er in den Meldebögen als neuer Mieter in der Steinsdorfstraße auf. Er hat sich Lehmanns Wohnung einfach unter den Nagel gerissen.«

Fulizer trat, nachdem er in der Türe stehengeblieben war, in Kreutners Zimmer und kam näher an den Tisch heran. Er konnte gerade noch die letzten Sätze, die da auf dem kleinen Monitor standen, aufschnappen, ehe sich der Bildschirmschoner einschaltete.

»Und dann ist Lehmann zurückgekommen«, spann Fulizer den Gedanken weiter, »und sucht nach seiner alten Wohnung.«

»Genau. Das Geschäft im Rosental ist völlig zerstört. Und als er in der Steinsdorfstraße ankommt und ihm dort die Türe geöffnet wird, steht ihm Schlegl gegenüber.«

Famos, hätte Fulizer sagen wollen, auf seinen Kreutner konnte er sich eben verlassen. Da zeichnete sich doch das Ende der Geschichte ab, der Ring schloß sich. Das ist er, der Showdown.

Fulizer sagte aber nicht famos, sondern dachte nach.

»Ich wollte Sie eigentlich zu einem Kaffee einladen, Kreutner. Sie müssen mal eine Pause machen.«

Kreutner überlegte kurz, klappte dann den Laptop zu und nahm wortlos seine Lederjacke vom Bett.

»Sie leisten hervorragende Arbeit, Kreutner!«

Sie waren ins »Falstaff« gegenüber dem Volkstheater gegangen, Fulizer hatte zweimal »Mazagran« bestellt (hatte wohl ein Einsehen mit dem seit der Abfahrt in München alkohollos gebliebenen Kreutner), heimste dafür aber nur ein G'schau der schnippischen Bedienung ein, als hätte er ihr einen unsittlichen Antrag gemacht. Mit einem resignierenden Seufzer, der diesen schauderhaften Niedergang alter Kaffeehausherrlichkeit kommentierte, änderte Fulizer die Bestellung in »zweimal Kaffee und Cognac« um. Nicht einmal nach genaueren Vorlieben wurde er gefragt, Cognac eben, und Kaffee, als gäb's nur jeweils eine Sorte.

Nachdem die Bedienung gegangen war, nahm Fulizer den

Faden wieder auf. »Noch selten hat sich jemand so kooperativ gezeigt wie Sie, lieber Kreutner. Wir haben die besten Chancen zu gewinnen!«

Chancen zu gewinnen..., klang irgendwie nach Quiz! War denn das Ganze auf einmal ein Spiel? Kreutner mußte sich doch sehr wundern. War er etwa der versteckten Jahweischen Kamera, dem Ein-Auge, das immer alles sah, auf den Leim gegangen? Wollte man nur testen, wie lange man einen frustrierten Schreiberling, der endlich einmal ernstgenommen und aufmerksam gelesen werden wollte, am Nasenring herumführen kann?

»Ich denke, es geht um die sieben Gerechten?«

»Aber natürlich. Und wir sind kurz davor, sie präsentieren zu können. Wir werden die Jahweische Kongregation überzeugen. Ja, doch, ich bin mittlerweile felsenfest davon überzeugt. Sie werden München retten, Kreutner. Nur durch das, was Sie uns hier vorzubringen haben. Es kommt jetzt alles auf die Steinsdorfstraße an!«

»Wieso? Versteh' ich nicht.«

»Was in der Wohnung passiert. Wer sich dort trifft.«

»Na, Lehmann und Schlegl.«

»Sind das wirklich alle? Ich meine, könnte Lehmann in seiner ehemaligen Wohnung nicht noch auf andere alte Bekannte stoßen?«

Kreutner hatte den Eindruck, Gear wolle ihn partout in eine bestimmte Richtung drängen. Die ganze Zeit schon. War hier der große Zampano, der anschaffte, oder was? Warum schrieb er sich eigentlich seine Tischvorlagen für diese komische Konferenz nicht gleich selbst?

»Passen Sie auf, Kreutner, heute ist der siebte Tag nach Prag, und nach Ablauf von sieben Tagen, so der Chef, haben Ergeb–«

»Was Sie immer mit Ihrer Sieben haben!« warf Kreutner kurz ein, lehnte sich zurück und kippte den letzten Rest Cognac hinunter.

»... der siebte Tag nach Prag, sag' ich, und wenn die Entscheidung so ausfällt«, Fulizer machte die Cäsarenhandbewegung: Daumen nach unten, »dann wird nichts mehr die Jahweische Kongregation aufhalten, ihren Plan, den ich Ihnen ja nun schon hinlänglich erklärt habe, in die Tat umzusetzen. Sie brauchen dann, glaube ich, nicht mehr an eine Rückreise zu denken, Herr Kreutner.«

»Ich weiß, ich weiß, Gier«, Kreutner beugte sich jetzt wieder nach vorne, »aber was Sie mir noch nicht hinlänglich erklärt haben, ist, was Sie mit dem Ganzen bewirken wollen?!«

Fulizer war von einer solchen Frage einigermaßen aus der Bahn geworfen. »Was wir bewirken wollen?« lachte er gequält, »Sie sind gut, Kreutner, ... ein Wachrütteln, ein Aufschrecken, Umkehr, Buße, was weiß ich!«

»Ah ha, Sie wollen also das Gute durchs Böse hervorlocken, wenn ich Sie richtig verstehe. Ein kleiner Massenmord, damit die Menschen wieder netter zueinander sind, ist das die Jahweische Methode?«

Fulizer stöhnte. Sollte er jetzt wirklich noch mit Kreutner den Aufstieg in ein solches Problemgebirge anfangen? Würde ja eine famose Seilschaft werden, Kreutner bestellte sich bereits den zweiten Cognac.

»Kaffee keinen mehr, danke«, sagte er zur Bedienung. »Cognac aber einen doppelten.« Und grinste.

»Wir hatten mal einen Mitarbeiter, Frank, glaub' ich, hieß er, in der Messianischen Abteilung, dem sind sie eine Zeitlang wie die Verrückten hinterhergerannt, Ihre Leute nämlich«, Fulizer zeigte mit dem Finger auf Kreutner, der aber nicht den blassesten Schimmer hatte, wer gemeint sein könnte, »der hat das aufgebracht, von der Heiligkeit der Sünde, ›das Verworfene kann ins Verdienstliche umschlagen‹, verstehen Sie? Alles hat seinen Platz im Plan, glauben Sie ja nicht, irgend etwas geschieht absichtslos, nicht einmal das Grauenhafteste. Ist natürlich eine ziemliche Zumutung für alle Gesetzestreuen, so eine

Vorstellung: das Böse schafft das Gute, über Umwege, ohne es zu wissen und zu wollen, Frank, unser Mitarbeiter, hat ganz schön Schwierigkeiten bekommen wegen seiner ›Heiligkeit der Sünde‹, aber ich meine, überlegen Sie doch mal, was wäre dieser andere Prophet, Sie wissen schon, ohne den Pilatus, ich meine, wie kommt ein Bluthund wie der Pilatus in ein Glaubensbekenntnis wie das Credo? Das hat doch seinen Grund!«

»Das macht es aber ziemlich kompliziert!«

»Wie?« Fulizer wollte jetzt nicht unterbrochen werden. Er kraxelte grad gar zu schön, behende und zügig Griff für Griff sich nach oben hangelnd, die Steilwand seiner theologischen Betrachtung hoch.

»Ich meine«, ließ Kreutner nicht locker, »das macht es doch eigentlich ziemlich kompliziert, für mich ..., für uns, letztlich zu entscheiden, wer zu den Sieben gehört. Man muß ja immer auch damit rechnen, daß ein besonders Verwerflicher, über Umwege und ohne daß er's eigentlich wollte, das Verdienstvolle bewirkt, hab' ich recht?«

»Und wie Sie recht haben, Kreutner!« Fulizers Gesicht hellte sich wieder auf. »Warum, glauben Sie, haben wir uns Ihrer Unterstützung versichert? Weil Sie uns genau bei dieser schwierigen Frage helfen sollen, helfen können. Wenn einer weiß, was in der Steinsdorfstraße vorgefallen ist, dann Sie. Kommen Sie, Kreutner, das ist für Sie doch nur mehr eine Kleinigkeit. Sie haben den Schlüssel in der Hand.«

Dann wollen wir mal aufsperren, dachte Kreutner.

6.

»Bin so frei«, sagte Lehmann und betrat seine Wohnung, die er vor vierzehn Jahren verlassen hatte.

Viel hatte sich nicht verändert, soviel konnte er schon vom Flur aus feststellen: rechts noch immer der Salon, durch den Spalt der angelehnten Türe glaubte er sogar, kurz einen Ausschnitt seiner früheren Bücherwand erhaschen zu können, sie hatten ja alles zurücklassen müssen, die Lehmanns, waren nur mit je einem Koffer in der Hand aus der Wohnung gegangen.

»Wir erwarten noch Besuch«, sagte Schlegl. Ob es eine versteckte Aufforderung an Lehmann sein sollte, seine Visite möglichst kurz zu halten? Am besten, er würde sich gleich hier im Flur wieder verabschieden.

»Ich möchte Sie auch nicht lange stören.«

»Jetzt, wo Sie schon da sind«, sagte Hanni, die noch immer mit ihren beiden Kindern behängt war, »na, dann kommen Sie schon ... in die Küche.«

»Die anderen Räume lassen sich nicht beheizen, momentan«, erklärte und entschuldigte Schlegl in einem.

Die große Küche, die Lehmann früher, als dies noch seine Wohnung war, so gut wie nie betreten hatte, wozu gab es eine Küchenmamsell, die am Ende des Flurs ihre eigene kleine Kammer hatte, die Küche also war wohlig warm, ja im Grunde eigentlich überheizt. Das Ofenrohr des Herdes, in dem es knisterte und knackte, war einfach zum Fenster hinausgeleitet worden.

Lehmann stand noch immer, man bot ihm keinen Platz an, da mußte er nun doch herausrücken mit jener Bemerkung, die ihm die ganze Zeit über auf der Zunge lag: »So ein Zufall aber auch!«

»Wie meinen, Herr Kommerzienrat?«

War es eine gewisse devote Haltung, die er früher an Schlegl nie hatte feststellen können, die ihm jetzt auf einmal auffiel? Er konnte sich aber auch täuschen. War ja alles schon so lange her.

»Ich meine, so ein Zufall, ausgerechnet Sie hier, in meiner Wohnung.«

»Ja, nicht?« Schlegl lachte verlegen. »Und die Gemahlin, wie ist ihr Befinden?«

»Wann sind Sie denn hier überhaupt eingezogen, wenn man fragen darf?«

Was für eine Frage, ob man fragen darf! Dachte Schlegl. Was bildete sich dieser Lehmann überhaupt ein? Kroch da aus jenen

Löchern hervor, in die man ihn und seine Sippschaft vor vierzehn Jahren hineingejagt hatte, und stellte Fragen.

»Wir hatten einen Gasherd«, Lehmann deutete auf die Stelle, wo der Holzherd bullerte, »als eine der ersten einen Gasherd, wo ist unser Gasherd geblieben?«

»Die Leitungen«, sagte Hanni, »sie sind noch nicht repariert. Kohlen gibt es auch nur auf Zuteilung.«

»Wir mußten alles hierlassen, wissen Sie das, Schlegl? Wann sind Sie hier eingezogen, was ist aus unserer Wohnungseinrichtung geworden?«

Es klopfte plötzlich am Fenster. Wieso konnte es im dritten Stock an dem zum Hinterhof hinausführenden Fenster klopfen, schoß es Lehmann durch den Kopf. Er sah, wie von unten herauf der Knauf eines Spazierstockes, so eines Hacklsteckens, wie ihn alte Männer benützen, von außen gegen die Fensterscheibe pochte. Das schlecht verkittete Glas klirrte im Fensterrahmen.

»Da kommt schon unser erster Besuch«, verkündete Hanni freudestrahlend, ging zum Fenster und öffnete es. Das Kleinkind noch immer auf dem Arm (der größere Bub hielt sich derweil am Küchentisch fest), nahm sie den Spazierstock entgegen, gleich darauf streckte sich eine Hand über den Fensterstock herauf, erst eine, dann die zweite, auch Anton lief jetzt zum Fenster, packte zu, zog einen Mann durch das geöffnete Fenster in die Küche, der, umständlich über das Fensterbrett steigend, mit den Knien auf dem Fußboden landete. Er rappelte sich aber gleich wieder auf, beugte sich zum Fenster hinaus und holte eine Strickleiter ein. Der Mann mußte vom Hinterhof aus über die Strickleiter bis in den dritten Stock geklettert sein, er ließ das Knäuel aus Schnüren und Sprossen auf den Küchenboden fallen.

Während der mit einem Cutaway und einem braunen Hut bekleidete Mann auf diese Weise die Küche der Schlegls, die über diese Art des Einstiegs in ihre Wohnung nicht im geringsten erstaunt schienen, enterte, wurde zwischen den Beteiligten nicht ein Wort gewechselt. Vielmehr übergab Hanni, die die ganze Zeit über den Hacklstecken gehalten hatte, dem Mann seinen Spazierstock. Der nickte nur kurz, drehte auf der Hacke um und verließ das Zimmer. Als er an Lehmann vorbeikam, blieb er kurz stehen, streckte wie eine Schildkröte seinen faltigen Hals weit nach vorne, sah Lehmann durchdringend an und verschwand auf den Flur. Man hörte das Zuschlagen einer Zimmertür.

»Wer war das?«

Schlegl legte seinen Zeigefinger auf die Oberlippe, wollte damit etwas andeuten, einen Schnauzbart vielleicht, ein Schnauzbärtchen. »Er hat es ungern, daß sein Name fällt, er ist da etwas eigen.«

»Wie bitte!?«

»Herr Adolf wohnt bei uns zur Untermiete«, sprang Hanni ein.

»Seit '45. Im April '45, gell Hanni, es war April '45, da ist er bei uns eingezogen.«

»An sich ein ruhiger Mieter«, sagte Hanni, die zum Küchentisch zurückgegangen war, der Bub hielt sich wieder an ihrer Schürze fest. »Zu Anfang meinte er nur, es sei halt nicht die Wolfsschanze. Aber immerhin ...«

»Er wollte halt wieder zurück in seine Stadt, in der alles angefangen hat. So hat er es gesagt, gell Hanni?«

Wolfsschanze, Herr Adolf, April '45 ... Es dröhnte in Jakob Lehmanns Kopf.

»Und warum steigt Ihr Herr Untermieter, dessen Name ausgelöscht sein soll, mit einer Strickleiter zum Küchenfenster ein?«

»Eine verständliche Frage, Herr Kommerzienrat«, sagte Schlegl, »wollen Sie sich nicht vielleicht doch setzen?«

7.

»Übertreiben Sie jetzt vielleicht nicht doch etwas, Kreutner?«

Fulizer und Kreutner saßen in einem netten kleinen Beisl in der Neustiftgasse über dem Abendessen. Für den Leiter sämtlicher Jahweischer Dienste war dies ein »klanes Gulasch« mit Brot, Kreutner hatte sich für die Variante »Gulasch spezial« entschieden, drei tennisballgroße Fleischbrocken waren das, schön weich gekocht und schon in ihre Fasern zerfallend, gekrönt mit einem Spiegelei und einer aufgeschnittenen Essiggurke.

»Wie der Furz vom Jesukindlein auf der Zunge, finden Sie nicht auch, Gier?« zeigte sich Kreutner aufgeräumt. Mit zu seiner gehobenen Stimmung trug sicherlich das kühle Budweiser bei, das man hier ausschenkte, Kreutner war bereits bei der dritten Halben, Fulizer nippte noch immer an seinem ersten G'spritzten.

»Wieso übertreiben?« Kreutner tunkte mit einem auseinandergebrochenen Semmerl die Reste der sämigen Gulaschsoße aus dem Teller. Gerne hatte er sich von Gear, der sich gar so rührend um ihn kümmerte, bei seiner Nachmittagsarbeit unterbrechen lassen, er würde eine Stärkung für die letzte Nachtschicht wahrlich nötig haben. Und außerdem konnte er so gleich von der neuesten Entwicklung Bericht erstatten: Wer da so ein- und ausging respektive -stieg in Lehmanns respektive Schlegls Wohnung.

»Sie wollen also allen Ernstes behaupten, derjenige, dessen Namen ausgelöscht sei, habe sich im April '45 keineswegs in Berlin die Kugel gegeben, sondern sei Richtung München entkommen und dort bei unserer Familie Schlegl untergeschlüpft?«

»Sie haben es reineswegs erfaßt!« Kreutner schob den blitzblank saubergeschleckten Teller von sich weg. Winkte der Wirtin.

»Es war großartig. Aber jetzt bräuchte ich noch einen Sliwowitz! Sie haben doch sicherlich einen Sliwowitz?«

»Aber jo...«

Sie schlurfte eilends davon. Ja, es war ein Schlurfen in ihren Plastikschlappen und es war gleichzeitig eilends, es war die perfekte Wiener Melange aus »Leck mi am Oarsch« und »g'schamster Diener«.

»Im übrigen, soviel sollten Sie wissen, Gier, würde es mir niemals einfallen, irgend etwas einfach zu behaupten, ich berichte allenfalls. Ich halt' mich streng an die Fakten.«

»Was Sie nicht sagen?«

»Als wir vorhin aus dem Café zurück ins Hotel kamen, Sie sind gleich auf Ihr Zimmer gegangen, hat mir der Portier noch dieses Fax hier ausgehändigt. Es stammt von Rohrbacher!«

Letzteres stimmte sogar. Rohrbacher war schon Tage zuvor, im Zusammenhang mit der Suche nach einem Zeitungsartikel über das Richtfest zur Wiederinstandsetzung des Petersturms, über etwas gestolpert, was er sich auf die Seite gelegt hatte. Damit konnte er, war ihm sofort klar geworden, Hermann noch weiter vor sich hertreiben, der schlaue Hermann als sein Tanzbär, er würde ihn herumführen am Nasenring seiner angeblich sensationellen Funde. Nach der Meldung, Lehmann sei wieder in seine Wohnung in der Steinsdorfstraße zurückgekehrt, war es nun an der Zeit, die zweite Stufe jener Rakete zu zünden, mit der er Hermann endgültig dorthin schießen würde, wohin er auch hingehörte mit seiner Idiotie von den »sieben Gerechten«: auf eine Umlaufbahn um den Mars!

Kreutner holte das zerknitterte Papier aus seiner Sakkotasche, strich es glatt, ehe er es Fulizer hinüberreichte. Zwei Photos waren auf dem Thermopapier zu erkennen (wenn auch nur in Umrissen und groben Konturen), Rohrbacher hatte sie im »Münchner Merkur« gefunden, in zwei der Februarausgaben.

»Schauen Sie selbst, hier, Hitler im weißen Hemd, unter den Tanzenden, und da, ich tippe, das ist die Maximilianstraße. Rohrbacher schreibt, er habe die Photos aus dem ›Münchner Merkur‹, und zwar aus dem Jahrgangsband 1951! Er war in der Stadt, man hat ihn gesehen, ja sogar photographiert. Was sagen Sie nun?«

Fulizer sagte gar nichts. Er dachte nur an jene Aktion des Referates für Desinformation seinerzeit mit Hitler vor der Feldherrnhalle. War ja genauso getürkt gewesen. Und hier nun? War Kreutner wirklich so blöd, nicht zu erkennen, daß es sich bei dem Zeitungsartikel ganz offensichtlich um einen Bericht über die narrischen Tage im Münchner Fasching 1951 handelte? Andererseits... Fulizer kam auf einmal selber ins Zweifeln: Wo könnte sich Hitler unauffälliger versteckt haben denn als Hitler verkleidet im Münchner Faschingstreiben?

»Und ich sag' Ihnen noch etwas, Gier, da in der Steinsdorfstraße, das gibt ein nettes Stelldichein, da taucht noch mancher auf, mit dem man nicht mehr gerechnet hat.«

Kreutner nahm das schlanke Sliwowitzglas, das ihm die Wirtin in der Zwischenzeit an den Tisch gebracht hatte, und kippte es hinunter.

»Ich glaube, ich sollte jetzt wieder zurück ins Hotelzimmer. Wieviel Zeit hab' ich noch?«

Kreutner meinte, wie viele Stunden ihm noch blieben bis zum Sitzungsbeginn am Vormittag des darauffolgenden Tages. Daß er die Nacht würde durcharbeiten müssen, darauf richtete er sich sowieso schon ein. Fulizer sah auf die Uhr, gab aber keine Antwort.

»Ob man wohl von diesem patenten Wässerchen ein Flascherl mitnehmen kann?« fragte Kreutner und drehte sein Sliwowitzglas in der Hand. »Ich hab' nämlich mein Geld im Hotel.«

Fulizer entfuhr ein langgedehnter Seufzer. Er wußte genau, würde er Kreutner nicht geben, was Kreutners war, er stünde morgen mit leeren Händen vor dem Chef. Nur widerwillig stimmte er zu. »Wenn's denn sein muß!«

Kreutner grinste.

»Es muß!«

8.

»Und du bist also einer von den sieben Gerechten! Daß ich nicht lach', Zaddik Jakob!«

Mittlerweile ging es hoch her in Schlegls Wohnung. Man saß um den Küchentisch herum, der Holzofen bullerte und heizte höllenmäßig ein. Hanni und Annamirl mußten abwechselnd und in immer kürzeren Abständen mit einem großen Steingutkrug nach unten in die Ausschankwirtschaft laufen, um Biernachschub zu holen. Sie selbst hielten sich an den süßen Holunderlikör.

Katz war es gewesen, der eben Lehmann den verächtlichen Satz an den Kopf geworfen hatte, von wegen der sieben Gerechten. Wer hieß denn hier Katz und stammte folglich von Kohen ab!

Übrigens war Katz, kurz nachdem der Untermieter im Cutaway in seinem Zimmer verschwunden war, aus dem kleinen, unscheinbaren Schrank in der Speiskammer der Schlegls herausgestiegen. Er wohnte dort. Im Schrank. Schon seit Jahren. Tagsüber saß er auf einem Brettchen, das zwischen Schrankrückwand und Schranktüre auf zwei Leisten auflag (Katz fiel einem also sofort aus dem Schrank heraus entgegen, zog man unangekündigt die Türe auf), nachts konnte er dieses Brettchen herunternehmen und sich als Kasten- und Gummimensch seine wechselnden Schlafstellungen suchen: entweder mit dem Rücken auf dem Schrankboden, die Beine senkrecht nach oben gegen die Seitenwand gelehnt, oder aber auch kniend, der Kasten hatte ungefähr eine Breite von einem Meter zwanzig. Katzens Stirn sank dann im Schlaf gegen das naturbelassene Holz der Schrankwand, das sehr gut, weil irgendwie heimlig roch.

Katz war den Schlegls überaus dankbar für diesen, wenn auch etwas unkomfortablen Unterschlupf, den er, wie gesagt, schon seit Jahren bewohnte. Man hörte nie ein Wort des Murrens von ihm, selbst dann nicht, wenn die Schlegls auf dem Schwarzmarkt wieder einmal ordentlich eingehamstert hatten und mit Bergen von Würsten, ja ganzen geräucherten Schinken nach Hause kamen. Ein Teil davon mußte dann auch in jenen besagten Schrank gehängt werden (immerhin hatte sich Katz, er wurde in solchen Situationen peinlich daran erinnert, in der Speisekammer einer fremden Familie eingenistet), die Lyonerringe oder Knackwurstketten baumelten dann von der eigens für diesen Zweck wieder in den Schrank eingebrachten Kleiderstange, und Katz betete dann nächtelang zu seinem Herrgott, »was mechst du mich sperren in eine solcherne trefere Kist'«. Er war durch die Schrankjahre, in denen er nichts anderes tat, als auf seinem Brettchen zu sitzen, mit seinem Herrgott per Du geworden. Zu den Schlegls, wie angedeutet, verlor er über sein Leiden kein Wort.

Man könnte also sagen: Katz fühlte sich auserwählt. Er war der Zaddik des Kleiderschranks, was ihn übrigens für Kafka, der ein Faible hatte für solch abseitige Existenzformen wie Hungerkünstler, Seiltänzerinnen, dressierte Affen und in Kleiderschränke gesperrte Pejessjuden, besonders interessant machte. Doch dazu gleich Näheres. Kafka ließ noch auf sich warten. Stieß immer etwas später zur geselligen Küchentischrunde bei den Schlegls hinzu.

Die einzige Frage, die Katz bei alldem quälte: Sieht Gott auch einen Zaddik, der seit zwölf Jahren in seinem Schrank hockt und nicht mehr ans Tageslicht kommt? Davon, daß dieser Kleiderschrank in Abständen zum Aufbewahren von schweinernen Sachen benutzt wurde, ganz zu schweigen. Oder vergißt der Herrgott seinen Katz irgendwann in diesem Schrank? Gilt auch bei ihm: Aus den Augen, aus dem Sinn!?

Wie man sieht, beschäftigte sich Katz auch während seiner Zeit im Speisekammerschrank der Familie Schlegl mit typisch jüdischen Spekulationen, auch war ja seine Haltung, auf dem Brettchen sitzend, durchaus vergleichbar derjenigen, die er bei den philosophisch-religiös-weltanschaulichen Latrinengesprächen mit Lehmann eingenommen hatte ... rein von der Körperhaltung her. Man könnte also sagen: Katz hatte sich wenig verändert, was bei einem Auserwählten auch nicht weiters wundernimmt, denn wohin, in welche Richtung, sollte sich ein Auserwählter auch schon verändern? Er hat zu bleiben, wie er ist.

Anders dagegen Lehmann. Der hatte sich sehr verändert. Hatte etwas von einem Weltmann, aber doch auch immer noch seinen altmünchnerischen Habitus, so etwas verliert sich nicht. Nicht einmal in der Lower east side, wo Lehmann aber auch keineswegs der einzige Emigrant aus Bayern war. Und dann plötzlich, zu dieser New Yorker Weltläufigkeit gar nicht passend, seine fast schon chassidischen Anwandlungen, so jedenfalls kam es Katz vor. Denn fing der Lehmann nicht auf einmal an, etwas daherzufaseln von den sieben Gerechten, nein, etwas anders drückte er sich schon aus, nämlich:

»Ich wollt' sehen, ob wenigstens noch ein paar sauber geblieben sind in dieser Stadt. Vielleicht, let's say, sieben ... Sieben, die nicht mitgemacht haben? Ist das zuviel verlangt? – Ein alter Freund von mir, Browning sein Name, er hat mir und meiner Frau immer zugeredet: Ihr müßt zurück, noch einmal nach München, ihr müßt nachschauen, ob es sie gibt, die Sieben.«

Auf diese Zumutung hin erhob sich sofort ein allgemeines Palaver in der Wohnküche der Schlegls, aus dem nur einzelne Fetzen herauszuhören waren.

»Aber Herr Kommerzienrat ...«

»... so kann man das doch nicht sagen ...«

»... mehr Anständige als ...«

»... ich könnt Ihnen da Sachen erzählen ...«

Plötzlich hatte jeder seine Geschichte parat. Katz sowieso. Mein Leben im Schrank ... wer konnte schon mit ähnlichem aufwarten? Ja, er, Katz, war der Schachterl-Zaddik, der an der Sprungfeder seiner Aufgeregtheit jedem geradewegs ins Gesicht sprang, der noch die geringsten Zweifel daran hatte, wer hier der Auserwählte ist.

»Oi, oi, oi, war das ein Leben, Lehmann, wen der Herr prüfen will, den steckt er in eine solcherne trefere Kist'!«

Aber auch die Schlegls wollten plötzlich in einem ganz anderen

Licht erscheinen, als es noch vorhin auf sie fiel, bei dieser etwas obskuren Einstiegsaktion des Herrn im Cutaway durchs Küchenfenster. Anton beteuerte gegenüber Herrn Lehmann:

»Wir haben hier nur die Stellung gehalten, Herr Kommerzienrat! Sie glauben nicht, was hier sonst alles weggekommen wäre...«

»... weggekommen wär'...«, wiederholte Lehmann leise und dachte an ganz etwas anderes.

»Ich hab' zum Toni gesagt«, beeilte sich Hanni, ihrem Mann beizustehen, »Toni, sag' ich, wer wird denn jetzt auf die Wohnung des Herrn Kommerzienrat aufpassen, wo doch jetzt soviel wegkommt.«

»Ganze Waggonladungen kommen weg«, murmelte Lehmann dazwischen.

Waggonladungen jedoch war das Stichwort für Annamirl.

»Der Sepp, der was mein Bruder ist, hat immer gesagt: Wir haben die Weichen falsch gestellt, sooft es nur ging falsch gestellt, draußen in Milbertshofen, doch meist waren die Waggons schon über die Weichen hinweggerollt, leider, leider. Wir sind immer zu spät gekommen, mit unseren umgestellten Weichen, kaum war die letzte Waggonachse über die entscheidende Weiche hinweggerollt, haben wir die Weichen umgelegt...«

Annamirl mußte nun die Utensilien auf dem Küchentisch zu Hilfe nehmen, um zu verdeutlichen, Lehmann zu verdeutlichen, was sie meinte.

»Das hier ist die Rampe in Milbertshofen...«, sie legte ein Brotmesser auf den Tisch, »und hier in Moosach macht die Streckenführung einen Knick Richtung Süden, da am Nymphenburger Park vorbei, das hier ist der Nymphenburger Kanal und das der See«, sie schüttete ein Noagerl Bier auf die Tischplatte, fuhr mit dem Finger darin herum, »hier die zwei Türme der Frauenkirche«, sie hatten Schnappverschlüsse (die Holunderlikörflaschen!) statt Kuppelhauben, »dann ist das hier der Hauptbahnhof, und hier die Südtrasse, am Harras vorbei, über die Isar hinweg Richtung Rosenheim... Da also hinaus fuhren die Waggons aus Milbertshofen«,

Annamirl zeigte Richtung Norden, also Richtung Besteckschublade, »wo doch der Sepp, genau wie seine anderen Rangiererkollegen auch, die Weichen heimlich Richtung Süden gestellt hatten, Richtung Schweiz, Richtung Mittelmeer.«

»Madasgaskar! Hat man nicht auch von Madasgaskar gesprochen«, versuchte Hanni ihrer Freundin beizuspringen, blickte im selben Augenblick aber unsicher um sich und hielt sich an ihrem Toni fest, »nicht wahr, Toni, nach Madagaskar hätten sie doch auch gehen können.«

»Alles Menschenmögliche wurde getan«, sagte Toni, und es klang, als säße er hinter seinem Schreibtisch in der Stadtverwaltung und habe wieder einen dieser lästigen Bittsteller abzuschütteln. Einen Deut jovialer fuhr er fort:

»Was meinen Sie, Herr Kommerzienrat, wie oft wir hier an diesem Tisch mit Fräulein Schulz zusammengesessen sind und sie uns von ihrem Bruder erzählt hat und seinem aussichtslosen Kampf mit den Weichenstellungen. Kopf und Kragen hat er oft riskiert. Aber was war zu machen.«

»Nichts«, sprang nun Annamirl wieder bei, »er hätte ja den ganzen Zug zum Entgleisen gebracht, hätte er die Weiche tatsächlich noch umgestellt, nachdem die Lok bereits über sie hinweg Richtung Norden gerollt war. Die im Führerhaus, die vorne in der Lok, die haben den Kurs zu verantworten.«

»Schauen Sie, jeder hat im Bereich des ihm Möglichen getan, was er konnte. Wir zum Beispiel«, Schlegl legte nun den Arm um die schmalen Schultern von Katz, der direkt neben ihm saß, »wir haben den Herrn David aufgenommen...«

»Ja, aber nur weil...«

Schnell legte Hanni die Hand auf den Arm ihrer Freundin Annamirl und zischte ein »Schschttt«.

»... stimmt doch, man hat euch damals, im Herbst '45, im Wohnungsamt gesagt, einer wie der Katz habe Vorrang bei der...«

»Jetzt sei schon ruhig. Das interessiert doch den Herrn Kommerzienrat im Augenblick gar nicht!«

Toni warf einen kurzen anerkennenden Blick auf seine Frau. Sie hatte ihm, resolut, wie sie manchmal sein konnte, wieder Ruhe verschafft. Er fuhr fort:

»Sagen Sie selbst, Katz, fehlt es Ihnen vielleicht an irgend etwas bei uns?«

Katz schaute verlegen auf den Küchenboden, brummelte etwas in seinen Bart, der längst schon wieder alttestamentarische Länge erreicht hatte.

»Nicht daß wir großartig Anerkennung dafür verlangen würden, man weiß schließlich, wem man was schuldig ist..., erinnern Sie sich noch an unser Gespräch, Herr Kommerzienrat, im Waldfriedhof... Hab' nicht ich Ihnen..., ich meine... den entscheidenden Tip..., aber lassen wir das, Schwamm drüber! Was wir alle hier sagen wollen, ist doch nur dies: Jeder hat an dem ihm zugewiesenen Platz getan, was er konnte, das war doch eine Selbstverständlichkeit, aber genauso wie Herr Schulz nicht verhindern konnte, daß die im Führerhaus der Lok über die von ihm heimlich Richtung Süden gestellten Weichen schon hinweggefahren waren, genausowenig hat unsereiner verhindern können, daß doch das eine oder andere verschwunden ist, weggekommen, obwohl wir hier die Stellung gehalten haben, hier, für Sie, jawohl, in Ihrer Wohnung, Herr Kommerzienrat!«

»Ich bin Ihnen ewig zu Dank verpflichtet«, murmelte Lehmann, viel zu leise, als daß der sich auf seinem Stuhl zurücklehnende Schlegl den Sarkasmus dieser Bemerkung hätte heraushören können.

»Sehen Sie, Sie waren ja weitab vom Schuß, wenn man das so sagen kann...«

»Kann man, kann man!«

»Sie können das alles im Grunde gar nicht beurteilen, aber unser lieber Katz zum Beispiel«, Schlegl tätschelte seinem Schrankjuden, den er immer noch regelrecht im Arm hielt, die Schulter, »unser Katz, der wird es doch wissen, nicht wahr, Herr David?« Und schlug ihm kameradschaftlich mit der Hand auf den Rücken, daß es Katz gleich nach vorne warf, er mit seiner Nase gegen den Bierkrug stieß, der vor ihm auf dem Tisch stand. Katz trank nämlich mit den anderen ein Krügerl mit (er war allerdings immer noch beim ersten, was man von den anderen, vor allem von Schlegl, nicht behaupten konnte) gemäß seinem zum Lebensmotto gewordenen Grundsatz, mit dem er bis hierher, bis in den Speisekammerschrank der Schlegls, eigentlich ganz gut gefahren war, und der lautete: Nur nicht auffallen!

»Unser Katz, das ist ein ganz ein Stiller, ich nehme an, weil er mit allem zufrieden ist, ich meine, Sie können es dem Herrn Kommerzienrat ruhig sagen, Katz, wie es Ihnen bei uns geht, weil er doch nach seinen sieben..., ich meine, weil er immer mit diesen sieben da anfängt. Nur einmal hypothetisch, Katz, was würden Sie ihm sagen, ich meine, was würden Sie dem Herrn Kommerzienrat, wo er schon einmal da ist, was würden Sie ihm von uns sagen?«

Katz nahm all seinen Mut zusammen. So eine Gelegenheit würde sich nicht wieder bieten. Schlegl war heute so..., in so aufgeräumter Stimmung, in regelrechter Spendierlaune, Er würde ihn um etwas bitten. »Ich brauch' nicht viel«, begann er vorsichtig.

»Andere haben nicht einmal einen Schrank«, fuhr ihm Hanni gleich dazwischen, aber Katz ließ sich nicht irritieren.

»Man kann auch in einem Schrank zu seinem ... also beten, ich meine, die Haltung in so einem Schrank, wenn ich da auf meinem Brettchen sitze, sie ist durchaus angemessen ...«

»Na also, sehen Sie, Katz, Sie sagen es selbst! Haben Sie es gehört, Herr Kommerzienrat? Und wer, Katz, hat Ihnen seinen Schrank freigeräumt, ich meine, wer ist denn hier zusammengerückt, damit Sie auch noch Platz haben und hier Ihre Füße unter unseren Tisch ...«

»Weil Sie ›freigeräumt‹ sagen, das wäre meine kleine Bitte, wenn man vielleicht in Zukunft ... die Würste, verstehen Sie mich recht, Herr Schlegl, und die geräucherten Schinken ...«

Schlegl winkte ab, so wie man ein Kind zum Schweigen bringt, schschtt, kusch, nicht jetzt! Es hatte nämlich geklopft. An der Küchentür. Schnell sprang Hanni auf und öffnete.

»Ja, Sie sind's, kommen Sie nur, Herr Franz, kommen Sie nur! Wo wir doch grad so nett beieinandersitzen. Der Herr Lehmann hier, das wird Sie interessieren, der ist auf der Suche nach ...«

»Ja, aber nein ..., der Herr Franz!«

Alle stürzten sich auf den Herrn mit der Melone, so auch Annamirl, die gleich von ihrem Stuhl hochschnellte und dem Herrn Franz die Hand hinhielt, Handrücken nach oben, denn der Herr Franz gehörte zu der nahezu ausgestorbenen Kategorie von Gentlemen, die noch wußten, daß man einer Dame den Handkuß schuldet, und die Damen genossen es, zumal in einer nach Sauerkraut und Kohlebrand stinkenden Küche, solchermaßen hofiert zu werden.

Vor zwei Monaten erst hatte der Herr Franz seinen Siebzigsten gefeiert, hier bei den Schlegls in der Küche. Hanni hatte von einer Verwandtschaft in Feldmoching einen Stallhasen organisiert, den bereitete sie zu in Senfsoße mit Petersilie, ein Gedicht, wie alle übereinstimmend feststellten, nur das Geburtstagskind, das machte sich eigentlich gar nichts aus Fleisch. Herr Franz kam gern zu den Schlegls und deren Bekannten, wohin auch sonst hätte er gehen sollen, es waren ihm nur noch wenige geblieben. Seine Schwestern, alle drei ..., nein, es war ihm unmöglich davon zu reden, nur von Ottla, seiner über alles geliebten Ottla, hatte er dem Fräulein Annamirl doch einmal Näheres erzählt. Die Parallelen zu dem, was sie von ihrem Bruder zu berichten wußte, sie waren aber auch zu frappant. Denn auch Ottla war in Theresienstadt in einen Zug verladen worden, als Begleitperson eines Kindertransportes, von dem es hieß, er werde im Austausch gegen deutsche Kriegsgefangene in Sicherheit gebracht. Doch dann fuhr der Zug doch nicht Richtung Schweiz oder noch weiter Richtung der Schiffsfähren nach Palästina, sondern Richtung Osten, Richtung der Birkenwälder südwestlich von Krakau. Auch hier mußte jemand die Weichen zu spät oder falsch gestellt haben.

Das gleiche beziehungsweise ähnliches widerfuhr Milena, den Cousins Max und Franz, den Cousinen Gertrud, Fanni und Olga. Herrn Franz' halbe Familie warfen die Deutschen ins Luftmassengrab über Auschwitz und Birkenau.

Und Brod, der getreue? Machte sich 1939 mit der »Bessarabia« Richtung Tel Aviv davon. Vielleicht hätte er doch mitgehen sollen? So aber streifte der Herr Franz sein literarisches Interesse ab, von dem er einmal in jungen, übermütig-dummen Jahren gesagt hatte, es sei gar kein »Interesse«, sondern sein ganzer Lebenssinn (»ich bin nichts anderes und kann nichts anderes sein«), er gab alles Diesbezügliche aus der Hand. Brod sollte es verbrennen, tat er natürlich nicht; genau das hatte der Herr Franz aber auch im stillen erhofft. Er wurde ein anderer, tauchte unter, tauchte wieder auf, nach schwerer, ja schwerster Krankheit, als ein nachnamenloser Herr Franz. Auf einmal war es ganz einfach, Prag zu verlassen. Er hatte dort nichts mehr verloren und folglich auch nichts mehr zu suchen. Keine Krallen hielten ihn mehr fest. Im Gegenteil: Das Vorgefallene machte es ihm leicht, Prag zu verlassen.

Er ging nach München. Es zog ihn immer wieder an die Orte seiner größten Niederlagen zurück. Er fand eine Anstellung bei der »Versorgungsanstalt deutscher Kulturorchester«. Über seine Arbeit, die er sehr gewissenhaft erledigte, ja mit Freude, seit sie nicht mehr die gehaßte Verhinderin seiner aufgegebenen literarischen Pläne war, lernte er einen Violonisten aus Bad Reichenhall kennen, ungarischer Abstammung, der den Krieg über in Lissabon untergetaucht war. Er spielte als Stehgeiger in diversen Hotelbars. Und dieser Bekannte wiederum hatte vor '39 seine vielstrapazierte Konzertgarderobe stets in der Klenzestraße bei David Katz in Ordnung bringen lassen. Durch Zufall traf man sich nach dem Krieg wieder, kam wieder in Verkehr miteinander, und jener Violonist war es schließlich, der Herrn Franz und David Katz miteinander bekannt machte.

Katz durfte seinen neuen Bekannten sogar mitbringen zu den gemütlichen Küchenrunden in der Schleglschen Wohnung, wie gesagt, vor allem die Frauen waren von dem Herrn Franz, auch wenn er nicht mehr der Jüngste war, in einer geradezu schwärmerischen Weise angetan. Frau Hanni tat alles für den gerngesehenen Gast, zumal er ähnliche Vorlieben, was den Speiseplan betraf, hegte wie ihr Untermieter: immer nur Mehlspeisen, Gemüse, ein Haferl Milch, mehr brauchte es nicht, die Wurst- und Fleischvorräte im Speisekammerschrank blieben jedenfalls unangetastet.

Herr Franz, sonst eher schüchtern und sogenannter Geselligkeit durchaus abhold, überwand sich in diesem Falle, mußte er doch unter allen Umständen die genaueren Lebensumstände von David Katz kennenlernen. Der »Schrankmensch«, wie er ihn nannte (auch: »mein Schrankmensch«), rührte an das, was der Herr Franz schon längst und für immer verschüttet glaubte: an sein literarisches Interesse. Wenn er tatsächlich noch einmal zu jener Tätigkeit zurückkehren würde, die ihm jetzt, mit dem Abstand von dreißig Jahren, gar nicht mehr wirklich seinem Leben zugehörig vorkam, dann nur, um die Schrankexistenz des Herrn Katz getreulich und bis ins kleinste Detail gehend aufzuschreiben. So hatte er sich zum Beispiel vorgenommen, den Schrankmenschen, würde er ihn heute bei den Schlegls wieder antreffen, danach zu fragen, wie sich sein nunmehr schon acht Jahre lang währender Aufenthalt in diesem Kasten auf sein Bild von sich selbst auswirke, ob er, anders gefragt, sich nicht schon selbst vorkomme wie ein abgelegter Anzug, wie ein den Naphtalingeruch von Mottenkugeln annehmendes, altes, nicht mehr gebrauchtes Stück Gewand.

Doch dazu würde heute kaum Gelegenheit bestehen, wie Herr Franz sofort bemerkte, als er die Wohnküche der Schlegls betrat. Dort ging es ja zu wie seinerzeit in der »Lese- und Redehalle der deutschen Studenten« in der Krakauergasse!

»Setzen Sie sich doch zu uns, Herr Franz«, spielte Schlegl ganz den jovialen Hausherrn, »wir sind grad mitten in einer Diskussion, die unser lieber Herr Kommerzienrat Lehmann – darf ich vorstellen? – angestoßen hat. 14 Jahre, stellen Sie sich vor, 14 Jahre haben wir uns nicht mehr gesehen..., wir sind alte, ja, ich darf sagen, gute Bekannte, hab' ich recht, Herr Kommerzienrat?«

Lehmann sagte fast gar nichts mehr. Ihm verschlug es die Sprache, inmitten so vieler, so guter Menschen. Und das alles in seiner Wohnung! Er blickte durch die Runde. Die Kinder der Schlegls waren längst ins Bett gebracht worden. Ohne es eigentlich zu wollen, nur weil er unter dem Zwang dieser fixen Idee stand, zählte er, leise und nur für sich, die Runde ab. Sie waren nur sechs. Einer fehlte also noch.

»Wir sitzen gewissermaßen vor Gericht«, erklärte Schlegl in Richtung des Herrn Franz, »verstehen Sie, der Herr Kommerzienrat ist unser hohes Gericht«, aber er sagte es so, wie Kinder untereinander die Regeln für ihr Spiel festlegen, dem Sinne nach: Du sollst der Richter sein und da sitzen, und wir sind die Angeklagten und müssen zu Boden schauen, weil wir ein schlechtes Gewissen haben, und du sollst sagen: Ist unter euch einer der Gerechten, so trete er vor und dann... Aber es schaute niemand zu Boden. Weil auch niemand ein schlechtes Gewissen hatte. Man war allseits in aufgeräumter Stimmung. Und alle tranken. Herr Franz, eigentlich Abstinenzler, nippte etwas am Holunderlikör der Frau Schlegl, die es sich partout nicht hatte nehmen lassen, dem Neuankömmling ein Gläschen zu kredenzen. Nur Lehmann fühlte sich zunehmend unwohler, hatte das Gefühl, man amüsiere sich hier auf seine Kosten. Er hätte diese Frage nicht aufwerfen sollen. Wie dumm aber auch.

»Was ist das für ein Gesetz, auf Grund dessen bei diesem Gericht ein Urteil gefällt wird«, mischte sich nun erstmals Herr Franz in die Unterhaltung. Obwohl man ihn kaum verstand, er hatte, seit ihn die Schlegls und Katz kannten, eine ungewöhnlich leise, ja angegriffene Stimme. Alle verstummten, um nach einem Augenblick der Stille, so als hätte jeder kurz überlegen müssen, um eine Antwort zu finden, polyphon herauszuplatzen:

Schlegl (mit schallendem Gelächter): »Das gerade wissen wir ja nicht! Verstehen Sie: Keiner weiß es!«

Annamirl: »Ich glaube, er macht sich einen Spaß mit uns, der Herr Kommerzienrat.«

Katz (mühsam sich halbwegs Gehör verschaffend): »Läßt sich hier 14 Jahre lang nicht mehr sehen, lebt drüben bei den Amis in Saus und Braus, und dann käme er uns im Befehlston: Wo sind hier die Zaddikim? Wenn ich Ihnen erzählen würde, Herr Franz, von meinem Leben in dieser treferen Kist'...«

Hanni (jetzt alle anderen überschreiend): »Einmal muß doch Schluß sein, mit dem, was war. Warum können manche einfach nicht vergessen?!«

Herr Franz sah ein, in ein Wespennest gestochen zu haben, aggressiv und stechlustig schwärmten die Rechtfertigungen aus. Er wußte nicht, um was es überhaupt ging, und wenn er sich die bierselig durcheinander schwatzende Runde so anschaute, hatte er auch wenig Hoffnung, es könne ihm jemand helfen und Aufklärung verschaffen.

»Im Grunde«, riß Schlegl wieder das Wort an sich und drang weiter auf Lehmann ein, der längst jegliche Gegenrede aufgegeben hatte, »im Grunde kann hier jeder zu Ihren Sieben gezählt werden, da kann daherkommen wer will, ich meine, da könnte es jetzt klopfen an der Tür...«

Und es klopfte. Tatsächlich klopfte es im selben Augenblick.

Der stille Untermieter der Familie Schlegl, der bisher dem Treiben in der Küche ferngeblieben war, wiewohl er in seinem Zimmerchen am Ende des Wohnungsflures alles mitbekommen, ja sogar einzelne Satzfetzen verstanden hatte, steckte den Kopf zur Tür herein. Ob es die seltsame Koinzidenz war – eben noch hatte Schlegl vom möglichen Klopfen an der Tür gesprochen und prompt geschah dem auch so – oder ob es die unerwartete Störung war, jedenfalls verstummten alle wie auf einen Schlag. Schlegls Untermieter nutzte den Moment der Stille, stieß die Küchentür mit theatralischer Geste weit auf und legte ohne Punkt und Komma los:

»Wenn wir uns die Frage vorlegen was heute in der Welt und in Deutschland in Bayern und dieser Stadt vorgeht und wie es kommt daß hier Elemente der weltjüdischen Verschwörung Anklage meinen erheben zu können so müssen wir die Gedanken zurückwenden in jene Zeit da ich mit meinem Freund Kapfka wie schön Sie hier wieder zu sehen nach so langer Zeit also mit Kapfka im Café Heck saß und nicht nur die Frage des Volksnamenswartes und Volksmilchwartes erörterte sondern auch die Aguntum- und Lorchrevanche die längst auf der Tagesordnung der Weltgeschichte welche nun in diesen Tagen ...«

Herr Franz erkannte ihn sofort wieder. Seine Zufallsbekanntschaft aus dem Jahr 1916. Er hatte sich überhaupt nicht verändert.

Dann wären wir ja wohl vollzählig, dachte Lehmann und schaute zum Schrankmenschen hinüber. Wenigstens einen kurzen Blick des Einverständnisses wollte er von ihm auffangen.

Doch Katz war unansprechbar. Wortlos stierte er in den Boden und sehnte sich zurück in seinen Schrank.

9.

Hermann Kreutner erwachte von dem Lärm, der draußen auf dem Hotelflur ganz offensichtlich von den Zimmermädchen veranstaltet wurde: Türenschlagen und das Röcheln eines asthmatischen Staubsaugers, Zurufe über den langen Flur hinweg und über dem Ganzen das Ö 3-Gedudel eines laut aufgedrehten Radios. Kreutner schaute auf den Wecker neben seinem Bett, konnte aber nur das fast verdimmende Leuchten des kleinen eingebauten Lämpchens erkennen, ansonsten eine ins Breite und Verschwommene verzerrte Anzeige: das Weißglas der davorstehenden leeren Sliwowitzflasche ließ keinen anderen Durchblick zu.

Kreutner hatte in der Nacht, schon im Bett liegend, auch noch den letzten Rest des Schnapses niedergemacht, was danach kam, war ein traumloser, bleischwerer Schlaf, so eine Art

Vorübung fürs Leichenschauhaus. Fulizer hatte bei den ersten Gläsern noch mitgehalten. Ja, es war sogar noch ein richtig netter Abend geworden, nachdem sie aus dem Beisl ins Hotel zurückgekehrt waren und es sich in Kreutners Zimmer gemütlich gemacht hatten, Hermann auf der Bettkante, Gear auf dem einzig vorhandenen Stuhl. Ja, Kreutner erfuhr sogar im Laufe dieses Abends – die beiden soffen sich unweigerlich dem Duz-Punkt entgegen – Fulizers bestgehütetes Geheimnis.

»Hermann, weißt du was?«

»Nein!«

»Ich heiß' gar nicht Gear!«

»Mach Sachen!«

»Ich heiß' Kasimir. Kasimir Fulizer.«

»Macht nichts!«

Kreutner fand das ungefähr genauso plausibel wie Gier ... warum erzählte er nicht, er heiße Fridolin Gier, zum Beispiel.

»Ehrlich, du kannst Kasimir zu mir sagen.«

»Mach' ich, Kasimir, mach' ich.«

Sie hatten sich dann noch eine ganze Weile recht nett unterhalten, auf eine Art und Weise, wie sie in den zehn Tagen, die sie sich nun schon kannten, noch nie miteinander geredet hatten. Der Sliwowitz tat das seinige dazu, ohne Zweifel, aber wohl auch die Tatsache, die Kreutner nun immer mehr und mehr zu Bewußtsein kam, daß man sich morgen voneinander würde verabschieden müssen, sich trennen, wer weiß, wohin einen wie Kasimir der Weg führte.

»Was machst du eigentlich, wenn morgen die Sitzung vorbei ist?«

»Gute Frage!«

Antwort bekam Kreutner aber trotzdem keine. Nicht mal ein Fleißkärtchen. Er mußte also weiter strebern.

»Du wirst den Beschluß ausführen, ich meine, das, was deine Kommission da ...«

»... Jahweische Kongregation ...«

»... ja, was die da beschließen, das mußt du dann ausführen?«

Wieder keine Antwort.

»Was ich dich schon die ganze Zeit fragen wollte, Kasimir, was geschieht eigentlich mit denen, die es sich lohnen würde zu retten, ich meine, ein paar wird es doch geben, auch wenn es keine sieben sind, den Schulz zum Beispiel, und Bat... meinst du nicht?«

»Wie kommst du ausgerechnet auf Bat?«

»... also, was macht ihr mit denen, laßt ihr die mit hopsgehen, ich mein', gerecht ist das doch wohl nicht?«

»Man sollte sie vielleicht irgendwie warnen...«

Klang etwas zögerlich und auch desinteressiert, eher so, als ob Kasimir überlegte, ob er die und den noch zu seiner Party einladen solle oder doch lieber nicht.

»Und wie willst du das anstellen?«

»Was?« Kasimir war wirklich nicht bei der Sache.

»Na, sie zu warnen!«

»Werd' schon jemand schicken.«

»Und wer ist der Glückliche?«

»Er wird nichts davon wissen.«

Mehr war nicht mehr herauszulocken aus Fulizer. Er war dann in sein Zimmer gewankt, eine Gangart, die ihm, der immer alles gradlinig anging und alle Hindernisse aus dem Weg räumte, Kreutner gar nicht zugetraut hätte. Langsam wurde ihm der Typ richtig sympathisch.

Er selbst hatte sich an das Tischchen gesetzt und zu schreiben angefangen.

Kreutner schob die Sliwowitzflasche zur Seite. »11:08« War das die Uhrzeit oder der Spielstand? Hätte ihm jemand weisgemacht, es handle sich hier um das Endergebnis eines Blitzschachturniers, das er letzte Nacht mit Kasimir ausgespielt hatte, er hätt's genauso geglaubt. Nach 19 Schachpartien fühlte man sich wahrscheinlich genauso ausgelaugt im Kopf.

Er ließ sich in das Kissen zurückfallen, blickte hinauf zum Plafond, wo in einer nur für Kreutner entzifferbaren Stockfleckenschrift geschrieben stand: »Schau doch mal auf deinen Arbeitstisch!«

Mühsam drehte er den Kopf auf die andere Seite. Der Stuhl, auf dem Fulizer die halbe Nacht lang Kreutner gegenübergesessen war, stand akkurat vor das Tischchen gerückt, sogar Hermanns Sakko hatte er an, der Stuhl, nur in den Schultern war es ihm etwas breit. Das Tischchen allerdings, und das verwunderte Hermann nun doch, es war leer.

Die Kiste ist weg!

Kreutner sprang aus dem Bett (was er nicht in dieser Rasanz hätte tun sollen: der Schädel dankte es ihm mit einem geradezu aufjaulenden Schmerz) und stürzte an den Tisch. Befingerte die Tischplatte, auf der außer einem kleinen Schreibblock mit dem Emblem der Pension als Briefkopf und einem leeren Aschenbecher absolut nichts zu finden war. Auch wenn sich Kreutner an diesem Morgen nicht mehr allzu vieler Dinge sicher war, die ihn und diese aus dem Fixierbad des Sliwowitz kommende verwackelte Welt um ihn herum betrafen, soviel wußte er doch: Er war gestern, nachdem Kasimir in sein Zimmer hinübergegangen war, mindestens noch vier, fünf Stunden, bis in die frühen Morgenstunden genaugenommen, hier an seinem Laptop gesessen, hatte die ganze Geschichte, wie sie sich in Lehmanns Wohnung in der Steinsdorfstraße zugetragen hatte, in die Tastatur gehauen, das heißt, es war gar kein Geklopfe wie sonst, Kreutner spielte geradezu auf den Tasten des Laptops, es war wie eine Etüde, ein federleichtes Klavierspiel, noch nie, so kam es Kreutner vor, hatte er dermaßen leicht und fast wie von selbst eine Geschichte heruntergeschrieben, die gut und gerne zwanzig Seiten ausmachte. Er wußte noch genau, er war mit einem Gefühl, als sei er der

Henry Maske der Schriftstellerei und habe zum dritten Mal diesem Großmaul Rocchigiani die Fresse poliert, zum Bett gewankt, er hatte sich das pelzige Tigerfell des Sliwowitz über die Schultern gelegt, pelzig im Rachen, pelzig bis hinunter zum Solarplexus. Er war der Champion. Und er war dann eingeschlafen. Wie ein Stein.

Und nun wachte er auf, und die Kiste war weg! Und damit auch seine Geschichte. Kreutner rannte hinaus auf den Flur, wo sich die Zimmermädchen nach ihm umdrehten und kicherten, stand er doch in der Unterhose und strumpfsockig vor ihnen. Vor der Tür zu Fulizers Zimmer, die sperrangelweit offenstand, lag ein Haufen weißer Bettwäsche.

Kreutner rannte zurück in sein eigenes Zimmer, begann noch einmal alles abzusuchen, rückte auch den Stuhl vom Tisch weg. Da sah er auf dem Boden etwas, schon halb verdeckt vom bodenlangen Store, er kniete sich hin: Auf dem Boden lag – ein Pepitahut.

Also doch!

10.

An der Rezeption wußte man weder etwas von einem Mister Gear noch von einem Herrn Kasimir Fulizer. Natürlich fragte der Attila-Hörbiger-Typ hinter der Scheibe, aus der ein etwas größeres Mauseloch herausgeschnitten war, durch das die Formalitäten wie Paß und Meldezettel hindurchgeschoben wurden, »wie war der werte Name?«. Im Zimmer Nummer 21 schräg gegenüber dem von Kreutner habe ein Monsieur Voland aus Andorra logiert, gab der Portier überraschend bereitwillig Auskunft, da brauche er gar nicht in den Meldezetteln nachzuschauen, so etwas merke er sich, einen Andorraner hatten sie hier noch nie, nein, der Herr sei schon frühzeitig heute morgen abgereist, er habe sich ein Taxi kommen lassen, wenn er richtig verstanden habe, sei er Richtung Flughafen gefahren.

»Danke«, sagte Kreutner und wollte gehen.

»Entschuldigen S', gnä' Herr«, piepste es aus dem Mauseloch hervor, »gnä' Herr haben noch die Rechnung offen.«

Selbst darauf also hatte ihn sein neuer Duz-Freund Kasimir sitzengelassen.

EPILOG

»Er war mit ihnen langmütig und gewährte
als Frist einen Tag, der tausend Jahre ausmacht.«
BUCH ZOHAR, 1275

1.

Kreutner zögerte keinen Augenblick, nach München zurückzukehren. Sein Platz hatte jetzt, das fühlte er genau, im stillen Auge des Orkans zu sein. Dort wollte er alles Weitere, was ja nichts anderes bedeuten konnte als: alles über München Verhängte, in seiner ganzen unausweichlichen Wucht abwarten.

Still war es im Auge des Orkans allerdings seltsamerweise keineswegs, sondern umtriebig wie immer, die Stadt schien von den in Wien stattgehabten Ereignissen nicht das Geringste zur Kenntnis nehmen zu wollen. Kreutner bemerkte es schon gleich bei seiner Ankunft am Hauptbahnhof, und als er sich wenige Minuten später von der Rolltreppe in jenen Menschenbrei hineinquirlen ließ, der zäh und sprechblasenschlagend den S-Bahn-Schächten zufloß: Die Stadt war laut und geschäftig wie eh und je.

Als er am Bahnsteig der Linien stand, die Richtung Marienplatz fahren, erhielt Kreutner durch einen Zufall endlich jene Epiphanie zugespielt, die ihm half, seinen dumpfen, schwer zu beschreibenden Zustand auf den kurzen, aber prägnanten Begriff zu bringen: Die im Fell wie die Schottersteine unter den Gleisen anthrazit eingefärbte Maus, die da zwischen den Schwellen herumhuschte, genauso fühlte sich auch Kreutner, nämlich in kurzen Abständen immer wieder von einem fahrplangenau herandonnernden riesigen Etwas überrollt, von einer Lärm-Vibrations-und-Dunkelheitswelle, die viel zu groß war für die Vorstellungskraft seines armen, kleinen Gehirns. Er wußte nicht und konnte sich auch beim besten Willen kein Bild davon verschaffen, wie ihm eigentlich geschah.

In der S-Bahn stand er so dicht umdrängt von anderen, daß er das Gefühl hatte, in einer Zwangsjacke zu stecken. Der MVV (Münchner Verrückten Verwahrer) lieferten ihn, den gestrandeten Ausbrecher, aber dann doch unversehrt in der

Schellingstraße ab, Kreutner sehnte sich geradezu nach seiner ihn wieder um- und einschließenden Wohnungszelle.

Als er in die Toreinfahrt einbog, sah er, wie sein Briefkasten schon wieder einsteinmäßig die Zunge zeigte, nämlich grinsend und ordinär weit herausgestreckt. Es kostete Kreutner nur ein kurzes Nachrechnen, um zu dem Ergebnis zu kommen, daß dies die letzte, weil zwölfte Rücksendung seines Manuskriptes sein mußte. Er nahm sie aus dem Briefkastenschlitz und warf sie in eine der großen Mülltonnen im Hinterhof: nicht in die Papiertonne, sondern zum unverwertbaren Restmüll.

Und dann war da noch ein Kuvert im Briefkasten gewesen, ein Brief von Herrn Fink, dem Vermieter. Ihn hatte Kreutner mit hinauf in die Wohnung genommen, er riß ihn aber erst auf, als er einigermaßen sicher in seiner Knautschcouch lag, neben sich die Flasche Sliwowitz, die er noch vor der Abfahrt in Wien gekauft hatte.

Wie nicht anders zu erwarten, machte Fink Ärger. Er drohte jetzt massiv mit einer Räumungsklage, da seinem letzten Ultimatum, die ausstehenden fünf Monatsmieten nun endlich zu zahlen, in keinster Weise Folge geleistet worden sei. Kreutner erinnerte sich schwach, daß da was gewesen war. Hatte er wirklich vergessen, den »Vorschuß«, den er von Gear oder Pulitzer oder wie auch immer er sich jetzt nannte, bekommen hatte, bei der Bank einzuzahlen und diesem Fink aufs Konto zu schaufeln?

Kreutner sah nach dem Haufen neben der Couch: Tatsächlich, zuunterst, unter einem Wust dreckiger Wäsche, alter Zeitungen und mit Essensresten verklebter Aluschalen diverser Fertiggerichte lag eine »Tengelmann«-Tüte. Kreutner zog sie hervor. Sie enthielt, unangerührt, jenes Banknoten-Gewölle, das ihm Gear in der »news bar« in den Plastikbeutel hineingestopft hatte.

Kreutner würde damit seine Schulden zahlen können. Aber war das überhaupt notwendig und sinnvoll, jetzt noch Miete zu zahlen! Zahlt man im stillen Auge des Orkans Miete?!

*

Kreutner rechnete jeden Tag mit der Urteilsvollstreckung. Damit, daß er eines Morgens aufwachen, zu seinem Gaubenfenster hinausschauen und ein verstrahltes Schwabing erblicken würde: das Dach der Kunstakademie eingeschmolzen, der Turm der Ludwigskirche, den er gerade noch sehen konnte, wenn er sich weit aus dem Fenster lehnte, umgeknickt, wie eine Kerze auf dem Fensterbrett im zu warmen Sonnenlicht.

Er wollte auf der Straße sein, wenn es passierte, wenn über ihm diese zweite, gleißende Sonne aufginge und vom Himmel fiele. Kreutner trieb sich jetzt Tag und Nacht auf den Straßen herum, unter der Wittelsbacher- und der Reichenbachbrücke fragte er nach Kasimir, ob irgendeiner von den Kumpels Kasimir gesehen hätte, sie fuhren ihn an, er solle machen, daß er verschwände.

Als Kreutner nach Tagen wieder einmal in seine Wohnung schauen wollte, paßte der Schlüssel nicht mehr ins Schloß.

Zum Glück hatte er die Tüte mitgenommen, die Tengelmann-Tüte, mit der lief er schon die ganze Zeit durch die Stadt, ab und zu griff er hinein und ließ die zusammengeknüllten Scheine durch die Finger rieseln wie diese Styroporbällchen, die man als Verpackungsmaterial verwendet. Auch Kreutner fühlte seine fragile Existenz stoßsicher verpackt.

Er machte sich keine Sorgen mehr.

Immer öfter trieb er sich im Hofgarten herum. Er wartete darauf, wieder angerempelt zu werden. Irgend etwas mußte ihn doch wieder in die Bahn zurückstoßen, aus der er geraten war.

Er durchsuchte die Abfallkörbe der Grünanlage nach einer

Nachricht. Die Männer in den orangen Overalls von der Städtischen Straßenreinigung mißdeuteten das und jagten ihn davon.

Er schlich am östlichen Ende des Hofgartens herum, verkroch sich in dem in die Erde eingelassenen überdimensionalen Sarkophag, der ein Denkmal für den unbekannten Soldaten darstellen sollte. Jetzt war es der unentdeckte Unterschlupf Kreutners geworden, den niemand mehr kennen wollte.

Nur das Auge der Überwachungskamera hatte ihn fest ihm Videoblickfeld, wie er da in unmittelbarer Nähe der Staatskanzlei herumschlich. Es war nur eine Frage der Zeit, bis es so weit war, daß ihn eines Morgens eine Streife anrempelte.

Was er da mache, auf der Bank?

Das sähen sie doch!

Und in dem Beutel, was sei da drin?

Ob sie das rein privat interessiere oder dienstlich? Sollte letzteres der Fall sein, glaube er nicht, den Herren Auskunft erteilen zu müssen.

Frech werden auch noch!

Und schon fand sich Kreutner auf einem Polizeirevier wieder.

»Das wundert mich aber schon sehr, meine Herren, daß Sie hier so gänzlich ahnungslos sind!«

Über eine halbe Stunde lang hatten die beiden Polizeibeamten auf Kreutner eingeredet, ihm immer wieder die üblichen Fragen erkennungsdienstlicher Art gestellt und vor allem, wie er zu diesem seltsamen Geld komme, albanische Leknoten (sie hatten erst einen Kollegen in die nahegelegene Sparkassenfiliale hinüberschicken müssen, um eine zweifelsfreie Auskunft zu bekommen). Kreutner aber schwieg zu alledem. Die gängige Redensart, er schwieg wie ein Grab, träfe es nicht einmal exakt, denn für gewöhnlich schweigen Gräber ja gar nicht, plaudern vielmehr jedem gleich aus, wie der Name, wann geboren, doch nicht einmal zu diesen Auskünften war Kreutner bereit, er schwieg also wenn schon, dann wie ein anonymes Massengrab, die Beamten kannten das allerdings von ähnlichen, auf Parkbänken ausgestreckt gelagerten Fällen her. Sie wußten, irgendwann brechen diese Brüder alle ihr Schweigen.

»Na, schau her, Walter, er kann ja doch sein Maul aufmachen, unser Diogenes.«

Irgend jemand mußte ihm einmal erklärt haben, daß Diogenes auch so ein Penner gewesen war, der sich den lieben langen Tag lang die Sonne auf den angebrunzten Pelz hatte scheinen lassen, die Leute blöd anquatschte und pampig wurde, wenn man ihn was fragte. Seitdem fand er es besonders witzig, ihre Kundschaft auch so zu nennen. Außerdem wollte er ein polizeilich gerade noch erlaubtes Mindestmaß an Bildung beweisen.

»Also, fangen wir noch einmal von vorne an, nachdem dir ja jetzt anscheinend doch wieder eingefallen ist, wie man das Goscherl aufmacht.«

»Name?« knurrte sein Kollege nun schon zum wievielten Mal.

»Namen tun nichts zur Sache.«

»Ah so, hörst du, Walter, Namen tun nichts zur Sache. Unser Witzbold möchte wohl gern in eine Zelle gebracht werden, bis ihm wieder einfällt, was zur Sache gehört und was nicht, was meinst du?«

»Wohnsitz?« machte Walter unbeirrt weiter.

»Was mich viel mehr interessieren würde, meine Herren, ob Sie nicht etwas gehört haben?«

»Gehört? Nein. Ich hab' nichts gehört. Hast du was gehört, Walter? Nein, er hat auch nichts gehört, siehst du? Aber jetzt sag uns doch wenigstens mal, ob du vielleicht einen Job hast.«

»Ich war zuletzt Mitarbeiter der Jahweischen Dienste. Fester freier Mitarbeiter!«

»Wo? Bei wem?« fragte der eine. »Und die haben in albanischen Lek gelöhnt?« der andere.

»Exakt. Aber ich sehe schon, ich müßte Sie einmal von Grund auf aufklären.«

Die beiden starrten sich an, als hätten sie da gerade schlimmste, ja obszönste Beschimpfungen gehört. Aufklären! Mal hatte einer von diesen Pennern, den sie etwas fester angepackt hatten, ihnen zugerufen, »ej, bei eurer Zeugung war wohl Scheiße im Spiel, kein Samen«, doch das war eigentlich, wenn man's genau überlegte, noch harmlos im Vergleich zu der stinkarroganten Art von dem da!

»Ich fürchte nur«, machte Kreutner in demselben Ton weiter, »wir werden nicht mehr die Zeit dazu haben ... für eine umfassende Aufklärung.«

»Wir haben alle Zeit der Welt«, heribertfaßbenderte der eine, »also, was ist los?« sekundierte als Co-Kommentator der andere.

»Was los ist? Hier fliegt bald alles in die Luft, und die Herren Ordnungshüter fragen, was los ist!«

»Was fliegt hier in die Luft? Könnten Sie etwas genauer werden?«

Mit Genugtuung registrierte Kreutner, wie der Wortführende von den beiden auf einmal zum »Sie« überwechselte. Ihm dämmerte wohl doch langsam, daß es hier um etwas anderes ging als nur um eine routinemäßige Personenüberprüfung.

»Das sollten doch gerade Sie wissen. Läuft denn hier kein Einsatzplan. Für den Katastrophenfall. Sie müssen doch Meldung aus Wien bekommen haben.«

»Was hat jetzt Wien wieder zu bedeuten, Walter, verstehst du irgend etwas?«

Sich mit seinem absoluten Unverständnis direkt an Kreutner zu wenden, war wohl unter der Würde des Bullen.

Kreutner hatte ein Einsehen. »Also gut! Der Reihe nach ...«
Er holte tief Luft.

Irgendwann hatte der Protokollführende aufgegeben. Anfänglich hatte er ja noch brav alles mitgetippt, »der im Hofgarten Aufgegriffene, der zu seiner Person keinerlei Angaben macht, behauptet...«, doch als dann zum dritten Mal die Typen der Schreibmaschine sich bei den Worten »Jhaweische Konreaktion« verhakten und er sie wieder auseinanderbiegen mußte, gab er's auf, verschränkte die Arme über der Maschine und hörte genauso paralysiert zu wie sein Kollege.

Als Kreutner fertig war, trat ein kurzer Moment der Stille ein, ehe der über der Schreibmaschine Verschränkte seine Uniformmütze abnahm, sich über die Stirn wischte und dann in ziemlich deprimiertem Ton, der ein gerüttelt Maß an Unsicherheit und Zaudern, wie mit dieser Sache weiter zu verfahren sei, verriet, mit dem Finger auf Kreutner deutend sagte:

»Also, wenn auch nur ein Bruchteil von dem stimmt, was Sie uns hier erzählen, dann sind Sie eher ein Fall für den Nachrichtendienst in Pullach.«

Kreutner wechselte Stand- und übergeschlagenes Wippbein. »Wie ich sehe, beginnen die Herren langsam, den Ernst der Lage zu erkennen.«

Nach einer kurzen Beratung im Nebenraum waren die beiden Bullen übereingekommen, die Sache nicht nur nicht so ernst zu nehmen, wie es ihnen dieser schräge Vogel nahezulegen versuchte, sondern sie im Gegenteil am besten völlig zu ignorieren. Der Kerl versuchte ja doch nur, sie zum Narren zu halten.

Die Plastiktüte mit den Geldscheinen (sie stammten wahrscheinlich aus Geschäften der Russenmafia) konfiszierten sie, um überhaupt irgend etwas zu tun und diesem Penner gegenüber ihres Amtes zu walten. Kreutner ließen sie laufen. Ohne seinen Namen erfahren zu haben.

»Geh zum Teufel«, rief der eine ihm grinsend hinterher, »und sag ihm einen schönen Gruß von uns«, der andere.

2.

Kreutner verließ das Polizeirevier in der Türkenstraße Richtung Englischer Garten. Als er bei der Veterinärklinik an der Königinstraße den Park betreten wollte, kam ihm ein Trio kichernder Mädchen entgegen, das heißt: halt, nein, eine der drei drehte sich wortlos und mit ernstem Gesicht um, er konnte die gefrorene Träne auf ihrem Nasenflügel erkennen, und da fiel sie ihm wieder ein! Wie hatte er nur all die Zeit nicht mehr an sie denken können? Er war wirklich wie die U-Bahnschacht-Maus im ausweglosen Tunnel der Tage panisch hin- und hergerannt, für ein Innehalten, ein Sichern nach allen Seiten hin war keine Zeit gewesen. Aber jetzt, wo er wieder auf der Straße stand, ohne seine Tüte, überhaupt ohne alles, sah er sie vor sich, als stünde sie neben ihm.

Er rief Bat an. Mit den letzten Groschen, die er noch zwischen dem Fussel- und Staubgewölle in seiner Sakkotasche fand.

»Da bist du ja endlich!«

Alles hatte er erwartet, nur nicht eine solche Begrüßung. Konnte es wirklich sein, daß jemand auf ihn, ausgerechnet ihn, gewartet hatte?

»Seit Tagen versuche ich dich anzurufen. ›Kein Anschluß unter dieser Nummer‹, heißt es dauernd. Was ist los? Wo steckst du? Bist du umgezogen?«

»Kann man so sagen.«

»Ich hab' eine Nachricht für dich.«

»Von wem?«

»Von Fritz! Klingt irgendwie mächtig wichtig.«

»Nein!«

»Doch! Seit ihr gemeinsam nach Wien verschwunden seid, hat er sich ja nicht mehr gemeldet. Jetzt aber hat er ein Päckchen geschickt, mit der Absenderadresse einer Pension in Edelschrott bei Köflach!«

»Wo?«

»Ich hab' nachgeschaut. Das gibt's wirklich. In der Nähe von Graz. Ich glaube, Fritz ist auf dem direkten Weg nach Slowenien.«

»Und, was schreibt er?«

»Das zeig' ich dir lieber selbst. Wird nämlich wieder kein Schwein schlau draus.«

»Wir treffen uns am Marienplatz, ja? Am Fischbrunnen.«

»Gut. In einer Stunde.«

*

Es war Bats Idee gewesen, auf den Turm der Peterskirche zu steigen. Während sie die Treppen hochkeuchten, erklärte Kreutner, daß früher hier die Feuerwächter ihren Ausblick gehabt hatten. Oben angelangt, traten sie hinaus auf die um den Turm herumführende Galerie.

»Was ist nun mit dieser Nachricht? Laß mich raten: Sie haben entschieden, ein Urteil gefällt, hab' ich recht?«

Es klang mehr wie eine Feststellung, denn wie eine Frage.

»Keine blasse Ahnung, um was es überhaupt geht. Bei eurer Geheimsprache blickt doch kein Mensch durch. Fritz hat versucht, dich zu erreichen. Ist ihm genausowenig gelungen wie mir. Dann hat er alles an mich geschickt.«

Sie holte ein zusammengefaltetes Blatt aus ihrer Umhängetasche.

»Laß sehen.«

Hallo Bat!

Du weißt auch nicht, wo unser Freund Kreutner steckt? Ich würde ihm gerne noch einmal unseren Dank ausrichten. Er hat ziemlich gute Arbeit für uns geleistet. Ganz gereicht hat es

aber dann doch nicht. Es hängt, wie immer bei solchen Schwüren, am siebten. Ob das Siebenerquorum aber auch tatsächlich erreicht wurde…, die Kongregation wollte und konnte darüber noch kein abschließendes Urteil fällen. Der Konferenzbeschluß ist daher, wie so oft, nicht Fisch, nicht Fleisch. Das heißt mit anderen Worten: Der Chef ist langmütig und gibt der Stadt noch einmal eine Frist. Ob einen Tag oder tausend Jahre…, frag mich nicht.
Wenn Du all dies unserem Freund mitteilen könntest, wäre ich Dir dankbar. Und gib ihm bitte den Inhalt dieses Päckchens zurück.
Ich muß jetzt weiter. Wir hatten hier nur kurz Zwischenaufenthalt. Morgen in Sarajewo.

Dein Fritz

Nachdem Kreutner diese letzte Nachricht von Gear wieder zusammengefaltet und Bat zurückgegeben hatte, wurde es auf einmal ganz still zwischen den beiden. Sie standen alleine auf der Galerie (es blies ein unangenehm eisiger Wind) und schauten auf die Stadt hinunter. Bald eine halbe Stunde lang. Aus den Schächten der Untergrundbahn am Marienplatz krochen die Feierabendskorpione, eine bösartige, lediglich auf die Peinigung des Nachbarn versessene Plage.

Dann sagte Bat: »Und, was hältst du davon?«

»Was ich davon halte? Ich weiß nicht. Vielleicht sollten wir verschwinden, was meinst du?«

»Wieso denn?«

»Na, du hast es doch gehört! Wir haben hier nur mehr eine Galgenfrist.«

»Ach so.«

Sonderlich erschrocken klang das nicht. Bat drehte sich wieder zum Geländer hin und sah auf die Köpfe dort unten.

Auch Kreutner zeigte wenig Lust, irgendeine Flucht zu ergreifen. Wohin auch?

Es kam noch jemand die Treppen hochgestiegen, trat auf die Galerie heraus. Es war ein langer, schlaksiger Typ, er grinste Kreutner und Bat an, erst jetzt sahen sie, daß er ein Saxophon dabei hatte. Die Tür zum Turm schlug ihm sachte in den Rücken, es drängte noch jemand nach, eine junge Frau zwängte sich durch den Türspalt. Sie hakte sich bei dem Saxophonspieler unter, zusammen gingen sie zu dem Geländer. Der Typ nahm das Mundstück des Horns zwischen die Lippen. Der schüttere Kranz seiner schulterlangen Haare flatterte im Wind, die Frau neben ihm lachte ihm zu. Er blähte die Backen. Ein verboten dreckiger Blues jaulte auf.

»Ach, was ich beinahe ganz vergessen hätte«, Bat griff noch einmal in ihre Umhängetasche, »das hier hat Fritz noch mitgeschickt, soll ich dir geben.« Sie hielt einen dicken Stoß weißer Papierblätter in der Hand.

Es war Kreutners Manuskript. Ein rasches Durchblättern überzeugte ihn davon. Alles, was Gear ihm nach und nach abgeschwatzt oder auch heimlich geklaut hatte, war mit dabei, selbst ein Ausdruck der in Wien in jener langen Nacht in den Laptop hineingehackten Seiten.

»Was soll ich damit? Warum schickt er mir das wieder? Er kann's behalten! Er kann's verdammt nochmal behalten. Ist doch eh wertlos.«

Der Typ am Geländer blökte in seine Posaune.

Kreutner nahm die Blätter, erst einzeln, dann in ganzen Packen, vom Stapel und warf sie in die Luft. Die weißen Seiten schaukelten einen Moment im Wind, ehe sie sich entschlossen, an der Mauer des Turms entlang nach unten zu torkeln, unter die Leute, die dort, auf dem Rindermarkt und dem Petersplatz, über sie hinwegtrampelten, wie sich Bat und Kreutner, übers Geländer gebeugt, überzeugen konnten. Kein Mensch bückte sich danach.

»Du mußt von neuem anfangen, Kreutner«, flüsterte Hermann sich zu. Immer schneller, hastiger, aber auch immer befreiter warf er die Blätter in die Luft, er und Bat standen lachend im Konfettiregen dieses Kehraus, Hermann hüpfte schwerfällig wie ein gutmütiger Tanzbär hin und her und rief:

»Neu, Kreutner, du mußt es neu machen, noch einmal machen, es macht nichts, erzähl sie einfach noch einmal, die Geschichten, von Anfang an, vielleicht ist es das, was uns rettet. Hörst du, Bat? Ich werde neu anfangen, Zeit hab' ich ja, tausend Jahre Zeit!«

Inhalt

VORSPIEL IN PRAG
Seite 7

ERSTES KAPITEL

Die Katakomben unterm Königsplatz / Wohnt hier
Niegehört Versager? / Dieser Schriftsteller-Nachmittag
glückt, oh ja, doch!
Seite 21

ZWEITES KAPITEL

Zusammenstoß am Hofgarten / Kreutner wird
bei seinem Namen genannt / Die sieben Gerechten
Seite 37

DRITTES KAPITEL

Kafka meets Hitler / Der Hungerkünstler /
Kreutner flieht in den Untergrund
Seite 49

VIERTES KAPITEL

Die Somnambule und das Biest / Lederjacken machen
und bekommen Ärger / Fulizers Nachtreise
Seite 67

FÜNFTES KAPITEL

Auf einer Streuobstlerwiese spät nachts / Er muß
ja nicht, ihm bleibt ja die Parabellum /
Am »Elysium« zur Hölle geschickt
Seite 83

SECHSTES KAPITEL

Full of Bourbon / Vorsehung, was is'n das? /
Krakau meldet sich
Seite 103

SIEBTES KAPITEL

Montagmorgen alles neu / Vom Geblüt her:
Strudelrasse! / Gear als Schachterlteufel
Seite 115

ZWISCHENSPIEL IN KRAKAU
Seite 129

ACHTES KAPITEL

Kreutner findet ein offenes Ohr / Nächtlich
im Archiv / Wer gehorcht wem?
Seite 149

NEUNTES KAPITEL

Kreutner am Hart / Plötzlich antwortet die Chat-box /
Und Radelspeck, was (er-)findet der?
Seite 165

ZEHNTES KAPITEL

Hängt 'ne Traumsau am Morgenwehr / Gear muß den
Bluthund machen / Ein unschuldig gefallenes Mädchen / Gowno!
Seite 191

ELFTES KAPITEL

Siehst du, Toni, der Herr Kommerzienrat mag ein Schweinernes! /
Ehrliches Lügen / Bei seinem Licht im Dunklen geh'n
Seite 205

ZWÖLFTES KAPITEL

In der »news bar« / Cash auf die Hand /
Die »Anti Screen Foundation«
Seite 219

DREIZEHNTES KAPITEL

Der Ort ist in dir / Brand in der Herzog-Rudolf-Straße /
Wie schneidet man den Bart? / Ein Zug fährt ab
Seite 233

ENDSPIEL IN WIEN
Seite 259

EPILOG
Seite 299

Das Zitat auf Seite 118 ist von Péter Esterházy aus seinem Roman »Donau abwärts«, auf Seite 187 wird auf Gerhard Köpfs Vorbemerkung zu seinem Buch »Die Erbengemeinschaft« angespielt. Alle anderen Zitate und Anspielungen sind mal wort-, mal tongenau frei erlesen.